The

Secret

Diaries of

Charlotte

Brontë

夏洛蒂·勃朗特
的秘密日记

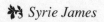 *Syrie James*

[美] 塞尔丽·詹姆斯 著

陈俊群 译

人民文学出版社

著作权合同登记号　图字 01-2011-1585

Copyright:© 2009 by Syrie James

Copyright licensed by Laura Dail Literary Agency, Inc.

Arranged with Andrew Nurnberg Associates International Limited

图书在版编目（CIP）数据

夏洛蒂·勃朗特的秘密日记／（美）詹姆斯著；陈俊群译. —北京：人民文学出版社，2012

ISBN 978-7-02-008959-8

Ⅰ. ①夏… Ⅱ. ①詹… ②陈… Ⅲ. 长篇小说—美国—现代 Ⅳ. ①I 712. 45

中国版本图书馆 CIP 数据核字（2012）第 015236 号

责任编辑：吴继珍
选题策划：方雨辰
装帧设计：瀚　愔

夏洛蒂·勃朗特的秘密日记

〔美〕塞尔丽·詹姆斯 著

陈俊群 译

人民文学出版社出版
（100705　北京市朝内大街 166 号）
山东临沂新华印刷物流集团有限责任公司印刷　新华书店经销
字数：345 千字　开本：880×1240 毫米　1/32　印张：12
2012 年 4 月北京第 1 版　2012 年 4 月第 1 次印刷
印数 1 - 10000
ISBN 978-7-02-008959-8
定价：29.80 元

献给我的丈夫比尔及儿子瑞恩和杰夫，
感谢你们永无止境的爱和支持！
并以此纪念我挚爱的母亲琼·阿斯特拉罕
——一位洞察秋毫、聪慧慷慨的女人
——她总是说我应该写作。

作者前言

亲爱的读者：

如果您愿意的话，不妨想象一下，有一个伟大的发现在文学界激起了巨大的骚动：在不列颠群岛一座偏远农舍的地窖里，被掩埋并遗忘了一个多世纪的一系列日记，被正式确认为夏洛蒂·勃朗特的私人日记。那些日记会揭示些什么呢？

每个人都保有秘密，夏洛蒂·勃朗特，这位情感丰富用英语写出那些最为浪漫和畅销小说的女人，当然也不例外。通过夏洛蒂的传记和幸存的书信，我们对她已经有了很多了解，但是与勃朗特家的所有其他成员一样，夏洛蒂也有其个人深藏不露的一面。这一面她从来没与人分享过，即使是与她最亲密的朋友和亲人。

夏洛蒂·勃朗特心里到底藏匿着怎样的隐私？她内心深处有着怎样的思想和情感呢？她最隐秘的记忆又是什么呢？她的弟弟妹妹们同样是由本能驱使的天才艺术家，她与他们的关系如何呢？一位默默无闻的乡村牧师的女儿，几乎终身居住在约克郡偏僻的乡村里，又怎么能写出在这个世界上最受喜爱的小说《简·爱》的呢？更让我们好奇的是：夏洛蒂曾经找到过自己的真爱吗？

为了寻求这些问题的答案，我开始了对夏洛蒂一生的细致研究。我发现自己对勃朗特故事的一个非常重要但却很少被人提及的部分尤为着迷：夏洛蒂与她父亲的副牧师阿瑟·贝尔·尼科尔斯有着漫长而暴风雨般的情爱关系。众所周知，夏洛蒂·勃朗特一生曾被四次求婚，其中最著名的是来自尼科尔斯的。然而，在勃朗特的传记里，阿瑟·贝尔·尼科尔斯一直是一个默默无闻、虚幻模糊的人物，前半部分被一笔带过，后半部分也没有详尽的描述。事实上，尼科尔斯先生在勃朗特家的隔壁居住了八年，那段时间，他几乎天天与勃朗特家里的人打交道，而且在他鼓足勇气向夏洛蒂求婚前，就早已深深地暗恋上她。

夏洛蒂曾经回应过尼科尔斯的爱情吗？她嫁给他了吗？正如夏洛蒂本人可能会说的那样，这正是这个故事的悬念。我甚至认为，探索有关这段两难困境的感情，应该就是她最初写下这几卷书的动力所在。

您即将读到的这个故事是真实的。

夏洛蒂的生平故事是如此吸引人，所以我的讲述几乎完全能够以事实为基础，只在我认为必要的地方进行一点推测，以便增强戏剧性冲突或是填补历史上的空缺。我还添加了精选的评论和脚注作为说明。尽管有些人也许会认为，比起传统的日记来，这个即将展开的故事更像夏洛蒂的一本受人喜爱的小说，因为她是在回忆过往的事情，而不是按照事情发生的顺序来记录它们。我相信夏洛蒂会以这种方式来书写它，因为这正是她感觉最为舒适的一种风格和结构。

接下来，让我们一起怀着对这位可敬可爱的女人的极大敬意和崇拜，来阅读《夏洛蒂·勃朗特的秘密日记》吧。

塞尔丽·詹姆斯

Syrie James

The

Secret

Diaries of

1

有人向我求婚了。

日记：发生在几个月前的这桩求婚使我们整个家族——不，整个村落——一片哗然。这个胆敢向我求婚的人是谁？为什么我父亲那么坚决地反对他？为什么有一半霍沃斯居民决心动用私刑处死——或开枪击毙他？自从他提出求婚的那一刻起，我就一夜又一夜地失眠，沉思默想着导致这一战事的众多原因。我不明白，事情究竟怎么会变得如此失控呢？

我曾经描写过爱情的欢乐。很长时间以来，我在内心深处梦想着与一个男人有亲密的关系。我相信，每一位简都应该拥有她的罗彻斯特——不是吗？不过，很久以来我已经对自己生活中也有这种经历不抱希望了。取而代之的是，我寻求一份职业，并且找到了，现在我将——我必须——抛弃它吗？一个女人有可能将自己同时完全地奉献给一份职业和一个丈夫吗？一个女人的思想和心灵，这关键性的两半能够和平共存吗？必须如此，因为，我相信，采用任何其他方式都不能获得真正的幸福。

我一直有一个习惯，在极度欢乐或感情痛苦的时候，遁入想象的慰藉中。在那里，在散文或诗歌里，我躲在小说的面纱后面发泄我内心最深处的思想和情感。然而，在这些纸张上，我希望采取一个完全不同的策略，我希望在这里卸下我灵魂的负担——揭示至今只与几个最亲密的朋友分享过的某些事实——有些我从来没敢透露给任何一个活人，因为我发现自己今天处于危机时刻，面对着最为严峻的窘境。

我敢公然反抗父亲，并且激怒我认识的每一个人，来接受他的求婚吗？最重要的是，我希望接受吗？我真的爱这个男人并且希望做他的妻子吗？第一次见面的时候，我甚至不喜欢他，不过从那以后发生了很多事情。

在我看来，我所有过的每一个经历和我所爱过的每一个人，都以某种重要的方式造就了今天的我。只要有一笔落在画布上的方式不同，或泼洒在上面的颜色更深或更淡，我现在就会是一个迥然不同的人。所以我借助笔和纸来寻找答案，也许采用这种方式，我能够努力弄清是什么把我带到这一时刻，逐渐理解我的感受——以及上帝出于善意和智慧想要我做什么。

但是，别出声！一个故事不能从中间或结尾处开始。不，为了好好讲述，我必须回到过去——回到一切开始的时候：回到将近八年前那个暴风骤雨的日子，当时一个不速之客来到了牧师住宅的门前。

一八四五年四月二十一日是一个天色阴沉、寒冷刺骨的日子。

天亮时，我被一个巨大的炸雷声惊醒，几分钟后，乌云密布的灰色天空豁然敞开，大雨倾盆而下。整个上午，雨水泼洒在牧师住宅的窗扉上，猛烈地敲击着房顶和屋檐，淹没了附近墓地里密密麻麻的墓碑，在隔壁小巷里的石板上舞蹈，汇成小溪，稳稳流过教堂，流向村里那条陡峭的鹅卵石主道。

然而，在牧师住宅的厨房里，一切都是温馨的，充满了新鲜面包的香味和慷慨火炉的温暖。那是星期一——烘烤日——我妹妹艾米莉说它很合时宜，因为那天也是我的生日。纪念这种日子我总是喜欢尽量不兴师动众；但是，艾米莉坚持说我们应该抽时间私下庆贺一下，因为我满二十九岁了。

"这是你生命里最重要的十年里的最后一年了。"艾米莉说，一边熟练地在屋中央铺满面粉的桌子上揉着一团面。两个面包已经在烤炉里，另一个生面团正在一块布下面膨胀。我正在准备一个派和一个馅饼。"至少,我们得用一块蛋糕来纪念这个日子。"

"我看不出这样做有任何意义。"我说,一边量出做一个油酥面皮所需的面粉来。"没有安妮和布兰韦尔在这儿,那不会感觉像什么晚会的。"

"他们不在,我们也不能把自己的欢乐推迟,夏洛蒂。"艾米莉严肃地说,"只要我们还活着,就应该珍视并且享受生活。"

艾米莉比我小两岁,是我们家个头最高的人,除了爸爸以外。她具有双重和多重气质的复杂个性:说到生与死的意义,她会郁郁寡欢、反躬自省;当我们静观世间的许多欢乐和自然美景,她会阳光灿烂、心旷神怡;只要能在家里生活,在荒漠的环抱中,艾米莉就能感觉幸福,并且安逸地对待生活。艾米莉不像我,她很少心情沮丧。她喜欢沉浸在思绪或书本里,胜过生活中的任何其他职业———一个我由衷赞同的喜好。艾米莉不看重公众舆论,对时尚毫无兴趣。尽管穿束腰合身的长衣和多褶皱的宽松裙子已经流行很久,但艾米莉依然更喜爱穿无定形的老式连衣裙和贴腿的细瘦裙子,那并不特别适合她瘦长的体型。除了在荒野上散步,她很少出门,所以这几乎没什么关系。

因为身材苗条、肤色白净、黑头发仔细盘在一把西班牙梳子下,艾米莉让我想起一株刚毅的树苗:纤瘦、优雅,但不屈服;在孤独中勇敢坚韧,不畏风雨的侵蚀。在陌生人面前,艾米莉退避三舍,极其凝重和沉默;可与家人在一起时,她热情奔放、敏感细腻的本性得到充分体现。我深深地爱着她,就像对生活本身的热爱一样。

"我们有多久没在一起庆贺你的生日了?"艾米莉继续说。

"我记不起最后一次是什么时候了。"我遗憾地说。

的确,我已经有很长时间没和我的所有弟弟妹妹们一起待在一个地方了,除了圣诞节和暑假那短短的几个星期。在过去的五年里,我们最小的妹妹安妮一直待在约克附近的绿庄府,为鲁宾逊家做家庭女教师。我们的兄弟布兰韦尔,比我小十四个月,三年前也跟安妮一起,做了那家的长子的家庭教师。在那之前的那些年,很多时间我离家在学校,先是作为学生,后是作为教师,接着自己也做了家庭女教师的工作。再后来我去比利时待了两年：结果证明那是我生命中经历过的最受影响、最激动人心、最改变生活且令人心碎的一次旅居。

"我在为你做一个香味蛋糕，然后就齐全了。"艾米莉说，"晚饭后，我们坐在火炉旁，互相讲故事。也许苔比和爸爸会加入我们的。"

苔比是我们的老仆人，一位善良、忠诚的约克郡女人，从我们小时候起就一直和我们在一起。在过去的岁月里，当苔比碰巧心情不错时，她会把她的熨烫桌端到餐厅的壁炉边，允许我们围坐在桌子旁。她一边整理床单和无袖衬衫或卷她的睡帽边，一边用从旧童话和民谣里听来的爱情、冒险故事来满足我们热切的注意力——或者，我后来发现，来自她最喜欢的小说，比如《帕梅拉》①。在别的时候，爸爸会激动人心地再现鬼怪故事和古代的当地传说，使得火炉旁的夜晚充满生气。

不过，今晚爸爸愿不愿意加入还不一定呢。

我瞥了一眼厨房窗外的荒漠。一场暴雨扫过远处的山峰，一朵朵低垂、凌乱的云彩掩盖了它们的峰顶。"过生日的绝妙天气啊！至少这一天和我的心情相称：黑暗阴沉，暴风雨肆虐，望不到尽头。"

"你说话的腔调很像我呢。"艾米莉答道，一边把做蛋糕的配料搅拌在一起。"别灰心。如果我们过一天是一天，所有的事情可能都会自行解决的。"

"怎么解决?"我叹了口气。"爸爸的视力一天比一天模糊了。"

我父亲是爱尔兰移民，通过坚持不懈的努力和接受的教育，远远超脱了他贫穷和文盲的家庭地位。当剑桥大学圣约翰学院的注册干事由于爸爸浓重的爱尔兰口音而不明白怎样拼写他的姓时，他自己把它写了下来，将布兰特改成了更为有趣的勃朗特，取希腊单词"雷"的意思。爸爸是一个善良、仁慈、活跃和睿智的人，博览群书，他对文学、艺术、音乐和科学的兴趣，远远超出他作为约克郡一个小教区牧师的学识范围。他爱好写作，发表过几首诗歌和宗教故事，以及大量的文章。他积

---

① 塞缪尔·理查森的小说《帕梅拉》或《贞洁得报》（1740），讲述一个女佣最终嫁给她富有的男主人的故事。

极参与社区政治，是一个非常敬业的牧师。他也极度烦恼：因为今天，在六十八岁的高龄，在为教堂忠诚服务了一辈子后，我们敬爱的父亲快瞎了。

"现在爸爸所有的阅读和写作工作都得我做。"我说，"我担心不久他就不能胜任他在教区里的最基本的职责——要是他完全失明的话，我们怎么办？父亲不仅会失去他生活中不多的一切的乐趣，要完全依赖我们——你知道这是他极为害怕的情形——而且毫无疑问他会被迫失去职位。到那时我们不仅会失去他的全部收入，而且还会失去我们的家①。"

"在别人家，儿子会充当财政上的救星呢，"艾米莉摇了摇头说，"可是我们的兄弟从来没有一份工作能做得长久。"

"的确，他在绿庄的家庭教师工作是他做得最长的一份工作了。"我补充道，一边卷开油酥面皮。"他在那里很被看重哦。不过，他的收入几乎不够自己的开支。艾米莉，我们必须接受这个事实：如果爸爸的身体垮了，支撑家庭的全部重担将完完全全地落在我们的肩上。"

我相信，对于这一责任的分量，我比弟弟妹妹感受更为强烈，也许因为我是最年长的孩子——这不是由出生的顺序决定的，而是因悲剧和缺位而获取的一个位置。对于母亲我只有最为模糊的记忆，她在那么些年里生下了六个孩子，在我五岁那年就去世了。我心爱的姐姐玛利亚和伊丽莎白童年时就死了。我和弟弟妹妹受到父亲的教育，由搬过来与我们一起生活的一位对人严格要求、做事有条不紊的姨妈养育，遁入书本和幻想的愉悦世界里。我们在荒漠上漫游，描描画画，着迷地读呀写呀，全都梦想着有一天成为有作品出版的作家。尽管我们的写作梦从来没有消退过，可很早以前就因生活所迫而被放置在一边：我们不得不谋生啊。

向我和妹妹们敞开的唯一职业是——做学校教师或当家庭女教师——两个都是我看不起的签约仆役职业。有一段时间，我曾经相信我

---

① 当一个牧师退休时，他就不得不将他的全部"生计"交给他的继任者，包括他的收入以及任职期间供他使用的住宅。

们的最佳选择是自己开办学校。正是怀着这个目标——我们学会法语和德语，增加我们吸引学生的机会——我和艾米莉三年前去了布鲁塞尔，我还独自多待了一年。回来后，我试图在霍沃斯牧师住宅开办一所学校。然而，尽管我们做出了最为精诚一致的努力，还是没有一个父母愿意把孩子送到这样一个荒凉的地方来。

我不能责怪他们，霍沃斯只是北约克郡的一个小村子，远离任何地方。在我们整个荒漠教区，除了我们自己之外，没有一个受过教育的家庭。这个地区冬天被白雪覆盖，一年中的其他三个季节都受到寒冷无情的狂风的袭击，也没有铁路服务，最近的镇子凯格利位于山谷下面的四英里处。在牧师住宅后面及周围，静静地躺着连绵起伏、无边无际、多风的荒漠山坡。并不是每双眼睛都能像我和弟弟妹妹的那样，在广袤无垠、荒芜凄凉的地形中发现美。对于我们来说，荒漠一直有点像一座天堂，一个可以遁入的地方，让我们的想象力得以疯狂地自由飞奔。

牧师住宅位于一座崎岖陡峭的山坡顶上，是一座结构对称的两层楼的灰石头房子，建于十八世纪末。它俯瞰着一小块难以分辨出来的正方形草坪，在一排矮石墙的另一面，广场紧邻着拥挤不堪、杂草丛生的墓地，再过去就是那座教堂。我们不是热情很高的园丁，因为除了覆盖着潮湿石头和土壤的苔藓外，气候并不适宜植物的生长，沿着我家那条半圆形的砾石小道，只有几株果树和一些零乱的荆棘和丁香花。

虽然花园可能被忽视，但我们的房子并没有如此。房子里里外外的一切都被打理得温馨可爱、一尘不染，从装着乔治王朝时代风格窗格那闪闪发光的窗玻璃，到一尘不染的沙石地板，一直从厨房延伸到楼下的每一个房间。没贴墙纸的墙壁被粉刷成漂亮的鸽灰色，因为爸爸害怕火灾（孩子、蜡烛和窗帘的危险组合），所以我们一直用屋内百叶窗而不挂窗帘，并且餐厅和客厅（爸爸的书房）只铺小地毯。我们的所有房间，楼上和楼下，都分配得紧凑而合理，家具稀少但结实：带绒毛坐垫的椅子和沙发、红木桌子、几个装满我们从小以来就喜爱的经典名著的书架。牧师住宅根本算不上一座华丽的房子，可它是霍沃斯最大的，并因此而小有名气。我们既不要求也不渴望更多，我们深爱着它的每一个角落、每一道缝隙。

"到现在为止，我们霍沃斯已经有七个月没有副牧师协助爸爸了，"我说，"如果不算上奥克森霍普的约瑟夫·格兰特牧师的话。他太忙于自己的新学校了，根本没真正帮上什么忙。"

"明天，爸爸不是要见一个希望很大的副牧师人选吗？"

"是啊。"由于几个月来我一直在处理父亲的来往信件，所以对提到的这个人有一丁点了解。"他是来自爱尔兰的尼科尔斯先生，他回复了爸爸登在《基督教会报》上的广告。"

"也许他会适合的。"

"希望总是有的，一个好的副牧师会为爸爸省下一些时间，到时候我们就全都能够决定该做些什么了。"

"不再有什么好的副牧师这种事了。"我们的白发仆人苔比用口音很重的约克郡长调嘟囔着，她正从食品贮藏室提了一篮子苹果蹒跚着走进厨房。"现如今那些年轻牧师是那么高高在上，瞧不起人，把每个人都踩在脚下。在这所房子里，我是一个仆人，不值得他们以礼相待。他们总是在批评约克郡人和约克郡人的言行举止。他们好像从天上掉下来一样在牧师家里吃吃喝喝。可没有理由啊，什么都不为，就为给女人添麻烦。"

"我不会那么介意的，"我插嘴说，"只要他们看上去满意我们端上来的东西；可他们总是抱怨。"

"老牧师们赛过那一整堆大学的小伙子们。"苔比叹了口气，坐进桌子旁的一张椅子里，开始削苹果。"他们知道什么是良好的行为举止，并且对地位高和地位低的人都和和气气。"

"苔比，"我突然瞥了一眼壁炉上方的钟说，"邮件来了吗？"

"来了，没有你的邮件，孩子。"

"你肯定吗？"

"我没长眼睛吗？你指望谁会给你写信？两天前你不是刚收到你朋友爱伦的一封信吗？"

"是的。"

艾米莉目光犀利地瞥了我一眼。"不要告诉我你还在希望收到来自布鲁塞尔的信?"

我感到一股热浪涌上脸庞,眉毛上冒出汗来。我告诉自己这是因为火炉的温度,与艾米莉的话语或犀利猛烈的眼神没什么关系。"没有,当然没有。"我撒谎说。我用围裙角擦了擦额头,这样做时,眼镜上沾了面粉。我飞快地把它们取下来,轻轻擦了一下。

事实上,我以前收到过来自布鲁塞尔的五封信,它们藏在我梳妆台最下面一个抽屉里:来自某个男人的信件,已经被阅读和重读了那么多次,以至于随时可能因磨损而在折缝处破碎。我渴望还有另一封书信,但自从收到最后一封起已经整整一年了,那封信却一直没来。我感觉到艾米莉的眼睛在盯着我,在家里的所有人中,她最了解我——并且从没有本身一样东西逃脱过她的眼睛。不过,还没等她再说什么,门铃的绳索就开始震动,接着门铃响了。

"在这么糟糕的天气,会是谁呀?"苔比问道。

一听到铃声,舒舒坦坦躺在火炉旁的那两条狗跳了起来。那条查尔斯国王长毛垂耳狗毛毛,性情温顺、毛发光滑、黑白相间,它只是心平气和、饶有兴趣地眨了眨眼睛。艾米莉的狗养养,是一条笨重庞大、长着狮子一样的黑头的滑皮短腰看家狗,它大声吼叫着冲向厨房门口。艾米莉立即抓住它的铜项圈,把它拉了回来。

"养养,别叫!"艾米莉叫道,"我真希望不是格兰特先生或布莱德利先生来喝茶,今天我根本没心情服侍本地的副牧师们。"

"喝茶还太早。"我说。

养养继续凶猛地狂吠着,艾米莉使出全身的力气来控制它。"我把它关进我的房间去。"艾米莉说着,飞快地走出厨房,上了楼梯。

我非常明白艾米莉对陌生人的厌恶,知道她不会那么快回来。由于苔比又老又瘸,而通常处理家里最粗活计的女仆玛莎·布朗因膝盖疼回家待一个星期,所以开门理所当然是我的工作。

整个上午都在厨房里弄得又热又累,我没时间考虑我的外表,只是在门厅的穿衣镜里顺便扫了一眼。我从来不喜欢看自己的形象,我个头极为矮小，镜子里的那张五官平平、脸色苍白的脸上总是能发现不满意之处。这时，使我更加沮丧的是，快速的一瞥使我想起自己穿着最旧最难看的连衣裙，头上包着头巾，围裙上是一道道面粉和正在制作的派里面的香料，两手和额头上也沾了面粉。我迅速用围裙轻轻拍了一下额头，那只是把事情弄得更糟了。

门铃又响了，我赶紧跑下大厅，毛毛的脚趾甲在我脚跟后边答答地敲打着石头地板。我来到前门，打开了门。

一股风雨径直猛吹进来，我面前的台阶上站着一个看上去二十七、八岁的年轻人。他裹着一件黑色的大衣和礼帽，躲在一把遭到风雨围攻的黑伞下。令他惊慌失措的是，一阵风刮过，那把伞突然翻了个底朝天。此刻，没了雨伞的保护，一眼看过去，他极像一只淋湿了的大耗子。他眯斜着眼睛，狂乱地拼命想扶正雨伞并眨着眼睛抵挡那猛冲来的雨水，因此我难以看清他的长相。更加糟糕的是，他一看见我就立即摘去礼帽，结果被暴风雨愈加彻底地浇淋。

"你的主人在家吗？"他声音深沉、饱满，夹带着的凯尔特口音，立即表明他是爱尔兰人，略带的一丁点苏格兰口音又使得事情更加复杂了。

"我的主人？"我气愤地重复道——紧接着是一种屈辱感，他误以为我是仆人！"先生，如果你指的是帕特里克·勃朗特牧师的话，他的确在家，他是我父亲。请原谅我的外表，我通常不是从头到脚盖满面粉来迎接客人的，今天是烘烤日。"

年轻人看上去一点也没为他的失误不安（也许是因为他正被冰冷刺骨的雨敲打着），他只是眯斜着眼睛说："抱歉，我是阿瑟·贝尔·尼科尔斯。我一直在与你父亲就副牧师一职通信，原定明天到，但由于我比预计的提前一天到了凯格利，我想我可以顺便来拜访一下。"

"啊，是的，尼科尔斯先生，请进来。"我客气地催促道，退后一步，让他飞快地从我身边走进门廊。把呼啸的风雨关在门外后，我抬头对他一笑，说道："真是一场可怕的暴雨啊，是吧？我一直指望能看见一队动物成双成对地跑下小巷呢。"

我等着他报以微笑，或者用类似的轻松情绪回答我，可他站在那里，像一座雕塑一样盯着我，帽子和伞拎在手里，雨水滴在石头地板上。这时，他已经摆脱暴风雨进到屋里，我可以看出他体格健壮、肤色黝黑，长着一张五官宽大迷人的脸，突出却英俊的鼻子，以及坚毅的嘴唇。浓密的黑发，由于浸得湿漉漉的，像流动的卷须紧贴在头盖上。他个子至少有六英尺——比我整整高了一英尺。我记得他信中说他二十七岁——几乎比我小两岁。我想，如果他原本干净的脸上没有圈上一丛修剪得整齐的黑络腮长胡子，那他看起来会更加年轻。他两眼含蓄而又睿智，然而，此时他避开我的眼神，腼腆地扫视了一眼大厅，仿佛决定看看什么都行，就是不看我。

"我想，"我又试探道，"你在爱尔兰习惯这种倾盆大雨了吧？"

他点了点头，盯着地板，没有回答；显然，他在门口的声明是他对讲话的唯一尝试了。毛毛站在新来者的脚边，睁着好奇和期待的眼睛仰望着他。尼科尔斯先生，尽管湿漉漉的，而且明显非常寒冷，但还是冲着狗笑了，弯下腰来，轻轻地拍了拍它的头。

我在围裙上尽量擦了擦沾满面粉的双手，说："把帽子和大衣交给我好吗，先生？"

他看起来犹豫不决，但却静静地把他那把滴水的伞递给了我，然后脱下刚刚提到的衣服，交给了我。我看见他的鞋子湿透了，沾着一块块淤泥。"别告诉我你冒着这样的天气一直从凯格利走过来的，尼科尔斯先生？"

他点了点头。"对不起，弄脏了你的地板。按门铃前，我尽最大努力刮了刮泥巴的。"

他说话了！完整的两句话，不管有多简短！我把这个看作是一个小小的胜利。"放心吧，这种石头完全适应了踩踏进来的泥巴。我去给你拿块毛巾来，你愿意在厨房的火炉旁暖和一下身子吗，尼科尔斯先生？"

他看上去大吃一惊。"厨房？不用，谢谢你。"

他说"厨房"这个词时语气里的惊讶和屈尊令我吃惊。在我听来，它隐含着对这个地方的实质有一种由衷的反感：似乎他认为进入一个通常与女士密切相连的房间太有失他的身份。我的怒气升了起来。"对不起，餐厅里没有火，"我试探着说，"不然我会让你去那里的。不过，厨房里是非常温暖舒适的，你可以在那里烘干几分钟，没有人会打搅你的，只有我和我们的仆人，然后我就带你去我父亲的书房。"

"我现在就要见你的父亲，如果可以的话。"他飞快地回答，"他肯定有炉火吧。给我一条毛巾的话，我会感激的。"

去给他取毛巾时，我想道：唔，这是一个非常傲慢自大的爱尔兰人哦。相比之下，我们前任副牧师——那位被人瞧不起的史密斯牧师——在我看来还真是个宝物呢。过了一会儿，我拿了一条毛巾回来，尼科尔斯先生一言不发地擦去头发和脸上的雨水，接着用它擦净了鞋子，最后把那条又湿又脏的毛巾还给了我。

为了尽快摆脱他，我领着他穿过大厅来到爸爸的书房门前，说道："近来父亲的书信是由我处理的，所以我想我已提醒过你，我父亲的视力削弱得很严重。他能够看见你，但形象是模糊的。医生说他最终会彻底失明。"

尼科尔斯先生的唯一回答是沉重地点了点头，伴随着一句："是的，我记得。"

我敲了敲书房门，等待着爸爸的反应，然后打开门，宣布尼科尔斯先生到了。爸爸惊讶地从火炉旁的椅子上站起身来，面带微笑地与新来者打招呼。爸爸是一个身材消瘦但却体格结实的高个子男人，曾经英俊的脸上布满了岁月的纹路。他戴着跟我相似的金属丝镜框的眼镜，一周七天都在炫耀他黑色的牧师服。他那堆蓬乱的白发，颜色与总是围在脖子上的一大片丰厚雪白的围巾一样（以防感冒），因此整个下巴完全淹没在了围巾里面。

尼科尔斯先生穿过房间，握住爸爸的手。我撇下他俩，匆忙上楼去收拾收拾，我为自己如此衣冠不整地迎接一位陌生人而感到羞愧。我解下头巾，把一头棕色的头发梳理整齐，盘起来，用发夹固定好，然后换上一件干净的银灰色长衣——当然是丝绸的。（自从来到霍沃斯，爸爸为那么多因为太靠近炉边而衣服着火的孩子们宣读过葬礼祷告词，所以他对亚麻和棉布敬而远之，坚持要我们只穿毛料或丝绸衣服，因为这些面料没那么容易着火。）换上教友会教徒服装后，我感到舒服和自在了一些。我想，也许本人缺乏美貌的优势，但至少不会再因衣服的样式而在客人面前丢人现眼吧。

我回来时艾米莉已经回到厨房里干活，我为她和苔比再现了刚在前门发生的那个小场景。"'厨房？'"我试着模仿尼科尔斯先生的声音和不屑说道，"'不用，谢谢你。'好像他永远不会屈尊踏入一个女人们常用的房间。"

艾米莉笑了。

"他说这话的腔调像一个地地道道的畜生呢。"苔比说道。

"希望这是一个简短的会面吧，很快我们再也不会见着他了。"我说。

端着茶盘走近书房时，我透过那扇微微敞开着的门，可以听见两位爱尔兰人用浑厚的声音在里面交谈。尼科尔斯先生的爱尔兰口音非常明显，掺和着一丁点有趣的苏格兰口音。爸爸从上大学的第一天起就想方设法去掉自己的口音，但是一种爱尔兰的韵律总是使他的语言带上明显的印记，这个印记在他的后代身上被磨掉了，包括在我本人身上。两人聊得正欢，此时还突然开怀大笑——这是一个令我惊讶的情况，因为我只从尼科尔斯先生那里套出那么少的几个音节，而且连一丝微笑也没见着。

我正要进去，忽听爸爸说道："我告诉她们：不停地做针线活，学会做衬衣、做长袍、做派儿皮，这样的话，有一天你们会成为聪明女人的。她们就是不听。"

对此，尼科尔斯先生回答道："我赞成，女人最擅长的是上帝给予她们的职业，勃朗特先生——那就是在做针线活或在厨房里的时候。您的确非常幸运啊，有两个老处女女儿为您打理家园。"

我心里突然火冒三丈，差点摔了茶盘。爸爸有关妇女的观点我是完全知道的，我和妹妹们一辈子都在就这个主题与他进行争论，试图说服他女人有和男人一样多的知识、本事，应该允许她们在厨房外面展开翅膀，但都没有成功。在现实生活中，他发了善心——终于让我们和弟弟一起学习历史和古典文学——可理论上他并没有让步。他坚信我们学习拉丁语和希腊语、读维吉尔和荷马完全是浪费时间。

爸爸的这种固执行为，我可以原谅，即使无法容忍。他六十八岁了，是一位可爱的老人，他的身心都被他那一代人的信仰所蒙蔽。可是，对于一个像尼科尔斯这样受过大学教育的年轻人，人们会期盼他有一种胸怀更加开放、思维更加自由的思考方式！——因为此时正在考虑让他担任的这个职位，要求他与我们社区不同性别和年龄的人能够密切合作。

我背靠在门上，全身热血沸腾。随后，我将门彻底推开，大踏步地走了进去。两位绅士正紧挨在一起坐在壁炉旁，温暖的炉火创造了奇迹：尼科尔斯先生此时看上去温暖舒适，黑色的头发分搭在宽阔的额头上，光滑、浓密、带着健康的光泽。我们的黑色斑猫汤姆躺在尼科尔斯先生的膝头。他一边开怀大笑一边心不在焉地抚摸着那只猫，它则心满意足地喵喵叫唤着。然而，我一走近，那位绅士脸上的热烈神情马上消退了。他坐直了身子，使得那只猫从他的膝头跳了下来。显然，这个年轻人不喜欢我。我根本不在乎，冲他最后说的那句话，我对他可能怀有的一切尊敬已经荡然无存。

"爸爸，我把你们的茶端来了。"我把盘子放在尼科尔斯先生身边的小桌子上。"我不想打搅你们，那就把你交给能干的尼科尔斯先生了。"

"噢！夏洛蒂，留下来冲茶啊！你的茶怎么喝，尼科尔斯先生？"

"怎么喝都可以，"尼科尔斯先生回答。爸爸笑了。尼科尔斯先生生硬地对我说："请加两块白糖吧，再要一片涂黄油的面包。"

对他发号施令的样子，我那女性特有的心灵很是反感，要是依着我的脾气，我会切下那片面包扔到他傲慢无礼的脸上。不过，我控制住自己，遵照他的命令做了，接过去的时候他还是体面地道了声谢。我留下盘子，逃回厨房。在那里，在接下来的那一个钟头里，我和艾米莉以及苔比大部分时间都在感叹心胸狭窄的男人们所做的蠢事。

"在二十九岁就被一个自以为是、不肯踏足我们厨房的男人叫作老处女！"我轻蔑地叫道。"接着，又用同样的口气，指望我伺候他，给他的面包涂黄油——太忍无可忍了！"

"他也叫我老处女呢。"艾米莉耸了耸肩说,"他还从来没见过我。我想你是不会介意的,你以前总是说你永远不会结婚啊。"

"是的,可那是我自己选择的。我有过两次被求婚,我都拒绝了。老处女这个词暗指一个年老色衰的老姑娘,没有任何人爱,没有任何人要。"

"现在谁说话的腔调神气活现、不可一世啊?"寡妇苔比插嘴道,卡嗒一声搭了一下舌头。"我认为两个寄信过来的求婚并不是什么值得夸口的事情。"

"这表明我有择偶标准。只有相互爱慕,我才会嫁给一个不仅爱我、尊敬我,而且尊敬全体妇女的男人。"我坐进火炉旁的摇摇椅里,苦恼极了。"男人总是引用所罗门的贞洁女子,作为我们'女性'应该成为的典范。好啊,她是一个制造者:她制造精细的亚麻布衣服和皮带,并且出售!她是一个农业家和管理者:她购买地产,种植葡萄园!然而,人们允许今天的女人像她那样吗?"

"不允许。"艾米莉回答。

"人们不允许我们拥有任何职业,只有家务活和针线活;没有人间乐趣,只有一次毫无意义的'做客',并且一辈子没有好转的希望。男人们指望我们满足于这种枯燥乏味和毫无意义的命运,千篇一律、毫无怨言、日复一日,仿佛我们没有做其他事情的才能和基因。我问你们:男人们能这样生活吗?他们不会非常厌倦吗?"

"男人一点也不懂女人在生活中面对的艰难。"苔比厌倦地摇了摇头。

"即使看到了,"艾米莉赞同,"他们也会无动于衷的。"

我终于舒了口气,在尼科尔斯先生身后关上了前门,然后大步跨进爸爸的书房,说道:"希望这是我们最后一次见到那位先生了。"

"正好相反,"爸爸回答,"我聘了他。"

"你聘了他?爸爸!你不会是认真的吧?"

"他是我多年来面试过的最佳人选,他让我想起威廉·韦特曼。"

"你怎么能这么说呢?他一点也不像威廉·韦特曼!"爸爸的第一个副牧师韦特曼先生受到整个社区的爱戴,尤其是得到我妹妹安妮的爱慕,不幸的是,三年前他在探视病人时染上伤寒去世了。"韦特曼先生活泼、迷人、和气,很有幽默感。"

"尼科尔斯先生也很有幽默感。"

"我没看到这样的迹象——除非或许是以女人为代价吧。爸爸,他心胸狭窄、傲慢无礼、过分内向。"

"内向?什么,你开玩笑吧?啊呀,我的耳朵都快被他讲得爆炸了。我记不起最后一次与人如此投入的愉快交谈是什么时候了。"

"他对我说了不到三句话。"

"也许是与刚认识的女人说话他不自在吧。"

"要是这样的话,他在社区里怎么开展工作?"

"我预计他会开展得很好。你是知道的,他是有人鼎力推荐来的。现在我明白是为什么了。他去年毕业于圣三一学院,是一个好人,头脑理智。我们有很多共同之处,夏洛蒂。你能想象得到吗?他出生于北爱尔兰的安特里姆郡,离我长大的地方大约四十五英里。我们俩都来自十个孩子的家庭,父亲都是穷苦的农民,都是受到当地牧师资助上的大学。"

"所有这些相似之处都很好,爸爸,但是这些会使他成为一个好副牧师吗?他是那么年轻。"

"年轻?他当然年轻!我的姑娘,年薪九十英镑不可能指望找到一个有经验的副牧师的。他甚至还没有获得圣职任命,所以我们得再等一个月左右他才能开始行使他的职责。"

"再等一个月?有很多事情要做啊,你能等那么久吗,爸爸?"

爸爸笑了。"我相信尼科尔斯先生会值得等的。"

2

五月的最后一个星期,尼科尔斯先生住进了教堂司事住宅——紧挨着教堂学校的一座低矮的石头建筑。从牧师住宅及其门前那带围墙的小花园出来，沿着鹅卵石小巷往南走几步就到了那儿。我有欢迎他的义务，于是在他到来后的第二天，我照常准备了一篮自家制作的东西去欢迎他。

那是一个晴好的春晨，我提着礼物走出牧师住宅的大门，朝刻石棚里的石刻匠友好地点了点头。他正忙着用留下永久印记的凿刀不停地刻着，在堆积于棚里的一块大石板上雕刻着新近辞世者的纪念碑文。

"尼科尔斯先生！"我叫道，因为我看见那位先生正从他的住处出来。他拐进小巷来迎接我，我笑着把篮子递给。"我和家人欢迎你成为我们的邻居呢，先生。真心希望你安顿顺利哦。"

"我正在安顿呢，"他惊讶地鞠了一躬回答，"谢谢你，勃朗特小姐，你太客气了。"

"这没什么，先生，只是一个面包、一个小蛋糕、一罐醋栗果酱，但都是我和妹妹亲手做的。我补充一下，我还亲自给那条亚麻布餐巾镶了边呢，因为我知道，你认为女人最擅长的是上帝赐予她们的职业——那就是她们在做针线活或在厨房里的时候——我想你会觉得这是一份最为恰当的礼物的。"

令我满意的是，他的脸涨得通红，一言不发。

"我得走了，"我补充道，"我在家里还有很多事情要做呢，我深深沉醉在麦考莱的《古罗马民谣》和夏多布里昂的《历史研究》的阅读中，而且我就快把荷马的《伊利亚特》从希腊文翻译过来了。失陪了。"

直到星期天上教堂时我才再次见到尼科尔斯先生，那天是他首次履行副牧师的职责。大声朗读祷告词时，他的举止和语气里流露出一种发自内心的凯尔特人情感，这一点听众似乎极为欣赏。然而，礼拜仪式结束后，对走上前来和他说话的听众，他只是庄重地点点头、鞠鞠躬，几乎一句话也没说。

回到牧师住宅后，我向艾米莉抱怨此事时，艾米莉说："也许尼科尔斯先生纯粹是害羞，他可能和我们一样反感与陌生人交谈，毕竟他只是刚刚到来，他的确有一副非常好的嗓子呢。"

"要是他内向得连话都不愿意说，那么有一副好嗓子并不一定就是一位受欢迎的好演说家。"我回答，"当真说话时，他的观点却傲慢无礼、狭隘小气。我敢肯定，即使熟悉以后他也不会有什么改进的。"

尼科尔斯先生来霍沃斯的几周以后，我接到安妮的信，宣称她和布兰韦尔会比预计的提前一周从绿庄府回家来过暑假。对于突然改变计划的原因安妮没有解释，可是由于她的信是在火车应该到达的前几个小时才送到的，我和艾米莉不得不几乎是立即动身，徒步走到四英里外的凯格利去接他们。

这是六月份的一个下午，天空蔚蓝，阳光明媚。自从圣诞节以来我们就没见过弟弟妹妹，所以都非常期盼着他们回来。

"到了。"一声尖锐的汽笛声宣告四点钟的那班火车到了，艾米莉应声从凯格利站坚硬的木凳上站起身来叫道。机车沿着铁轨咆哮而至，发出呼啸刺耳的刹车声，喷出大量的蒸汽，缓缓地停了下来。几个旅客下了车，我终于看见了安妮，我们飞奔到她身边。

"你们提早回家了，真是太棒、太意外了啊！"艾米莉拥抱着她说。

安妮二十五岁，个头和我一样矮小，有着一张甜甜的、讨人喜欢的脸蛋和可爱的白皙皮肤，紫蓝色的眼睛里闪露着柔情，淡褐色的头发高高拢在脑后，一小圈一小圈的鬈发优雅地垂在脖子上。安妮小时候说话口齿不清，幸运的是长大后好了。不过，这一弱点使她变得内向腼腆。同时，她有似乎很少改变的安静性情，支撑她的是对更高精神境界的深切持久的信念，以及对人类性本善的信念。我很快就将发现，她对后一点的信念最近有了多少改变。

这时我打量着安妮的表情，发现她比往常更加苍白了。拥抱时，我感觉怀中的她瘦小得像一只小鸟。"你还好吧？"我关切地问道。

"我很好，我喜欢你的新夏裙，夏洛蒂。什么时候做的？"

"上周做完的。"虽然我喜欢这件衣服，它是我用布满精致白花图案的淡蓝色丝绸做成的，可是我没有心情讨论我的服饰。在我看来，安妮提到它只是为了把我的注意力从我提出的问题上分散开来。不过，还没等我进一步询问，弟弟就从火车上跳了下来，对着两个搬运工发号施令。他们正把一只熟悉的旧箱子搬到站台上来。

"安妮！"我吃惊地叫道，"那是你的箱子？"

安妮点了点头。

"你为什么把它带来了？噢！你要搬回家吗？"艾米莉高兴地叫道。

"是的。我已经交了辞职信，再也不回绿庄了。"安妮脸上掠过一丝如释重负的神情，可与此同时，她的眼里好像充满某种说不出的焦虑。

"我太高兴了。"艾米莉又拥抱了一下安妮说。"我不知道你是怎么忍受了这么久的。"

这个消息让我震惊。我知道，从开始给罗宾逊家当家庭女教师的第一天起，安妮就一直不开心。办学校的计划泡汤时，她是我们中间最失望的一个，因为正如她所说的那样，那个计划使她有了一个盼头："一个逃离绿庄的合理途径"。安妮从来没有向我们吐露过她不满那里的具体原因，只是承认对家庭女教师职位有着和我们一样的不满，以至于我觉得不好再多打探。

对于有些人来说，有一点可能显得奇怪，像我们三姐妹这样，年龄如此相近，教育、品味和情趣如此相似，并且因为相爱而如此亲密，竟然还能够守住各自的那部分秘密。可事情就是这样。童年时期，我们先后失去姐姐玛利亚和伊丽莎白，在遭受那个毁灭性的痛苦时，我们成了行家里手，将我们的痛苦——并且作为名副其实的行家里手，将我们内心深处的思想和情感——掩藏在勇敢和快乐的面容背后。多年后各奔东西时，这种能耐便被保留下来。

真的，尽管我在布鲁塞尔的第二年遭受了那么多痛苦，但我从未对任何一个妹妹透露过一个字。我对安妮不坦率，怎么能指望她对我更坦率呢？不过，既然她回家了，事情已经到了一个症结之处，我必须弄清发生了什么事。

"安妮，"我说，"我赞赏你离开绿庄的勇气，假如你不开心的话。你知道我是多么看不起家庭女教师的生活，可是，在我们的经济前景如此不确定的现在，抛弃如此稳定的一个职位是非常令人吃惊的。到底是什么事情迫使你如此突然地离开呢？在信里为什么没有提起呢？"

安妮脸红了，不知因何缘故瞥了布兰韦尔一眼，他正忙着安排把她的箱子和他们的袋子装上一辆等候在那里的运货马车，以便过后送往我们家。"没什么要紧的原因，家庭女教师我已经当够了，就这么回事。"

艾米莉看着她。"你知道我能像读书一样读懂你的脸，安妮。有什么事情在困扰你———件新近发生的事。是什么事呢？你有事瞒着我们？"

"没什么事。"安妮坚持说，"噢！回到家里真好啊！唔，反正差不多到家了。我是多么盼望这一天啊！"

此时，布兰韦尔和运货马车司机交涉完毕，敞开双臂笑容满面地转向我们。"来吧，给我一个拥抱吧！我最心爱的老姐们？"

我和艾米莉笑着和他拥抱。"我们身体很好，心情更好，"我说，"因为有你们来这儿陪我们了。"

我的弟弟二十七岁，中等个头，英俊，宽肩，精瘦的运动员身材，一副眼镜凌驾于罗马式鼻梁上，齐下巴的浓密红发上角度时髦地戴着一顶帽子。布兰韦尔聪明、热情、有天赋，他一副自信满满的神气，散发出他独有的男性魅力。在过去的十年里他不幸染上了酒瘾，而且——使我们永远恐惧和尴尬的是——偶尔喜好吸食一剂鸦片。令我松了一口气的是，我看见此刻的他两眼清澈明亮、情绪饱满。

"你怎么从不写信？"我质问道，又爱又恼地用肘子碰了碰他。"在过去六个月里，我寄给你的信肯定有半打，可你从来没回过一封。"

"最近我没时间和耐心写信，我几乎每分钟都在忙。"

"你能回家来休息一下真是太好了。"我说。

"爸爸是多么盼望见到你们俩啊，"艾米莉插嘴说，挽住布兰韦尔的胳膊，大家一起离开车站。"要是走得快，回到家里时，我们正好会赶上喝茶。"

"现在走回家太热了，"布兰韦尔发起了牢骚，"我们先到德文郡海湾酒店停留一下，等天气凉快下来再回去吧。"

我和妹妹们交换了一下眼色，我们非常清楚布兰韦尔从不会只在一家酒店停留而不饮酒的——他选择的饮料不会是茶。一杯酒毫不例外会变成三杯——或五杯，我们最不愿意看到的就是我们的兄弟在回家的路上喝醉。

"我特别答应爸爸我们会径直回家的。"我说。

"天气不太热。"安妮急忙补充说。

"这是一个可爱的日子，用来散步实在是太完美了。"艾米莉坚持。

布兰韦尔叹了口气，翻了翻眼珠。"很好。我看出来了，在这个群体里，男人的选票是不起作用的。"

我们走下凯格利的正街。这是一个繁荣的小镇，有着充满活力、相对新潮的市场，四周是一排漂亮的建筑。小镇的位置并不特别讨人喜欢，位于山坡间的凹地里，天空经常被附近多家工厂的烟雾染黑，可我们仍然是常客，因为凯格利的许多商店供应的某些商品和服务在我们小村里买不到。

"爸爸好吗？"安妮问道。

"他从不发火，从不失去耐心，只是忧心忡忡、闷闷不乐。"艾米莉回答。

"我多么担心他啊，"安妮说，"要是瞎了的话，他会怎么样呢？还有我们？你们认为他会失去职位吗？"

"爸爸不会失去职位的，"布兰韦尔坚持说，"他在教区里是很受敬重的——夏洛蒂，你在最后一封信里不是说他聘用了一个副牧师吗？"

"是的，尼科尔斯先生。我认为他极为讨厌。"

"为什么？"

"他非常内向和偏狭。"

"可他能干吗？工作干得怎么样？"

"时间太短还看不出来，他几周前才开始呢。"

"这个尼科尔斯先生一定是个好人，如果是爸爸选中的话。"安妮说。

"爸爸也选中过詹姆斯·史密斯呢，"我回答，"而他就是一个粗野、傲慢和图利的人。"

"爸爸永远不会重复那个错误的，"布兰韦尔说，"如果这个尼科尔斯先生能代表爸爸处理哪怕是教区职责的一半，那么他就值和他身体等重的黄金。"

此时我们已经来到小镇的郊外，开始攀登那些连绵起伏向上的漫长山坡，工厂从路边的一排排灰色石头农舍之间探出头来。"你们回家待多久，布兰韦尔？"我问道，"有一个月吧，我希望。"

"我下周就得回去。"

"噢，"艾米莉失望地说，"为什么待那么短时间？"

"绿庄需要我呀，但七月份我还会回家的。罗宾逊一家人自己去斯卡伯勒时，我就度我余下的假期。"

"什么事情使你这么忙碌，都不能度一个像样的假期？"我问道。

我看见安妮一言不发地斜睨了布兰韦尔一眼，他无缘无故地脸红了，快速地说道："唔，除了给小罗宾逊先生当家庭教师以外，我现在还给全家的所有女人上美术课呢。"

"美术课？"艾米莉说，"这是怎么回事啊？"

"相当意想不到呢。有一天，我和那家的女主人提起我年轻时学过绘画，曾在布拉德福德待过一年，想使自己成为一个肖像画家，她便执意要我给她画像。画完后罗宾逊太太是那么高兴，就请我教她——还有她的三个女儿——画画。"

"这下你的天赋得到好好发挥了。"艾米莉说道。

"结果是，"布兰韦尔继续热情高涨地说，"罗宾逊太太本人有着相当高的艺术天赋。由于去度假之前她急于继续画完手头的作品，所以她要我一周后就回去。"

日记：我承认，对于布兰韦尔这项最新的艺术工作，我突然有一种强烈的嫉妒感。原谅我有这样的感觉，我知道这些感觉是不那么厚道的，我会努力克服的，可是在多少个漫长的年年岁岁里我也曾和弟弟一样怀有成为艺术家的野心，但都是徒劳啊！年轻的时候，我和妹妹们全都跟着布兰韦尔的同一个老师学习绘画，我们为之废寝忘食、激情澎湃。我花了大量时间拿着粉笔、铅笔、彩色蜡笔和颜料块，趴在画纸和布里斯托尔画板上，根据我的想象创作图画，或是小心翼翼地临摹印刷品，或者书籍和杂志上翻印的名作版画。十八岁时，我的两幅铅笔画甚至被挑选出来在利兹的一个有影响的美术展上展出——可是因为布兰韦尔是男孩，爸爸决定让他继续学习。弟弟有这个机会我并没有嫉妒；但是，当时我是多么深切希望自己也学会画油画啊！相反，我的课程结束了，过了一段时间，我放弃了这一追求①。

"夏洛蒂，你写了什么新东西吗？"

弟弟的话打断了我的思绪，我眨了眨眼睛，重新定了定神，意识到自己一定漏掉了谈话的部分内容。这时我们已经过了工厂，途经无树的开阔田野，那儿像一张棋盘一样被没有尽头的石头围墙划分成一块块。好笑，我笑着想到，布兰韦尔居然在我冥想美术的时候问起写作的事，可这两件事情从某种意义上来说是密不可分的。

我还没来得及回答，艾米莉就说道："根据我的观察，夏洛蒂一年多来一个字也没写。"

"是真的吗？"布兰韦尔吃惊地问。

我考虑了一下该怎样回答这个问题。事实上，十八个月前我从比利时回来以来，我一直在暗地里写诗歌和散文，在夜深人静的时候，企图卸下仍然重压在心头的悲痛。我意识到这种做法再也隐藏不住了，因为安妮如今回家了，她将和我共睡一张床。"我最近没写什么值得一提的东西。"我说。这是我所希望的最接近事实的说法了。

"为什么不呢？"布兰韦尔问道，"和我一样，写作是深深盘踞在你血液中的，夏洛蒂。你曾经告诉我，哪怕一天不动笔在纸上或多或少地写点什么，那对你的灵魂都是纯粹的折磨。承认吧：你至少还在想着安格利亚和你的萨莫拉公爵吧。"

安格利亚是我和布兰韦尔小时候虚构的王国：一个气候温和的非洲

---

① 夏洛蒂·勃朗特已知的图画、素描和油画现存的有近两百幅，就其本身而言全都令人陶醉。它们反映出与生俱来的艺术家的迹象，以及对细节的极度关注，这一点她后来在写作中展示出来了。

景观，先是叫做"玻璃城联邦"，里面住着一帮聪明和富有的人物，他们着迷地恋爱、宣战、冒险，对于我们来说就像生活本身一样真实。我童年的男主角是著名的威灵顿公爵，当我年龄增长而不再需要他后，我为他创造了一个想象中的儿子，萨莫拉公爵（先后叫做阿瑟·奥古斯塔斯·艾德里安·韦尔斯利、杜罗侯爵和安格利亚的国王）。萨莫拉是一个诗人、战士、政治家和沉溺于女色的人。在无数的故事中，他抓住了我的思想和灵魂，在我二十五、六岁上离开比利时的时候，我仍然怀着极大的愉悦在写着这些故事，但从那以后我就再也没写过有关他或安格利亚的一个字了。

"我想我们在布鲁塞尔的老师说了些令她泄气的什么话。"艾米莉说。

我脸上涌起了一股热潮。"这不是事实。赫格尔先生非常支持我的写作，他说我有这个天赋，并且帮助我琢磨和完善技艺。我从他那里学到的东西比别的老师都多，可他也逼着我重新审视我当时写作的形式，以及它在我未来人生道路上的位置。"

"那是一条怎样的未来道路呢？"布兰韦尔问道。

"我二十九岁了，再胡写年轻时写过的那些愚蠢浪漫的故事已经没有意义。在我这个年龄，应该修剪和整理想象力，培养判断力，清除掉青春期的无数幻想。"

布兰韦尔哈哈大笑。"哎呀，夏洛蒂！听你的口气好像你是一百二十九岁，而不是二十九岁呢。"

"没什么好笑的，我现在必须认真起来，必须关注那些实际和稳健的事情。"

"在不放弃写作的情况下，我们也可以实际和稳健的。"安妮插嘴道。

"我们？"我望着她，"你一直在写作吗，安妮？"

安妮和艾米莉交换了一下眼神。犹豫了一会儿后，安妮说："也不是——至少没写什么紧要的东西。"

我的好奇心被撩拨起来，安妮显然一直在写作，可和我一样不愿意谈及。至于她作品的主题，我可以大胆猜测一下。孩提时代，艾米莉和安妮创建了一个想象中的世界，叫做北方世界———一个由女性统治的热情奔放、充满戏剧性的黑色世界———她们用诗歌和散文记录心爱角色的历险故事。虽然很多年来妹妹们不再与我分享她们的劳动果实，但我知道，直到今天，她们仍然用窃窃私语的秘密交谈，从饰演关于贡代尔的场景中获得极大的乐趣。

"我想写作是我们家族的遗传，"我说。"我会永远爱着它，可我感觉自己必须找到某件更为实用、更有价值的事情来打发时光。有一天，我们也许得养活自己，而写作并不能带来收入。"

"但它是能够带来收入的，"布兰韦尔说，突然神秘地一笑，一边脱掉帽子，把头朝后一仰，让热辣辣的太阳充分照耀在脸上。

"笑什么？"艾米莉问。"有人买了你的什么作品吗，布兰韦尔？"

"是啊，我刚在《约克郡报》上发表了四首十四行诗。"

"四首十四行诗？"我激动地惊叫道，"这是什么时候的事？"

"上个月，他们刊出了我多年前写的《黑梳子》和《牧羊人的丧主》，以及两首新诗，叫做《迁徙者》。"布兰韦尔立即激情洋溢地朗诵起来，对着田野和天空发布他的新诗。我倾听着他清晰、有力的声音，禁不住一阵喜悦和几分羡慕。布兰韦尔生动热烈的发布风格是他从小就拥有的天赋，即使是最普通的诗歌，他也能把它演绎得像一首杰作。表演结束后，我和妹妹们鼓掌喝彩，布兰韦尔则向我们鞠躬致谢。

霍沃斯仅有一条陡峭狭窄的曲折街道，而此时我们已经到达它的尽头。我们再度精神饱满地向山坡上冲去，脚板敲击着石板路面，路过密密麻麻堆积在一起的石板屋顶的灰石头房子和商店，灵巧地绕过占据大半路面的两匹马及马车，很快就到了教堂前面山坡上的霍沃斯墓地。那天是洗涤日：一群主妇和洗衣女聚集在墓地里，一边兴高采烈地叽叽喳喳聊着天，一边将湿床单和洗过的衣服铺展在墓碑石上晾晒。由于墓碑石大多数是巨大的石板，像桌子一样平躺在低矮的基座上，因此构成了一个极为便利的晾晒场所。

我们左转进入教堂巷时，一个带爱尔兰口音的深沉声音拖得长长地说道："这是极为不敬的。"我看见尼科尔斯和格兰特先生一道走出教堂司事住宅。格兰特先生是奥克森霍普的副牧师，一位我们非常熟悉的年轻人，因为在过去的一年里他曾多次在教区里协助过爸爸。"教堂墓地是一方圣地，"尼科尔斯先生继续说，"让墓碑石覆盖在湿床单和衬衫下面是一种亵渎。"

"我同意你的意见，"格兰特先生回答。他是一个瘦个子男人，红红的肤色，声调很高，鼻音很重，"但是，习俗就是习俗，你肯定不想与霍沃斯的所有女人作对吧。"

一见到我们，两位年轻的利未人后裔中断了谈话。给尼科尔斯先生送去欢迎篮后已经三周了，我还没和他说过话呢。见到我，他表情僵硬了。两个男人都转身朝我们的方向走来，他们好奇地瞥了一眼安妮和布兰韦尔，同时脱去牧师帽招呼道："下午好。"

"下午好。"我回答，"尼科尔斯先生，请允许我介绍一下我弟弟布兰韦尔和我妹妹安妮·勃朗特小姐。布兰韦尔、安妮：这位是阿瑟·贝尔·尼科尔斯牧师——霍沃斯的新副牧师。"

尼科尔斯先生与布兰韦尔握了握手，向安妮行了一个正式的鞠躬礼。"我想我是看出了一家人的相似之处呢，两位幸会。"

"幸会，先生。""还有你，先生。"布兰韦尔和安妮答道。艾米莉，按照她一贯的风格，一句话也没说。

又是一阵握手和鞠躬，其间那位更显活跃的格兰特先生说道："又见到你们两位真高兴呀。"我认为，从格兰特先生上翻的鼻子和高翘的下巴，到黑色的牧师绑腿和方脚趾鞋子，他怎么看都是一个自满的势利小人，可同时他看上去的确又像一个虔诚而活跃的教区牧师。"你们回家过暑假？"

"令人伤心的是，我很快得回去。"布兰韦尔轻松地说，"可安妮是永远回来了，显然是当够了家庭女教师。"

"唔，"格兰特先生说，"完全能够理解。被锁在一个偏远的乡村庄园，远离任何地方，不能进入上流社会——那真的会无聊得要死啊！"

"起初我也是这样认为的，"布兰韦尔说道，"头三个月我是那么无聊，就以为自己会把头发都拔光呢，不过我渐渐爱上了那个地方。"

安妮皱了皱眉头，突然说道："失陪了，我好想见爸爸呢。"

"我和你一起去。"艾米莉说。

妹妹们匆忙地走了。我急于和她们一起离开，正准备说再见，布兰韦尔突然说道："先生们愿意和我们一起喝茶吗？要是我没弄错的话，苔比和玛莎会有一顿盛宴等着我们呢。"

格兰特先生由衷地笑了。"谢谢你，非常乐意。"

我的心一沉。我一直盼望有一个亲密的家庭聚会，只是我们五个人，庆祝安妮和布兰韦尔回家，我相信爸爸也是这样想的。每当有本地的副牧师们与我们共餐时，我就会发现他们是一群只求自己享乐的虚荣和空虚之徒——我尤其不愿意和尼科尔斯先生一起吃饭。然而，弟弟一直是一个爱好交际的人，如今事已至此，无可挽回了。

"先生们，屋里见吧。"我强挤出一丝笑容，随后急急忙忙地沿着通往牧师住宅的小巷，追赶妹妹们去了。

当我穿过院门走进房子时，烤牛肉和约克郡布丁那悦人的香味扑鼻而来。两个妹妹都蹲在厨房里，高兴地接受着各自的宠物狗献上的热吻。我们的看家狗养养是艾米莉的，毛毛则曾经是安妮的学生罗宾逊家送的礼物。令她苦恼的是，他们那么虐待这条可爱的长毛垂耳狗，所以她不得不把它带回家，在这里它得到了艾米莉的精心照料。

苔比（俯身在火炉上煮土豆）和玛莎（正把布丁从烤炉里取出来），一见到安妮，两人都高兴地哇哇尖叫起来，她们很快就拥抱在了一起。

"我们多么想你啊，姑娘！"苔比说，用围裙的一角擦去眼中高兴的泪水。

"见到你好开心啊，安妮小姐！"玛莎嚷道。年仅十七岁的玛莎·布朗是一个身材苗条、性格活泼的女孩，有着一头柔顺的黑发和一张可爱的脸庞。玛莎是玛丽和约翰·布朗的二女儿，他们就住在仅隔几户人家的教堂司事住宅里。在十三岁的妙龄，玛莎就来和我们一起生活，并且承担了家里较重的活计。"烤牛肉和布丁是你和好布兰韦尔少爷最喜欢的食物。"玛莎告诉安妮，"为欢迎你们回家，我们精心准备了一个正式的礼拜日晚宴，尽管今天只是星期二。"

"谢谢两位。"安妮笑着说。

"但愿你们准备的东西够多两个人吃哦，"我说道，"因为你们的好布兰韦尔少爷刚刚邀请了尼科尔斯和格兰特先生来和我们共进晚餐。"

"食物大把的，"苔比皱了皱眉头说，"即使你们的客人是年轻副牧师这种低级怪物。"

"副牧师？"艾米莉沮丧地重复道，挣出养养的拥抱。"什么？他们现在就要来了吗？"她像弹簧一样跳起来，冲向厨房门，仿佛要把门关上。然而，就在此时，我听见男人们瞎侃着从前门走进屋来。两条狗立即都竖起耳朵，从艾米莉身边飞窜过去，冲进了过道。

"不！"艾米莉叫喊着，猛追上去。

我听见一阵喧闹，接着狗在大厅里发疯了，深沉恐怖的吠叫声在空洞的大厅里回荡。

"趴下，先生！趴下！"一个声调很高的声音专横地叫道，我听出那是格兰特先生的声音。

我跑进门厅，安妮紧跟在后。养养凶猛地咆哮着，扑向可怜的格兰特先生。"趴下，养养！"艾米莉和布兰韦尔同时叫道。

狗根本不理会。

受到攻击的格兰特先生抬起手臂来护住他的脸，眼睛慌乱地盯着前门，但布兰韦尔、尼科尔斯先生和爸爸（他刚从书房里出来）站在身后的过道里，挡住了那条逃跑之路。于是，格兰特先生转身一步两级地往相反方向的楼上逃窜，养养猛扑过去追赶。艾米莉用身体挡在那条黄褐色畜生的前面，堵住它上楼梯的必经之路，同时拼命抓住它的铜制大项圈。那条狗又吠又叫，拿身体撞她。艾米莉毅然决然地坚守着阵地，可在这样的猛攻下她坚持不了多久。

我正准备冲上去协助艾米莉，突然，传来一声恳切的口哨，唤狗的那种。养养不动了，两眼好奇，耳朵抽搐着，回头望去。口哨是从尼科尔斯的嘴里发出的，他镇静地站在大厅中央。

"过来，孩子。"尼科尔斯先生拍着大腿，全神贯注地打量着养养说。"来吧，孩子。现在到这儿来。这才是乖狗狗哟。"

3

日记：村里的所有居民都知道，牧师住宅的这条看家狗很是奇特。在大多数情况下，养养阴沉、清高，对人世间的其他事情漠不关心，只接受它所崇拜的女主人的示爱举动，其他人的一概回避。有时，那条畜生会极不喜欢某个人；我还从来没见他被艾米莉以外的任何人驯服过呢。

令我吃惊的是，此时养养这条哈巴狗眼里的火焰立即熄灭了；它四脚落地，好像一个孩子回应着哈梅林的魔笛手的呼唤，听话地一路小跑着回到副牧师的脚边，安静地蹲坐在后腿上。尼科尔斯先生蹲下来，在它的耳后跟、口鼻下、头顶上亲切地抚摸着，柔声地说着鼓励的话语，而在场的所有人都奇怪、惊叹地看着。

"谢谢你，尼科尔斯先生。"我说道。艾米莉则目瞪口呆、哑口无言。她缓过神来，整理了一下裙子。

"你是一个精灵呢，先生。"布兰韦尔感叹道。"以前这条狗连头都没让我拍过一次呢。"

"不过，他一般是不伤害人的呀，"我补充道，"不知道是什么事情把它给惹爆了。"

"也许是因为格兰特先生踢了它吧。"

"啊！"我回答，"它可受不了那个。"我走到扶手边，朝楼上喊道："格兰特先生！你现在可以下来了，没问题了！"

我听见楼上一扇房门响了，接着楼梯上传来怯生生的脚步声。格兰特先生的脸出现在楼梯的拐弯处，小心翼翼地趴在扶手上朝下面偷看。

养养注意到那个客人的重新出现，冲着他的方向头一竖，发出一声低低的怒吼，比它的咆哮更可怕、更有威慑力。

"别这样。"尼科尔斯先生平静但却坚定地说。

怒吼戛然而止,来得快去得也快。狗昂起它那硕大、迟钝、愚蠢的头接受拍打,很快就又心满意足地气喘吁吁、口水直流了。我开始怀疑自己对尼科尔斯先生的判断是不是有误,一个对动物这么温和、这么好的人难道会有其他隐藏的恶劣的品质?

"用不着害怕,"艾米莉忍住笑,抬头瞥了一眼格兰特先生说。"养养不会伤害你的,它这样大吵大闹没什么特别的意思的——而且它现在也已经安静下来了。"

"如果不把这条狗锁起来,或者赶到外面去,我是不会下来的!"这是格兰特先生的回答。

"艾米莉,把他带到外面去。"爸爸说。在这场喧哗过程中,他一直一言未发地站在毛毛身边。

"是,先生。"艾米莉静静地点了点头,顺从地从尼科尔斯先生手里牵过养养,把它带到院子里去了。

爸爸利用牵狗的空挡拥抱了一下布兰韦尔和安妮,衷心欢迎他们回家。与此同时,尼科尔斯先生把注意力转向了毛毛,此时它正陶醉在养养刚接受过的那种爱抚中。"这位伙计叫什么名字?"

"毛毛。"我答道。

"你不是一个美男子吗?"尼科尔斯先生说,"你是我所见过的最好的查尔斯国王长毛垂耳狗之一。"

"那条狗真讨厌!"格兰特先生叫道,一边走下楼梯,来到大伙中间。"你们看见它是怎样扑向我的吗?哎哟,它差一点把我的头咬下来!我害怕得要死呢!"

"下一次进门,"布兰韦尔说,"你应该让尼科尔斯先生走你前面,他显然有魔术手法哦。"

"没有下一次了,"当大家一个接一个地走进餐厅时,格兰特先生说。餐厅里,玛莎正在往桌上添加两套餐具。"我再也不会踏进这座房子了,除非确信那条狗已被锁起并看不见踪影。我不明白,勃朗特大师,"(他严厉地扫了一眼我和正回到桌边的艾米莉)"你怎么允许女儿们把这样一条危险动物养在牧师住宅呢。"

"危险?"爸爸笑着说,"哎呀,养养连猫都不会伤害的。它食量大得像一匹马,每年还要花去我八先令狗税。可我认为每一个便士都花得值。"

"我们养它,先生,"艾米莉补充道,"因为我们喜欢它,它的名字就是这样来的。"

"你不可能是认真的吧,"格兰特先生说。他和尼科尔斯先生在我和妹妹们的对面坐了下来,而爸爸和布兰韦尔则分头坐在他们习惯的桌首桌尾。"我想象不出一位淑女怎么会喜欢上一条这样丑陋的畜生,那只是一条拉车的狗。"

"一条拉车的狗?"我觉得很好笑地重复道,"我不这样认为。"玛莎开始上菜。桌上显然没有酒,布兰韦尔在家的时候,我们从不冒险上任何含酒精的饮料,房间里的每一个人都知道为什么,也许只有新来者尼科尔斯先生除外——但他要么是没注意到,要么就是太拘于礼节而没有提及此事。

我感觉桌对面的尼科尔斯的眼神落在了我身上,便回望了一眼,他马上望向了别处。"尼科尔斯先生:你和我们丑陋的畜生相处得不错啊。先生,求你捍卫一下我们的选择哦。"

"看家狗是一种优秀的动物,并且是它种族里最高贵的一种。"尼科尔斯先生飞快地瞥了我一眼说,"不过,它们是被饲养为守卫犬和攻击犬的。事实上,勃朗特小姐,我认为把它送给教区里的一个农场主去保护牲口,另买一条更适合女性的品种来取而代之,这样你们会好过一些的。"

听了这番话,艾米莉恼火地喘了一小口气,我只是觉得好笑。"真的?"我说,"你认为什么品种的狗可能更适合我们这个性别的人呢,尼科尔斯先生?"

"通常,女士们更喜欢叭儿狗。"尼科尔斯先生回答。

"某种小小的可爱的东西,"格兰特先生点头赞同。"像巴儿狗或长卷毛狗。"

我哈哈大笑起来。"那好啊，请把我和我的妹妹们看作是这一惯例的例外吧。"

"我的姐妹们是每一种惯例的例外。"布兰韦尔嗤笑道。

尽管有客人时艾米莉很少说话，但这时她兴奋地说道："我不明白，为什么先生们会认为男人和女人有如此天壤之别，以至于给她们指定一个特别品种的狗呢？"

"我没有冒犯的意思，"尼科尔斯先生回答，"我只是表达一种观点，基于我本人对狗和女人的观察。"

"你的观察？"艾米莉反驳道，"是的，夏洛蒂和我们分享了一些你的有关女人的言论，尼科尔斯先生。据我回忆，她说你只赞成女人从事两种职业：做饭和针线活。你声称这两者是上帝本人分配的。"

尼科尔斯先生好像被这一声明吓了一跳。布兰韦尔又笑了，但其他男人都显得相当严肃，忙于切割烤牛肉和布丁。好长一段时间，房间里唯一的声音是有力的咀嚼声、银餐具碰到盘子的叮玲声，以及窗旁笼子里的金丝雀小迪克的啁啾声。终于，尼科尔斯先生回答道："艾米莉小姐，我的意思只是说，女人在实施她们生来要做的所有这些女性职责时最擅长，并且做得很优秀：那就是在管理家庭，充当贤内助妻子、尽职尽责的女儿和体贴入微的母亲时。"

"听啊，听啊。"格兰特先生说。

"有史以来的实话啊。"爸爸说。

"你一定是在开玩笑吧。"艾米莉说。

我感觉怒火突然在胸腔里升腾（是什么短暂的误导人的想法使我认为也许应该改善对尼科尔斯先生的看法呢？）"你的意思是暗示，先生，"我说道，"女人只能擅长这些她们天生必须做的女性职责吗？简言之，女性永远不应该有志于比烤派、洗碗、织袜子、弹钢琴、绣荷包更为高尚的任何事情？你真的认为别的事情都是女人无法理解的而且女人不具有和男人一样的学习智力？"

"回答这个问题要小心哦！"布兰韦尔警告道。

"我没有这么说。"尼科尔斯先生开始说道。

格兰特先生打断他说:"这真的不是一个有讨论余地的问题,是吗?这是一个简单的科学问题:关于两性之间的生理差异。我认为,亚历山大·沃尔克说得最好,他指出男人拥有推理能力、肌肉力量以及使用它的勇气,是称职的保护者;而女人几乎不能推理,软弱、腼腆,需要保护。在这种情况下,男人自然应该统治,女人自然应当服从。"

"噢!噢!"艾米莉和安妮同时惊骇地喊叫起来。

"我赞成男人是自然的保护者,"尼科尔斯先生插嘴道,"一个女人的长处是温柔、体贴和优雅。但是如此吸引我们当今社会的男女问题,在圣经里一直都已为我们写得相当清楚,最好的莫过于圣保罗的那些信条——写在给蒂莫西的第一封使徒书的第二章里。"

"那是些什么信条啊?"布兰韦尔问道。(令爸爸遗憾和蒙羞的是,他已多年没有打开过一本圣经或上过一次教堂。)

"让女人服服帖帖、默不作声地学习,"尼科尔斯先生引用道,"我不能容忍一个女人教授或行使对男人的权威。女人就是应该沉默不语,因为亚当是第一个被塑造的,然后才是夏娃。"

艾米莉把餐巾往桌上一扔,大声抱怨道:"先生,就《圣经》而言,你允许男女都有个人判断的权利吗?"

"我允许。"尼科尔斯先生回答。

"我不同意。"格兰特先生说,"在政治和宗教方面女人都应该采纳丈夫的意见。"

"先生,你说这种愚蠢的话,真为你感到羞耻!"艾米莉叫道。

"你还不如说人们应该不假思索地接受牧师任何的意见呢!"我说。

"他们是应该这样。"尼科尔斯先生回答。

"这样采纳来的宗教还会有什么价值呢?"我叫道,惊呆了。"必须允许理智来指导神学解释和判断,不然,它就是盲目、昏聩的迷信!你是一个蒲赛主义者吗,尼科尔斯先生?"

"是的,我是尊敬的爱德蒙·蒲赛博士的蒲赛主义的原则的创立人的坚决倡导者。"尼科尔斯先生骄傲地回答。

"唔，我是自由主义的支持者①。"我强压着怒火说道，"而且我强烈反对蒲赛主义，以及《时间小册子》里的每一个词，我发现它的死板原则非常接近罗马天主教教义，这是很危险的，它的跟随者们对意见不合的新教教派不能容忍，并且进行辱骂攻击。但是，此外，我读过你引用的《圣经》里的那段话的希腊原文，先生，我发现很多词译错了。"

"译错了？"

"是的，即使最小的改动，这段话也能被理解为完全不同的意思：一个女人应该而且必须说出自己的心声，只要她认为有必要反对；她可以教授并对男人行使权威，而且男人应该闭嘴。"

桌上的所有男人都哄然大笑起来。"先生们，你们瞧，"爸爸宣布道，"我在自己家里不得不对付的是什么？夏洛蒂和艾米莉从小就《圣经》里的每一点向我挑战，只有安妮，我心爱的好安妮毫无疑问优雅地接受了它的戒律。然而，我的女儿们全都会花言巧语，骗得我允许她们学习留给男人们的更好的科目。在她们长大成人的这么多年里，她们坐在这儿，就在这张桌子旁，全身倾注在希腊和罗马文学那发霉的书页上，将完整的作品从拉丁文翻译过来，在数学难题的崎岖小道艰难跋涉，直到自学得水平高过从这儿到约克的任何男人。"

"我无论如何也想象不出她们想要这么多知识干什么，"格兰特先生说，"在她们烤面包或铺床的时候。"

男人们又哈哈大笑起来，我心里火冒三丈。这时，玛莎端着浆果馅饼进来了。

艾米莉站起身来说："对于这种谈话，或这甜品，我都没有胃口。"

"失陪。"安妮也站起身来补充道。她俩都迅速离开了房间。我也有几分想跟随她们而去，但从当晚占主导地位的论调来看，我担心女同胞会因为没有更高的女性声音为其辩护而遭殃，于是我留了下来。玛莎上完咖啡和甜品离开后，谢天谢地，布兰韦尔转换了话题，骄傲地宣布他

---

① 由一群英国圣公会基督教徒拥护的一个信仰体系，反对英国国教的教条主义立场，允许言论和行为自由。

最近发表了两首诗。一场关于诗歌价值的辩论开始了，布兰韦尔、爸爸和我持拥护态度，尼科尔斯先生和格兰特先生则反对。

"诗歌是一种相当无用的矫揉造作之物，"尼科尔斯先生断言，"只是大量花哨的辞藻，意在引人注意，却仅仅是起到混淆视听和振聋发聩的作用。"

"你怎么能这样说呢!"我叫道，越来越义愤填膺。"这个世界上已有太多生硬的实用事物和有用知识，因为需要而被强加在了我们身上，我们需要某种美丽和艺术的东西来软化和纯净我们的心灵，而诗歌则是达到这一目的的途径。诗歌不仅仅是有用的，先生，它还是一种愉悦，它提升我们，升华我们；它能将一件粗俗的东西神化!"

尼科尔斯先生望着我，仿佛被我的气势惊呆了，然后他低下眼睛，说："我很高兴你这么认为，勃朗特小姐，也许我从来没有对它有真正的理解。学习诗歌的时候，我总是觉得它很难。"

"说到诗歌，"格兰特先生含着满满一嘴浆果馅饼打断道，"尼科尔斯，昨天我接到一张便签，满纸都是大段大段押韵的废话，来自我教区的一位年轻女士——一位斯托克斯小姐。"

"你喜欢她吗?"尼科尔斯先生问。

"说不上，"格兰特先生隔着桌子把他此时已空了的盘子伸给我，眉毛悄悄往上一挑，要求再添一盘。我完成了这一职责，重新坐下来。"她是她们家女孩子中最漂亮的一个。"格兰特先生接着说，"她家一共五个女孩，全都没有结婚，全都把眼睛瞄准了我。我宣布，从我来到奥克森霍普的第一天起，那个地区的每个女士都在追求我。不断有谣传说我将娶某某小姐，或是这个那个小姐。这个闲言基于什么，上帝才知道。我到处寻求女性社交圈，和这儿的尼科尔斯先生一样全力以赴。"

"你只是俯视爱，"布兰韦尔啜着咖啡说，"因为你从来没有感受过爱。"

我瞥了布兰韦尔一眼，对他的这一断言感到纳闷。据我所知，他以前也没有恋爱过。

"即使我感受到爱，我也不会被它所左右。"格兰特先生说。

"你非常聪明，先生。"爸爸说道，"保持单身绝对是最好的计划，成千上万的婚姻是不幸的。要是每个人都肯承认说实话，也许所有的婚姻都或多或少如此。"

"你和妈妈就非常幸福啊，不是吗，爸爸？"我说道。

"每一条惯例都有例外，"爸爸回答，"你妈妈是一个少有的特别的女人，我们对彼此的感受也同样是少有的。大多数人都在一个月后就彼此厌倦，并且成了纯粹的伙伴关系。"

"我相信，婚姻能够成为一种有利的关系，"尼科尔斯先生评论道，"当它所建立的基础与态度的庄重和共同兴趣的永恒性一致时。"

"噢？"格兰特先生说，一边用叉子把浆果种子从牙齿缝里剔出来。"你在寻找一位妻子吗，尼科尔斯？"

尼科尔斯先生脸红了。"几乎没有，我养不起啊，目前我的思想被其他事情占据了。"

"然而，女人好像不明白这一点，"格兰特先生恼火地拖长声音说，"她们能够想到或谈到的只有求婚和嫁妆。"

布兰韦尔哈哈一笑。"的确，金钱可以为这个等式增色不少。"

听着这些，我的心跳加快，头开始发热，我再也无法保持沉默了。这些自鸣得意的先生们，就因为性别这个简单的意外，就将整个世界置于他们的支配之下！谁赋予他们权力来用这么贬低人的字眼认为，更不用说谈论，女人、爱情和婚姻？

"我观察到，大多数单身女人的主要目标就是结婚。"格兰特先生说，"她们设计、谋划、打扮、装腔作势，全都是为了诱捕丈夫，不过，大多数将永远得不到一个。"

"这个地区的婚姻市场的确显得供大于求啊！"尼科尔斯先生哈哈笑道。

我再也控制不住自己了，由于一跃而起时动作过于匆忙，椅子哐当一声倒在地板上。"先生们，在当今这个年代，单身女人要不找丈夫的话，你们指望她们还能做什么呢？社会允许她们干别的职业吗？"

四个男人脸上都闪过大吃一惊的表情。我继续激烈地说："也许你们认为表达另类的痛苦是不合时宜的，那些是社会不容易治愈的痛苦——但是我要冒着受你们嘲笑和轻视的风险，斗胆打扰一下你们的悠闲，而指出几个恰如其分的事实。瞧一瞧这个地区的无数个女孩子的家庭：瞧一瞧斯托克斯一家，格兰特先生刚刚如此开心地中伤过他家的女儿们。她们的兄弟们全都在经商或从业，而他们的姐妹们，与他们以及你们本人一样拥有才能非凡的大脑，却没有任何事情可做！这种停滞的状态使她们的身体退化，难怪她们的大脑和观念同样萎缩，变得出奇的狭隘。因为没有办法谋生，她们知道自己注定只会成为父亲和兄弟们的负担，并且度过粗陋、贫穷、孤独的一生。假如她们每个人的最大愿望——主要目标——是结婚，这一状态至少赋予她们某种职业，充当珍爱的妻子和骄傲的母亲。这是她们唯一一个能够获得社会尊重的状态，你们怎能因此而怪罪她们呢？"

我的脉搏怦怦直跳，因为费尽力气发布这一激烈的长篇演说而全身颤抖。男人们愕然地瞪着我，仿佛吓呆了。我飞快地扶起椅子，大踏步走向房门，心想：说出了这番话，我很高兴，真是不吐不快呢。

然而，走到门廊的时候，我听见尼科尔斯先生用他那安静的爱尔兰韵律说："先生们，这是一个丑陋的老姑娘的一番话啊。"

这句话激起了一阵哈哈大笑。我的脸颊燃烧起来，我完全难以置信地转身盯着出口伤我的这个人，拿不准自己是不是听错了。任何一个有良心和灵魂的人会讲出这么无情的话语吗？尼科尔斯先生看到了我的眼神。他的笑容消失了，脸色变得惨白，接着满脸通红。

我逃走了，下定决心不让这些男人看见我放声大哭的样子而获得满足。

我冲上楼，发现艾米莉正在我卧室里帮着安妮开箱，从现在起我将和安妮同住这间卧室了。妹妹们看了我一眼，手里的活计停了下来，问我出了什么事。

我一屁股坐在床上，一边飞快地擦去几滴眼泪（这是我极度痛苦和软弱无能的证据）。"噢！太可怕了！刚才那些男人们如此铁石心肠地谈论未婚女子，以至于我一时失控，说出了自己的心里话，把他们全都吓蒙了。"

"早先有那么一两次我也想说出来呢，"安妮在我身边坐下来说，"可我没那个勇气。"

　　"那肯定是他们活该，"艾米莉说，"没什么好哭的。"

　　"我没有哭，"我坚持说。虽然我是在哭。"我不后悔我说过的话，只是离开房间的时候，尼科尔斯先生说……噢！我实在无法重复那句话。"

　　"他说什么了？"艾米莉问道，像土耳其人一样盘腿坐在我面前的地板上。

　　"他管我叫做……"我深吸了一口气，拼命镇静住自己。"他管我叫做一个丑陋的老姑娘。"

　　"不会吧！"安妮难以置信地说。

　　"你肯定是尼科尔斯先生说的？"艾米莉询问道。

　　"尼科尔斯先生的声音和口音是不会错的。"

　　"我无法相信尼科尔斯先生会说出这么残酷的话，"安妮坚持说，"他看上去像一个彬彬有礼的好年轻人，尽管他观念狭隘。而且他对狗那么好。你肯定是听错了，或是听到别的什么人说的。"

　　"我知道我听到的是什么，"我用手帕擦着眼睛和鼻子，说道，"我并不那么在乎他叫我老姑娘，我可能总体上看不起这个字眼，但我知道它没错，我已经知道尼科尔斯先生把我看作那样的人了：我们见面那天他就称我为老处女呢。可是，被人说成丑陋的就太过分了！"

　　日记：但愿我不是为虚荣之罪所折磨吧，最真实不过的是"情人眼里出西施"。就这点而言，我意识到人不应该把个别人的看法放在心上，然而我无法自欺欺人。这个世界崇尚完美的肤色、粉红的脸颊、笔挺的鼻子和樱红的嘴唇，他爱慕高挑华贵、身材发育良好的女子，而这些我全都不挨边。

　　"我知道自己个子矮小、长相平平，"我叹了口气说，"但是长相平平和长相丑陋是有着天壤之别的，一个长相平平的女人能够坚忍，因为她知道虽然自己也许不悦目，可至少容貌不冒犯人。而一个长相丑陋的女人是造物脸上的一个污点：一个可悲可怜、被人瞧不起的东西，她的出现本身就会引起反感不适和低声窃笑，以及默默怜悯的回避眼神。丑陋！我真的认为它是英国语言里最令人肝肠欲碎的词汇！"

"夏洛蒂，你不丑。"安妮温柔地说，"你非常迷人呢，我早就跟你说过了。"

"你有一张我们都喜欢看的美好甜蜜、讨人喜欢的脸。"艾米莉说。

"你们这样说只是因为你们是我的妹妹。"

"我这样说因为这是真的，"艾米莉宣布，"我们家里没有谁美得令人坐卧不宁，但那又怎么样？"

"有时，你不希望自己美吗？"我问道。

"上帝把我造成了这个样子，"艾米莉耸了耸肩说，"我不奢望改变。"

"当我有这些想法的时候，"安妮说，"我就把它们驱赶走，全神贯注于我自己内在的生命：尽我所能成为最好的人。上帝并不在乎我们的外表是什么样子。"

"上帝也许不在乎，但其他人在乎呀。他们以貌取人，形成很少动摇的第一印象。尼科尔斯先生说完这话时，我看到了他的眼神，他看样子在为自己感到羞愧呢，但并不能据此就原谅他所说出的这一番话。他真的是一个讨厌的男人，格兰特先生也一样。"

"他们没那么坏，"安妮说道。我们全都站起身来，动手为她开箱。"他们表达的关于女人的观念——至少我听到的这些——与爸爸或我见过的其他男人的观点并没有什么真正的不同，也没有与我们在日报里读到的那些观点不同。这些只是男人从小到大相信的东西。"

"仅仅因为男人一般是笨蛋，并不成为那两个人落人窠臼的借口。"我说。

"也许不，"安妮说，"可我仍然说，我想你是听错了，夏洛蒂。我无法想象尼科尔斯先生会说出这么无情的话。我认为他喜欢你呢。"

"喜欢我？别好笑了，尼科尔斯先生不喜欢我，也不喜欢任何女人。他认为我们这个性别的人全都像蚊子一样是低级和没有聪明才智的。我认为，这一点他表达得非常清楚。"

那天晚上八点半钟，全家人聚集在爸爸的书房里祷告。唯一没在场的是布兰韦尔，他已经很长时间拒绝参加这类宗教事务了。当爸爸九点钟结束礼拜仪式时（准时准点，一贯如此），安妮就事论事地宣布了她离开绿庄的消息。

"我不明白，"爸爸关切地叫道，"你在罗宾逊家里有着很好的职位啊，而且作为家庭女教师报酬也不错。你在那里受虐待了吗？"

"没有，爸爸。"安妮平静地说。

"那你为什么要离开呢？"

"我只是觉得这是我该走的时候了。"安妮坚持说。

"好吧，这看起来像是在做傻事呢。"

我可以察觉到安妮脸上偷偷掠过的一片红晕，尽管父亲视力坏了，察觉不到。爸爸把门闩好，给立在楼梯一半位置的那座红木长盒钟（他每晚的仪式）上好发条，上楼去了他的卧室。大家全都跟着准备上床，艾米莉和仆人们进了各自的房间，我下定决心要跟安妮再次谈论这个话题。

七月份的白天如此漫长，还没有点蜡烛的必要。我和安妮换上睡衣，取下发夹，解开最近已长得非常长的头发。我们一致同意不把头发卷起来，而是互相梳一梳彼此的长发。我坐在安妮身后的床上，动手梳了起来。梳头发是艾米莉没有耐心做的一件事情，我和安妮却从小就乐此不疲地为对方完成这项工作，分开时还念念不忘。就这样梳了一会儿后，我说道："你回家了我很高兴，安妮。我从来没见过绿庄，你在那里的生活怎么样你说得很少，然而，你想离开它的愿望，我完全能够理解。"

安妮吃了一惊。"是吗？"

"是的，你可能还记得，我自己在那两个家庭女教师职位上也是很痛苦的，尤其是第一个。"

"噢——我明白了。"这是她的回答。

"做家庭女教师和做奴隶一样，"我说，一边卖力地梳着她那浅褐色的鬈发。"即使是最大的房子，周围是最美丽的树林、绿色草坪和蜿蜒的白色小径，也不能弥补欣赏它们的自由时刻和自由思想的缺失。"

"的确如此。"

"我去希兹维克家工作时是二十三岁。希兹维克夫人根本不屑于认识我，她的整个生活目标好像就是尽最大可能从我身上榨取劳动力。拿着贫儿的工资，他们指望我教授一打科目给那些对学习毫无兴趣的孩子们。从我醒来一直到他们上床的时分，孩子们就一直跟我在一起，然后又指望我就着蜡烛做针线活，直到我精疲力竭地倒下，不光是通常的给手帕和桌布镶边，而是一整个衣柜的娃娃衣服。"

"我也一样，"安妮承认，"除了做针线活和做娃娃衣服，我还不得不做花哨的小工艺品、画图画、写音乐作品，并且假装它们是我学生自己的原创作品。"

"噢！那使得我血液沸腾、怒火中烧。"

"夏洛蒂，你曾经被允许参与成年人的聚会吗？"

"参与他们的聚会？没有。希兹维克家招待客人的时候，我的职责就是使孩子们不要碍事。在极少的场合，我不得不给孩子们穿上最好的衣服展示一下，让他们在客厅里四处走动，在虚荣和激动的狂喜中，供那些女士们爱抚和羡慕。可我被指定坐在一个角落里——无人理睬、没人需要。"

"没人需要，可并不是没人注意。"安妮补充道，一边从我手里接过梳子，我们在床上交换了一下位置。

"正是。他们曾经谈论过你，就好像你不在场，或者太无知，所以听不懂他们在说什么吗？"

"总是这样。"

我叹了口气，随着安妮手中的梳子在我的头皮上震颤并且愉快地拉扯着我的头发，我试图放松；但我们唤起的这些回忆把我六年前感受到的失败和孤独感带了回来。"我的雇主并不把我看作一个活生生的有感情的人，只有关系到我必须完成的职责时除外。仆人们也不愿理我，我估计在他们眼里，我是一个受过教育的女人，是高不可攀的，因此我在任何地方都格格不入。"

"我也是！你被发配到了屋子顶部的一个房间吗？"

"是的。"

"你的学生都什么样子？"

"大多数时候，是无可救药的小畜生。"

"允许你严格要求吗？"

"从来不允许，即使当本森·希兹维克把《圣经》摔到我身上，或者把石头猛掷在我脸上，并且差点打破我的鼻子时。"

"噢，夏洛蒂，真是遗憾啊！可我理解。那对我来说是多么大的考验啊！我不理解，不严格要求，罗宾逊一家指望我怎样维持纪律呢？最小的那个女儿是一个野蛮无礼、满口脏话的顽皮姑娘。两个大女儿想尽办法和完美体面的男人调情，她们一点也不在乎他们，只是为了赢得他们的钦佩并且伤碎他们的心，然后吹嘘她们征服了多少次。可悲的是，大人们也比孩子们好不了多少！他们——"安妮打住了，接着连忙补充道，"我不应该这么说，一切都过去了，说别人的坏话是不对的。"

"安妮，你已经不受雇于罗宾逊家了。真的，熬过了这么多年，你现在可以自由谈论他们了，不会受到惩罚——如果只是和我讲。这样分享对你可能有好处呢，而且你知道我是不会告诉任何人的。"

"不。"安妮放下梳子，爬到床上。"罗宾逊一家用他们自己的方式爱着我，我希望这样记住他们。"

我关上百叶窗，溜到床上，在她身边躺了下来。"至少告诉我一件事，"我往枕头上一靠说，"布兰韦尔为什么那么满意他在绿庄的职位呢？每次回家，他好像都那么急着赶回去，他没有遭受到我们遭受过的那些屈辱？或者因为他是男人，是家庭教师，而不是家庭女教师，所以情况就不同吗？"

安妮沉默了，即使在朦胧的夜光下，我也能觉察到一团红晕腾上她的脸颊。"他在那里很受重视。"这是她所说的全部。然后，她闭上眼睛，感情深厚地向我道了一声晚安，转过身去将背冲向我。

显然，我想，她没有告诉我一切，但可以看出目前我也只能满足于这些了。

那天夜里，我梦见自己回到了布鲁塞尔那所寄宿学校的花园里。那是四月的一个月光之夜，空气里弥漫着浓郁的梨花香味，花香中夹杂着雪茄的烟味。老师和我站在一起，如两年前一样。即使在梦里，我的心也怦怦猛跳起来。我醒了，全身颤抖。

在清晨的黑暗中，我躺在那儿，努力使自己平静下来，以便不惊醒身边的安妮。我不明白为什么夜复一夜地梦见以前的老师？为什么我忘不了呢？经常，我做着折磨人的梦，梦里我见他总是神情严峻，总是阴沉着脸并且生着我的气。然而，在这个梦里，他始终慈祥、多情和温和，就像在那个决定命运的夜晚一样。那么这个梦也许是一个兆头：不是一个坏兆头，而是一个好兆头。或许，它意味着今天我的愿望会实现：我终于能再次收到一封来自布鲁塞尔的信。

我能在脑海里看见那封信的模样：光滑的白色信封，中央有深红色油蜡的独眼巨人的眼睛。我几乎可以感觉到期盼中的那个信封：坚硬、充实、令人满意，里面至少会有一张信纸。一想到这儿，一阵小小的激动流遍全身。当时还不到我习惯的起床时间，可我激动地离开温暖的床铺，静静地穿好了衣服。

没多久，当我坐在楼下阅读一份法语报纸时，教堂的钟楼敲响了晨钟。不一会儿，我听见爸爸的手枪在楼上发射出那一熟悉和锐利的枪声。自从三十多年前鲁德分子暴乱以来，爸爸每晚上床时床边都放着一把上了膛的手枪，醒来后的第一份职责就是朝卧室的窗外放上一枪，通常瞄准的是教堂的塔楼。这一相当古怪的每日习惯已经成了全家——并且无疑是整个街坊——所接受的该起床了的信号。我听见楼上传来预料中的走动声。很快，玛莎出现了，见我比她起得还早，她显得有些惊讶。

早饭后，我迷迷糊糊地做着家务，怀着热切的期盼倾听着邮差走近的脚步声。他终于来了，我跑到前面去迎接他，在那里接过他送来的一大把信件，并且扫视了一遍。一股汹涌的失望感漫过我全身，里面没有那封信。

"你在干啥呀？"苔比一瘸一拐地走下大厅，从我手里夺过邮件说，"取信是我的活计，你是知道得很清楚的。喝完茶以后，你可以念给你爸爸听。"

苔比拖沓着脚步走进了爸爸的书房。门打开时，颤动的音乐声飘出来，传到大厅里。艾米莉在小屋的钢琴旁练习，透过敞开的房门，我看见安妮坐在她身边的长凳上，翻着乐谱。我知道我应该回到餐厅去，我一直在那里擦火炉的围栏，可我的心情太沉重了，不愿意动弹。那等待已久的信本来会是我祷告的回应，使我摆脱多月来受到的被剥夺和被毁灭的威胁，可它没有到来。

苔比在去厨房的路上从我身旁经过，我摇晃了一下脑袋。"别像个白痴一样，只是一封信而已。"身体里一个声音严厉地叫道，"有一天他还会写信的，肯定会写的。"另一个声音，比第一个声音甜得多，诱人得多，迅速跟上来，"如果你不能心满意足地再收到一封信，那就只能求助于一件东西了。"我心跳加快，满腹犹疑。我悄悄地骂自己："是放弃你那罪恶乐趣的时候了。"但是我控制不住自己。

我很快地瞥了一眼书房，确信艾米莉和安妮在钢琴旁至少还得忙上大半个小时，于是急匆匆地溜到楼上我的卧室里，从口袋里掏出钥匙，打开我书桌最底下的那只抽屉，从抽屉深处掏出曾经属于我妈妈的一只小小的紫檀盒。我打开盒子的锁，取出一个包着银色纸的包，打开那个包，露出一小沓用鲜红丝带捆着的信件。只有五封信：这些就是我的全部财宝。我在床上坐下来，解开那个珍贵的包，先打量了那一沓信里的第一封：我从比利时刚回来几周后来的那一封信。

噢！接到它以及随后的那四封信时，我感到多么开心啊！每一封新来的信都好像一个神圣的生活必需品：上帝的恩赐，甜蜜、纯洁且有着持久的生命力。即便是此时，尽管如此详细知道信中的每一个词，以至于在睡梦中都能背诵出来，但只要瞅一眼那字迹干净、笔力遒劲地写着"夏洛蒂小姐收"的每一个熟悉的封皮——信封背面盖着雕刻精美的三个可爱缩写字母的印记———一股激动的暖流就会颤动着流遍我的所有血管，把我暖到内心深处。

我不知道，在过去的这十八个月里，我寄了多少封信到布鲁塞尔呢？太多了，数也数不清。然而，在整个这段时间里，我只收到这珍贵的五封回信。有的我一收到就读，有的像一个成熟完美的桃子，好得不能立即品尝，我留到后来细细品味，等到可以避开探究的眼神和询问时享受。每一封我都是极为小心翼翼地打开，用刀刃在封印下轻轻划开，使那个熔融的圆圈保持其美丽完整的红色。

此时，我拿起第一只信封，仍是那么小心翼翼地抽出那脆脆的白纸，以便不弄皱或弄掉纸边。带着飞快的心跳，我拆开它们，放任自己尽情享受我的乐事。这些信当然是用法语写的。在比利时的时候我把这门语言掌握到了一定水平。自从离开那个国家以来，我每天专心致志地学习半页法语，以此不忘我的阅读和写作技巧。此刻，我不慌不忙，慢慢玩味起每一封信和每一个词，每次一封，直到将五封信全部读完。读完后，我把它们像先前一样系好、包好，放回盒子里，锁回它们的藏身之处。

日记：你也许会问，这些信包含着什么内容，竟然让我如此热切的期盼和等待，并且如此急切地读了一遍又一遍？它们在才气和精彩方面神似莎士比亚吗？它们类似拜伦，是发自一个饱受折磨的诗人灵魂的感情流露吗？根本不是。它们只是纯粹的友好的信件，在宽厚的心境下写的，分享着我俩都认识的人的消息，给予明智的建议。然而，对于我，它们就像长生不老的圣酒，青春女神赫柏可能提供的一口琼浆，而且是经过众神亲自同意的。它们滋养了我的心灵，给了我不可或缺的安慰。当那份安慰被撤走——随着好几个月的滴答流逝，一季又一季，没有他的只字片语——我受到了极大的打击，像那些信一样被锁在抽屉里，处于毫无退路的停滞状态。

我做了什么事情应受这样杳无音讯的惩罚呢？在花园邂逅的那个夜晚之后，在他说过的和发生过的一切以后，他似乎不可能忘了我，然而他好像想要我忘记他。

经历过丧亲之痛的人们常常把心爱的故人的纪念品收集和藏匿起来，每时每刻都因为悔恨的苦涩回忆而刺疼心脏，这是无法忍受的。就这样，我把他的信藏在看不见的地方，试图不再去读它们。好几个月来，我禁止自己享受谈论他的乐趣，即使和艾米莉也不谈，她是我家里唯一一个认识他的人。

噢！多么愚蠢的人类的心灵啊！要是我们能够通过谨慎和精明来选择爱慕对象的话那该多好啊！我心想，这与身体上的痛苦是不同的，就像爸爸所遭受的失明之痛一样。可悲的是，在这种情况下，我们迫不得已而使得周围的人全都一样痛苦。然而，灵魂的烦恼，应该并且必须隐藏起来。我的秘密不能对任何人讲，哪怕是对艾米莉也不行。他们必须相信我现在对老师的感觉——以及以前的感觉——只是友谊，我只是对作为老师的他怀有最高的敬意，仅此而已。

因为赫格尔先生已经结婚，而且我在布鲁塞尔与他相识的整个那段时间里，他一直都是已婚的。

4

一段时间以来，我一直渴望离开霍沃斯，换一个环境，哪怕只是短暂休息一下。妹妹们劝我说，安妮回来了，现在有她们俩协助爸爸，我应该接受一个人的再三邀请，去拜访一下我最亲密的老朋友爱伦·纳西。

我十四岁起就认识了爱伦，我们长期通信，经常走动，还一起度过几个愉快的假期。爱伦目前与母亲以及未婚的兄弟姐妹们住在伯士多一座叫做布鲁克罗伊德的房子里，大约有二十英里远。不过，这次我要去的方向不是布鲁克罗伊德，而是哈瑟塞齐，谢菲尔德附近的德比郡山区的一个小村庄，一个我从来没见过的地方。在过去几个月里，爱伦一直在哈参与瑟塞齐监督教区牧师住宅的改建，为她哥哥亨利帮忙。她哥哥是一个一本正经的牧师，最近为自己找到了一个新娘。

七月二日，我用绳索捆住箱子，通过承运人把它送往车站。第二天一早，妹妹们和我一起步行到凯格利，送我踏上前往利兹的第一段路程。我激动万分地登上机车，在车上幸运地得到一个靠窗的座位。我居住的地方太偏僻，我对那里的每一片田野、山峰和山谷都如此熟悉，所以旅行时，我总是望着窗外一闪而过的那些千变万化的众多景色，并从中找到极大的乐趣：想象那幢奇怪的农舍里会住着谁，远处那座白色山峰的另一面会躺着什么奇妙的景色。

然而，在这趟旅行的途中，当我在座位上放松下来，在火车的运动中摇晃和昏昏欲睡时，我没有全神贯注于展现在我面前的景色，而是发现自己正紧盯着窗户上本人的面容，它在雾天朦胧的背景映衬下反射了回来。我看见面前的我嘴巴太宽，鼻子太大，额头太高，全部镶嵌在一片太红的肤色中。唯一可以弥补缺点的五官，假如有的话，就是那双柔和的棕色眼睛。盯着盯着，尼科尔斯先生最近作出的那刺人的评语又回到耳边。

先生们，这是一个丑陋的老姑娘啊！

这句话萦绕于我的脑际，我只有一次被人称作"丑陋"。那是很久以前了，事实上是我第一次见到爱伦·纳西的那一天，就是我此行正要去见的这位朋友。如今我可以把那件事当作笑谈了，不过当时那可根本不是什么好笑的事情。我靠坐在座位里，思绪飘回到大约十四年前的那个时间和地点：当时我刚刚孤零零地来到罗海德寄宿学校——一所后来将在无数意想不到的方面永久改变我生活的学校。

那是一八三一年一月上旬的一个萧瑟、阴沉的日子，当时我第一次听说自己要被送往罗海德学校。我坚决反对上学的这个想法——而且这一点也不奇怪：多年来我一直掌管着自己的学习，在家里按照自己的节奏学习。一想到要放弃这种珍贵的自由，与我心爱的人们分开，我的心里就充满悲伤。然而，更令人悲伤的是，我八岁时上过的那所学校——位于科文桥的牧师女儿的学校——留给了我悲惨记忆。那是一个真正恐怖的地方，它最终酿成了如此大的一个悲剧，以至于直到今天它还笼罩在全家人的心头。我认为，父亲为此从未完全原谅过他自己，可他却坚持说这所学校会有所不同。

"罗海德学校是一个很棒的学校。"他要我放心，当时我们和伊丽莎白·布兰韦尔姨妈一起坐在他书房里的壁炉旁，她正忙着织毛衣。"这

48

是穆菲尔德郊外的一所新学校，离霍沃斯不到二十英里。他们只收十个学生，全都住在专门为其安排的一幢很好的老房子里。你们几个女孩子我每次只送得起一个。你最大，所以你第一个去。"

"可是，爸爸，"这意想不到的消息把我惊呆了，我忍住那突然就要冒出的眼泪说，"我喜欢在家里接受广泛的教育，我为什么得去？"

"你快十五岁了，夏洛蒂。我已经把你关在家里够久的了。"爸爸坚持说。

"你必须做好准备，以便做学校教师或家庭女教师来自谋生计，以防你万一嫁不出去。"布兰韦尔姨妈说。我妈妈的这位妹妹是一位个子很小的年长女士，我母亲死后，她不情愿但却乖乖地从彭赞斯搬到霍沃斯来照顾我们这些孩子。和平素一样，她额头上戴着淡红褐色鬈发的假刘海，用一顶白色大帽子固定住，那顶帽子足以容下半打当时流行的帽子。宽大的深色丝绸裙子下面，露出她在楼下时穿的那双木屐，用来保护她的脚不受牧师住宅的石头地板的寒气侵袭。布兰韦尔姨妈是一个规矩和实际的人，虽说不是怀着巨大的热情，可多年来一直熟练和精细地管理着我们家，监督我们的功课和家务，教我们做针线活，同时常常愁眉苦脸地回忆可爱的康沃尔那较为温暖的气候，以及在那里享受过的社交乐趣。我父亲享受他们经常进行的才华横溢、充满趣味的讨论；我和妹妹们尊敬和欣赏她；我弟弟则把她当作母亲那样爱着她，那是我们渴望拥有但却没能享有的。

"有一些素养是年轻女士必须具备的，夏洛蒂。"布兰韦尔姨妈继续说，"比方说，在语言、音乐和举止方面的进一步学习，还有你父亲和我讲授不了的其他科目，这些对一个未来的受雇者是至关重要的。"

这时，我哭了，伤心得说不出话来。

"别把这看成是世界末日来临，夏洛蒂。"布兰韦尔姨妈说，"你在这所房子里过了将近一辈子了，这个学校对你会有好处的。"

"你会明白的：你会学到新东西的。"爸爸身子俯向前来，慈爱地握紧我的手说，"你将结交新朋友，你甚至可能会渐渐喜欢上它。"

两周后，在一月十七日那个寒冷刺骨的日子里，在前往罗海德学校的长途颠簸和跋涉途中，我看不到父亲的预言将会成真的前景。租一辆轻便二轮马车太贵，所以我就坐在一辆缓慢移动的有篷二轮运货马车的后座上被运往目的地，就是圩日里用来运送农产品到必需品中心的那种马车。在那渐渐淡去的冬日下午的日光中，当我终于两腿僵硬、恶心和冻僵地到达目的地时，我做好了一见到我的新家就不喜欢的准备，可令我吃惊的是，我情不自禁地被打动了。那富丽堂皇的三层灰石楼房有一个迷人的双弧型外表，它坐落在一座山顶上，前面是宽阔、倾斜的草坪，两边环抱着花园。我想象春天的时候那里会是美丽可爱的，从它的高处还可以俯瞰到树林和河谷的景色，以及远处的哈德斯菲尔德村庄。

然而，当我被带进那个橡木镶板的门厅，把我的名字报上，并把大衣交给一位侍从时，我听到三个女孩（个个穿着时尚并且时髦地戴着紧包在头上的小帽）在附近的一个门道里悄悄议论我，我立即又疑惑、害怕起来。

"她看上去那么苍老和干瘪，像一个小老太太。"第一个女孩说。

"瞧她的头发，全是小卷结。"另一个耳语道。

"她的衣服多么过时啊！"第三个女孩叫道。

听到这话三个人全都哈哈大笑起来。

我的脸热了起来，我用细瘦的胳膊抱住自己，仿佛这个举动可以以某种方式遮挡住我破旧的深绿色呢绒连衣裙。不过，使我感到更为屈辱的是她们对我外表的评价。那个时候，我的个头仍然小得像个孩子，极其瘦弱，手脚都小小的。而且我自尊心很强，即使视力不好，也不肯戴眼镜，导致眼睛近视的程度到了凡是没放在我眼皮底下的东西都得斜着眼才能看见。我的头发干枯，卷成螺丝状的一大堆密密麻麻的卷卷——原因是晚上过于卖力地把它扎得太紧，不过当时我并不明白这一点。回想起来，我才意识到自己比不上其他女孩子，是因为我来自一个很少或根本不注意外表的没有母亲的家庭。

我的心尴尬地怦怦直跳，跟着那个仆人——一个模样秀气、面带微笑、年龄在十八岁上下的女孩——上了橡木楼梯，来到有长廊的二楼。走进将与另外两个女孩同住的那个房间后，我高兴得透不过气来。它比我在家里的卧室大三倍，摆放着红木梳妆台和衣柜，两张舒适的大床。

还有一扇大大的竖铰链窗户，挂着齐地板的窗帘。一切看起来都那么完美，而且还可以透过窗户俯瞰冬日里连绵的花园。我想，有一件事情爸爸说得没错：这一点儿也不像牧师女儿学校那阴郁的大宿舍，至于我与这里的同学会不会合得来，那是另一回事。

"还有一个女孩要来，她将和你同床。"仆人解释说，"但她要下周才来。另外那张床是阿米莉亚·沃尔克小姐的，她家付了额外费用，所以她可以一个人睡一张床。"

我知道阿米莉亚·沃尔克，尽管从来没见过面。她是我的教母阿特金森夫人的侄女，最初就是阿特金森夫人把这所学校推荐给我爸爸的。我向那个仆人道了谢，她问我要不要食品和饮料，我谢绝了。她走后，我打开箱子，把我的东西挂进衣柜。衣柜里挂着颜色鲜艳的漂亮长衣和一件华丽的深色天鹅绒外套，我将自己那几件家常衣服与它们一比，禁不住感到一阵难堪的剧痛。我叹了口气，换上我最好的礼拜日长衣。我完全明白它将给我的批评者留下的印象绝不会比第一件好，因为它也一样难看，一样破旧。然后，我下楼来到教室，她们叫我到那里去报到呢。

教室很大，天花板高高的，全部镶着橡木板，书架摆满了一面墙壁，正对的另一面是一扇弓形窗，俯瞰着宽阔的前草坪，房间中央摆放着一张铺着红布的长桌，桌旁有四个老师和八个同学在学习。我一进去，所有的脑袋都转向我的方向，我发现自己成了他们审视的对象，我一言不发，很不自在。

在房间的末端，一张华丽的写字台旁坐着一个结实的矮个子女人，四十来岁，穿着一件奶黄色的绣花连衣裙。我立即根据爸爸的描述认出了她，这一定是玛格丽特·伍勒小姐，这所学校的拥有人及女校长。

"下午好，勃朗特小姐，欢迎你。"她说着，优雅地从椅子上站起身来，并作了自我介绍。伍勒小姐不是我会称做漂亮的那种类型，但是由于把头发编织成一个宝冠围在头上，长长的鬈发从头上垂到肩头，她展现出一个女修道院院长那泰然自若和仪表堂堂的尊严。接着是对其他教师的一个简短介绍，她们全是伍勒小姐的姐妹，还有那些女孩子，她们看上去和我同龄，或比我小一两岁。我努力吸收着所有这些新信息，女孩子们继续上课，伍勒小姐叫我在她桌前坐了下来。

"我的职责是采用口试的方式决定你在学校里的年级，勃朗特小姐。"伍勒小姐低声说，"假如你回答不了每一个问题，不要担心，这只是让我了解一下你所受教育的广度。"

紧接着她问了我一长串吓人且有时是困惑的问题，涵盖科目广泛，这个测试好像永远也不会终结了。当它终于结束时，伍勒小姐说："好吧，勃朗特小姐，你对历史和文学作品的了解和掌握方面表现出色，有一些法语知识，数学上有很好的天资。然而，在其他几个科目上却不足——尤其是语法理论——而且你看上去地理知识非常少。尽管按你的年龄应该放在高年级女孩中，但我恐怕得把你放在低年级里，直到你赶上你的同龄人。"

我的自尊心在此刻感觉受到了莫大的打击，这一切太难以忍受了，尤其是发生在已经定性为多事之日的这一天，我立即哭了起来。在我抽抽搭搭地颤抖时，伍勒小姐没再说话，我感觉她在观察我。

"与低年级同学坐在一起会让你这么伤心吗，勃朗特小姐?"

"会的。伍勒小姐，求你，求你让我和同龄的女孩子坐在一起吧。"

"好吧。我让你进高年级班，但有一个条件：你课余时间完成一些私下的阅读和额外的学习。"

"噢！谢谢你，伍勒小姐！我非常习惯私下的学习，我会竭尽全力埋头学习的，我保证。"

"我相信你会的。"伍勒小姐慈祥地笑着说。

夜深的时候，我疲倦地走进房间，准备睡觉，并第一次认识了我的室友。阿米莉亚·沃尔克，高个、美丽、淡色头发，也是我刚来时取笑我的那三个女孩之一，穿着我所见过的最可爱、最雪白的睡衣。我把我的蜡烛放在梳妆台上，与她的蜡烛并排，然后默不作声地脱衣服。（每一个学生都有自己的蜡烛和烛台，相当奢侈。）阿米莉亚把她精致的粉红色丝绸长衣挂进衣柜里，接着果断一推，将她的所有衣服推到挂衣杆的尽头，尽可能远离我的衣服。"别碰我的东西。"她专横地警告道，

"它们都是新的，我不希望它们被弄坏了。还有，永远不要坐我床上，对于这一点我是非常在意的。"

"我不明白接触我或我的东西怎么会弄坏你的东西。"我一边挂上我的衣服，一边回答道。

她瞥了我一眼。"你说话的方式好奇怪啊，你是爱尔兰人？"

"不是，我父亲是爱尔兰人，我来自霍沃斯，你的姨妈阿特金森是我的教母。"

"噢！我明白了，你是那个夏洛蒂。"她装腔作势地用法语宣布，仿佛说法语是世界上最高尚的成就。她从梳妆台上取出一盒子鬈发器，在她床上坐下来。"我父亲是一个乡绅，他说爱尔兰人是非常低级的民族。你一定很穷吧，你的衣服那么旧啊。"她怜悯地瞥了一眼我的睡衣，补充道。那是我自己做的，并且补过无数次了。

"我们一点儿也不比我们教区的其他人穷，我们有足够的东西吃，有燃料生火，还有大量的好书读。"

"书！"阿米莉亚嘲笑道，"谁在乎你有多少好书？你又不能穿书！"不一会儿，她爬到被子下面，说："你可以吹灭灯了。"

尽管蜡烛离她的床比离我的床近得多，可我还是乖乖地吹灭了它们，在一片漆黑中摸回到自己的床上。然而，尽管筋疲力尽了，但在那里我却找不到什么慰藉。记忆中，艾米莉一直和我同床，所以这是我第一次一个人占据一张床，硬邦邦的被子中间那种偌大的空洞感觉既奇怪又可怕。结果是，我一直眼睁睁地躺到凌晨时分，想尽办法不去想要过多少个漫长的月份才能再次见到我心爱的家人，默想着下一天会发生什么。

令我惊讶的是，罗海德学校的管理其实是非常人性的，教学方法迎合着每一个学生的个人天赋和能力。我们准备好功课后，就去伍勒小姐那里背诵。无论我们必须学的是什么东西，她都有奇妙的窍门来让我们对它产生兴趣。她教我们思考、分析和欣赏，她在我心里激发出来的求知欲甚至比我已有的更为强烈。在我以前的那所学校，食物稀少或难以下咽，与那里不同的是，罗海德的饭菜是经过精心准备并且充分供应的。总的来说，伍勒小姐对我们的健康表现出高度的重视，允许有充足的时间用于休息和玩耍，坚持说每日散步和户外游戏对我们的健康至关重要。

不幸的是，我对户外游戏没有经验。在我来后第二天的那个霜冻的下午，当其他女孩在玩着一个叫做"法国人和英国人①"的游戏时，我安全退到打了霜的草坪上，站在一棵没有树叶的大树下，仔细阅读林德利·默里的《英语语法》。这样看了一些时候，我听见肘旁有一个声音。

"你为什么把书拿得那么靠近你的鼻子？你需要戴眼镜？"

"不，"我气愤地说，转身面对着那个跟我说话的女孩。"我能看得很清楚。"

"我并不是有意要冒犯你，你叫夏洛蒂，对吗？"

"对。你是玛丽·泰勒，你有一个妹妹在这儿，叫做玛莎。"

"你的记忆力真好。"我发现玛丽比我小十个月，漂亮得惊人，长着一双聪慧的眼睛、完美的皮肤和丝绸般的黑发。不过，我禁不住注意到，她穿得没有其他同学那么好，尽管她的衣服都比我的要好。（我后来了解到，原因是她父亲由于一份军队合同而破了产。）玛丽的红色长衣是短袖低领，在当时那是年龄更小的女孩子穿的式样。为了戴得更久，她的手套到处缝了线。深蓝色棉布上衣穿不下了，而且太短。这个组合赋予她一个相当幼稚的外表，可那好像一点儿也没有使她感到烦恼不安，只是使我更加自在了。

"来加入我们吧，我们打算玩球。"玛丽说。

"谢谢，但我不会玩球。"

"没什么难的，每个人都会玩球的，来吧！"

"我不会，我更喜欢读书。"

还没容我进一步解释，别的女孩子急切地叫我们参与她们的新游戏。"来吧！"玛丽催促道，把戴着手套的手伸给我。"汉娜患感冒呆在

---

① 流行于十九世纪的无绳拔河游戏，孩子分站成两队，环扣前一个人的腰部，两队往相反的方向用力。

屋里没出来，我们这一边还需要一个女孩。"

看来我没人可以求助只能服从了。我放下书，握住玛丽的手，一起跑过草坪，来到另外那六个女孩等待的地方。她们点了她们最喜欢的游戏，我承认从来没玩过，随后是急急忙忙的一顿解释。突然球赛开始了，我和其他人一起跑，拼命想参与进去。然而，当球扔向我这个方向时，我笨手笨脚地试图接住，却全是徒劳。

"你到底是怎么回事啊，爱尔兰人？"一个叫做莉亚·布鲁克的黑发胖女孩生气地喊道，从她的天鹅绒外套和黑色海狸皮帽子可以看出她是一个富裕家庭的女儿。"你是瞎子，还是纯粹是个白痴？"

"我告诉过你们，我不知道怎么玩。"

"他们在爱尔兰不玩球吗？"阿米莉亚取笑道。

"我不是爱尔兰人！"我叫道。

"她需要眼镜，"玛丽试探着说，"问题是这个，她看不见球。"

"那就站出去，爱尔兰人！"莉亚叫道，"没有你我们玩得更好。"

既为自己的无能感到羞愧，又为自己的出局而松了口气，我飞一般地逃离了球场，退回到我在那棵树下的清净地盘。剩下的时间里我一直在那里读我的书。

再也没有人叫我参与游戏了，在这一周余下的时间里，我专心学习。老师们既周到又耐心，可一帮女孩子，在莉亚和阿米莉亚的带领下，一有机会就取笑我，取笑我的口音、外表和在课堂上的无知。当我无法分清冠词和名词，或者说不出非洲某条不出名的河流名称时，一阵哄堂的哧哧笑声就回荡在房间里。噢！我多么渴望告诉她们，尽管在涉及语法或地球的学习中我可能不是非常精通，但我却在最深黑的非洲创建了自己的王国，并且写了许多小说、论文和诗歌。可我不敢坦白这一点，害怕她们会更加嘲笑我。

一天下午，在我到来后的第八天，事情达到了一个极点。女孩子们聚在门厅里，一边高兴地叽叽喳喳，一边为那一小时的游戏穿上外套、戴上帽子。我从旁边经过，揣着一本书前往教室，突然阿米莉亚带着骄傲的微笑宣布道："你听说了吗，夏洛蒂？你排在名单的最后！"

"什么名单?"

"我们投票决定谁是学校里最漂亮的女孩,玛丽第一,我第二,你排在最后。"

这是她们残酷无情的最新见证,对此我目瞪口呆,沮丧地僵住了。玛丽就事论事地补充道:"别生气,夏洛蒂。有人得排在最后,你这么丑陋并不是你的错。"

丑陋?我真的丑陋吗?这是一生中第一次有人这样描述我,我感到那么羞辱,我想到了死。逃离那个房间时,我看见玛丽的眼睛瞪得老大,仿佛被我的反应惊呆了。

其他女孩的笑声尾随着我跑进教室,在那里我一下子倒在弓形窗前的地板上,哭了。我从来没有感到如此完全的孤独、如此深切的羞辱、如此彻底的无能。我在那个陌生地方所感受到的孤独终于完整了。我相信,我躺在那里,发自灵魂深处地哭泣了足足有半个钟头。

终于,我意识到有人进来了。我擦干眼泪,站起身来,缩到窗户前,希望不被察觉。从余光里,我注意到一个身穿淡绿色连衣裙的中等个女孩站在书架旁——一个新来者。我想她也许就是要和我同床的那个同学

"怎么了?"那个女孩走到我身边,温柔地问道。

我一言不发地转过身去,在这种隐秘的时刻被人发现很是尴尬。

"你为什么哭呀?"那个女孩固执地问。

显然,她不会走开。"我只是想家呢。"我不乐意地回答。

"噢!唔,我刚刚到,下个星期将轮到你来安慰我了,因为到那个时候我肯定会相当想家了。"

她声音里流露出的亲切和同情有一种立竿见影的效果,我转过身来,第一次仔细地打量了一下她。她非常漂亮,肤色白皙,柔和的棕色眼睛,柔顺的深棕色发卷恰好垂到下巴下面。她在垫着坐垫的窗椅上坐下来,示意我也坐过去,说道:"我叫爱伦·纳西。"

我作了自我介绍,没过多久就了解到爱伦是家里十二个孩子中最小的,比我差不多小了整整一岁,就住在几英里外。"去年,我就读的是

离家一英里远的摩拉维亚女子学校，但是自从格兰姆斯大师离开后，那个学校就变样了，所以妈妈就把我送到这儿来了。"

"你有母亲？"我羡慕地说。

"当然，你没有吗？"见我摇头，爱伦握住了我的双手，温柔地说道，"真是遗憾啊，我想象不出没有母亲是什么样子，可我知道失去双亲中的一位是什么感受。我爸爸五年前去世了，我深深地思念他。"我俩都颤栗地默默微笑了一下，爱伦的眼中流露出一种深深的柔情和同情。当时我并不知道，我一生中最伟大、最持久的友谊之一就这样开始了。

起初，我不肯定自己会爱上爱伦，因为我们在很多关键方面有着不同。爱伦是一个严格的喀尔文教徒，她忠于一些死板的宗教信条，那些是我在牧师女儿学校里学会并厌恶的东西，并且不加质疑地遵奉着社会和道德行为规范。而我却相反，发现自己每天都质疑一切，挣扎在似乎是牧师女儿应该受到的限制内循规蹈矩。而且，虽然爱伦聪明和耿直，可她并不爱动脑筋。她阅读，但却承认自己不理解或探寻不出一部作品中更深层的意思，这对于我却是如此重要。她本性安静，而我却热情和浪漫。有好几次，我不得不夺过她的书，当她试图不带任何戏剧感地、吞吞吐吐地大声朗读莎士比亚或华兹华斯的作品时。

然而，爱伦是一个忠实的真正的好朋友，并且是一个富有爱心的倾听者，她很快就成了我们宿舍里受欢迎的人，并且常常充当我和阿米莉亚反复无常的脾气和装腔作势的做派之间的缓冲器。感情，像种子一样开始，成了一个幼苗，然后是一棵结实的树。和爱伦同床，每晚我都能够睡得安安稳稳。后来我管她叫做最亲爱的"内尔"。

几周后，另一份友谊以一种意想不到的方式开始了。那是傍晚时分，当同学们围着教室里的火炉高兴地闲聊时，我捧着一本书紧跪在窗口跟前，利用最后的每一道日光继续学习。

"第一次见面的时候，我以为你视力不好呢，"玛丽·泰勒在我身旁的地板上坐下来说道，"可我错了。你不仅能够看见，夏洛蒂，而且好像在黑暗中也能看得见。"

爱伦来的那天起，玛丽一直在回避我。也许，我想，她为说我是丑陋的无礼行为感到后悔吧。此刻，我转过身去看见她正两眼闪闪发光地凝望着我。"还有足够的光线来读书——但只是刚刚够。"我承认。我们俩都笑了。

"我们学了一整天了，晚饭后你还要继续，你不能像我们一样休息一会儿吗?"

"我不想。在这儿的每一天，我都是家里那些人的负担，我感觉有责任学会，利用每一个机会获取知识，这些知识将来有一天会使我找到工作。"

"我父亲说，女人找到一种自谋生计的方式是很重要的。"玛丽表示赞同。她从我肩头上方瞥了一眼我在读的书。"是我们要背的那首诗吗?噢! 我多么讨厌那首诗啊! 我一个词也不懂。"

那首诗是《老水手的白霜》。"这首诗我小时候就能全部背下来，只是给我们学了一小部分，你想要我把它解释给你听吗?"

"好啊。"

在余下的那个钟头里，我向玛丽里解释了那首诗，背诵了它最富有戏剧化的动人章节。我讲完后，玛丽满意地点了点头说:"你解释完了后，它听起来确实有趣多了。你是一个极为有趣的人，夏洛蒂·勃朗特。你内在的东西比外表更美。"

"但愿是真的吧，尤其是因为呈现在世人眼前的东西是那么不讨人喜欢。"

玛丽脸红了，她沉默了一会儿。"我很抱歉，夏洛蒂，为我好几周前说的那些话。我经常说话不假思索，我妹妹玛莎也完全一样。我们所受的教育是心里有什么就说什么，但我并没有恶意，你原谅我好吗?"

我注意到，她并没有暗示她所说的话是不真实的，或者只是在说笑，可她诚心实意的道歉口吻和举动极大地安抚了我受伤的自尊。"我原谅你。"

玛丽笑了。"我很开心。现在，我们将成为朋友了。"

那天晚上发生了一件相当重要的事情，这件事情戏剧性地并且永久地改变了我的命运。太阳落山的时候，一场暴风雨开始酝酿。窗外，雪在混乱的巨大阵风中旋转飞舞，呼啸的风使房子都呻吟起来。阿米莉亚、爱伦和我刚刚换上睡衣，洗漱完毕，突然一个极为阴森恐怖的声音在空气中撕裂开来：一个我们确认是从人嘴里发出的高声哀号。

"有人在哭叫呢，"我凑在墙边听了听说，"好像是从隔壁房间里发出来的。"

哭叫声继续着，很快就伴随着一阵我们听不清的对话，爱伦和我决定去看个究竟。我抓过一支蜡烛，阿米莉亚抗议说不愿意一个人留在屋里，便飞快地加入了我们的行列。我们悄悄走进走廊，敲了敲隔壁房间的门。很快，一个叫做汉娜的女孩打开门朝外张望，她自己的蜡烛举得高高的。"喂？"汉娜是一个严肃的瘦个子女孩，过去两周内一直在生病，最近刚刚恢复。

"我们听见有人哭叫，"爱伦说，"出了什么事吗？"

"是苏珊。我想她是害怕暴风雪。"

"也许我们能够安慰她。"我提出。

"你们愿意就去安慰她一下吧，"汉娜说，把门开着，转身走回房间。"我们已经什么办法都想尽了。"

我们三个走了进去。那个房间和我们的一样，住着四个女孩。莉亚·布鲁克和她妹妹玛利亚睡在房间一边的床上。阿米莉亚、爱伦和我穿过房间来到另一张床边，在那里，在摇曳的蜡烛光下，我发觉被子下面拱出的一团人形。"苏珊。"我拖长声音轻声说道。

"谁呀？"传来一个模糊细小的声音。

"我是夏洛蒂·勃朗特，我们听见你哭叫，你不必害怕暴风雪，那只是雪、屋檐和风在说话呢。"

被子突然被掀起来，它那身材结实的十三岁的红发主人坐起身来，沾满泪水的脸上露出极为苦恼的神情。"我才不害怕呢，妈妈说暴风雪是上帝的礼物，因为它为世界重新裹上闪闪发光的银装。"说着，苏珊的脸重新皱成一堆，又哭了起来。

"如果你不害怕，那是什么不对劲呢？"爱伦询问道。

"每当下雪的时候，"苏珊泪眼婆娑地解释道，"妈妈和我总是一起在窗前看雪；夜深的时候，如果暴风雪很猛烈，她就会坐在我的床上给我讲故事。噢！我离家多远啊！我多么想念我的妈妈啊！"

"我们都想妈妈，"莉亚·布鲁克不高兴地从她床上回答，"可这样哭个不停没什么用。"

"我说去教室借一本书来念给她听，"汉娜生气地嗤之以鼻说，"可她不喜欢这个主意。"

"我宁愿听石板上敲钉子，也不愿意听你可怜巴巴地尝试着念什么故事。"

我听汉娜在班上朗读过，对于她的朗读水平我赞成苏珊的评价。我想都没想就脱口而出："我可以给你讲一个故事。"话还没说完，我就希望能够把话收回去。每个人都兴奋地转向了我，我的脸颊顿时热了起来，急忙补充道："我和弟弟妹妹们经常乱编故事，互相逗乐。"

"是吗？"苏珊问道，一边擦去脸上的泪水。"是好玩的故事吗？"

"你一定判断得出呢。"

"好啊，那就开始吧。"苏珊往后一挪，靠在床头挡板上，把被子铺平，在床上为我腾出了一个地方。"给我讲一个吧。"

我心里七上八下地坐了下来，瞥了一眼其他人。"我真的讲吗？"

"我不介意，只要能让她停止悲号。"莉亚回答，她妹妹也坚定地点了点头。

"这太愚蠢了！"阿米莉亚讥笑道，"我们这么大了还听床头故事。"

"你可以离开，要是你不愿意听的话。"爱伦卷缩在玛利亚·布鲁克身边说。

阿米莉亚犹豫了一下，然后很不情愿地坐进旁边的一张椅子里。

突然，我们的另外三个校友也跨进了房间。"出什么事了？"玛丽·泰勒问道，她包在一床被子中，黑发（像我们大多数人一样）高高地卷在鬈发器里准备过夜。

"夏洛蒂要给我们讲故事呢。"汉娜回答。

"噢！太好了！"玛丽把被子铺在地板上，坐了下来。塞西莉亚·埃里森和玛丽那吵吵闹闹的十二岁的妹妹玛莎也加入了她的行列。玛莎叫道："我喜欢听故事！"

我的心开始因为苦恼而惶恐，是什么迫使我说出这么鲁莽的话呢？我和弟弟妹妹们在荒漠上闲荡或晚上聚在火炉旁虚构的故事是私密的，是为自娱自乐而编造的，从来没和任何人分享过。然而，女孩子们都期待地望着我，如果我不讲出一个有趣的故事，我知道自己永远会洗不清污名。我决定，最好是虚构一个全新的故事，按照这些听众的口味构架情节。

我深深地吸了口气来镇定神经，用一种低沉和戏剧性的音调开始了我的故事。

"很久很久以前，在一个遥远的王国，一位鳏居的公爵与他唯一的女儿住在一座有塔楼的大城堡里，城堡建在海边高高耸立的悬崖上。这位年轻女子的名字叫做艾米莉，她十八岁，再没有哪朵孤独中开放的野玫瑰能比她这森林里的温柔花朵更可爱了。"

房间里安静下来，每个人都在饶有兴趣地听着，每一个人，我注意到，除了阿米莉亚以外。我继续讲道："艾米莉不仅美丽，而且有才华。她能弹竖琴，能读能说三门语言。她是一个有技巧的画家，写得可爱的诗歌，传闻她曾冒着各种恶劣的天气步行好几英里去帮助那些贫苦的人们。"

"她听起来太完美了，世上不可能有这样的人。"阿米莉亚嘲讽地说。

"别吵。"苏珊叫道，对我说："请接着往下讲。"

"艾米莉的善良、智慧和美貌吸引了邻郡的一个年轻英俊的绅士贝尔维迪尔侯爵的注意，他的名字叫做威廉。他们相遇并相爱了，婚礼日期定了下来。婚礼前的那个夜晚，艾米莉在甜蜜的期待中睡着了，梦见第二天的婚礼，她与心爱的威廉幸福地生活在一起。城堡的其他人以及前来参加婚礼晚会的所有成员也都在各自的床上睡着了。似乎没有什么事情会打搅艾米莉的休息，或是破坏这对幸福的新人即将到来的婚礼，但事情并非如此。因为一个事实，可怕的事实——艾米莉是一个梦游症患者。"

"一个什么？"莉亚问道。

"一个梦游症患者，"我重复道，对此玛丽声音里带着颤动的声音补充道："一个在睡梦里走动的人！"

"噢，不！"苏珊叫道，被吸引住了。

到这时，我已经完全进入了状态，兴奋地讲着故事，并且发现自己开心极了。"艾米莉的父亲知道这个癖性的危险，多年来一直在艾米莉的门外安置了一个护士，以确保她夜里永远不会游荡出去。然而，这天夜里，当艾米莉赤着脚从床上爬起来，并且熟睡着走出卧室的房门时，她的护士——在当晚的晚宴上喝了太多的酒——在椅子里睡得烂熟。艾米莉悄悄从她身边绕过去，走下长长的走廊，然后爬上通往城堡最高塔顶的楼梯，而塔顶就坐落在俯瞰大海的高高的悬崖边上。然后，她来到通向塔顶的一扇门前，打开了门。"

"塔顶！"汉娜惊慌地叫道，已经苍白的脸上血色褪尽。

"虽然艾米莉一走出去就遇到了一阵寒冷的海风，"我继续说道，"但这也没有把她从梦游中吹醒。她以为自己正沿着她最喜爱的草坪中的小径漫步，她对着迎面扑来的风微笑着，仿佛那是一阵清新的春风。艾米莉穿过塔顶走到环绕着塔顶的那堵城垛的矮墙边，把手放在了上面。手指尖下的石头感觉粗糙，与她在花园里常常轻松翻过的岩石峭壁没什么两样。可是艾米莉不是站在草坪里，她是站在一个耸立云霄的城垛顶上，俯瞰着汹涌的大海。围墙外面一片空无，只有星空，以及一个直落到波浪上的陡峭悬崖。那些波浪正在数百英尺的下方轰然撞击着岩石。"

我暂停了一下，高兴地注意到，我的听众全都眼睛瞪得大大的，屏住气息满怀期待地坐向前来，等待着我的下文。

"她干什么了？"阿米莉亚急切地问。

"始终保持着催眠状态，"我继续说，"艾米莉爬到了狭窄的石墙上面。"

聚集在我身边的女孩子们全都透不过气来。

"艾米莉静静地在石墙上站了很久，风抽打着她薄薄的睡衣和长长的金发。在心里，她看见心爱的威廉站在十码远的地方，张开双臂等着她。'威廉！'她柔声地喃喃叫道，'我将到你身边来！'"

我站起身来，表演那个场景。"接着艾米莉走了起来，每次迈出慎重的一步，每一步都奇妙而精确地落在城垛的凹口上面。艾米莉没意识到只要她走错一步，一个稍微的摇摆，就会必死无疑。"

"噢！"汉娜恐惧地叫道，手捂住了嘴巴。

"就在艾米莉做着这个危险旅行的那一刻，远处住在城堡院子对面一间卧室里的威廉突然惊醒了，他肯定自己听见了艾米莉的呼唤。她的声音是从哪里传来的呢？仿佛她就在离他不远的地方。他无法解释某种冲动。他来到窗前，眼前的景象使他惊恐得透不过气来。艾米莉穿得像一个飘逸的白衣幻影，正沿着那座最高的塔楼的圆环形石墙漫步。然而，更糟糕的是，他看见在她的正前方，那个石头壁架——被恶劣的海风侵蚀——破损了并且正摇摇欲碎。"

迎接这一宣告的是来自我的听众的又一次异口同声的惊叫。

"艾米莉的脚落了下去，"我恐怖地继续说道，"突然，围墙颤抖了，灰浆掉了。'艾米莉！'威廉叫道。那位年轻的女士犹豫不决，在虚无的边缘上前前后后地摇摆不定，她的胳膊伸出去想抓住某个支撑物，可那里什么也没有！"

一声尖叫突然撕裂了空气，我很高兴我的故事能够产生这样刺激的效果。但朝发出声音的方向望去时，我的微笑消失了，因为我的听众全都在盯着汉娜，她气喘吁吁、全身猛烈颤抖地躺在床上，双手捂着心脏，直翻白眼。

"她发作了！"玛丽叫道。

"把伍勒小姐叫来！"我极为苦恼地说。

伍勒小姐立即被叫了过来，她请来了一位医生。汉娜被认定为遭受了强烈的心悸，于是医生给她服了某种镇静剂。全体人员因在就寝时间过后的聊天而受到严厉训诫，被立刻打发上了床。

我为导致汉娜的突然发作而充满悔恨，因此那天晚上几乎没有睡着。我情不自禁地想象那有可能出现的可怕后果，假如她的发作结果是致命的话。我完全以为早餐的时候会受到校友和老师们一顿令人苦恼的谴责。然而，第二天早上当我疲倦地在餐桌前落座时（汉娜仍然卧床不起，老师们还没来），令我吃惊的是，我遇到的反应恰恰相反。

"昨晚的表现真是精彩哦。"玛丽在我身旁坐下来说。

"我从来没听过这么惊心动魄的故事！"苏珊喊道，眉飞色舞。"我把想家的事忘得一干二净了。"

"我以为自己快吓死了呢，光是听它！"玛莎·泰勒热情地叫道。

"汉娜的确差点吓死了呢。"阿米莉亚尖刻地指出。

"那不是夏洛蒂的错。"爱伦说。

"下一次，"莉亚笑着对我说（莉亚第一次冲我微笑，并且是一个相当赞赏和欣赏的笑），"我们将在夏洛蒂的房间里碰头，汉娜可以待在她自己的屋里。"

"没有下一次了，"我坚持说，"伍勒小姐相当恼火，大家不想因为深夜聊天而受罚吧。"

"那么，我们只有早一点儿聊天了。"玛莎说。

"或者加强防备，小心别被抓住。"玛丽补充道——这句话激起了一阵哈哈大笑和异口同声的热烈赞同。

苏珊小心翼翼地朝门道瞥了一眼，还好，没有教职员工们的影子。带着搞阴谋的语气，她说道："告诉我们故事是怎样的结局吧。"

"夏洛蒂，"爱伦担心地透不过气来，"你不可以答应的。"

"伍勒小姐没有说过反对早餐时聊天啊。"玛莎坚持说。

"是啊，是啊！"莉亚叫道，"它的结局怎样？"

一阵如此急切的问题接踵而来——"艾米莉掉下去了吗？""威廉救了她吗？""她结婚了吗？"——我忍不住笑了，知道回答是安全的。

"结局是这样的：当威廉看见艾米莉在塔顶上时，他喊出了她的名字。尽管距离太远声音传不到她的耳中，尤其是越过呼啸的风，但是不知怎么艾米莉清楚地听到了他的声音，一下子惊醒了。一看到自己所处的地方，艾米莉站稳了脚跟，安全地从墙上爬了下来，逃回到飞奔过来迎接她的威廉身边。第二天他们结了婚，一起度过了漫长而幸福的一生，生了五个孩子，全都完美、漂亮并且极其聪明。"

苏珊幸福地叹了口气："那是一个完美的结局哦①。"

从那一天开始，我在罗海德学校的女孩子中的地位永久性地大大地改善了。再也没有人取笑我的长相、衣着或口音，我以自己的本来面目被接受，就连阿米莉亚也接受了我。爱伦和玛丽成了我最亲密的朋友，那些曾经瞧不起我的女孩如今似乎带着一种全新的敬意看待我，并且经常为学习上的事来找我帮忙或听取我的意见。

在那个学期里，我多次禁不住劝说——不顾危及我们的命运和名誉——在就寝时间已过后讲故事。为了避免被发现，我们聚在我房间的一个远远的角落里，就着一支蜡烛的光线，压低声调说话。汉娜克服了她的胆怯，加入了我们的行列。有时，我大声地编造故事；有时，我们交换秘密，分享珍藏的回忆或者表达我们对未来的愿望和梦想。有一次，我们因为"在就寝时间已过后聊天"被处以罚款。我和同谋们私下承认我们并不在乎被抓住，而且因为这一次做了一件违反规定的事情，大家感到一种说不出来的兴奋。

我对在罗海德学校的学习那么全神贯注、专心致志，因此只用了十八个月就修完了所教授的课程。只有一个科目，尽管我喜爱，但却没能擅长：音乐。我的手指头那么小，所以不能驾驭钢琴上的琴键，而且我的眼睛非常近视，读谱极其困难，于是我被永久地免去了那门课程的学习。然而，在其他的所有科目里，我升至全班第一，与玛丽和爱伦竞争奖学金。一八三二年五月下旬，到学习期结束时，我已经获得了一等奖——为表彰优异成绩而设立的银奖——在每一个学期末颁发。带着对成绩的自豪感、对自己的创造力所重拾起来的信心，以及与三个同学已

---

① 这种爱人间的神秘的"呼唤和回应"主题经常出现在夏洛蒂少年时期的作品中，并被用在了著名的《简·爱》里简和罗切斯特之间的一个关键场景中。

经建立并将延续终身的友谊：玛丽·泰勒、玛格丽特·伍勒以及爱伦·纳西，我离开了罗海德学校。

多年后一个七月的下午，当从利兹来的马车停靠在谢菲尔德的时候，我一眼就瞅见爱伦·纳西等候在路边。一看到她那倍受喜爱的熟悉面容和身段，我感到一股爱意涌上心头。虽然毕业以后爱伦长高了几英寸，身材发育得更加丰满，但她仍然和与我们相遇的那天一样白皙和漂亮。当我从车上投入她的怀抱时，她柔和的棕色眼睛带着同样的爱意凝视着我。

"我最亲爱的夏洛蒂！"

"内尔！见到你真好啊。"

"整个上午我都在祈祷不要有什么事情阻止你的到来呢。旅途如何？"

"一路平安，不过沿路的乡村是那么美丽动人，我一心只想从火车还有后来的马车上跳下去，撒开腿扑入那波动起伏的绿草坪。"

"幸好你没跳哦，但德比郡的确是一个可爱的乡村，不是吗？"爱伦穿着一件合身的黄色丝绸连衣裙，是按最新的时尚简约的款式裁剪出来的，一条相称的丝带装饰着帽子，帽子下柔软的棕色头发梳得整整齐齐。

"内尔，我是多么想念你啊，渴望和你好好聊聊天呢。"爬进爱伦租来的马车时，我叫道，紧紧抓住她的双手。

"我也是啊，霍沃斯有什么新消息吗？安妮好吗？"

"很好，我想他们很高兴回了家。"

"你认为你们的新副牧师怎么样？"

"噢！别让谈论尼科尔斯先生毁了这个好日子吧。"

"为什么？你不喜欢他？"

"不喜欢，而且永远不会喜欢。我希望爸爸从来没有聘用过他呢。"

"尼科尔斯先生做了什么事情赢得了这么强烈的厌恶？"

我知道，假如我把尼科尔斯先生对我的那些不恭评论告诉爱伦，我听到的一定是和妹妹们一样的那些慢条斯理的申斥，关于内在美比外在美更重要之类的。没有心情听这样的说教。我简单地说："尼科尔斯先生是一个蒲赛主义者，心胸太狭窄，不合我的口味。不过，别说他了！说说你自己吧，内尔，我希望知道你来这儿后所发生的一切呢！"

5

我们像喜鹊一样叽叽喳喳地交谈着，驶过几英里的路程来到了爱伦哥哥亨利的新家。原来哈瑟塞齐是一座小小的村落，周围是农场，居住着当地针厂的工人。像霍沃斯一样，它由一群集中兴建的石头农舍组成，农舍排列在一条陡峭的道路两旁，沿着道路走上去的顶端是教堂和教区牧师住宅：一座令人愉悦的两层楼房——与我们家的不一样，但也坐落在一个高地上。

"房子里凌乱不堪，到处是灰尘，请别介意。"爱伦带我看那座房子时说道，"房子正在进行较大的扩建，准备增加一间带弓形窗的大客厅，并在楼上增加一间新卧室。每一天都有节外生枝的新情况，泥水匠还有很多活要干，新家具也还没运来，但是亨利说他和妻子四周后就住进来，不管我们有没有为他们做好准备。"

"一切看上去都非常华丽，我肯定那对新婚夫妇会喜欢这个地方的，并且会因你承担了这个责任而感谢你的。"

喝完茶后，爱伦建议休息一下，可我认为坐了一整天车，我非常渴望探索这一地区的美景。于是，我们重新戴上帽子和手套，立刻出发，在傍晚的凉风中散起了步。离开房子后，我们踏上一条小路，顺着小路缓步穿过一片宽阔的绿地。看着周围那比霍沃斯壮美得多的景色，我惊奇而高兴地屏住了呼吸。到处是连绵起伏、充满诗意的低矮山坡和峡谷，覆盖着牧场和森林，与荒漠那些较高的远山形成戏剧性的对比。

"这儿真美啊！"我叫道，"我很高兴亨利放弃了做传教士的想法，在印度的气候里他是绝对挨不过两个月的，他为自己选择了这个地方真是太英明了呀。"

"是啊。我只是希望他对新娘的选择也是一样的英明。"

"从你的信中看，这个普雷斯科特小姐——也就是纳西太太——"（因为他们已经结婚几个月了），"听上去像是一个好女人啊。她一定是的，要是她符合亨利的标准的话，因为我们都知道他在找妻子方面是非常挑剔的。"

爱伦望了望我，察觉到我是在取笑，两人都哈哈大笑起来。事实上，亨利——一个一本正经、乏味无聊的年轻人——在过去的六年里曾向很多女人求过婚，但每次都被当即拒绝。我是他接近的第一个目标。

"你知道的，"爱伦突然愁闷地说，"我常常想，假如那么多年前你接受了亨利的求婚的话，那会是什么样子呢。我们将会有更加亲密的关系，我会经常见到你，我们也许甚至会住在同一座房子里。"

"你很快就会厌倦我的，内尔，要是我们住得那么近的话。"

"我永远不会厌倦你的。"

"我也不厌倦你，"我握了握她的手，由衷地宣布。"但是亨利和我不合适，我几乎不了解他，也不可能爱他，而且他通过写信求婚！他的信里没有一句恭维或时髦的话语，只是简单地告知我，他居住的教区牧师住宅一个人住太大了，问我愿不愿意考虑作为他的妻子照顾一下它①？你一定会承认，这不是女人梦想中接到求婚的方式。想想这种事居然在我身上发生过两次！"

"对！曾经不是有一个彻头彻尾的陌生人向你求过婚吗？"

"是啊，一个来访的爱尔兰年轻牧师，叫普莱斯先生。有一天下午，他来喝茶，和我一起待了大概两个小时，第二天他就写信来求婚。我听说过一见钟情，但那并不等同于意想不到啊！由于这件事正好发生在你哥哥求婚后的第五个月，所以惹得我的弟弟妹妹们好一番取笑。"

我们哈哈大笑起来，静静地继续往前走了一会儿，饱览着德比郡乡村那美不胜收的景色。昆虫在嗡嗡，绵羊在咩咩，鸟儿在喳喳，大量的

---

① 夏洛蒂把亨利·纳西的很多性格给了《简·爱》里的那位热心、郁闷的圣约翰·里弗斯，包括一次极不浪漫的求婚。

野花在争奇斗艳，四周芳香馥郁、满目绿色、郁郁葱葱，夏日的天空披上一层粉红和琥珀色，我们沐浴在一轮落日的金晖中。

当我再望一眼爱伦时，令我吃惊的是，她看上去垂头丧气。"出了什么事吗，内尔？"

"没有。是的。"爱伦叹了口气，"我在想文森特先生。"

"哦。"文森特先生是一个曾经深爱着爱伦的年轻人，可她拒绝了他的求婚。"你不是后悔在那件事情上作出的决定吧？"

"有时是啊，我家里人认为他十分合适。"

"在无数次的来信中，他们也是这样告诉我的。由于文森特先生是一个牧师，一个富有的外科名医的长子，听上去他的确像是你理想的那另一半呢。"

"也许理论上是如此吧，可他徘徊了一辈子，最后才终于向我求婚。噢！夏洛蒂，要是你见过他就好了。他是那么古怪、那么羞怯和腼腆，在我面前几乎连一个连贯的音节都憋不出来。每当我试图想象要与他度过余生——并且和他同床共枕——我就感到恶心和焦虑。"

"那好啊，你作出了正确的决定。"我说，"我要是结婚的话，我的丈夫一定是我热爱的，能够让我仰视他，崇敬他的人品及学识的。他必须有诗人的灵魂、法官的感觉；他必须心地善良、体贴入微，受到所有认识他的人的尊敬；他必须是一个崇拜并平等看待女性的男人；他必须年龄比我大。"

"多大？你希望找一个白发或秃头的崇拜者？"

"不，可他至少得是三十五岁，有着四十岁的感觉。"

"你刚才描述的这位绅士是高品级的，他是你凭空虚构出来的呢，还是基于现实生活中的任何人？"

我感觉脸上漫过一朵红晕，这才意识到自己无意之间描述的是我的比利时老师——一个爱伦几乎根本不知道的男人，那是一段我从来没有谈起过的关系。"他完全是我想象的产物。"我飞快地说。

"也许我们俩都会走运的，在符合要求的熟人里面，找到一个合适的牧师或副牧师。"

"噢！我坚信我永远不会成为一个牧师的妻子。我的心太热，思想太野，太浪漫、太异想天开，与牧师不合。"

"我们见到的大多数适龄男子都是牧师啊。夏洛蒂，要是不嫁给一名牧师的话，你还会嫁给什么人呢？"

"也许谁也不嫁。说老实话，我认为，在我们这个年龄，几乎不可能有某个完美男性的典范出现并向我们伸出求婚之手的。即使这样的男人真的存在，即使他真的出现了，我大概也不应该要他。我们就在一起做老姑娘吧，内尔，我们依靠自己非常幸福地活着。"

"但是，如果不结婚的话，你将怎么办呢？要是我保持单身，我有哥哥们养活我，而你呢……"爱伦打住了。

"而我弟弟一点儿用也没有。"我为她把话说完，"别害怕说这事，内尔，这不是什么秘密。布兰韦尔是一个可爱的家伙，当他清醒时。可他是靠不住的，不是什么养家糊口的人。在绿庄的职位他怎么能保持这么久，对我来说是一个谜。"我叹了口气，"爸爸，上帝保佑他，但他不会永远活下去。展望未来，我必须自己照顾自己。多年前，玛丽·泰勒告诉我，每一个女人都应该而且必须能够自己挣到钱，她说得对。"

我们俩都有点儿敬畏玛丽·泰勒，她仍然有着读书时那种生气勃勃和特立独行的灵魂。她与我同时在比利时学习，只不过就读的是不同的学校。她在欧洲大陆到处旅行。当她明白自己不会结婚时，她决定投奔在新西兰的哥哥韦林，帮他经营百货店。几个月前她刚刚启程。

"你收到过有关玛丽的更多消息吗？"爱伦问。

"从接到她的最后那封信以后就再也没有收到过任何消息了。想想，从赤道以北四度写信过来，在船上生活了那么多月，冒着需要面对的炎热、疾病和艰难等危险！然而，玛丽的精神好像很不错呢。"

"新西兰。你能想象得到吗？去往一个新国度……"

"去往一个新半球！多么伟大的冒险啊！尝试某件闻所未闻的新鲜事——这难道不令人兴奋吗？"

爱伦摇了摇头。"不，我想玛丽是非常勇敢的，可永久离开英国——选择一辈子生活在外国人中间，在一个陌生的国度——我是绝不会希望如此的。"

"也许你说得没错,"我更加冷静地说道,"但是,噢,我确实渴望有机会改变一下,内尔。我二十九岁了,这辈子还一事无成,我需要找到一个职业,成为比现在的我更好的人。一个正常的英国女人一定有某种谋生的方式,不用离家——或离国!总有一天我要努力找到它,要不就在尝试中消亡。"

我在哈瑟塞齐期间,爱伦——一个一贯爱交际的人——让我们的日子排满了种种冒险活动和许多社交拜访,包括和这一地区的所有望族喝茶。其中一次这样的拜访给我留下了深刻和永久的印象,那就是拜访位于奥特西茨的北里斯府——一位十五世纪的绅士所拥有的古老庄园主的住宅,里面住着爱姓家族。

北里斯府是一座庞大高耸的灰石房子,有三层楼高,环绕屋顶的城垛和塔楼赋予它一幅别致的样子。更远处是静谧和孤独的群山,它们创造出那样一种与世隔绝的幻觉,因此使人难以相信哈瑟塞齐村就挨得那么近。房子坐落在空旷的地面,屋前有一块宽阔的绿色草坪,屋后有一个白嘴鸦群的栖居处。当我们驶近时,栖居处里哇哇鸣叫的住户们在空中盘旋。

"这难道不是一座奇妙的老房子吗?"爱伦问道。

"它让我想起了莱丁斯。"我回答。

莱丁斯是爱伦童年时候的家:一座属于她叔叔的古老的乔治王朝风格的大房子,也有着同样的带城垛的屋顶和白嘴鸦群栖居处,也坐卧在风景如画、广袤无垠的帕克兰,四周长满参天的百年古树,其中包括栗子树和一些重瓣荆棘。多次在那里做客,那期间,我对那座房子羡慕极了。

此刻,当我们在北里斯府外面下车时,我被这个地方的那种富丽堂皇、充满预感的样子震惊了,这一切好像在暗示它的四壁内隐藏着某个巨大的秘密。与它古老的正面相比,屋子里面给人留下的印象甚至更为深刻。从我们被迎进屋内以后,我一直屏住呼吸叹为观止,惊叹于那熠熠生辉的橡木镶板、豪华的天鹅绒窗帘、富丽堂皇的旧式家具、通往二楼长廊的宽大结实的橡木楼梯。

起居室尤其典雅，天花板上雕有葡萄和葡萄叶的雪白花边，大理石地板上铺着白色的土耳其地毯，是用花环巧妙编织而成的。就是在这个房间里，那个可怕的玛丽·爱太太，一个身着华丽的黑色缎子衣裙的白发寡妇，优雅地接待了我们，请我们喝茶和吃蛋糕，身边是她三个已经成人的未婚女儿。我们坐在各式各样的红色沙发和绒垫睡椅上，窗户与窗户之间的大镜子把我们的形象反射回来，使那个巨大的房间显得大了一倍。

"爱家是一个非常古老的家族，"爱太太一边啜茶一边解释，"在圣迈克尔教堂，你会发现很多爱家人的坟墓装饰着黄铜制品，年代能一直追溯到十五世纪。这座房子里的一些家具也是非常古老的。"

一个大大的黑色壁橱尤其吸引了我的注意，上面画着使徒的头像。当我问起它时，爱太太自豪地说："我们把那个叫做使徒壁橱，它在这个家里已经有将近四百年时间了。"

喝完茶后，爱太太的儿子乔治，一个大约十九岁的鬈发少年领着我们对房子作了全面的观光。最后我们沿着一段狭窄的楼梯登上带城垛的屋顶，从那里我们欣赏到了远处那连绵起伏的山峰和峡谷的风光。那景色使我如此高兴，以至于过了好久才被人劝下楼来。下楼的途中，我们经过了一扇厚重的木门，我们的向导解释说那扇门通往顶楼的佣人们的住处。"据说，北里斯府的第一任女主人，名字叫做阿格尼丝·阿什伯斯特，曾经被锁在那层楼上的一个墙上装了软垫的房间里。"

"她为什么被锁起来呀？"我问道。

"因为她完全疯了，据说那个疯妻子死于一场火灾。"

"火灾？"我重复道，极感兴趣。"是她自己放的火吗？"

"没有人知道，事情发生在那么久远以前，但是他们说她丈夫逃了出来，大部分房子烧毁，不得不重建。"

"多么可怕的故事啊！"爱伦毛骨悚然地说。

多么奇妙的故事啊，我想。这不是我第一次听到关于疯女人被关在顶楼上的故事，这种做法在约克郡是很普遍的。因为，事实上，当一位心爱的人罹患精神错乱并日渐衰弱时，家里人又有什么别的办法可想呢？

罗海德学校也有它自己的传说，有关那无人居住的房子顶楼里的住户。在那个故事里，那是一个女性幽灵——建造那座房子的房主的第一任妻子——她在新婚之夜悲剧性地从楼梯上摔下来，摔断了脖子。好多个夜晚，我和同学们窃窃私语地交流着有关罗海德那个神秘幽灵的故事。夜深人静的时候可以听到她的丝绸连衣裙窸窸窣窣地拖过顶楼的地板。

据传，在出让给伍勒小姐之前，罗海德还活着的最后一个住户是一位老绅士，总体来说性格乐观开朗。他听见一阵尖利刺耳的笑声，接着就看见那个已故的幽灵在二楼的长廊上方飘浮。他被吓得差点精神错乱，以至于他离开那座房子，发誓再也不会回去了。尽管我自己从没见过一丝罗海德的幽灵的迹象，但我也没能把那个故事从脑海中驱除出去。这个新奇的故事——背景设在古老的北里斯府那有点怪异的近郊，加上那有关火灾的传说——尤其吸引我的想象力。

总有一天，我发誓，我会把这个写出来。

呆在哈瑟塞齐的第二周，我半夜惊醒，为一个生动而有预感的梦而惊恐万分、全身颤抖。

长期以来我就相信梦境、预兆和预感。小时候，苔比常常告诉我们，梦见小孩子肯定是一个麻烦的信号，对自己或对亲人。她提供了几个个人经历来佐证这一信念。报道这些证据时，她是如此庄重严肃，以至于我这辈子再不可能忘记。在过去的岁月里，我注意到自己记梦的频率比任何人都多得多，也许只比艾米莉少一点。八岁的时候，在我离家前往牧师女儿学校的前夜，我有了一个恐怖的幻影，在幻影里我发现自己站在一个病快快的小女孩的床边。把这事告诉爸爸时，他只是抚弄了一下我的头发说，因为我自己是一个小女孩，梦见孩子只是自然现象，我不应该为迷信的无稽之谈而担惊受怕。第二次启航前往比利时之前，我又梦见了一个小孩子，我没理睬这个警告。后来，我热切地希望自己当时要是引起了足够的重视就好了。

此时，我又有了这样一个幻影，它使我充满了不吉利的预感。日记：那天是一八四五年七月十七日，一个星期四。我之所以提到这个日期，是因为后来它被证实是意义重大的。那天晚上，我和爱伦早早地上了床。按照习惯，我们多次相互做客期间都同睡在一张床上，即使在不需要共床的时候。像同窗时那样，我们享受这一待在一起的时光。通常，我们聊一小会儿天，然后就安详地睡去。

这个夜晚不一样，上床后好一会儿我都睡不着。那是一个夏夜，过了一段时间后，天还没黑。等天黑了，风就起来了，带着低沉而悲伤的声音开始刮过，比任何强风还要更加阴森可怕。影子在墙壁上摇曳，月光映亮的树枝不时咔哒咔哒地敲打着窗户。这种效果，伴随着风的哀号，好像是某个神秘和邪恶的巨大力量。我感觉自己正被一种突如其来、莫名其妙并且即将降临的厄运所淹没。

终于睡着后，我做了个梦。我梦见自己，在一个漆黑的风夜，焦急地沿着通往霍沃斯的那条弯弯曲曲的道路徒步跋涉着。我感觉家里迫切需要我，一定要刻不容缓地赶到那个地方去。沉重地跋涉到山坡上的时候，我怀里抱着一个用头巾包裹着的婴儿，小家伙在我怀里扭动着，在我耳边可怜地哀鸣，我想对他耳语——哼一支摇篮曲——来为他提供抚慰和舒适，但他的苦难是如此深重，我的话语传达不到他的耳中。我的胳膊累了，孩子的重量阻碍了我前行，他想要的似乎根本不是我，可我无论如何不能把他放下，我必须尽最大的努力确保他平安和温暖。

费了九牛二虎之力，我到达了山顶。令我大惊失色的是，牧师住宅不见了，而我的家变成了一个陌生的地方，在外表、大小和范围上更加近似北里斯府。然而它已不再是北里斯府，是一个凄凉的废墟。那堂皇的屋子正面只留下一堵没有屋顶、样子脆弱的贝壳般的墙壁，在那扇雄伟的前门曾经耸立的地方是一个张着大口的洞。我恐惧地想：我的家人在哪儿？发生了什么事？

风继续哀号，突然，我意识到那根本不是风声，那是我父亲的声音、安妮的声音、艾米莉和布兰韦尔的声音，全都夹杂在一个痛苦的巨大杂音中，而且是从那摧毁的建筑结构里面传出来的。

"你们在哪儿？"我颤抖地叫道，"我来了！我来了！"

怀里仍然抱着那个孩子，我冲了进去。里面的墙壁依然耸立着，可大厅里到处是屋顶、灰浆和花檐残留下来的碎片。我疯狂地趟过废墟，从一间房到另一间房，直到终于找到他们：我家的全体成员都聚集在一个戏剧性的凄凉场景里，哭泣着——只有布兰韦尔除外，可我知道他也在受苦，他的哀号，从某个未知的地方传来，是其中最大的——与我怀里那个可怜婴儿的哭叫声完美合拍。

我感到心突然一揪，仿佛某条看不见的生命线把它与布兰韦尔的心捆绑在了一起。通过这个联系，我能够感觉到那正把他吞噬的阵痛。

"发生了什么事？"我试图叫喊，但嘴里一句话也说不出来。突然，四周的墙壁开始摇摇欲坠，它们倒塌了，松散的石头和灰浆像倾盆大雨一样落到我和我心爱的人们身上。我盖住那个孩子，保护他免遭这场猛袭。我失去平衡，感觉自己倒了下去。我大喘一口气醒了过来。

"夏洛蒂，怎么了？"我身边的爱伦醒了，她问道。

我把被单扯到下巴处，全身颤栗，努力镇定我那疯狂的心跳。"噢，爱伦！我做了一个多么可怕的梦啊！"

当我讲完细节后，她在黑暗中抓住我的手，宽慰我说："那只是一个梦而已，亲爱的夏洛蒂。别这么自寻烦恼了。"

"那是一个关于孩子的梦，"我坚持说，仍然充满担忧。"你知道那是什么意思，某个巨大的灾难即将降临在我或我心爱的某个人身上。"

"那只是一个老妇人的传说，我肯定你的房子和家人都没事。"

"我不担心房子，那只是象征着某件别的事情：即将发生或我不在时已经发生的某个毁灭性的事件。到现在，布兰韦尔已经从绿庄回家度暑假了。噢！我满脑子全是这样的恐惧，爱伦。天一亮我必须回家。"

"回家？可是你还没待够两周啊，你说过可以再待一周的呀。"

"我改变主意了，家里人需要我。我不知道为什么，我只知道他们需要我。"

"夏洛蒂，我原来就担心你可能提出这样的想法，理由是你每年的主日学校服务要开始了，所以我给艾米莉写了一封信，要求她允许你留下，至少等收到她的信再做决定吧。"

艾米莉的回信第二天上午就到了——

亲爱的爱伦小姐:

如果你有心要留夏洛蒂再待一周，我们一致同意。礼拜日我会安排好一切的。她过得开心我很高兴，让她充分享受接下来的七天时间，并且结结实实、开开心心地回来。请转达我和安妮对她及你的爱，告诉她家里一切都好。

爱你的 E·F·勃朗特

一八四五年七月十六日

于霍沃斯

"你瞧?"读完信后，爱伦说道。"家里一切都好，我早就告诉你是这样。现在，你可以停止为你的梦烦心了，像她所说的那样去做:充分享受接下来的这一周。"

我不相信。我的心灵深处仍然感觉家里有某件事情不对劲，但艾米莉那使人安心的快活语气是不容否认的。

我回信给妹妹，宣布我有意在哈瑟塞齐待到七月二十八日。我和爱伦自得其乐，接待了形形色色的来访者，监督了亨利的新家具的安装，最后又去了一趟北里斯府。我放心地看到，它仍然伫立在那里，而且并不是一个蝙蝠和猫头鹰的避难所。

然而，我终于无法无视内心的不安，在七月二十六日，星期六，决定必须马上回家，一刻也不耽搁。

由于我是最后一刻才决定离开哈瑟塞齐的，且比预期的要早，所以无法将回家的消息告诉家人。我知道没有人会来接车了。

在从谢菲尔德到利兹的火车车厢里，我有一刻忘记了担忧，因为我的眼睛被坐在对面的一位绅士吸引住了。我感到有些似曾相识的激动:

因为在面部长相、身材大小和服装样式（依据我的经验，法国裁缝制作的西服外套的裁剪和缝纫是无与伦比的），他在很多方面都像我的比利时老师赫格尔先生。

那位绅士一定是法国人，我是那么肯定，所以冒昧地用法语对他说："先生是法国人，对吗？"

那个人吃了一惊，立即用他的本国语回答："对，小姐。你会讲法语？"

一阵激动的感觉涌上我的脊骨。虽然我每天都想办法读一点法语，但从比利时回来后一次也没听人大声说过这门语言，此刻听到它让我想起自己对它的思念是多么深切。那位绅士和我愉快地交谈了几分钟后，我问他——令他非常吃惊和困惑——是不是大半辈子都是在德国度过的，他说我的估计是正确的，他不明白我怎么会得出这样的结论。当我告诉他，在他的法语中我察觉到了一丝德国口音时，他笑着评论道："你是一个语言奇才啊，小姐。"

我享受着我们彼此间的巧妙对答，在利兹下火车时，我不得不遗憾地向他道别。余下的旅行期间，我沉浸在对布鲁塞尔的回忆中。

然而，一到达凯格利，对家人命运的预感我便再次极度苦恼起来。时间已那么晚，我又下定决心要赶回家，于是便付钱叫了一辆马车送我回去。

那是一个晴朗的夏夜，通常我会在座位上放松下来，从画家的视角观察太阳的最后坠落，并从观看它的金晖批洒在熟悉和广袤的荒地和草坪中感到一阵愉悦，因为不管我是多么喜欢看新的景象，回到家里总是一个可喜的慰藉。然而，那个晚上，我根本坐不住，如此困扰着我的是饱含预兆的想法和感觉，以及一种无法解释的不祥预感：我正要回家迎接不幸。

十点钟，马车拐进教堂巷，经过教堂司事住宅和学校，停在了通往牧师住宅的前花园的矮墙边。我付钱给车夫，他把我的箱子放在石板路上，走了。我正准备朝大门走去，突然注意到阴影里有一个人影走近：是尼科尔斯先生——我最不希望看到的人！他显然是在做傍晚的散步。

他在几英尺外的地方站住了，审视着我，表情非常严肃和焦虑。

"勃朗特小姐。"

"尼科尔斯先生，出什么事了？"

他没有马上回答。突然间一股冷风升起，那么猛烈以至于帽子都会吹飞，假如没系牢的话。我不由自主地打了一个可怕的寒颤，与那股大风的温度没有什么关系。

"你还没有听说吗？"他问道。

"听说什么？"我说，越来越惊慌。我瞥了一眼房子，楼下的窗口闪烁着朦胧的灯光，表明还有人没睡。这时，我听见了牧师住宅里传出的叫喊声，我的心开始惊慌和恐怖地怦怦直跳，因为我认出了那个声音：那是布兰韦尔的声音，但那不是我所了解和爱着的布兰韦尔，而是那个酒喝得太多的布兰韦尔。"噢，不。"

"他像这个样子已经有一个多星期了。"尼科尔斯先生提起我的箱子说，"让我帮你提这个吧。"我还没来得及表示反对，他就开始朝房子走去了。

我急忙赶在他前面来到前门，发现门已上锁，就敲了敲。我站在门阶上，紧张地过了好一会儿，由于意识到尼科尔斯先生在场而浑身不自在，同时一阵阵不易察觉的怒火从身体里往外冒。终于，门开了，我和皱眉苦脸的安妮四目相遇，简短无声的交流证实了彼此共同的焦虑。

我飞奔进去，尼科尔斯先生紧跟在后，把我的箱子放在门厅里。

"叫那个蠢杂种离我远点！"我听见弟弟在那边的餐厅里怒气冲天、含含糊糊地叫喊。想到尼科尔斯先生会这么直接地见证我弟弟自甘堕落的行为，我的脸颊发烫。

"还有什么我可以帮上忙的吗，勃朗特小姐？你想要我和他谈谈吗？"

"不！不用了，谢谢你，尼科尔斯先生。我们肯定能够处理好的。再次谢谢你。晚安，先生。"

尼科尔斯先生皱了皱眉头，不情愿地走了。安妮把门锁上，我瞅见爸爸穿着睡衣小心翼翼地从大厅尽头的楼梯上走下来，我和安妮立即冲进了餐厅。壁炉里只有一点点余烬在闪闪发光，但一根蜡烛的光辉，与最后几道正在渐渐消失的日光一道，把整个场景暴露在我惊惧的眼前。

布兰韦尔身子摇摇晃晃地站在黑色的马毛垫沙发旁，背冲着门，红发和衣服乱蓬蓬的，正对着举棋不定、心神错乱的艾米莉挥舞着拳头，毛毛则退缩在她的裙子后面。"在这儿，一个男人连个该死的午觉都睡不成。"布兰韦尔声音醉醺醺地喊道，"那个肮脏倒霉的杂种狗总是跳到他身上，用口水把他那该死的脸淌得透湿！"

"布兰韦尔，镇静。"艾米莉平静地说，她的眼睛飞快地投向我，流露出她的惶恐。"毛毛没什么恶意，他只是爱你而已。"

"让爱去死吧！"布兰韦尔咆哮道，一边从餐桌上抓起一本书朝狗的脑袋扔去。毛毛及时退缩，使那一击偏转到身体一侧，但它还是在其冲击下发出一声可怜的惨叫，从我身边奔逃出门进了大厅。

"布兰韦尔！"我和安妮同时惊恐地叫道。与此同时，爸爸进来了。我知道在朦朦胧胧的房间里他几乎瞎了的眼睛更加看不清东西。

"够了！"爸爸严厉地说，"控制住你自己，儿子。"

"你闭嘴，老头！"布兰韦尔踉踉跄跄地朝艾米莉走近一步，抓住桌子来保持平衡。"这是我和妹妹还有那只该死的蠢狗之间的事！"

"布兰韦尔，请别再闹了。"我说，一边小心翼翼地走近他，心脏怦怦直跳。我不确定具体该怎么做，因为他既比我高也比我壮，我从以往的经验中得知，他烂醉时力气只会更大。

布兰韦尔转过身来，眨巴着布满血丝的眼睛吃惊地望着我。"夏洛蒂，你上哪儿去了？"

"上哈瑟塞齐了，去看望爱伦。"我希望通过平静的话语来分散他的注意力，使他镇静下来。

"有一会儿，我以为你回比利时去了呢。"他含糊不清地说，怒气渐渐消散，兴奋的脸上闪过一个傻乎乎的表情。"好笑哦，那天我还和安妮说起这事呢。说什么来着？噢，对了。我说：'你注意到夏洛蒂从比利时回来后是多么伤心吗？'安妮说我是在瞎猜，可是我说：'不，不是，我们的夏洛蒂的确是伤心，注意我说的话：在她那张不动声色、心平气和的容貌后面，她隐藏着某样东西。'"

"我不伤心，也没有隐藏什么东西。"我坚持说，可我的脸颊热了起来，我感觉到艾米莉探究的眼睛在盯着我。

"你是伤心。"他醉醺醺地说，"我从你眼睛里看出来的，我应该知道的，关于伤心我是无所不知哦。"令我大吃一惊的是，布兰韦尔的脸突然皱缩成一团，痛哭流涕起来。"噢，上帝！我该怎么办？这悲伤！这痛苦！这绝望！"他跪倒在地板上，叫喊道："没有了生命我怎么能活得下去啊？我怎么忍受这一切啊？"

弟弟反复无常的行为把我惊呆了，因此我只能站在那里，处于一种麻痹和沮丧的状态。艾米莉走到他面前，很快就说服哭哭啼啼的他站起身来，并带他离开了房间。我知道她会把他带上楼，安顿在床上，在过去的无数次这种场合里她都是这样做的。在随后那死一般的寂静中，爸爸发出一声小小的啜泣。他刚刚站在门道里面，憔悴的面容上满是悲伤和失望。我将他瘦小的身躯拥进怀里，紧紧地抱住他，不知该说些什么。"现在我在这儿了，爸爸。"我能够想到的就这一句话。

"你在这儿我很高兴，孩子。"他唉声叹气地回答。

"让我扶你回床上去吧。"我提出。但他坚定地冲我挥了挥手，拖拖沓沓地走出了房间。爸爸一走，安妮就哭了起来。此时，在我胸腔里压抑了将近一周的苦闷像热浪一样一涌而上，从眼睛里倾泻而出。

以前布兰韦尔喝醉时，我和妹妹们努力维持一条强大的联合阵线，假装最糟糕的时期过去以后一切都会好起来，即使当事情明显不是如此的时候。然而这一次，我太心神错乱，以至于勇敢不起来了，在安妮对我的回头一望中我看出她也一样不能胜任这一任务。我们一齐投入彼此的怀抱，紧紧抱住对方，尽情地哭了一会儿，最后终于擦干眼泪，跌坐在沙发上。在沙发上，我恢复了镇静。

"究竟发生了什么事情？"我脱下手套和帽子问道，"布兰韦尔为什么这么心神错乱？"

"他被解雇了。"

"解雇了？可是为什么呀？你说过罗宾逊太太那么看重他啊！"

"她是啊。噢，夏洛蒂！我感到简直太幼稚，太愚蠢了。几乎从布兰韦尔到达绿庄的第一天起，我就看出那家人全都喜欢他，我为他骄傲和高兴。罗宾逊太太总是评论说：他是一个多么奇妙的年轻人呀。我以为她崇拜和欣赏他，是因为他作为家庭教师和艺术家的技巧呢。直到上个月，我从来没有想到……从来没有想象得出，他会做出这么，这么……"安妮的声音颤抖了，眼泪又淌到脸颊上。

"什么？布兰韦尔做了什么呀？"

"在过去的三年里，他一直和罗宾逊太太有染！"

6

我大惊失色地盯着安妮。"有染？你说的不可能是真的吧！她是一个结了婚的女人，而且比他大那么多。他们肯定没有……"

"他们有啊。想象一下那可能发生的最糟糕、最肮脏的行为，夏洛蒂，那就是他们犯下的罪孽。一周前的星期四，布兰韦尔收到爱德蒙·罗宾逊大人的一封信，表达了他的愤怒并且严正声明他已经发现了布兰韦尔的行为。他命令布兰韦尔，马上并且永远断绝与他家里每一个人的联系，违则曝光！"

"你说是一周前的星期四——17 号？"

"是的。"

日记：那就是我做那个噩梦的星期四，我全身一阵麻木。有一会儿，我震惊得无法思考或说话。"罗宾逊先生有没有可能弄错？你肯定这一指控属实？"

"要是不属实就好了啊！全是真的，夏洛蒂。布兰韦尔全都承认了，他声称从一开始罗宾逊太太就一直掌握着这件事情的主动权。"

"你相信他吗？"

"相信，我们俩都太了解布兰韦尔了，绝不会认为他会对被引诱的事撒谎，尽管他有着他的洛桑格兰幻想。"

洛桑格兰是布兰韦尔的小说里最重要的角色，一个波拿巴、撒旦和最完美的拜伦式英雄的混合体，一个和我弟弟身份最相近的荒诞不经的人物，他用这个名字作为他出版的大多数诗歌的笔名。

　　"我想你说得对，在他眼里，要是能够吹嘘自己将房屋的女主人一把抱上了床，他会把这看作是更加值得夸耀的事情的。"

　　"他说，他到绿庄只有几个月后，罗宾逊太太就想得到他。布兰韦尔爱慕她，为她曾经几次遭受丈夫的无情对待而伤心，你知道我们的兄弟从来就不是一个会掩饰情感的人。"

　　"对，他不是。"

　　"有一天，当他鲁莽地公开表达对她的感情时，使他吃惊的是，她宣告了她自己的感情。到第一个夏末时，她已经鼓励他走……走……走到了极端。他们在房子里幽会，或是当罗宾逊先生不在家的时候。他说他深深地爱上了她，看他说话的样子——好像她已经成了他生活中唯一重要的人。"

　　"噢！这太可怕了，但这就解释了布兰韦尔在过去这些年来的行为。他似乎讨厌回家度假，而且在这儿的时候，情感波动如此大，从最高涨的情绪到最黑暗的消沉——我无法理解。不止一次，我认为我察觉他眼里隐藏着一丝内疚，可他总是否认。"

　　"我也这样认为。"

　　"他在床上睡着了。"艾米莉宣布，走进房间，重重地坐进我们身边的那张安乐椅里。"假如我们够幸运的话，明早以前，我们不会听到他的嘀咕了。"

　　"安妮，"我说，"你是什么时候并以什么方式了解到这一切实情的呢？"

　　"上个月的一天下午，我散步穿过绿庄后面的树林，突然碰见布兰韦尔坐在一棵树下，在一个笔记本里写着东西。当我问他在写什么时，他脸红了。我不准备追问这个事情，可他却把笔记本扔给我，要我看一看。里面写满的是他自己的诗歌——大多是关于罗宾逊太太的热辣情诗。我大吃一惊，恐怖万分。他只是笑着说：'别这么一本正经。'接着他告诉了我事情的整个经过。我真想蒙羞而死，我知道自己一刻也不能再在那座屋子里待下去了。"

"你离开，我不责怪你，"我说，"我也会这样做的。"

"噢，夏洛蒂！你说起责怪。从某种意义上讲，我忍不住为所发生的这一切责怪自己呢。"

"你什么意思？"

安妮迟疑了。在过去的几分钟里，她说话的时间长过了我们在过去五年里的任何谈话，表达的情感也更多。我担心她会再次缩回到她那安静的壳中，可她没有。

"我在绿庄不开心已经很久了，但不仅仅是针对我对家庭女教师职责的不满。我有过很多别的不愉快，以及做梦也没想到的关于人性的经历，它们……它们极大地困扰了我。我知道——甚至怀疑——我所做的事情，我根本不应该推荐布兰韦尔去那座房子里任职的。"

艾米莉在椅子里坐直身子，瞪着安妮。"什么经历，安妮？你有什么事没告诉我们？"

安妮望向别处，一片红晕偷偷爬上她的脸颊。"就连说起这事我都觉得讨厌，可是既然你们俩差不多已经知道了一切……"她吸了口气，继续说，"我看见罗宾逊太太公开与其他绅士——前来做客的人和拜访者——调情。我怀疑她与他们中的好多人过于友好，而且不只是我的女主人这样做，在布兰韦尔来后的这些年里，在已婚但配偶不是彼此的成年人之间，我观察到无数卑鄙无耻、伤风败俗的例证。这期间，他们自己的配偶就在屋子里或庭园中。有时，他们就在隔壁房间里。亲眼目睹这种不道德的行为而又无力制止它，使我感到痛苦和恶心，因为我怎么能挺身而出说出我的疑问呢？我肯定会被当场解雇的。回想起这些我就羞愧得脸红，仅仅保持沉默，我就不情愿地成了他们不检点行为的帮凶。更为羞愧的是，我回想起在一年前的一个场合，他们的一个男客人喝酒太多后，企图和我过分亲密。"

"噢，安妮！"艾米莉叫道，"你怎么办的呢？"

"我把他挡开了，他再也没有说起过这件事，我相信他是喝得太醉了，记不起发生了什么事。"

"安妮，真是太遗憾了。"当我握住她的双手时，泪水刺疼了我的眼睛。我突然意识到，事实上，与安妮的经历相比，我曾经自认为如此沉重的家庭女教师经历其实是相当温和单调、无足轻重的。"这么些年来，我对你所遭受的痛苦一点也不知情。要是你早告诉我的话，我多年前就会坚持要你离开绿庄的。"

"那正是我为什么没有提起这事的原因，那只会引起你们不必要的痛苦。如果我离开的话，我怎么能肯定别的地方情况就会不一样呢？"安妮深深地叹了口气。"现在我还感到耻辱，一想起所有这一切发生的时候，当罗宾逊太太正与布兰韦尔过从亲密时，我竟然毫无察觉！这事一定满足了她的虚荣心，在四十三岁的年龄，居然勾引到了一个比她小十七岁的帅小伙子，尤其是屋子里还有着三个美丽的女儿。"

"怎么这么久他们都没被人发现呢，我纳闷？"我问道。

"显然，罗宾逊太太的女佣和家庭医生都和她串通好了。"艾米莉回答。

"我必须承认，"安妮补充道，"罗宾逊太太非常擅长欺骗。在她丈夫面前，她总是显得十分正经。在他背后，她却不断抱怨他又老又有病，不能……不能充分照顾到她的需要。"

"是真的吗，你认为？"我询问道。

"我不知道，他是最近才生的病，而且也不是那么老。事实上，罗宾逊先生和太太年龄是一样大的，他是一个难以对付的严厉男人。但不管他有多少缺点，我认为他比他妻子要好得多、可敬得多。"

"他是怎么发现妻子的不忠的呀？"

"这事我们昨天才弄明白，"艾米莉回答，"昨天布兰韦尔收到罗宾逊家的家庭医生的来信，他俩已成了朋友。就好像先前的行为还不够堕落似的，布兰韦尔又做了一件令人难以置信的蠢事。哪怕是在罗宾逊家去度假的那几个星期，他也无法与那个女人分开，于是就秘密地尾随他们去了斯卡伯勒。"

"不！"

"罗宾逊家的园丁陪他们旅行，以便协助马夫看管马匹和行李。"艾米莉接着说，"他发现布兰韦尔和罗宾逊太太一起呆在一个船屋里，就在他们坐落于悬崖上的住处下面。该园丁显然对男主人比对女主人更加忠心，因为他一回到家里就写信给罗宾逊先生，把这一切都捅了出来。"

"现在罗宾逊先生写了信，威胁要开枪打死布兰韦尔，假如他胆敢再踏足绿庄府的话！"安妮叫道，"布兰韦尔完全被摧毁了，从星期四以来他什么也没做，只是喝酒，在屋子里，在痛苦的狂乱中，暴跳如雷、疯疯癫癫。我们一刻的安宁都没有，除了当他在酒店或冰冷地昏睡过去时。"

"我从没听到过这样的胡言乱语，"艾米莉说，"他像是地狱里的幽灵一样。"

"噢，"我说，"想想这一周多时间我在哈瑟塞齐消磨时光，你们却在遭受这样的痛苦。一周前的星期四我就想要回家的，我知道我是应该回家的。"

"我很高兴你待久了一点，如果你玩得开心的话。"艾米莉说，"上帝知道，在这儿，很长一段时间都不会好玩了。"

"夏洛蒂，我们该怎么办呢？"安妮说。

"我不知道。"

在某一时刻，我对布兰韦尔感到同情，并对他的处境感到极为怜悯：他被一个已婚的人吸引并深爱的事实。那是一个无望的局面，充满苦闷、心痛和折磨，这些我曾经有过的羞耻经历（我只在大脑和心灵最私密的最深处才予以承认）。

"我的心情十分沉重，"我终于说道，谨慎地斟酌着我所用的词语。"我们无法选择爱的目标，就像无法选择父母一样。然而，如果因为某种不幸，感情就这样被引上一个不被上帝或社会宽容的方向，我们能够——我们必须——控制自我，不应该遵照那些不合法的欲望去做。布兰韦尔竟然经受不住罗宾逊太太的诱惑——确实是邪恶呀。"

听到这一表述，艾米莉严厉地扫了我一眼，她眼睛里的锐利表情告诉我，她察觉到那后面隐藏着的一个亲身经历过的事实。不过，她只是说："我同意你的意见，布兰韦尔试图把这一切怪责到罗宾逊太太身上，可不管那个女人多么露骨地向他投怀送抱，他是这势均力敌的故事的游戏者，他不能为他的行为开脱。"

在随后的十天里，布兰韦尔把家里的每一个人绑架为他痛苦的人质，轮流用酒精淹没他心中的悲痛或用鸦片麻醉它。他只需要从霍沃斯教堂横过街道去买价值六便士的鸦片，这在贝蒂·哈达克的杂货店随时就可以买得到。令我们极度绝望的是，我们所说或所做的事情没有一件能够说服他不这样做。当我们再也不能忍受时，我和妹妹们打发他在朋友约翰·布朗的陪同下到利物浦去待了一个星期。在那里他们坐游轮沿着北威尔士的海岸游览，我相信这个短暂的旅行会对他有好处。

"我知道你是怎么看我的，夏洛蒂。"回来后不久，在一个温暖的八月的夜晚，布兰韦尔说道，"我知道我把所有的悲伤都装进了自己的脑袋，但我决心调整一下自己。"

我坐在牧师住宅后面草坪里的一处栅栏上，俯瞰着荒漠。荒漠被浓浓地覆盖在夏日明亮的紫晖中。我一个人斗胆出门找了这一小块清凉之地，借助渐渐褪去的日光读书。突然布兰韦尔出现了。我合上书本："我为你的决定鼓掌喝彩，盼望见到那个改头换面、焕然一新的布兰韦尔。"

"你可以把你脸上那怀疑的神情抹去，瞧瞧我已经取得的进步：我正站在这儿，开开心心地和你说话，没有六杯威士忌的刺激！"

"一个可喜的成绩，可我们俩都知道，那只是由于资金的绝对缺乏导致的，因为爸爸已经断然拒绝给你任何钱了。"

"告诉你，夏洛蒂，我会改变的。"他蹲在我身边的横路栅栏上，若有所思地放眼凝视着荒漠的尽头。"没有什么能使我像旧时的噩梦那样再次受到屈辱了，那是多年前在卢登登山麓的时候的事。我宁愿砍断自己的手，也不愿意重蹈那奴颜婢膝的鲁莽，邪恶和有害的放荡，因为这些是我在那里时最经常的行为。"

"为什么，布兰韦尔？你为什么要那样做呢？你总是说你喜欢那个工作啊。"

"我是喜欢，铁路是一个激动人心的新尝试，并且允许我挣取生活费，可是你应该知道，读着维吉尔和拜伦的作品长大，我立志要做的不是待在乡村小茅屋里，做一个偏僻小火车站的职员，而是比这更为伟大的事情。无事可做！我唯一的朋友在哈利法克斯，我不能随心所欲地经常去那里。除了喝酒以外，我还有什么可做呢？"

"你肯定不指望我对你的话予以回答吧？"

"至少在那里的时候，我并不是完全麻木不仁的。我写了——或重写了——很多诗歌。"

"我记得。"我叹了口气。"我有点嫉妒你呢，你是知道的。"

"嫉妒我？为什么啊？"

"因为你的诗歌发表过，我早就梦想自己的诗歌能够发表呢。"

"唔，光有梦想并不会使梦想成真，亲爱的姐姐。你有天赋，这一点你是知道的，但正如他们所说的那样：不下决心干就没有收获。要想有作品发表，你首先必须写出值得发表的东西来，然后你必须有足够的胆量把它投出去。"

"的确如此。"我迎上了他的注视。他眼中的爱是那么真切，他看上去是那么消瘦和优雅，坐在那里，任落日的余晖将他的红发抛光成金色。因此，有一刻，他看上去又好像那个老布兰韦尔了。孩提时，我们一直是心灵伴侣，不可分离，彼此琴瑟和谐，能够将对方要说的话续完，预见彼此的每一个念头和行动；都喜欢在创造力和创作方面不断竞争，这种竞争持续了将近二十年。我们有可能找回一点友谊吗？布兰韦尔真的会想办法"调整一下"他自己吗？我说道："最近我很想念你。"

"现在你没有理由想念我了。我在这儿，而且将留在这儿，直到莉迪亚·罗宾逊自由的那一天。到那时，她会嫁给我，我将成为她房产的主人，与她在优雅和显赫中度过余生。"

我的心一沉。"布兰韦尔，请告诉我你不是当真的吧？"

"关于什么？"

"你不是真的指望娶罗宾逊太太吧！"

"当然是真的。她丈夫的病情非常严重，要不了多久就会死了。"

"说这样的话是多么恶心和病态啊，说的时候眼里还充满希望就更恶心了。"

"我可不是唯一一个希望和渴望这一点的人，莉迪亚不爱她丈夫，她爱我。"

"噢，布兰韦尔，即使这是真的——你真的认为她这种身份和富有的女人会嫁给一个比她小十七岁的与她有过绯闻的男人吗？"

"我知道她会的。她告诉我说，我们会永远在一起，我只要等待就行了。等待期间，我不会游手好闲的，我打算找一份工作——我向你保证——我会清醒得像个法官一样。"

事实证明信守这个承诺是布兰韦尔力所不能及的。就在第二天下午，父亲在安妮的协助下出门履行教堂的事务去了，艾米莉在楼上房间里不知道干什么，我则在餐厅里看书。这时，我突然听到外面传来叫喊声，接着前门上响起拍打声。

使我羞愧难当的是，我在门道里撞见了弟弟，他醉醺醺地脏话连篇，身体被尼科尔斯先生控制和支撑着。

打从哈瑟塞齐旅行回来以后，每次见到尼科尔斯先生沿着小径前来与爸爸见面时，我就上楼或者关上门，隐退到餐厅里。这次，我躲不过他了。

"我正经过黑公牛酒店，"尼科尔斯先生一边说着，一边吃力地控制着我那拼命挣扎的弟弟。"他和另一位先生突然冲出门来，一边互相谩骂、挥舞拳头，我感觉他们很可能马上就要打起来，所以我认为最好是把他带回家来。"

"放开我，你这个该死的可怜虫！"布兰韦尔野蛮而激烈地怒吼道，一边徒劳地拼命试图挣脱开来。"不然我就放狗咬你，我对上帝发誓，我会的！"尽管弟弟年少时和镇上的无赖们摔过几年跤，但由于长时间缺乏练习，即使在酒精的激发下怒火冲天，他在体积和体型上都根本敌不过那个子高得多、身材结实得多的尼科尔斯先生。

"我不怕狗，"那位先生反驳道，"事实上，我特别喜欢它们呢。"对我，他有点歉疚地补充道："你想要我把他放在哪儿？"

"放在厨房里吧。"我说，脸颊因为尴尬而发热，一边退后让他进来。我知道，在事情发生的当天，村里的每一个人都已经得知我弟弟被解雇。由于布兰韦尔在酒店里醉醺醺地反复倾诉他内心和灵魂深处的感情，此时他在那里的肮脏可耻行径，以及他对未来的荒唐期待，都已人尽皆知。当我看到街道上的店主们眼里饱含怜悯时，我战战兢兢；当我注意到礼拜日爸爸在讲坛上就位时众教徒回避的眼神时，我心中苦恼重重；可一想到我们的新副牧师会这么近距离地看到布兰韦尔的堕落，我就感到更加羞耻。

我已经知道尼科尔斯先生把我看作一个干巴巴的刻薄的老姑娘，丑得不忍卒看，父亲是一个几乎瞎了的老人，再加上一个会在午后打斗起来的酒鬼弟弟，他一定是多么可怜我及我的全家啊！他在背后一定会多么笑话我们啊！然而，我想，我一定不能让我受伤的自尊占上风。当副牧师把那个仍然扭来扭去、骂骂咧咧的布兰韦尔拽进餐厅时，我挺胸抬头跟在后面，决心永远不让尼科尔斯先生知道，他那天晚上喝茶时的残酷评论对我伤害有多大。真的，假如我能够避免的话，他永远不会从我身上察觉到一丝的软弱。

把我弟弟安置在一张安乐椅上，尼科尔斯先生仍不放手，坚持要他的俘虏口头答应安静地坐着不动，这才会放开他。布兰韦尔又骂了一声，接着不情愿地答应了。

"混蛋！"尼科尔斯先生一松手，布兰韦尔就破口大骂。"你胆子好大啊！我是牧师的儿子，千真万确！我警告你，尼科尔斯：要是你再这样碰我一下，我就叫人把你枪毙了，或者送回爱尔兰去！"

"那我们就祈祷同样的场合不会再出现吧。"副牧师回答，一边整了整黑色的上衣，正了正衣领。

"布兰韦尔，请不要用这种无礼的方式跟尼科尔斯先生讲话。"我说。

"我喜欢用什么方式就用什么方式，"布兰韦尔咆哮道，"现在，滚出去，尼科尔斯！你已经完成了你的基督教职责。你扮演了乐善好施的角色，把那个浪荡儿子带回了家。现在，回到属于你的教堂去。"

突然，艾米莉走进房间，脸上一副关切的表情。玛莎紧随其后，一进门道就站住脚，荷起双臂摇了摇头。"啦，啦，布兰韦尔少爷，这是怎么啦？下午两点钟，就已经大醉了。"

"玛莎，"布兰韦尔突然一笑，声音充满魅力，催促道，"做个乖女孩，我知道你把酒藏在那个上着锁的壁橱里了，拿点来给我吧。"

"我才不拿呢，少爷。"玛莎说。

"艾米莉？你肯定不会拒绝给你哥哥一滴酒吧，在他需要的时候？"

"我相信你已经喝得够多的了。"艾米莉平静地说。

布兰韦尔绷着脸更深地陷进了安乐椅里。"你们这帮家伙都是寄生虫！下定决心要吸干我的生命！"

我转向尼科尔斯先生，冷静和正式地说："先生，非常感谢你把我弟弟带回家。"令我吃惊的是，抬起头来看他的眼睛时，我没有见到预料中的那种怜悯和嘲笑，相反，我看到的是同情和关切，糅合着谦恭和忧郁。

"你不会有事吧，勃朗特小姐？"尼科尔斯先生平静地问。

我有点混乱地回答："我不会有事的，谢谢你。玛莎和艾米莉在这儿呢。"

他点了点头，瞥了一眼门。我希望他当时就会离开，可他没有。他在房间中央站了好一会儿，沉思着，仿佛想鼓起勇气问一件什么事情。我困惑不解，并且有一点恼火。几分钟之前，这个高大健壮的年轻人还单枪匹马地驯服了我任性的弟弟，并把他拽回家来，此时为什么却像个羞涩的雕塑一样站在我面前呢？

突然而起的鼾声响彻了房间，我释然地看见布兰韦尔在椅子里熟睡过去了。对于这么多戏剧性的经过来说，那声音似乎是一个幽默但合适的结尾呢，从短促的鼻塞声到尖利震撼的喷鼻声交替变换。那鼾声本质上是那么可笑，我费了好大的劲才忍住了笑。那声音似乎使尼科尔斯先生的生命重新被唤醒，因为他也笑了起来。接着他爆发出一声大笑。艾米莉和玛莎同样受到感染，不久我也忍不住哈哈大笑起来。有好一会儿，我们全都沉浸在笑声中，尽量笑得安静一点，以防惊醒那个犯了错的睡觉者。

这时，艾米莉转身撞到了桌子，意外地将一支烛台噼噼啪啪地撞到地板上，她惊慌地屏住呼吸，所有眼睛都飞快地投向那张安乐椅，但椅子上的人继续鼾声如雷，惹得大家又爆发出一阵哈哈的笑声。

玛莎仍然吃吃笑着离开了房间，尼科尔斯先生清了清嗓子，低头望了望我，然后又望了望艾米莉，说："勃朗特小姐、艾米莉小姐，有件事情我一直想问你们，我想，你们愿意考虑让我时不时带你们的一只或两只狗在荒漠上散散步吗？我喜欢每天散步，有它们陪伴会很感激的。"

这个请求让我感到意外，"我没有发言权，先生。"我瞥了一眼艾米莉，回答道。

犹豫了一会儿后，艾米莉说："我肯定毛毛会高兴陪你的，先生，可我必须先问安妮。我只是它的照料者，事实上，那是她的狗。至于养养，你得到我的同意了，但我将最后的决定权交给它。"

"那我明天早上就过来。"尼科尔斯先生回答，看上去很开心。他鞠了一躬，临走时瞥了一眼布兰韦尔。"勃朗特小姐，假如你还需要帮忙，今天或任何别的时候，请不要犹豫，随时叫我。"

"再次谢谢你，尼科尔斯先生。"我说。

他点了一下头，走了。

夏天过去了，在无奈和沮丧中，我和爸爸还有妹妹们眼看着布兰韦尔成了一个越来越虚弱和紧张的落魄者。罗宾逊太太寄钱给布兰韦尔，我相信，她甚至还与他在哈罗门镇的一家客栈里幽会过一两次。通过她女佣和医生的来信，他一直知晓着她的消息，并且从来就没有尝试过切断将他与她绑在一起的联系。

每当从"他心爱的莉迪亚"那里得到寄来的一些钱，或是从爸爸或朋友约翰·布朗手里骗得几个先令时，布兰韦尔要么径直上贝蒂·哈达克的杂货店里买一剂忘却剂，要么就偷偷溜到黑公牛酒店。猛喝了几个小时后，他会像疯子一样东倒西歪、又唱又笑地走回家，或者（更多时候，但愿我记忆中没那么多）他会怒不可遏、暴跳如雷地被那个永远不厌其烦的尼科尔斯先生送回家。

当没钱来维持他的习惯时，布兰韦尔就日日夜夜躺在牧师住宅里，烦恼、愤怒、毫无缘由地对我们大喊大叫，害得我们掉眼泪。当我提醒他曾经许诺要找一份工作时，他写信给他的朋友弗朗西斯·格伦迪，缠着他在铁路上谋个职位，但没有得到任何支持。除了使我们所有人感觉悲惨和不幸以外，他拒绝上教堂，拒绝协助完成任何家庭职责，拒绝做任何事情。

"我是一个磨难中的灵魂，我在地狱里啊！"布兰韦尔会带着受伤的面目叫喊，一边像笼中的野兽一样在壁炉前踱来踱去，而我和妹妹们则忙于夜间的缝纫、编织或熨烫。"莉迪亚！莉迪亚！噢！我的心上人！我会再次把她抱在怀里！没有灵魂我是活不下去的啊！"

"假如这真的是爱，"艾米莉皱着眉头说，"那我希望和祈祷自己永远不要经历它。"

然而，我们对布兰韦尔堕落的绝望很快被一个令人吃惊的——命中注定的——事件盖过了，这一事件将我们的命运转上了一个全新的充满希望的方向。

那是一八四五年十月九日，那天上午，我走进楼梯顶上的艾米莉的房间，打算给她的床上铺一套干净的床单，突然意外地发现艾米莉的手提写字桌敞开着摆在她床上。这是极不寻常的，艾米莉总是把写字桌收起并锁上的。过去有几次（在艾米莉没关门的很少几次场合），我注意到艾米莉在房里写东西，养养在她脚边，写字桌放在膝头。我知道艾米莉很少写信。她没有可通信的朋友，可她有那种极其私密的朋友。我不敢问她在写什么。

今天，不仅那个写字桌在床上没有折叠起来，而且一个笔记本敞开着躺在那倾斜的书写台面上。艾米莉的钢笔摆放在它旁边，墨水瓶在顶上的一个小格子里没盖上盖子，她似乎正是在写作的过程中被打断的。床正对着敞开的窗户，窗外灰蒙蒙的天空乌云密布，雨即将降落，一股微风吹进来，吹得笔记本的纸张簌簌作响，我担心它马上会遭殃。

我飞快地放下折叠得好好的床单，拧上墨水瓶盖，正要合上笔记本，把它放进写字桌的那个小抽屉里时，突然，纸上的诗句引起了我的注意，因为那是一首诗（并且是一首长诗，这是最后那一页上的诗句）：

忧伤与自私的爱情
如此交锋
竭力撕碎刚学会抗争与爱慕的心灵
假如砸断锁链
感觉我的鸟儿会逃奔
而我必须把锁链砸断
或封缄囚徒的苦痛

短暂的斗争
什么休憩可慰藉，什么祥和可光临
而她躺在那渴求死神的解禁
"罗谢尔，地牢满是敌人
要吞噬我们的仇恨
你太年轻
不应死于这样苦涩的命运！"

我的心莫名地怦怦跳了起来，我知道应该停止阅读，艾米莉不会喜欢我读下去的，可是那短短的两节诗点燃了我的兴趣。它们包含了那么奇妙的震颤与乐感，我禁不住想知道这首诗歌是关于什么的，罗谢尔是谁？她为何并在何处当囚徒？说话人是谁？诗歌的其余部分也和这几句一样精彩吗？

我拿起那个笔记本，那是一个软底的葡萄酒色本子，与我自己的一两本相似，外表不比洗衣登记簿高贵多少，封面上写着"艾米莉·简·勃朗特，贡代尔诗歌"。我翻了一下，艾米莉用难以辨认的细小手迹，在那有着淡色横格的纸张上，写满了大量的诗歌。这些诗歌显然是她在别的地方打了草稿，最终抄在这里以便保存的。虽然艾米莉的小书写体笔迹有些人难以辨认，但我却非常熟悉。很多诗歌有写作日期，大多数没有标题，可有些诗的顶头出现一两个人名，或者仅仅只有缩写字母，（我推想）这些一定是代表诗歌里塑造的主人公。

艾米莉每次把自己锁在房间里就是为了干这个！她一直在写关于她虚构的贡代尔世界的诗歌！

对于这一发现我并不十分惊讶，我一直知道艾米莉可能并且的确在写诗歌。孩提时，我们经常分享所写的东西，寻求彼此的建议和忠告。近年来，由于分开的时间延长，以及越来越渴望隐私，这个习惯就没有再延续下来。此刻，我意识到，对艾米莉所取得的进步我竟全然不知。

我知道的事实是，艾米莉和安妮刚刚领着狗出去远足了，布兰韦尔从酒店回来得非常晚，此时还在床上，苔比也在睡觉，爸爸在楼下他的书房里，玛莎在厨房里。良心告诉我应该着手做我的事情，铺好艾米莉的床，然后离开，但良心与好奇心展开了一场短暂而无声的战争。

好奇心赢了。

我关上窗，在床上坐下来，开始阅读。我从本子里的最后一首开始——最初引起我注意的那一首。日期写的就是当天，显然艾米莉那天早上一起床就把它誊正到那个本子上的。题目简简单单就是"朱利安．M和A. G. 罗谢尔"，是关于监狱里的一位年轻女子的喜剧歌谣。在一场战争期间（贡代尔凶残的共和与皇室大战，这一点是我后来才了解到的），关于是否释放她，一个男人撕扯在爱与职责之间。这个作品既感人又激动人心，令我大吃一惊①。

我翻回到笔记本的开头，饱览了它的内容，越读越兴奋。这些不是普通的情感流露，也一点不像女人常写的诗歌。艾米莉的诗词是活泼和真实的，一种我从未遇见过的紧迫感存在于她抒情的声音和叙事体歌谣

---

① 这首叙事长诗是艾米莉最有名的诗歌之一，它有一种复杂的叙述结构，其中，叙述人勾画了一个戏剧性的事件，这个技巧艾米莉后来在《呼啸山庄》里加以了磨练。它的主题也预示着那个作品，由于那个美丽的囚徒不停产生幻觉的体验，也使她提前品尝到了死亡和来世的解放："一名希望信使每晚来到我身旁，提出以短暂的生命换取永恒的自由。"

里。她的主题也是不同寻常的，虚构的人物和场景（在这个笔记本里全是从贡代尔的居民身上激发出来的灵感），使她能够反复检查占据她思想的主题：自然的周而复始、连续不断和反复多变；时间的不定；以及极端的孤独、流放和死亡。

我热血沸腾，知道自己发现了一样极具价值的东西。我是那么着迷，那么用心地阅读着那一诗卷，以至于没有听见楼梯上走近的脚步声。当艾米莉大踏步走进房间时，我只能跳起身来，满脸通红，手里捧着笔记本。

她僵住了，目瞪口呆地盯着我，然后说道："你怎么拿到这个的？"

"对不起，我——"

艾米莉飞奔上前，从我手里一把夺过那个笔记本。"这是我的，除了我以外谁也不许看，这一点你是知道的。"艾米莉天性不喜欢喋喋不休，当被真正的恐惧或快乐深深打动时，她也很少允许情感恣意流露，最多只是悄悄地、恰如其分地动一动眼睛或舌头。然而，在这一时刻，她满脸怒容，音调提高，尖利、刺耳。"你干什么了？偷了我写字桌的钥匙？或是强行把它撬开了？"

"没有！你的写字台敞开着摆在床上，你的笔记本和墨水瓶也一样，所有东西都是敞开着的。"我看见艾米莉的眼睛短暂地眯了一下，仿佛要把这一无意的疏忽牢记在心上。我继续快速地说："我进来换床单时发现了它，窗户开着，风在刮，我只是想盖上墨水瓶盖，合上笔记本，以便……"

"那你为什么不呢？"艾米莉低头盯着我，眼睛闪闪发光，我从来没见她发过这么大的脾气。"你看过这个了？"

"我……是的，我……"

"你没权利看！你看了多少？"

"差不多全看了。"

"差不多全看了？你好大的胆子啊！"她用力一挥手，重重地给了我一记耳光。

这令人惊讶的一记耳光使我的眼泪夺眶而出，打得我跟跄地后退一步坐到床上。我一辈子也没见艾米莉扇过任何人耳光，除了她自己心爱的养养做了坏事时除外。我很少见过她生气，即使见到，那种愤怒也从来没针对过我。然而，我知道我是该打。我在床上坐直了身子，手捂着此时已被泪水打湿的发烧的脸颊。

"对不起，艾米莉。我害怕你会生气，可是，噢，我多么希望你能原谅我啊！你写的东西是美好的——奇妙的——难以置信的！读着它，我感觉像收到了一个礼物。"

我向上瞥了一眼，希望在艾米莉的眼睛里看到一丝原谅的迹象，可我看到的只有愤怒。透过敞开的房门，我瞥见安妮站在大厅里，愕然地默默盯着我们。

"滚出我的房间！"艾米莉喊道，声调如此凶狠和冷酷，使得一股寒意顺着我的脊椎往上窜。

我没有动，我知道，要是我逃跑的话，她会把门关上，这一天都不会出门或跟我说话，也许这一周都会如此。我要坚守阵地，要冒险迎接她的怒火，甚至是她有可能再次施加的暴力，来赢得说出我心里话的机会。"求你了，艾米莉：听我说，我只是打算把笔记本挪开，使它不被弄坏——就是这样。可一、两行诗句吸引了我的眼球，而且，我一开始看就停不下来了。"

"骗子！你本来可以停下来的，你选择不停下来！"

"停下来超出了我的能力，你的诗歌是那么好、那么有独创性，它像压缩的能量，充满感伤力，带着野性和独特的乐感，悲伤、激昂……"

"我不在乎你的吹捧，你是试图掩盖你的羞愧。你知道我的感受，你侵犯了我的隐私权，你是一个叛徒，我要你离开我的房间，现在。"

7

我脚跟刚出门，艾米莉就砰地一声把门给关上了，两个小时没再露面，直到不得不下楼来帮着准备正餐。

趁我们肩并肩在厨房里干活时，我企图进一步为我的错误求情，可艾米莉用一句严厉的责备使得我哑口无言："你读一首诗已经是够坏的了，夏洛蒂，但你读了全部——全部！那是不可原谅的。"

在餐桌上，艾米莉一句话也没跟我说——一顿紧张而尴尬的饭。饭间，爸爸评论道："你们今天很安静啊，姑娘们。"还有，"请不要把盘子摔下来，那声音相当刺耳和讨厌。"

好不容易挨过这一煎熬，我注意到艾米莉坐在前台阶上，心不在焉地抚摸着躺在她脚边的养养。我抓过头巾，也跟了过去。

太阳刚刚下山，带走了它赋予白昼的那一丝丝温暖，风仍然不能停息，当我挨着妹妹在冷冰冰的石阶上坐下来时，一阵寒颤流过我的全身。光线在迅速褪去，秋天的夜空上只有一朵云，它在两极之间挂上窗帘，把我们面前的教堂裹在灰雾中。我们默默地坐了好一会儿，我集中思想，终于说道："我们住在同一座房子里，艾米莉，在同一间厨房里干活，在同一张餐桌上吃饭，我的卧室离你的卧室只有几英尺远，你不能永远生我的气。"

"走着瞧啊。"

她简短的话语像箭一样刺人。我畏缩了，但拒绝受伤。"允许我提出一个剧情说明供你参考。"

"别费心了。"

"假设一下啊，我偷偷画了一夹子图画，我把它们看作是我的私有财产，也表明不希望与任何人分享。"

"请放弃这个可笑的演说吧。"

"假设你走进我的房间，看见窗户开着，我的夹子敞开在床上，图画散落一地。你会不理会它们而转身走开，还是会把它们捡起来呢？"

艾米莉翻了翻眼睛。终于，她吝啬地说："在刮风吗？"

"是的。"

"要下雨了吗？"

"这里是约克郡。"

"毛毛和养养在屋子里吗？"

"它们随时可能跳进来。"

"那我估计我应该会把它们捡起来。"

"即使我明确表示禁止任何人碰它们？"

"即使如此。我会担心它们被毁掉，可是因为知道它们是私人图画，我应该会非常小心而不去看它们。"

"一个令人敬佩的想法，但是难道——不顾你的最佳意图——你的眼光没可能无意中落在其中一幅画上吗？"

"一眼，绝不多看。"

"假如在那短暂的一眼中，你碰巧瞅见的这幅画有你从没见过的那种光彩和绝妙的美呢？你会把眼睛转过去吗？你会紧闭双眼，还是情不自禁地感到要完整地看上一眼？简而言之，让你的眼睛饱览它，以及其余的图画，为了它们所给予的愉悦，为有机会欣赏它们背后的天才而心存感激？"

艾米莉叹了口气，双手往空中一举。"好吧！好吧！你本可以成为一个令人羡慕的律师呢，夏洛蒂！我原谅你。好了！现在你感觉好些了吧？"

我舒了一口气，回答："好些了。"一阵更有力的风刮了起来，我拉近了我们在台阶上的距离，伸出胳膊搂住她，用头巾包住我们俩。"你是怎么想的，出来的时候连头巾都不带？"

她把头靠到我头上。"对不起，我打了你一耳光。"

"对不起，我没征得你的同意就读了你的诗歌。"

我们就这样坐了好几分钟，在彼此的怀里颤抖，看着那被蒙住的既没月亮也没星星的天空从灰色深化为黑色。此刻，和谐恢复了，我允许思绪游逛到另一个话题上，自从发现那几页纸张以来，这一话题整天都在我意识的边缘盘旋。我想这时提是不是太快了呢？我敢提出来吗？

我冒险说道："它们应该被发表。"

"什么？"

"你的诗歌，它们有发表的价值。"

艾米莉把我推开，恶心地站起身来。"你是一个令人讨厌和恼火的家伙，夏洛蒂·勃朗特。要是我觉得自己的诗歌太私密，不能给你看的话，那我究竟为什么要让别人看呢？”

“你肯定有希望自己的作品被印刷发表的一点点抱负吧。”我跳起身来跟着她和养养进了屋，说道。

“我没有。”

“那你把它们那么仔细地誊写在笔记本里又是为了什么呢？”

“保存起来给我自己重温，不是给别人看的！”

“它们应该——它们呼唤着——被发表呢！”

“永远不！”艾米莉叫喊着逃上楼梯，养养紧随其后。几秒种后，我听见她的房门砰地一声关上了。

第二天早上，我被抽屉滑开的声音惊醒。我睁开眼睛，模模糊糊地看见一个苗条的女性身影，她裹着一件白色的衣服，从梳妆台里拿出一样东西来。我坐起身来，戴上眼镜，对准了那个晃来晃去的身影，证实那确实是安妮。一看到我醒了，安妮来到床前，举棋不定地在我身边坐下来，胸前抱着一样东西。

“那是什么，安妮？”

“既然艾米莉的诗歌给了你那么多乐趣，”她平静地说，“我想也许你可能愿意看看这些。”她伸手递给我两个笔记本，大小和样子与艾米莉的相似。

我惊讶地接过那被献上的宝贝，看了看里面。“你写诗有多久了？”

“很多很多年了，我在绿庄的整个时候，以及那之前的很长一段时间。我还写满了三个誊写本。”

“你为什么从来没说起过呢？”

“我以前也和艾米莉一样，觉得它们是我私下的冥想，只为了满足我自己的眼睛。可是，当我听你说起她的诗歌应该被发表时，我也禁不住想知道——我估计我总是在想知道——我的诗歌是否有任何价值。你愿意读一读它们，并且告诉我这一点吗？”

我被她的谦虚所感动，为她愿意分享而高兴，并且立即读了她的诗。我读了一整天，我的发现使我惊讶不已、印象深刻。像我这样深爱着安妮，我可能只是一个片面的裁判，然而我认为她的诗歌也有着一种独特的甜蜜和认真的哀婉。虽然不完全如艾米莉的那样光彩照人，但也同样值得发表。

细想着妹妹们一直在做着的一切——她们一直在写这么优秀的秘密诗歌——我感到一阵激动，夹杂着一丝羞愧。我曾经也写过诗歌，它们与无数的故事和小小说一道留驻在一系列的破旧盒子里，躺在我的书桌中。在我的整个人生中，写作似乎一直是我最大的快乐和安慰：一个表达我最丰富的情感的地方，一个痛苦时的慰藉。虽然很久以来我就热切盼望能看到我的作品被印刷出版，但从来没想过怎样才能使这个梦想成为现实。自从安妮六月份回家以来，我连一个创造性的词都没有写。

此刻，一个突然间重新被唤醒的野心在我心里燃烧起来：一种我无法忽视的强烈渴望。等到晚上，当我和妹妹们单独在厨房里的时候，我提起了这个话题。我正在编织一双长筒袜，安妮在缝制她那件新近在凯格利染了色的灰色花纹丝绸长衣，艾米莉则在熨烫衣服。

"安妮给我看了她写的一些诗歌，"我随意地说，眼睛专注在我的编织上。"写得相当好。"

"我知道。"艾米莉回答，一边熟练地用热熨斗熨烫着一件睡衣。

"几年前，我自己也写过诗歌。"我补充道。

"我读了夏洛蒂的诗歌，"安妮插嘴道，"写得很可爱。"

"我不奢望自己的作品能在任何方面与你们俩中的任何一个的媲美，"我继续说，"可我突然想到我们三个人可以发表一个小集子。"

艾米莉轻蔑地呼了口气。"这事我们永远没完没了了吗？"

"从很小的时候起，我们不就都怀有总有一天能成为作家的梦想吗？"

"我有。"安妮承认。

一阵红晕偷偷掠过艾米莉的面容，出卖了她掩藏不住的内心，但她把嘴唇抿成一条紧紧的线。"没有。"

"多年前我们放弃了这个梦想，由于受到谋生需要的干预。现在我们都回家在一起了，也许——假如用一下心——我们有可能使梦想和需要结合在一起。如果我们每个人都选出自己最好的作品，我相信它们会构成一本有价值的诗集，可以卖个好价钱的。"

"一个荒唐的主意，"艾米莉反驳道，"我最好的诗歌是关于贡代尔的，它们对公众来说是不会有什么意义的。"

"我不同意，它们在主题和技巧上是具有普遍性的作品，你只需要给它们加上标题，对诗文进行很小的修改——也许偶尔改动几个名字——使他们完全能被任何人接受。"

"那倒是真的。"安妮说，因为她说服艾米莉让她读了那个贡代尔笔记本，也同样被感动了。

"我怀疑我们能从一本诗集里赚到什么钱，"艾米莉争辩道，"那只会成为满足你们虚荣心的做法。你们俩为什么不能像我们一直所做的那样，为使自己开心而写作呢？为什么突然这样贪图名望呢？"

"我不是沽名钓誉，"我回答，"说实话，我不在乎是否看到自己的名字被打印出来。是作品本身，我希望与人分享——不仅我的，还有我们所有人的。"

"为什么呢？"艾米莉质问道。

我意识到我从来没有问过自己这个问题，"我觉得，我一辈子都在阅读和欣赏别人的作品，并且这么多年来一直感觉不得不创作自己的作品，如今我很想——像安妮今天早上说的那样——发现它们是否有任何价值。"

"所以，你希望得到整个世界的某种证实，"艾米莉反驳道，"你想知道别人——陌生人——认为我们的作品是不是好？"

"是的。"

安妮承认她也有同样的渴望。

"那会激动人心的，"我补充道，"想想，我们从未见过的人，读着从我们想象中蹦出来的文字；想想，通过纸上的小墨水印，我们虚构的思想和形象从我们的大脑传送到他们的大脑里。如果在阅读过程中，他们感受到了我在写作中感受到的一小点快乐，那就是一个巨大的奖赏。"

我看到艾米莉的眼睛里闪过一丝火花，我知道，在内心深处，她的感受和我的是一模一样的，尽管她不想承认。我想，要是我能把那个火花扇成火焰就好了！

"假如别人不在乎你的作品呢？你们考虑过这个吗？"艾米莉问，"假如他们看不起你最好的作品，并把你称作傻瓜呢？那时你会感觉如何？"

"那么我将接受他们的评价，"安妮回答，"我会觉得是受到了磨练和教育，我将努力改进。如果我不赞成，那就说明他们没有理解我写的东西，我将无视他们所说的话。"

"那说起来容易，做起来难啊，"艾米莉皱了皱眉头回应，"评论家可以又苛刻又残酷，我相信不止一个好作家在恶评的屈辱下沉沦了。在我看来，这事对于女人尤其艰难，从我读过的东西来看，人们看待女作家是很有偏见的。"

"我注意到了这一点。"我说，"评论家有时确实在评论中使用具有相当性别歧视的语言来进行并不真实的表扬、吹捧或打压。"

"唔，我可不愿意让人品头评足。"艾米莉说道。

"如果艾米莉不想加入，你和我仍然可以出版一本诗集，夏洛蒂。我们不必署名。"

听到这一主意，我的心跳加快了。"好主意！有着笔名的庇护和遮蔽，我会非常感激的。"

"我们甚至不必暴露我们的性别，"安妮接着说，"我们可以每人取一个笔名，当然，如果你不认为我们的作品女性味太重的话。"

"我看不出任何人能够从我们作品的风格或内容上分辨出我们的性别来。男人经常像女人一样写作，反之亦然。"

"你会选择什么名字呢？"安妮询问道。

"我不知道。"我越来越激动地说，"可是……"

"你们现在就在选笔名了？"艾米莉恼怒地插话道，"你们俩了解书籍的出版吗？一点也不了解！连我们怎样着手都不了解！"

我心里捕捉到艾米莉最后那句话里的那个词"我们"，我笑了。"我不知道，我想我会找人请教的。"

虽然后来好几天艾米莉都不会公开顺从我们的诗歌集出版计划，但她热心地倾听我和安妮关于这个话题的对话，偶尔插上一两句嘴。终于，在一个寒冷潮湿的十月的夜晚，在家里的所有人都上床以后，当我和安妮坐在餐桌旁读我们的诗歌时，艾米莉大踏步走进了房间。

"好吧，"她拖出一张椅子，把两个笔记本砰地一声扔到桌上，说，"我将参与这一蠢事——基于一个条件。"

"噢，艾米莉！"安妮叫道，眼睛发光。"我好高兴啊！"

"什么条件？"我谨慎地问。

"条件是整个事情我们都得保密，爸爸已经有一大堆的困难缠身了，我不希望再让他担心，也不希望激起他的希望，以防这个尝试以失败告终。如果书成功了，秘密对保护我们的匿名至关重要。"

"我同意。"我回答。

"布兰韦尔呢？"安妮说，"我们至少可以告诉他吧？他过去写过一些很棒的诗歌，他可能也愿意投稿。"

"你真的指望我们的兄弟能够对这样的事情保持沉默吗？"我愤怒地回应道。"并且什么时候告诉他？当他在屋子里怒骂，因为没人愿意给他一个便士而生气的时候？当他两眼昏花地躺在沙发上，病得说不出话的时候？或者当他跪倒在地，像一个三岁的孩子一样为他的宝贝罗宾逊太太抽泣的时候？"

"最近他的确是可鄙，"安妮叹了口气，赞同道，"但他是我们中间唯一一个发表过作品的人。"

"是的，"我说，"可这本书工作量很大。诗歌修订和誊正后，我们会有很多信要写，如果足以有幸吸引住一个出版商的话，我们将有很多事情要做，读清样啊什么的。在这个过程中，我怀疑布兰韦尔能否保持足够久的清醒来派上任何用场。"

"即使他能够，"艾米莉补充道，"我们了解布兰韦尔，他可能想办法把这个项目从我们手里拿走。他肯定会坚持那样做——因为他是男人——他知道怎样把一切事情做得最好。"

"这一点，就他眼下的思维状态，结果会是灾难性的。"我说，"这一次，我想做一件完全属于我们自己的事情，来证明——三个女人，齐心协力，没有男人的介入，也能够成就一件奇妙的有价值的事情。你们说怎么样？"

"太好了。"安妮和艾米莉同时叫道。

我们兴致勃勃地着手准备小集子。我的诗选了十九首，艾米莉和安妮的各选了二十一首。从一开始，我们就同意以三个匿名作者的身份把手稿投出去，并且慎重考虑笔名的选择。

"如果不能姓勃朗特，那就让我们拥有一个至少是以 B 开头的姓吧。"

我们考虑和否定了"贝克"，因为它太俗气；"拜伦"太尊贵；"贝内特"太像威尔士人；"布坎南"太像苏格兰人；"布朗"太乏味；安妮建议叫"比尤利"，但是艾米莉认为那个听起来太像一个受伤的动物的哭诉声；"博尔斯特"、"比格勒"、"布伦金索普"这几个姓只是害得我们笑得连眼泪都流了出来。

我们也认真思考了对教名的选择，不想宣布自己为女人，但同样不希望采用太绝对男性化的名字，因为那会是彻头彻尾的谎言。

"有很多名字还是很中性的。"我说。

"我打算选一个以我教名的首字母开头的名字。"安妮宣布。

"我们都这样做吧。"我说，"让我们采用完美和英明的头韵法。"

我们提出每一个能够想到的以 C、E 和 A 开头的听起来模棱两可的名字来仔细考虑。在任何规定的时间点，我们可能成为"卡梅伦、埃利奥特和奥布里·布鲁克"、"卡西迪、尤斯塔斯和阿什顿·比奇"或者"蔡斯、埃默里和安德里安·布里斯托尔"。

终于，我们定下柯勒、埃利斯和阿克顿作为我们的教名。十月底，我们仍然忙于就取什么姓的问题进行激烈辩论。这时，社区的知名人士们集合起来，庆祝一组新钟的安装。

我们教堂钟楼里原来的钟旧了，又比较小，第一座可以追溯到一六六四年，另外两座是一七四○年增添的。爸爸希望改善它们的声音和状况，并使得霍沃斯的敲钟队能够参与花样钟声比赛的时尚活动。那年春天，他组织了一个募捐委员会，以便把那三座旧钟替换成六座的组钟。两个月内，钱募集到了，于是他向伦敦的米尔斯先生定造了钟。新钟刚刚安装在钟楼里，捐款人就早早地全被邀请来黑公牛酒店共进晚宴，随后是敲钟仪式。

谢天谢地，我的弟弟清醒地来到晚宴上，而且至少这样待了整整一个小时，这才不得不被人送回家。爸爸向聚集的人群简短地致了欢迎词，对他们的支持表示了深切的感谢。教堂司事约翰·布朗，一个四十出头的健壮男人，随后作了一个枯燥的演讲，赞扬爸爸对社区的贡献，特别是赞赏他的这一最新成就。我和妹妹们开心地享用着冷火腿、欧芹土豆和各种蔬菜，骄傲地听着邻居们的热情评价。

"你做了一件很棒的事情啊，勃朗特先生。"在村里开着四个啤酒店之一的爱尔兰人马隆先生，从邻桌过来握住爸爸的手说。"现在我们能够昂起头来面对凯格利和布拉德福德的人了，因为我们真的拥有了约克郡最好的一套钟了。"

"是啊，马隆先生。"爸爸自豪地回答。

马隆太太朝我俯过身来，悄声说："真是奇迹啊！即使有病，你父亲仍然继续为社区这么不知疲倦地工作着。""我父亲是一个出色的男人呢。"我赞同。

"我们的新副牧师也是一个好人。"他们的女儿西尔维娅说。她是一个胖乎乎的快活女孩，二十五岁，留着红褐色的鬈发，皮肤上长着雀斑。多年来，我一直试图在每年的教堂茶会上和她聊上几句，可她从没上过学，对读书没有兴趣，主要喜欢讨论对社区里所有适龄单身汉们的兴趣及不满，我们之间从没找到过多少共同点。这时，她的眼睛投向房间另一面的一张桌上，尼科尔斯先生正坐在那里，与他的朋友格兰特先生和附近奥沃斯的副牧师布拉德先生热烈地交谈着。"我经常看见尼科尔斯先生溜着你们的狗穿过荒漠。"西尔维娅大笑着继续说，"他是那么高，那么好看。"

"尼科尔斯先生在教堂里的朗读很精彩呢。"马隆太太说。

"日校和主日学校的孩子们好像都非常喜欢他。"马隆先生说。

"尼科尔斯先生似乎很能干地接管了牧师在教区的职责,"马隆太太补充道,"现在,除了作礼拜日的布道以外,几乎所有事情都是他打理的,这是真的吗?"

"是真的。"我冷冷地回答。我知道,尼科尔斯先生每天上午在公立学校教授宗教训令,每天下午看望穷人和病人。现在他完成社区里的大多数婚礼、洗礼和葬礼,主日学校的入学率在他的影响下急剧上升,三个礼拜日宗教仪式全部由他主持,协助爸爸爬上高高的讲坛去发布每周的布道——这是爸爸失明后还能正常履行的不多职责中的一个,因为爸爸总是习惯即席演讲,他有一种不可思议的时间感,使他能够在三十分钟后准时结束。"尼科尔斯先生工作完成得很好。"我补充道。

"这对勃朗特先生一定是一个极大的慰藉,有这么一个完全靠得住的人。"

"的确如此。"我说。马隆一家转身继续吃饭。我叹了口气,低声对妹妹们说:"我真的希望人们不要这样没完没了地谈论尼科尔斯先生的美德。"

"他们说的都是真的呀。"安妮坚持说,"布兰韦尔不适,爸爸残疾,要是没有尼科尔斯先生,我不知道我们怎么过得下去,幸亏有了他啊。"

"我知道,并且承认,比起以前来,我对他有了些好感。在我们需要帮助的时候,他帮助了我们,为此我非常感激。可与此同时,不得不感激这样一个人是不舒服的。"

"一个什么样的人?"安妮问,"他对我总是很有礼貌哦。"

"上个星期,就因为那个可怜的教友会教徒在教堂里戴着帽子,你没见到尼科尔斯先生发脾气的样子吗?尼科尔斯先生狠狠地瞪了那个教区居民一眼,对他说话那么严厉,我相信那个人可能永远不会再参加宗教仪式了。"

"仪式后,"艾米莉插嘴说,"我听到尼科尔斯先生以最无礼的方式谈论不信奉国教者,对任何不遵循他的高教会派观点的人,他都没有耐心或尊敬。"

"尼科尔斯先生在这个问题上是相当无理性的，"安妮承认，"有时他可以相当严厉和感觉迟钝，可我还是喜欢他，而且我感觉他肯定喜欢你，夏洛蒂。"

"你为什么老是这样说？那天晚上喝茶时，他非常明白地表明了对我的看法。"

"那是好几个月前的事了，夏洛蒂。"安妮柔声地说，"你必须用心去原谅他。你没注意到尼科尔斯先生每次把布兰韦尔送回家时的眼神吗？还有整个晚宴期间一直在盯着你看的样子？"

我扫视一眼房间那面，令我惊愕的是，尼科尔斯先生果然正望着我的方向。我没理由地脸红了，眼睛望向别处。"他不是在望我，他在看我们大家呢。"

上完蛋糕和派以后，又喝了大量的茶和咖啡，爸爸宣布我们该在教堂庭院里集合一起聆听钟声了。人群激动地叽叽喳喳说着话，全都穿戴好帽子、大衣、头巾和手套，然后鱼贯而出，来到酒店外面，围住毗邻的教堂。在傍晚清新的寒气中，我们全都站在那里，眼睛聚焦在塔楼上，随着那一时刻的临近，我们在热烈的期盼中等待着。

接着钟声响起来了：六座新钟那突如其来的欢快的叮当声，从高处传来。一阵静谧降落在人群上，接着钟一声接一声地飞快鸣响了四次。然后，作为当天的特别节目，敲钟人开始演奏他们练习了一个星期的节目：一场要持续整整一刻钟的热烈的音乐表演。它气势恢宏、音调多变，随着悦耳的音乐在空气中回响。结束时，人群中爆发出一阵阵欢呼和掌声。

"难道它们不优美吗！"我叫道。

"它们比以前的钟洪亮多了哦。"艾米莉笑着说。

"听它们和谐的声音，标记着逝去的时光，那是多大的安慰和喜悦啊。"安妮说。

此时，人们开始渐渐散去。人群稀少后，我注意到尼科尔斯先生站在院子对面的不远处，我们的眼神相遇了。他轻轻碰了一下帽子，我回应地点了点头。然后，他犹豫了一下，仿佛在考虑是否过来，接着显然又改变了主意，朝他的住处走去。

我和妹妹们走在前往牧师住宅大门的半路上，艾米莉突然说道："贝尔怎么样？"

"什么贝尔怎么样？"我说。

"作为我们的文学名字啊，"艾米莉叫道，"它是尼科尔斯先生的中间名——他母亲的婚前名，我想。刚才看见他，并且听了钟声，就想到了它。我们可以成为匿名的'贝尔①'兄弟。"

"噢！"安妮回答，"我喜欢，这是一个简单好听的名字，并且容易记、容易读、容易写。"

"我宁愿不用任何与尼科尔斯先生有关联的名字。"我犹豫不决地说。

"为什么不呢？"艾米莉问。

"如果他发现我们偷了他的名字，他可能把它看作是某种个人礼赞，这与事实相距得远得不能再远了。"

"如果真的出版了，我们是匿名的，"艾米莉坚持说，"尼科尔斯先生永远不会知道这件事的。"

短暂的沉默降临。"好吧，"进屋时，我平静地说，"我想'贝尔'的确带有美好的韵味呢。"我们全都哈哈大笑起来。

在向出版诗歌集迈出烦琐的第一步之前，我们需要更多的墨水和信纸，既为抄写我们的诗歌，也为书写有关的信件。信纸是昂贵的，但我们每人都有布兰韦尔姨妈留下的一小笔三百英镑的遗产。（她没给我们的兄弟留下任何东西，相信他作为一个男人能够照顾自己。）那些投资的收入为我们从事一些自己的兴趣爱好提供了保障。我们已经把当地文具店和书店库存的最后一瓶墨水和最后一包纸买完了，所以不得不前往凯格利去再买一些墨水和纸回来。

敲钟仪式结束几天后，艾米莉留下来协助爸爸，布兰韦尔还是像平

---

① 英语里"贝尔"有钟的意思。

常一样在床上憔悴潦倒，我和安妮出发前往凯格利。经过轻快的徒步，到达镇上时，我们正听到凯格利教堂塔楼的钟声敲响一点。

"我们自己教堂的钟声可爱得多啊！"我高兴地笑着说，一边打开文具店的店门，伴随着的是吊在那里的一串铃铛的叮铃声。

商店里没有顾客。店主是一个脸颊红红的小个子男人，戴着眼镜，留着络腮胡须。我们认识他，因为在过去的二十年里我们找他要过几次信纸。

"唔，这不是勃朗特小姐们嘛！"他从柜台后面抬起头来叫道，我注意到他笑容背后的不安，心想那是不是因为他可能听说了一些有关布兰韦尔不适的消息。不过，我很快发现，不是那么回事。"你们两位女士好久没有登门了哦！哎呀，我几乎认不出你们了！你们过得怎么样啊？"

"很好，谢谢你，先生。"我回答。

"唔！见到你们俩真开心啊！哎呀，安妮小姐，我记得你还没有蚱蜢大的时候呢，你们的姐妹怎么样了——再问一下她叫什么来着？"

"艾米莉。"

"对，是艾米莉。我甚至记不起最后一次见到她是什么时候了。她是一个腼腆的人，对吧？"

"艾米莉是相当不爱出门的人，"我说，"不过，她忙得像蜜蜂一样，并且非常满足。"

"有很多年，我总是把一包纸放在屋子后面的一个特别的架子上，以防万一勃朗特家的人会出其不意地出现。我妻子经常对我说：'那些年轻人能给谁写信呢，以至于需要那么多墨水和纸张？真的，他们一定有很多朋友哦！'"商店门上的铃声叮铃铃地响了起来，店主笑着飞快扫了一眼那个方向，接着说道："好吧！今天你们需要点什么？"

"还是老样子，先生。"我回答，"我们需要两瓶你最好的印度墨水、半打新钢笔尖和三大包信纸。"

"啊！我担心的就是这个。我能够爽爽快快地为你们提供墨水和笔尖，女士们，可我抱歉地告知你们，在这个时候，我的信纸全卖完了。"

"信纸卖完了？"安妮沮丧地说。

"很抱歉，但下个星期我确实又有一批货运过来。"

"这真是令人沮丧啊！"我说，因为我知道方圆很多英里内没有其他批发店拥有这个必需品。"没有它，我们只得另想办法再坚持一小会儿了。我想不如先买下墨水和笔尖，等纸来了以后再回来买吧。"

"很好。"当店主把上述东西收集起来，并开出一张销售单时，我身后响起一个带着爱尔兰韵律的浑厚而熟悉的声音："勃朗特小姐，安妮小姐？"

我转过身去，惊讶地看见尼科尔斯先生站在我们身后。

"见到你真高兴啊，尼科尔斯先生。"安妮说道，我们行屈膝礼以回应他的鞠躬礼。

"你来凯格利有何贵干啊，先生？"

"教堂公务，代表你们的父亲。我刚刚结束与凯格利的教区牧师的会面，看见你们两位女士进了这个商店，心想我可以进来打声招呼。"

"很高兴你这样做了，先生。"我礼貌地说。

"我并不是有意打扰，"尼科尔斯先生说，"可我不小心听到了你们的困境。三包信纸很多哦，我可以问为什么要买这么多信纸吗？"

我的脸颊热了，眼睛飞向安妮，她也同样显得不自在。"这是一件私事，尼科尔斯先生。"我说，"对此我发誓要保守秘密的，哪怕是向你泄露一丁点暗示我都是食言，我知道你是不会希望我这样做吧。"

"我明白了。原谅我，勃朗特小姐。我不会再问了。"

我和安妮完成交易，离开商店。尼科尔斯先生陪我们出门来到街上，说："你们在凯格利还有事要办吗？"

"我们径直走回家，先生。"我说。

"我可以荣幸地陪伴你们吗？"

我想不出什么得体的理由来拒绝他提出的请求，不过，我还没来得及回答，紧接着发生的事件就把我的这个决定权给免除了。

安妮碰了碰我的胳膊，说："那不是马隆小姐吗？"

顺着她的眼神望过去，我看见两位年轻女子手挽着手横过街道朝我们走来。第一个我认出来了：是西尔维娅·马隆，几天前的敲钟晚宴上热烈赞美尼科尔斯先生的那位年轻女子。她的同伴是一个二十出头的姑娘，红褐色头发，面容可爱，身材和五官都像西尔维娅，尽管就服饰而言比她漂亮得多。西尔维娅穿着一件淡褐色的美利奴绒线轻便女式大衣和农舍帽子，而另外那位年轻女士却穿着一件制作精美的羊毛披风和一件可爱的丝绸长衣，时髦的帽子上配着相称的丝带。

"勃朗特小姐！安妮小姐！"西尔维娅叫道，胳臂上挽着她的同伴急匆匆地朝我们走来。她拘谨地补充道："你好，尼科尔斯先生。"

年轻女士们在我们面前停下来时，那位新来者和尼科尔斯先生都惊讶地认出了对方，脸一红，眼神转向别处。

"请允许我介绍我的堂妹布丽奇特·马隆小姐，她从都柏林过来，要做客几周呢。"西尔维娅笑着说，没意识到那位年轻女士的不自在，或（在我看来显而易见的）那个事实：她以前认识我们面前的这位绅士，并且显然有过不愉快。"布丽奇特：这是夏洛蒂和安妮·勃朗特，我们牧师的女儿们，而这位是我们霍沃斯自己的副牧师尼科尔斯先生。"

我们全都相互问好，屈膝或鞠躬，唯有布丽奇特一个人保持沉默。"在凯格利这儿见到你们大家真是个意外啊！"西尔维娅叫道。

"这的确是一个极为意想不到的巧合。"尼科尔斯先生喃喃地说，突然补充道："抱歉，我必须告辞了，得马上回霍沃斯。再见，女士们，祝你们下午愉快。"他轻轻碰了一下帽子，转身沿着街道走了。

"他的确是很匆忙哦。"西尔维娅望着尼科尔斯先生离去的背影，皱着眉头说。"我本来希望有机会和他说说话呢，他是一个好看的男人，不是吗？那么高，身材那么健壮，而且有着那么可爱的眼睛。"

"他的眼睛可能是不错，"布丽奇特宣布，浓烈的爱尔兰口音带着冷酷坚硬的锋芒。"但是别让它们欺骗了你，那个男人有着一颗花岗岩般的心呢。"

"你怎么这么说呢，布丽奇特？"西尔维娅惊讶地问。

"你和尼科尔斯先生认识？"我询问道。

"是的，"布丽奇特回答，"我们是几年前在都柏林相遇的。他……噢！说来话长啊。"布丽奇特的脸突然皱缩成一团，哭了。

111

"布丽奇特！上帝啊！"西尔维娅惊慌地叫道，"我根本不知道你认识他。你必须告诉我每一件事，一切。"她对我们补充道："沿着这条路上去不远就是德文郡海湾酒店，和我们一起喝杯啤酒或茶好吗？"

安妮和我交换了一下眼神，从她的表情中看出，她和我一样对这一事态的转变有着极为浓烈的兴趣。"很高兴和你们一起喝茶。"我说，于是大家迅速赶往德文郡海湾酒店。

The

Secret

Diaries of

Part 2

8

德文郡海湾酒店是一个繁忙的长途客运酒店，散发着古老而又时尚的魅力，我们以前光顾过很多次。我们舒适地落座在火炉边的一张桌子旁，伴着一壶沸腾的茶和一盘甜烙饼和果酱，马隆小姐给我们讲述了她的故事。

"我出生在都柏林，"布丽奇特用她那浓重的爱尔兰土腔说道，一边啜饮着茶。"并在那里生活了一辈子。我父亲是个商人，拥有几间商铺。我们住在一幢非常好的房子里。"

"我从来没见过，"西尔维娅插话道，"可我父亲见过，说它真的非常好。"

"从我满十六岁那天起，"布丽奇特继续说，"就有很多追求者，全都是爸爸妈妈非常想要我嫁的很富有的适龄男子，可我说不，我不会为钱而结婚的，要等到我唯一的真爱。然后，有一天，我哥哥带着一个年轻人来到家里：就是你们的阿瑟·贝尔·尼科尔斯。你们瞧，他是我哥哥在圣三一学院的同学。将近六个月，尼科尔斯先生几乎每个周末都来我们家。在我眼里，月亮升起并降落在那位绅士身上，而他也同样爱上了我，但我们得把这份爱情保守为秘密，因为你们知道，尼科尔斯先生来自爱尔兰一个非常贫穷的家庭——他是家里的十个孩子之一，我想。"

"那个我们听说了。"我说。

布丽奇特停下来，在一个甜烙饼上抹了一小块黄油和果酱，美美地咬了一口。"唔，终于，尼科尔斯先生求婚了。他说自己一文不名，并且订婚时间肯定是漫长的，因为他仍然有几年大学要读完才能毕业并获得圣职任命，可我愿意等他吗？我说是的，我愿意！我想，我愿意为幸福而死！然而，当尼科尔斯先生去征得我父亲的许可时，我父亲笑着把他轰出了房间。他说我喜欢嫁给谁就嫁给谁，可他一分钱嫁妆也不会给一个嫁给穷农民儿子的女儿，他注定只能成为一个贫穷的副牧师。”

“他多么冷酷和无情啊！”我叫道，心里很是同情她。

“你们怎么办的呢？”安妮问。

“当然，假如彼此相爱，”西尔维娅说，“你们会结婚的，即使没有你父亲的钱或许可。”

“我是这样告诉尼科尔斯先生的，”布丽奇特说，“我完全准备放弃一切，等他。可是第二天，他没来拜访，下一个星期也没来，我再也没听到过他的音讯。”

“噢！”我叫道，我的手如此惊愕地抖动了一下，以至于把半杯茶洒进茶杯托里。“他就这样抛弃了你？这么冷酷地收回了他的爱，一句话也没说？这是不可原谅的。”

“这事几乎伤碎了我的心，”布丽奇特泪水夺眶而出说，“一想到自己竟然爱过他，是多么羞耻啊！好多年以后，我哥哥才告诉我，尼科尔斯先生去了英国。在我看来，他是最差劲的堕落分子，因为他显然只是为了我的钱而追求我的。”

西尔维娅的嘴里发出一连串类似的谴责，而安妮则一直愕然地默默坐着。我们很快喝完了茶，离开了酒店，一边继续聊着天，一边走回霍沃斯。在前三英里，西尔维娅向我们透露了她本人以前的无数次心灵的失望。最后一英里，布丽奇特告诉我们，从尼科尔斯先生背叛她以后的这些年里她是怎样过来的，以及许多追求者如何徒劳地试图赢得她的芳心。

“我想我的心碎了，”布丽奇特叹了口气宣布道，“我试图去爱一个人，可不管他看上去多么善良和体面，我都充满太多的恐惧，现在我只看见背叛和欺骗。”

到达霍沃斯村边的马隆啤酒屋时，我和安妮与同伴们拥抱告别。我邀请她们来牧师住宅喝茶，无论哪个下午都行，布丽奇特优雅地谢绝了，坚持说她会待在家的附近，因为在做客期间，她不想冒险再次碰上那位先生。

"噢！"我说，一边和安妮开始爬上那陡峭的正街。"我以前就不喜欢尼科尔斯先生，可我对他的看法骤降到新的深度。"

"我不愿意那么快判断尼科尔斯先生，"安妮回答。"这一切也许有一些别的解释——他和马隆小姐之间存在着误会。"

"哪种误会？"

"我不知道——但是我觉得难以相信尼科尔斯先生会成心做出这种冷酷无情的举动。本质上，他是一个好人。"

"你想象尼科尔斯先生拥有的善良基因，我看不到，安妮。如果尼科尔斯先生看见一个年轻女子和一条普通的狗躺在街头流血的话，我相信他会先去帮助那条狗，想都不会想到要去帮助那个人类。就我而言，假如再也见不着他，我会很高兴的。"

两天后的晚上，艾米莉、安妮和我关着门聚集在餐厅里，我们把全部诗歌集分类摊在面前的桌上，突然门铃响了。我知道玛莎会去应门，几乎没有理睬。

"我认为你最好的诗是'冷冰冰的地底，厚重的雪在你身上堆砌。'"我告诉艾米莉，引用了那首诗的第一行。"想到那个叙述者，失去了心爱的人，却不得不生活了十五年，我的心就碎了，但它仍然需要一个标题。"

"我决定把它叫做'回忆，'"艾米莉回答，"我给每一首都取了一个标题，我完成了编辑，可没有纸我干不下去了。"

突然响起了敲门声，我把门打开一条缝，眯着眼睛朝走廊里看了一眼，玛莎正站在那儿等着。"怎么了？"

"尼科尔斯先生来了，夫人。"（玛莎很多年来一直叫我夫人，而不是小姐，我估计那是一个尊敬的表示，因为我是家里最大的女儿。）

"请带尼科尔斯先生去爸爸的书房。"我立即回答。正准备关门，玛莎打断我说："他说是来这儿见你的，夫人。"

"见我？唔，我没有见他的愿望，告诉他我不在家。"

"我已经请他进来了，夫人。"玛莎平静而急切地低声说，眼睛投向门厅。"我说你在这儿，他声称有件东西要给你。"

"他会有什么东西给我？"

"我不知道，但他坚持一定要亲自交给你。他就在那儿等你，大厅里。"

"噢，好吧，叫他等一等，我一会儿就出来。"我关上门，深吸了一口气，决心保持镇静以使自己坚强起来，迎接这一会面。

"谁呀？"安妮问道，从餐桌上的作品中抬起头来。

"尼科尔斯先生，他显然给我带来了什么东西。"

"太好了！"安妮说。

"你认为世界上的每一个人和每一件事都是好的。"艾米莉说。她又对我说道："我们必须把所有东西拿走吗？"

"不，我会把他打发走的。"

我动身去了大厅，随手将门紧紧关上。尼科尔斯先生站在门道里，手里捧着一个包，包裹着并用绳子捆扎着，大小和形状与一本相当大的书差不多。当我大踏步走上前去站到他面前时，他迎上了我的目光。

"勃朗特小姐，那天，凯格利的那家文具店的信纸卖完了，我感觉到了你的苦恼。昨天，我去布拉福德，自作主张地买了一些，希望你和你妹妹们能够派上一些用场。"他把包裹交给了我。

我吃惊地喘了口气。这么说这就是那个神秘的"东西"了：信纸！这纸是多么急需的啊！在短暂和混乱的一瞬间，我的决心瓦解了。尼科尔斯先生在送我一件礼物——一件显然是他费了很大劲去获取的礼物，因为布拉福德离这有十二英里远。也许这是某种和平信物，为了好几个月前他发表的那个评论？但是我接着想到：不！不！这个人曾经在我背后残酷地侮辱过我，并且没有道歉。更为糟糕的是，几年前，他还以最为冷酷和无情的方式错待过一个年轻单纯的爱尔兰少女。我不想要来自他的任何和平信物。

"对不起，可我不能接受它。"

尼科尔斯先生脸色变得苍白，眼里全是困惑。"你说什么？"

"我不能接受这包纸。"

"可是为什么呀？"

"我想你知道是为什么。"

"尼科尔斯先生！"身后传来安妮的声音，她匆匆走上走廊，停在我身边。"我没听错吧？那个包里装着信纸？"

"是的。"这时他满脸通红地说。

"你在哪里找到的，先生？"

"布拉德福德。"

"你能想到我们，真是太感谢了，先生。我为我姐姐道歉，她太高傲了，从来不能接受任何人的帮助。我和艾米莉将荣幸地代表她接受这包纸，当然我们会付钱的。"

"这是礼物。"尼科尔斯先生说，看上去仍然很受伤，一面将那个包裹递到安妮的手中。

"先生，"安妮说，"谢谢你的有心和慷慨，我们非常感激。"

尼科尔斯先生举棋不定地飞快瞥了我一眼——在那里找不到任何受欢迎的迹象——鞠了一躬，飞快地告辞了。

"你究竟在想什么呀？"他一走，安妮就叫道，"我怀疑他大老远跑去布拉德福德，完全是为了我们，而且我们迫切需要这些纸啊！"

"接受它会使我有恩于他，而一想到以任何方式欠尼科尔斯先生的人情，对我来说都是十分可鄙的。"

"噢！你真让人受不了！"安妮拿着那包纸大踏步地走回餐厅，受到艾米莉的热烈迎接。

我坚决拒绝使用一张尼科尔斯先生的纸，一直等到我们当地文具店到了一批新货，这才誊写我自己的诗歌，并且给有希望的出版商写信询问。

那年秋天，布兰韦尔重整旗鼓，来修整他自己。这一努力有着他不可能预见到的珍贵和深远的后果。十一月下旬一个暴风雨的下午，我坐在餐厅的火炉旁为穷人缝制一件衣服，布兰韦尔跨进来，做出了一个出其不意的宣布。

"你将高兴地听到，我开始了一个新计划。"他往沙发上一坐，宣布道。

"是吗？那是什么计划啊？"

"我在写一部小说。"

"一部小说？"我疑惑地回答。

"是的，而且这部小说会不同于并且好过我以前写过的任何东西。这一部，我是写给全世界看的。我打算把它出版。"

"出版？"这时，我饶有兴趣地从针线活上抬起头来看着他。

布兰韦尔的眼睛闪耀着热情的光芒。"我曾经认为要出版一本书——一本真正的长篇小说——对于像我这样的人来说，是一个不可能达到的目标，所以要看到我的作品被印刷出版的唯一希望，在于我刊登在报纸和杂志上的诗歌，但是现在，我有了不同的了解。我做了一些研究，在读者和出版界的目前状态下，小说好像是最卖座的东西。"

"真的吗？"

"真的！假如我写一部伟大的学术著作，那会花去很多很多很多年，并且需要倾注一个聪明人的全部知识，由此可能幸运地获得十英镑。但对于一部小说——轻薄的三卷本，写起来只需要抽上一支雪茄和哼上一支曲子——却可能会得到两百英镑，虽然一样容易被拒绝！"

我的心跳开始加速。"小说真的那么受欢迎，并且那么供不应求？"

"是啊，你愿意读我已经写完的部分吗？"

我说愿意，布兰韦尔跑出房间，又飞快地回来了，给我拿来他正在写的小说的前四十页，小说的名字叫做《休息中的疲倦者》。我立即仔细阅读了它。故事的主人公名叫玛丽亚·瑟斯顿，是一个贞洁善良的年轻女子，一位渴望爱情却被冷落的妻子，她情不自禁地被迫投入情人洛桑格兰德的侯爵亚历山大·珀西的怀抱。

"它是迷人和充满戏剧色彩的，"那天晚上归还手稿时，我告诉布兰韦尔，"我一直喜欢你多年前写的那个古老的安格利亚故事，我明白你把它改写成关于你和罗宾逊太太的故事了，只是结局有一点点不同。"

他的脸红了，从我手里夺过那些稿纸。"是又怎样？"

"我这样说是赞扬你呢。我想，这个故事现在会更好了，因为你又有了一些生活经历。夏多布里盎不是说过'伟大的作家只在作品中讲述自己的故事'，'一个人只是通过别人的心才真正描述自己的心声'吗？"

布兰韦尔点了点头。"他说：'大部分天才是由记忆造就的。'"

"的确如此。小时候写东西时，我不明白，你也不明白，我们幻想什么就写什么。我现在聪明了一些，渐渐相信，在任何艺术作品中——无论是诗歌、散文、绘画，还是雕塑——最好是从现实生活中吸取养分。"

"也许你说得对。"

"如果你能写完它，布兰韦尔——如果你能把你的心痛转化为小说，我相信你能够写出真正值得出版的东西的。"

这是一个永远也没有实现的愿望。虽然布兰韦尔的确设法在《哈利法克斯卫报》上又发表了两首诗，可写完第一卷后他就放弃了他的书。

然而，他的尝试，以及他的断言，在我身体里面点燃了一炉火。

在过去的两个月里，我的所有业余时间全被我和妹妹们正在编辑的诗歌集占据了。这本诗集这时已经编辑完毕并准备投稿，只要找到一个对此感兴趣的出版商。然而，与布兰韦尔聊天后的那个晚上，我睡意全无地躺在床上，一个令我震惊的意识突然征服了我，使我所有的神经都兴奋起来。这本诗集只是一个练习：一个达到目标的途径。这是一个想方设法寻求出版的尝试，但我真正想要的东西——从我记事以来，一直想要的，胜过世界上任何东西的——并不仅仅是有作品发表，而是成为一个有作品出版的作家。

我渴望写一本小说。

布兰韦尔说的有没有可能是对的呢？我越想越兴奋。一本小说，即使是一个无名的新作家写的，也有可能成为有人寻求的商品吗？倘若如此，那么也许我——一个牧师的女儿，住在偏远的山顶小村，与文学界没有任何关系——不论多么谦卑，也可能有机会获得一点点成功。我整晚没睡着，因为想着摆在我面前的可能性。我急切地审视着以前尝试过的文学作品，看它们中是否有任何有价值的东西。我以前从来没有完成过一本长篇小说，迄今最长的作品是我的安格利亚故事，但我还有一部新作品正在创作中，我从来没给任何人看过。也许，我想，我可以拿出那些作品中的一个，像布兰韦尔那样，修改和扩展一下。

第二天，黎明在灰暗的寒冷中降临，不过上帝保佑天气还是晴朗的。早饭后，当安妮和艾米莉习惯性地出门去散步时，我说自己想待在家里写一封信。她们一离开门廊，我就飞奔回到楼上我的卧室里，打开我书桌最下面那个抽屉的锁：正是这个抽屉装着赫格尔先生信件的那只紫檀盒子，里面还放置着一系列大小和形状各异的盒子，这些盒子开始了有意识的、可被任意处置的短暂生命，目的只是为了运送各种各样、品种繁多的产品，此时却充当了我过去的创造性作品的坚实的贮藏器。

我拿出一只盒子，打开了它。盒子里面躺着一堆手缝的微型小册子，有的宽不到一英寸，高不过两英寸，大小和小时候玩过的玩具士兵营一样。我轻手轻脚地审视着它们，一股怀旧的浪潮漫过全身。家里的纸张是如此稀缺，所以我和布兰韦尔用一块块绘画纸、广告、白糖袋等东西制作成微型本子。为了在每一页上写进最多数量的词，我们完善了一种极小的微型字体，设计得看起来像书本印刷字体。我们扮演虚构的历史人物、诗人和政治家——全是男性，模仿的是我们阅读过的那些人（我通常是模仿查尔斯·韦尔斯利勋爵）——我们写过剧本、短篇小说、杂志和报纸，以及谩骂彼此作品的书评。我翻阅着那些纸张，惊叹我仍然能读那极微小的印刷字体——只要直接放在眼镜前面的话。

我放回那只盒子，搜出另一只。它装着无数包更大的松散纸张，用丝带或绳子捆扎着，有些是日记纸，有些是我十七、八、九和二十出头时写的"小小说"，全都是用那同样的微型字体写的。此时，我扫视着它们，对着那些熟悉的标题傻笑，诸如：《萨莫拉公爵》、《亨利·哈斯廷斯》、《卡洛琳·弗农》、《米娜·劳里》、《阿尔比安和玛丽娜》、《斯坦克利夫酒店》、《秘密》、《情敌》、《符咒》。

有些故事我仍然记忆犹新，仿佛昨天才写的一样，有些对我来说却是难解的谜。每一篇我都读了一点点，急于决定是否值得再看一眼。令我沮丧的是，我发现它们大多是愚蠢、美化和累赘的。噢！我曾经沉迷的主题是多么凄惨啊！错别字和子虚乌有的标点符号有多成灾啊！为什么我那么频繁关注骇人听闻的东西，关注轻率和不正当的恋情，关注私生子？然而，我不能忘记，在写作过程中，这些故事曾给我带来过多少充满纯粹乐趣的时光啊。我微笑着把它们舒适地放回盒子里，决定让它们待在那里——我过去的遗物——热情奔放且想象力丰富地表达了我较为年轻时的思想感情。

我在第三只盒子面前犹豫了，我的脉搏突然狂跳起来。那里面躺着我在布鲁塞尔两年学习期间的练习本：我用法语写的无数散文，页边是先生苍劲有力、大有裨益的大量注释。在过去的两年里，在细读这些东西时，我的眼睛有多少次溢满泪水，无法忘怀老师的手曾经接触过本子里的每一页？

不，我想：这个时候不适合这样的回忆，它们只会给我带来痛苦。

我没打开就把那只盒子放到了一边，接着拿出最后那只容器。它装着整整齐齐的一沓铅笔写的纸张，包括我最近的文学尝试：一部我写了十二个章节的作品，暂时命名为《先生》。还在布鲁塞尔的时候我就为这个故事草拟了一个大纲，但是直到回来后的去年秋天才动笔。我断断续续地写着，直到安妮和布兰韦尔回家来，这才把它锁了起来。

就在这个时候，我听见狗的吠叫声和厨房门砰的关闭声，妹妹们散步回家了。我迅速将那些纸张放回藏匿处，走到楼下。余下的那一天是在如此心不在焉的状态下度过的，以至于把一个完好的掸灰布掉进火里，还把咖啡当成茶叶加进了茶壶内。艾米莉指责我未老先衰了，安妮建议我可能需要配一幅新眼镜，可我心里只想着我的故事。

在布鲁塞尔发生的那些章节——我已经完成了的那一点点——写起来其实特别使人有满足感，把它放到一边我会感到遗憾的。将我的回忆诉诸于纸张，描述我认识和热爱——或仇恨的——人们，即使在小说的薄纱下，这种行为也既令人心旷神怡，又给人以慰藉。它使我感觉更加亲近那个我无法从脑海中驱除出去的人，在全家人都已安歇而睡眠却不光顾我时，它帮助我度过了那些漫长和孤独的夜晚。

当时，我把这个计划看作无数个注定要缩进收藏箱的那些作品中的一个。此刻，我从一个新的角度来审视它。要完成它，即使是一个单卷本的长篇，也需要大量工作，但假如我真的写完了它，它会成为一本卖得出手的有趣小说吗？这个想法使我既激动万分又忧心忡忡。假如继续写那个故事，安妮和艾米莉无疑会知道。事实上，我会欢迎她们提出建议和参谋的。然而，故事的背景是我在比利时的学校，主人公，不论多么理想化，是以赫格尔先生为蓝本的，妹妹们肯定会看出这一点。一看出来，她们也会透过文字看到其后面掩藏的那份渴望吗？分享这个故事，不也是分享我内心的秘密吗？这个我如此小心翼翼地拼命隐藏且如此一贯否认的秘密？

那天晚上，当每个人都睡着后，我偷偷溜下楼来到餐厅，把我已经写完的手稿重新看了一遍，然而，我热情越来越高涨地想，这个作品好像有一些价值。更为重要的是，我没有公开流露出对主人公的感情。我的心怦怦直跳，悄悄溜上楼，把那几张纸偷偷藏进书桌，钻进床上，躺在安妮的身边。两眼在黑暗之中圆睁着，我知道，我的秘密是安全的，我可以着手写这本书，即使妹妹们知道了也没关系。这样决定后，我几乎迫不及待地要把我的意图告诉她们。

雨下了整整一个上午，午后，暴风雨停了，我们三人——冒着对鞋子的极大威胁——出发去跋涉那潮湿和凄清的连绵荒漠，毛毛和养养在身边开心地蹦蹦跳跳。头顶仍然悬挂着厚重的灰色云盖，然而太阳充满希望地在某几点上向外窥探着，一线白色的天空正悬挂在雾蒙蒙的地平线的边缘上。

"布兰韦尔昨天告诉我一件非常有趣的事情。"一路漫步走来，我说道。

"布兰韦尔？"艾米莉吃惊地嘲笑道，"他真的说了一件神志清醒的事？"

"他真的说了。"我停下来，深深地呼吸着那清新和湿润的十一月的空气，欣喜地感受那清新的微风轻抚我的脸颊，欣赏着那景色：一英里又一英里的灰绿色荒野，各处被低矮的石头围墙分割开来，除了野绵羊外，视线之内没有别的生物；除了它们经常发出的哞哞呼唤、呼呼风声和野鸟鸣叫外，四周寂静无声。

"唔？"艾米莉回头说道，因为她和安妮已经走到我前面十来步，"你打算告诉我们呢，还是我们必须猜？"

我哈哈一笑，赶上她们。"布兰韦尔断言，在读者和出版界的目前状况下，小说是最好销的东西。"

"小说？"安妮回答，脸上露出一个奇怪的表情。

"他说为这样一个作品作者可能得到两百英镑呢。"

"谁能相信布兰韦尔说的任何事情，"艾米莉怀疑地评论道，"他现在经常撒谎。恐怕从他嘴里蹦出来的每一个词，都是为掩饰错误或夸耀虚荣而杜撰出来的。"

"这一点他可能说得对，"我说，"我承认，我对出版业一无所知，但小说的阅读的确好像越来越受到重视和欢迎。我特别高兴听到这个，因为……"我犹豫了一下，然后勇往直前。"既然我们的诗歌集已经做好投稿准备，我想我可以试着写一本小说。"

"噢？"艾米莉说，"我以为你放弃了那种写作来专注于稳健和实际的事情呢。'想象力应该加以删减和调整，'你说的，'青春期的无数幻想应该清除干净。'我相信这些都是你自己说过的话。"

"我是说过这些话，并且是当真的。取代罗曼史或历险记，我想写一些现实、平凡、纯真和朴实的东西。我的主人公不会是萨莫拉公爵，而是一位学校教师：一个在生活中奋斗出来的人，正如我在实实在在的平凡人身上见过的那样。"

"那听起来颇有希望哦。"安妮说。

"那听起来很无聊，"艾米莉回答，"难以置信的无聊。不过，如果那是你希望写的东西，夏洛蒂，那就不要考虑它、谈论它，写吧。"

"我写了。"我脱口而出，"我去年秋天动手写这个故事，再继续努把力，我相信能把它改编成一部一卷本的小说。"

"好啊。"艾米莉说。一阵小小的沉默降临，我们继续走着。

接着，安妮平静而简单地低声说，"我也在写一部小说。"

"是吗？从什么时候开始的？"我问。

安妮好像失去了勇气，她的脸颊变得通红，避开我的眼神，柔声说："几年前在绿庄的时候开始的，我一直在不时地写一写，只要一有时间。我想告诉你们，可我害怕你们会笑话我，你们说过写这种东西是无意义的。"

"我相信你永远不会写什么毫无意义的东西，安妮。你的书是关于什么的？"

"我把它叫做《一个人的人生道路》，关于一个年轻女子作为家庭女教师所经历的考验和艰辛，以及她远远地爱慕着的年轻副牧师。"

我几乎没有一秒钟来处理这个信息，艾米莉就说道："我也一直在写一部小说。"

我大吃一惊地瞪着我的妹妹们：安妮谦虚脸红、优雅平和，艾米莉则就事论事地提及自己的努力，仿佛这是最平凡的故事。"你们俩都一直在写小说？"

"起先是为了重写我的几个贡代尔故事，"艾米莉解释说，"但它好像成了小说的形状。"

"你完成了多少？"我问。

"难说，也许完成了三分之二，迄今已写了二十章。"

"二十章！"我叫道，大吃一惊。"艾米莉，那太棒了！你呢，安妮？"

"我已经完成了第一稿，"安妮承认，"不过，我根本不满意。我打算对手稿进行大篇幅的重写。"

我大声笑了起来。我原以为妹妹们的文学抱负只在诗歌，发现她们在这个方面把我远远地抛在了后头，令我有些羞愧。与此同时，我心里充满由衷的兴奋和喜悦，那就好像一只击剑长手套掉在了我面前，由此展开了一场难以抗拒的挑战。

我们在一个山脊顶上停了下来，俯瞰着那广袤荒芜的荒野及远处的山峰，它们在阴郁的迷雾中连绵起伏。突然响起一阵雷声，紧接着是一道闪电，我想，那就是一个恰如其分的预兆，预示着我们前面不确定的未来，因为在那一时刻，我们似乎正站在一次历险旅途的起点上，这场冒险与那即将来临的暴风雨一样野蛮、强暴和不可预见。

"也许我们都能够一起成为有作品出版的作家。"我说，因为踌躇满志而激动得满脸放光。"但是在这事能有结果之前，我明白自己还有许多活得干，假如要赶上你们俩的话。"

既然真相已经泄漏，我和妹妹们不再需要偷偷摸摸地写作了，至少彼此间不需要了。我们继续沿用在诗歌集的创作中形成的惯例：飞快地做完家务，限制每日的散步，只要某天上午或下午出现一两个小时的安静时光，我们就把自己锁在餐厅或卧室里，勤奋地将精力专注于各自故事的写作中。每天晚上，祷告一结束，当其他人全都睡下时，我们就再次聚集在餐厅里，继续工作到午夜。

我们不担心我们的行动会在家里引起过度的注意，苔比和玛莎早已认为我们相当古怪，爸爸和布兰韦尔根本不以为然，因为我们从小就以这样的方式胡编乱写故事。艾米莉和安妮已经在作品的铅笔草稿上取得巨大进展，我要做的工作多得多，但我们都选择返回去从头编辑，这样就可以同样熟悉彼此的作品。

每周一次或两次，当各自的叙述到达某些节点时，我们从写作中抽出时间来大声朗读部分作品——一个对于我们大家都有着激动人心的极大兴趣的活动。接着是一场讨论，更确切地讲，应该是一场辩论：我们分享着各自的思想，挑战和评价我们正在进行中的作品，以一种绝对平等和坦率的态度，自始至终毫不留情地进行批评，经常就风格和内容爆发热烈的讨论。坐累了，我们常常站着进行这一舌战，排成单行围着餐桌漫步——这是我在罗海德学校的日子里学会的一个习惯，那时伍勒小姐经常领着我们女孩子做着同样的室内散步，她声称这样做可"改善循环，提高智力"。

有天晚上，安妮朗读了她写的一个家庭女教师平静而真实的故事。

在我的建议下，她把它重新命名为《阿格尼丝·格雷》。我告诉她："我崇拜你的威斯顿先生。他是这样一个理智和真诚的人，对穷人友好和慈祥，一个真正敬业的副牧师——与我们所认识的这一行的大多数年轻人大不相同。"

"他很像威廉·韦特曼。"艾米莉说，指的是我们曾经热爱的副牧师，几年前，年纪轻轻的他就因为霍乱而悲惨死去。

"我最初写它的时候的确想到过韦特曼先生，"安妮承认，我们围着桌子散步。"但是现在这个角色更多地使我想起尼科尔斯先生。"

"尼科尔斯先生？"我说，"别胡说，尼科尔斯先生根本不具备威斯顿先生的那些可钦可敬的品质。"

"不，他具备。"安妮回答。

"玛莎说她母亲对尼科尔斯先生非常感激，"艾米莉说，"他是一个体贴的好房客。布朗先生生病时，他在家里帮了她很大的忙。"

"村里的每个人都喜欢尼科尔斯先生。"安妮说。

"村里的每个人，除了马隆一家外，"我争辩道，"假如他们不那么谨慎，并且与别人分享了那位先生的历史的话，说不定全村人对他的感觉就非常不同了。"

"我仍然相信马隆小姐的故事不止我们已经听到的情况。"安妮说。

"关于尼科尔斯先生，我想我该听到的都已经听到了！"我恼怒地叫道，"我们本来应该谈论我们自己的书的。"

"我正要说，安妮。"艾米莉使我们言归正传地说，"虽然我发现威斯顿先生太假正经，不对我的口味，但我爱你的其他角色。阿格尼丝的学生和雇员全都是那么奇妙地专注自我，展现出那种残忍有趣的倾向。"

"那些正是我不喜欢的部分。"我说，"我认为读者可能会对那个小男孩折磨和杀死那只小鸟的事情感到厌恶，那是令人不安的，我无法想象一个六岁的小孩子怎么会做出那样的事情来呢。"

"但他的确是那样做了，"安妮坚持说，"我看管的坎克利夫·英厄姆正是干了这些事的人。说实话，我写的每一件事情，都是来源于第一手经历的，除了……"说到这里，她脸红了。"除了结局以外，那是你

128

们还没有听到的。"

第二天晚上，我们讨论艾米莉写的复杂的小说，小说背景设在我们自己的约克郡荒漠，她把它叫做《呼啸山庄》，以故事中作用突出的房子命名——其名字衍生于它的车站在暴风雨天气里所遭受的气躁。

"起先，我不肯定自己喜欢你的结构，"在艾米莉读完一个特别黑暗但却极度吸引人的章节后，我说道，"你在时间上前后穿梭，并且使用了不同的叙述者，每一个都不是非常可靠，可现在我认为它相当精彩。"

"我赞同，"安妮说，"转换视点给了我们一个全新的视角。我想我将在我的下一部作品中尝试它。"

"写这个的时候，你心里是在想着《红发酋罗布·罗伊》吗，艾米莉？"我问道，"在某些方面，你的书让我想起斯科特的主题和角色。"

"也许是，有一点。"艾米莉沉思道，"那一直是我最喜欢的小说之一。"

"凯西在很多方面的确与戴安娜·弗农相似。"安妮评论道，"两人都是生活在一个粗俗家庭里的格格不入者。"

"而希斯克利夫，穷凶极恶地决心通过争夺恩肖和林顿两家的遗产而伤害他们，这使我想起斯科特笔下的拉什利·奥斯伯迪斯顿。"我说，"但是艾米莉：你的故事残忍和黑暗得多，我真的看不起希斯克利夫，他是那么野蛮、痛苦和不依不饶，我觉得他完全是无法救赎的。"

"是吗？"艾米莉回答，困惑地扬起眉毛。"或许他对凯瑟琳怀有的那种毁灭一切的激情可以充当他的救赎？"

"他的激情不能饶恕他报复欣德利·恩肖和林顿一家人的蓄意行为，"我坚持说，"也不能饶恕他侮辱和虐待伊莎贝拉·林顿和哈里顿的方式。他太可恨了！"

"我不介意他可恨，"安妮说，"每一个故事都需要一个反派角色。"

"但他是反派角色吗？"艾米莉争辩道，"或者他更像拜伦笔下的欣德利、玛丽·谢利笔下的卡斯特拉卡尼或者弥尔顿笔下的撒旦——一个哥特式的英雄，一个起着邪恶作用的角色？"

我摇了摇头。"他是一个以恐吓人为乐的歹徒，一个魔鬼，一个恶魔。创造像希斯克利夫这样的人，我拿不准是否正确或可取。"

"在希斯克利夫每一次饱受折磨的疯狂中，我听到了布兰韦尔的声音。"安妮说。

"是啊！"我叫道，"他一次又一次说起他的宝贝凯西的方式，'噢！我心灵的宝贝！没有我的灵魂我活不下去啊！'他是多么想尾随她被埋进坟墓啊！那就是彻头彻尾的布兰韦尔。可是，布兰韦尔把我们全弄得惨兮兮的，艾米莉。谁会想看这个呢？你为什么选择写一本如此令人堪忧的既残忍又邪恶的书呢？"

"这正是我希望讲述的故事。"艾米莉简单地说。

"你上周读的那些章节是那么暴力和恐怖，所以我一会都没睡着。"我毛骨悚然地补充道，"第二天一整天，它们在我脑海里勾画出的影像破坏了我心灵的平静。"

"那太好笑了，"艾米莉嘲笑道，"我不相信你。"

"你不能给你的一些角色片刻的幸福吗？"安妮说。

"我打算这样做，"艾米莉坚持说，"你得等到故事结尾的时候呢。"

在评价我的小说时，艾米莉与我评价她的作品时一样直率，她不喜欢那个书名。(《先生》听起来像一个有关地主及其仆人的故事！)我当即把它改成了《教师》。接着她坚持说我的故事开始时节奏太缓慢，总的来说缺乏激情，我的男主人公尤其平淡乏味。我不同意，我喜欢我的故事和人物的本来样子（后来我更明白道理了），可当时，我看不到它的缺陷，我只是为再次写作而兴奋，每天沉浸在自由和活泼的亲密交流中，与另外两个生气勃勃、饶有兴趣、充满智慧的同种灵魂一道，两个我可以分享心灵最深处活动的人。

我满怀激动和期待地迎接崭新的每一天，急于拿起我的铅笔动手工作，去发现我的人物接下来会说什么和做什么。我感到高兴，我感觉获得了新生，就仿佛我沉睡了五、六年，刚刚醒来；好像我生存在饥饿的边缘好多年，终于在一顿盛宴前坐了下来。

我们就这样写呀写，一个月又一个月飞逝而过。圣诞节来了又去，一八四六年来临了，乡村被掩埋在雪中。一月底，我询问有关诗歌集的信件仍然没收到一封回信。不过，我从威廉和罗伯特·钱伯斯那里获得了一些非常明智的建议，他们是我最喜欢的期刊之一《钱伯斯的爱丁堡报》的出版商。他们解释说一本无名作家或作家们的诗歌集很可能不会受到广大读者的喜爱，因此要任何出版社采用这样的作品的确会是少有的，除非该作家愿意自己支付出版费。

一开始，我和妹妹们很失望，可再一想就又振奋起来。"我们可以用布兰韦尔姨妈给我们的一小部分遗产，"我建议道，"假如不是太贵的话。"

"我不介意付钱，"艾米莉说，"但愿书会收到好评吧，这样我们才可能看得到投资的一些回报呢。"

"如果它为我们的小说铺平了道路，那就值。"安妮赞同。

我又着手写了一轮信件，寄往了各种各样的出版商：

先生们：

请问您们是否愿意出版一卷诗歌集，八开本。假如您们自己不愿冒风险出版的话，是否愿意以作者的费用出版？

先生们温顺、谦卑的仆人

C. 勃朗特

令人高兴的是，伦敦一家小出版社艾洛特与琼斯公司很快就同意"由作者承担费用"来印刷这本书。我们激动地将写完的手稿打成两个包裹寄给了他们。我解释说作者姓"贝尔"，只补充说他们是"三个人——全是亲戚"，未来的所有通信都烦请转交他们的代理人"C. 勃朗特小姐"。

一番简短和事务式的沟通后，我们大吃一惊地了解到，印刷诗歌集所需要的费用比我们预计的要高得多。

"三十一英镑？"收到消息后我叫道，"这是我在布鲁塞尔一年所挣的钱的两倍。"

"是我在绿庄的年薪的四分之三。"安妮说。

"也许我们应该重新考虑这件事。"艾米莉说。

我重重地在椅子上坐下来，摇了摇头。"不，为了这个项目我们全都干得太辛苦了，现在不能放弃。好几个月来，我一直在脑海里想象着那本书，我渴望看到它被印刷出版，并且被握在手中。我们不能让一笔钱就挡住了我们的去路，我将给艾洛特与琼斯公司寄一张支取指定数额的银行汇票。"

*   *   *

在等待诗歌集打动媒体的那段时间里，我和妹妹们辛勤地耕耘着自己的小说，爸爸的残疾重重地压在我的心头和脑海。我不满意当地医生对爸爸的病情诊断，决定作一短途旅行去布鲁克罗伊德看望爱伦，在那里咨询了她的堂姐夫，一个在戈梅索行医的外科医生。此行结果极有启发。

"的确有治疗白内障的手术。"卡尔先生解释说，他是一位慈眉善目、注重实效的医生。

"对于一个将近六十九岁的人，你会建议做这种手术吗？"

"会。尽管会有一些风险——按照这个传统的做法，小部分病人失明了——但是假如你父亲已经接近失明，这个风险是可以忽略不计的。大多数病人的效果都很好，他们的视力完全恢复了。"

"我们去哪里做这样的手术呢，卡尔先生？"

"曼彻斯特有一个治疗眼疾的专科医院，你肯定可以在那里找到你要找的人。不过，你可能得等一段时间，只有等白内障足够硬化了才能动手术，从你的描述中，我不知道你父亲的眼睛是否已经可以手术。"

三月二号，我带着重新拾起的希望回到霍沃斯，也许爸爸的失明能够治愈！妹妹们写信说会到火车站接我，可一路走回家都没见着她们的影子。

"她们一定是走了去凯格利的那条新路，"爸爸说，我发现他和尼科尔斯先生在书房里。"毫无疑问你们刚刚错过了对方。"

我和尼科尔斯先生冷静但有礼貌地互相打了一个招呼。虽然他每天来牧师住宅和爸爸一起仔细研讨教区的活动，我也在教堂以及他指导执教下的主日学校里经常遇见他，但是在过去的三个月里，自从那天他送来那包信纸后，我一直设法避免与他有任何过多的交谈。我正打算退出来，可爸爸急于听我从卡尔先生那里了解到的情况，于是我径直作了一个简短的概括。

"那是鼓舞人心的消息啊！"尼科尔斯热心地说，"假如能在曼彻斯特找到一个有经验的外科医生，勃朗特先生，我说这值得一试呢。"

爸爸表示赞成，而且显得倍受鼓舞。我去找弟弟，急于告诉他我了解到的情况。令我沮丧的是，我发现布兰韦尔躺在餐厅沙发旁的地板上，头发和衣服极其不整，闭着眼睛在喃喃地对自己说着胡话。

"布兰韦尔！"我用力喊道，俯身摇晃他的双肩。"醒来！我有事情告诉你！"他根本不理睬。"布兰韦尔！你听见我说话吗？关于爸爸的病情，我和一个外科医生谈过了，了解到一件极为鼓舞人心的事。"

我还不如省了自己这个麻烦，布兰韦尔只是吃吃笑着，甚至对我在不在房间里都不知道。我纳闷他是怎么弄到酒钱的？爸爸已经好几个月不给他钱了。

我听到前门开了，随之而来的是艾米莉和安妮的说笑声。她们遭遇了突然降临的暴雨的洗礼，急匆匆地进了屋。我们在过道里拥抱，哀叹在路上错过对方的这一事实。我告诉他们布兰韦尔最新的状况，问发生了什么事。

"布兰韦尔今天早上从爸爸那里勒索到一个金镑，借口要付一笔急迫的债务。"艾米莉厌恶地说，一边脱去淋湿了的披风和帽子。"他立即上一家酒店把它兑换了，不出所料地派上了用场。"

我叹了口气，"我就害怕这样的事情会发生，在我离开的时候。"

"你根本制止不了的，夏洛蒂。"安妮说。

艾米莉表示同意。"爸爸老是希望他的'男孩'会好起来，可布兰韦尔是诡计多端、惯于欺骗的，他击中了爸爸最软弱的一点。他对有债不还是什么感觉，这你是知道的。"

"这太……太糟糕了。"我说。

艾米莉伤心地摇了摇头。"布兰韦尔真的成了一个无可救药的人啦。"

就在这时，我听到身后有一个声音。我惊讶地一转身，发现布兰韦尔站在通往餐厅的门道里，仿佛从死人堆里爬起来似的，眨巴着布满血丝的眼睛，吃惊地审视着我。"好啊，好啊！瞧瞧谁回来了啊！"他声音含糊地说，"这不是娼妓夏洛蒂吗？"

我僵住了，被他这种出其不意、令人羞耻的称谓吓呆了。布兰韦尔喝醉时会说出或做出一些可怕的事情，可他以前从来没有用这样的方式称呼过我。

"你不在家的时候，我听说了一件最为有趣的新闻，"他继续说，"看来在这座房子里我并不是唯一一个渴望得到茫然爱情的人啊。"

这些话惊得我哑口无言，安妮沮丧得透不过气了。"布兰韦尔，别这样。"艾米莉说。

"别怎么样呀？别谈论夏洛蒂的大秘密？"他对着我说道，"艾米莉全告诉我了，你一直在给你布鲁塞尔的老师写信，对着茶水哭鼻子。"

"布兰韦尔，"艾米莉抱歉地飞快看了我一眼，说道，"你误解了我想要说的话。"

"噢，我明白得很。"他慢声慢气地说，"我不明白的是，亲爱的夏洛蒂，你为什么因为我和已婚的莉迪亚·罗宾逊的关系而那么严厉地指责我，而同时，在比利时的那段时间，你自己却以一模一样的方式与一个已婚男人保持着暧昧关系！"

我的脸颊热了，怦怦直跳的脉搏冲击着耳脉。"那完全是谎言。"

"艾米莉·简告诉我的可并不是如此哦。"他说，匆匆走过我身边，一把打开了前门，放进一大股风雨。"娼妓夏洛蒂！"他刺耳地笑着回头叫道，大衣也没穿便走出门去，跨进瓢泼的大雨中。"你知道他们说什么来着：只要鞋子合脚！"话音一落，他砰地关上门，走了。

一阵毁灭性的寂静充满了过道，我和妹妹们呆若木鸡地站在那儿。我试图恢复自己的意识，声音颤抖地说："你跟他说什么了，艾米莉？"

"我从来没说过你和任何人有暧昧关系，"艾米莉恼火地摇了摇头回答，"我只说你对我们的老师产生了感情，并且……唔，事情可能有点失控。"

"失控？"我叫道，"那究竟是什么意思？"

"别显得那么傲慢，夏洛蒂！我只是告诉他我认为是真实的事情。我当时在想办法安慰他，他是那么低沉，哭叫着，不停地讲他多么想念罗宾逊太太，我说他应该向你学习，学会在悲惨的境遇下更加坚强地咬紧牙关坚持下去。"

"你怎么这么大的胆子，竟然想到把我的情况和他的相比？"我火气越来越大地反击。"布兰韦尔一场恋爱继续了三年！他违反了每一条道德和体面的常规！我没做任何这类事情！"

"也许是没有，"艾米莉说，"但是你苦恼……迷恋……晕乎。我是知道的！"

我盯着她。"你怎么能知道我的感受是什么或者发生了什么事？你在布鲁塞尔第一年后就回家了，艾米莉！你不在那儿！"

"夏洛蒂，你以为我瞎了还是傻了？还是你对自己的心如此全然不知？我读过你的诗：'没被爱——我爱，没人哭——我哭。'还有《吉尔伯特的花园》！你的渴望跃然纸上！回家后整整一年，除了赫格尔先生外，你什么也不谈。即使现在，你每天查邮件，非常想收到一封来自他的信，那封信却永远没来！"

灼热的泪水跃出我的眼睛，我再也听不下去了。我转过身去——令我感到悲惨的是——我看见，不到三英尺外，爸爸书房的门敞开着，里面坐着尼科尔斯先生。我看到他的眼睛，从他的表情看，他显然听到了刚刚发生的这场冲突的每一句话。

我羞愧地透不过气来，逃上了楼，艾米莉不依不饶地紧跟在我身后。我冲进卧室，扑倒在床上。她随后溜进来，砰地一声关上了门。

"我才意识到，"艾米莉叫道，一边向我发起进攻，声音里漫射着新发现的诧异。"那就是你的书之所以这么没有激情，这么没有灵魂的原因！那就是你现在写的人物之所以像木棍一样！"

"什么？"我愤怒地哀号道，透过泪水抬头看着她。"我的书跟这个有什么关系？"

"与它有着一切关系，你一直在写你在布鲁塞尔的时光，但那只是表面的影像，根本没什么深度。你在描述威廉到达布鲁塞尔的场景中投人的情感，多过他和弗朗西斯之间的那一场单个的场景。我们对你的老师和他乏味的小太太没有什么感觉，因为你害怕让我们有感觉。承认吧，夏洛蒂：在布鲁塞尔发生了一些事——一些你没有告诉我们的事！你仍然深受着它的影响，所以不愿带着情感的力量来写它，或写任何其他事情。你甚至不愿让你自己感受到！你把你的心裹了起来！"

我又哭了起来，把头埋在胳臂里，叫道："出去！让我一个人待着！"

艾米莉走了，我哭泣着，波涛汹涌地释放着注入我灵魂的所有愤怒和耻辱。布兰韦尔叫我娼妓。一个娼妓！他指控我与一个已婚男人有暧昧关系，艾米莉证实了这一点！这一切都发生在爸爸和尼科尔斯先生听得见的地方！噢，悲哀！噢，苦闷！在听到对我的人品的这种肮脏和卑鄙的指控后，他们会怎么看待我？我一边哭泣，一边自我折磨地回忆着弟弟妹妹说出的每一件可怕的事情：

看来在这座房子里我并不是唯一一个渴望得到一个茫然爱情的人。

事情可能有点失控。

在布鲁塞尔发生了一些事——一些你没有告诉我们的事。

你产生了感情。你苦恼……迷恋……晕乎。

这些指控是事实——每一句话都是事实。当黑暗降临到房间里时，记忆如潮水般涌来。那是我试图从脑海中驱除出去的记忆，有关四年前的一段旅行。那是一段开始时充满如此多希望的旅行，去往一个远离家乡的国度：比利时。

9

比利时！一听到这个词，我心中激起的是多么复杂的万千情感啊！比利时！这个名字在我心里已经成了一个人和一个地方的同义词，这二者结合起来在我身上烙下如此深刻的影响，以至于不可挽回地改变了我的生活。

那是一八四二年二月十三日，一个寒冷潮湿的早晨，我和艾米莉第一次见到了比利时的乡村，我们下决心——分别在二十五和二十三岁的年龄——再次做六个月的中学生，以便将法语和德语精通到足以开办我们自己的学校的程度。当时，是安妮在绿庄的第二年，布兰韦尔仍然在铁路上工作，为我们的教育风险投资慷慨解囊的布兰韦尔姨妈还活着，并在高效地管理着牧师住宅。

我们一路上由爸爸护送，有我的朋友玛丽·泰勒和她的哥哥乔作向导，他们俩都已从伦敦横渡海峡好几次了。由于从奥斯坦德港到布鲁塞尔的新铁路还没有全线开通，我们不得不乘坐公共驿车。将近七十英里的路程，走了整整一天。

"多么荒凉的景色啊！"乔·泰勒一路抱怨道，"一路平淡乏味，什么也没有。"（乔是一个阅历很广的讲求实效的年轻人，帮着经营家里的羊毛制造生意。）

"一点也不乏味啊。"我反对道，带着微笑凝视着车窗外。"它的冬景很可爱呢！"事实上，一路上没见过一处美景，然而对于我来说，来到一个异国的土地上是那么高兴，所以一切都是美丽的，一切都不仅仅是美丽的。太阳落山时，雨真的下大了，正是透过流动的雨水和没有星星的黑暗，我的眼睛瞅见了布鲁塞尔的第一束光亮。

我们在一个舒适的酒店里过夜。第二天早上，玛丽和乔·泰勒与我们道别，因为她要去一家专设德语学校的凯科伯格城堡与她妹妹玛莎会合。

赫格尔寄宿学校，一所"年轻女子学校"，坐落在这座城市最古老的城区的伊莎贝拉街上，一条年代要追溯到西班牙占领时期的狭窄街道。街道躺在通往中央公园入口处的一段台阶的底部，紧挨着圣米契尔大教堂和圣古都勒大教堂，它们的塔楼看上去充斥了整个天空，巨大而美妙的钟庄严地响起有规律的祈祷之音。

"伊莎贝拉街形成了一个分割点，它的下面是城市的中世纪，它的上面则是时髦的十八世纪。"詹金斯先生解释说。（他是英国驻布鲁塞尔大使馆的英国牧师，在妻子的陪同下，好心地用马车把爸爸、艾米莉和我从酒店护送到学校。）

"在这儿，我们有一个可爱的公园和宫殿，"詹金斯太太补充道，"还有很多充满贵族气息的富丽堂皇的房子和酒店。"

然而，过了好些时候，我和艾米莉才找到时间去探索我们前来生活的这座奇妙的城市。那个灰色的二月上午，在最初看到寄宿学校的时候，我认为它是一座不讨人喜欢的刻板的大建筑物。这幢只有四十年历史的建筑有两层楼高，比周围的房子大得多，高出一层，朝街的方向有一排加了栏杆的大大的矩形窗户。外表的凄凉掩盖了它内里的魅力。

一个女门童把我们让进门去，领着我们这一小行五人穿过一条铺着黑白大理石的门廊。长长的大厅也铺着人造大理石，边上装着木挂钩，上面挂着风衣、帽子和手提包。

"瞧！"艾米莉惊讶地叫道，脸上有了一点笑意。"一个花园！"她指着走廊尽头的一扇玻璃门，透过那扇玻璃门，我瞅见拖曳着的藤蔓和其他冬季灌木。可我没有多少时间来研究它们，因为我们被领进了左边的一个房间，并被吩咐在那里等候。

我们发现自己置身于一间华丽夺目的客厅：抛得光光的地板、色彩丰富的高靠背椅子和沙发、镶金边的照片、镀金的装饰品、屋中央一张精美的桌子和一个绿色的陶瓷火炉。这种式样的火炉后来我就非常熟悉了，在比利时它等同于壁炉，虽然缺乏燃烧的壁炉之美，但提供的热量却卓有成效。

"勃朗特先生吗?"身后传来一个声音，带着最浓重的布鲁塞尔口音。

我吓得几乎跳了起来，因为我没听见或看见任何人进来。我转过身来，有点惊讶地见到了我们的女校长，我说惊讶，因为我潜意识里以为她会是某个年龄更大、样子更像老处女的人——某个更像我以前的女校长伍勒小姐的人。然而，面前的这个女人看上去不到三十岁（事实上是三十八岁）。她个子不高，有点胖，但举止优雅；五官不规则——不美，可也不难看；蓝色的眼睛里透着从容，纯净白皙的皮肤中透着鲜活，浓密的棕栗色头发富有光泽（正式地梳成髻发），很好看。黑色的丝绸连衣裙非常合身，证明了法国女裁缝的制作技艺。她以一个可爱的母性神态展示了她的最大特点，因为她当时怀孕七个月了。

"我是赫格尔夫人。"她简短地一笑，用正式的欢迎语气说道，一边伸出手来，先伸向爸爸，然后伸向詹金斯先生和太太、艾米莉和我。她是衣着考究的大陆女人的缩影，轻轻的拖鞋从裙摆下面探出头来，我意识到，这双拖鞋使她能够从我们身后的一扇小门里悄悄进来———一种无声的巡视办法。后来我发现，这一办法其实是她管理学校的一笔无法估价的财富。

当爸爸表示他根本不会说法语时，她承认"我的英语也不好。"接着她和詹金斯夫妇飞快地聊了起来，我几乎一句也没听懂。我一阵恐慌地意识到我对法语掌握的欠缺，来之前我原以为至少勉强熟练，而实际上这点知识是可以被忽略不计的。在英国的教室里讲一门外语，一点也不像与外国人用他们的本国语言进行交谈，那是一种在自然状态下的活生生的体验。

詹金斯夫妇充当翻译，告知我们可以安顿下来，当晚再和赫格尔先生见面，因为他眼下在位于隔壁的布鲁塞尔第一男校艾瑟尼皇家学校讲课。谢天谢地，我们要第二天才开始上课。

主建筑明显由两部分组成：赫格尔家的私人住处在左边，校舍在右边。我们大致参观了一下学校，并被允许偷看了两间舒适的大教室，里面坐满了正在做作业的年轻女子，以及长长的食堂，赫格尔夫人解释说，我们将在那里吃饭和上晚自习。

"唔，"参观完毕后，爸爸表情愉快地说，"我满意这些安排，我想你们在这儿会过得很好的，姑娘们。"

我们谢过詹金斯夫妇的指引和帮助，和爸爸拥抱告别，泪眼婆娑地望着马车驶离，因为我们知道至少有半年会见不着爸爸，并担心他的身体以及旅途中的安全。收到他一周后寄来的信，我们这才放下心来，信中说他开心地参观了布鲁塞尔、里尔和敦克尔克的美景，然后才坐轮船从加来回到了家里。

大人们刚离开，院子里便响起了叮当的铃声。同时，某个地方的钟敲响了正午的钟点。走廊里突然挤满了学生——总数差不多有一百人——他们熙熙攘攘地从教室里涌出来。女孩子们的年龄在十二到十八岁之间，全都穿得很好，高兴地叽叽喳喳着，半数以上取过披风、帽子和书包，涌进后花园里。我想，这些一定是自带食物的日校生。两个女老师出现了，她们尖利的声音徒劳地试图对剩下的寄宿生或住宿生强调一下秩序，但她们的所有规劝和命令都没有什么效果。纪律似乎是不可能的东西了，尽管这所学校被认为是布鲁塞尔管理得很好的学校。

没等多久，我就发现了这一名副其实的名声的来由。

赫格尔夫人（一直站在通往她客厅的门廊的阴影里）从容不迫地跨入大厅，眉头舒展，举止平静，镇静而有力地宣布了一个词："安静！"

人群立即安静下来，秩序随即井然了，年轻女子们开始一起涌入餐厅。赫格尔夫人带着自满但挑剔的表情观察着她们的行为，就像一个将军视察其部队的行动一样。从她周围那些人的反应可以明显看出，师生们都对她即使不是爱戴，也是毕恭毕敬。

赫格尔夫人与一个老师飞快地交谈几句（一个样子干瘪的中年女人，后来我才了解到她叫布兰奇小姐），然后就走了。布兰奇小姐带我和艾米莉进去吃饭。一顿可口的饭菜，有某种肉，性质未知，浇上了一种奇怪但好看的调味汁，一些不知用了什么东西而弄得非常美味可口的土豆泥，一块"奶油果酱面包片"或一片面包加黄油，一只烤熟的梨子。其他女孩闲扯着，根本没注意我们。

其他学生一回教室，我和艾米莉就被带到上面的寝室里，一个长长的房间，由五个窗框大得像门一样的窗户照得亮堂堂的。房间的两边各有十张窄窄的床，每张床裹在一个从天花板上垂下来的白帘子里，每张床下面是一个长长的抽屉。布兰奇小姐解释说，它们充当衣柜。每张床之间放着一个带额外抽屉的小柜子，上面放着一只个人用的脸盆、大口水罐和镜子。我很满意，一切都很整洁、干净和有序。

"赫格尔夫人为你们留下了这个角落。"布兰奇小姐用法语说道，一边带我们看了房间最尽头的床，用帘子与其他床隔开了。"她叫人特别挂了这些帘子，考虑到你们的年龄，相信你们会希望有一点隐私。"

"她真是有心啊。"我用她的语言回答，一边微笑着扫视了一下住处，感觉在这儿会非常开心。发现自己在将近二十五岁时又成了中学生，并在当了好几年的家庭女教师，教了好几年书以后，又不得不服从命令而不是发号施令。这种事态一开始可能会很奇怪，但我相信自己会喜欢的。对于我来说，在关系到知识的获取时，服从比指挥总是自然得多。

在那天下午余下的时间我和艾米莉用来开箱和安顿。那天晚上，我们接到邀请，去赫格尔家的家庭起居室与赫格尔一家见面。

我知道赫格尔夫妇结婚六年了，我们到达时他们已经有了三个女儿，年龄从一岁到四岁不等。然而，当我和艾米莉进去时，见到的场景却是我始料未及的：夫人半躺在陶瓷炉旁边的沙发上，一条丰腴的胳膊把最小的女儿抱在胸前，另一只手里捧着一本书，正从中朗读一篇故事；最大的女儿坐在她身边专心听着；中间那个孩子在她脚边的地毯上静静地玩耍着。作为家庭女教师，我一辈子也没见过如此惬意和完美的母爱天堂。

直到这时我才明白是什么使得这所学校感觉这么不同寻常：由一对已婚夫妇经营，其家人就生活在这个校舍里，它充满了家庭的气氛，并因此截然不同于我以前所了解的任何教育机构。这一区别很快就变得尤为显著和明白了。

我们进去时，赫格尔夫人笑了，冲房间另一面的沙发点了点头。"晚上好，请坐吧。先生马上就到。"

我们坐了下来。正如她承诺的一样，不久我们就听到走廊里传来渐渐走近的脚步声，但是，那根本不是什么温和的声音，它像是急促、回荡的雷鸣声，预示着某种暴怒即将降临。随着门栓和门板的猛烈碰撞，门被甩开了，在这之前，我的心就已经惊慌地怦怦直跳起来。像一个刺目的幻影，一个黑色的小个子男人怒冲冲地进来了，身后飘着一股雪茄烟雾。他穿着一件不成形的漆黑的长夹克，在一头黑发剃得短短的脑袋上，一顶带流苏的农夫帽角度岌岌可危地平衡着。带着可怕的狂怒，他大踏步走到沙发上的女人面前，愤怒地摇晃着手里的雪茄，喷出一长串言辞激烈的法语，我只听懂很少内容，不过从经常提到的词"学生"和"艾瑟尼"，我猜想它与隔壁男子学校的一个学生有关。

这个可怕的小个子男人是谁？我纳闷，一边和艾米莉交换了一个震惊的眼色，妄想那千万不是赫格尔先生。夫人冷静、安静和耐心地倾听着，孩子们几乎连一根眼睫毛都没眨一下。

当她的丈夫（因为那的确是赫格尔先生）暂停了一下他的恶骂来深吸了一口雪茄时，夫人说道："亲爱的，英国的学生来了。"她冲我们的方向点了一下头。

小个子男人转身望着我们。在照亮房间的摇曳和柔和的烛光下，我能够看清他的身材和五官。他比一般人矮，不过，还年轻（他三十三岁，比他妻子小五岁，只比我年长七岁），不是什么美男子。他的皮肤很黑，和最初那破坏他容貌的表情一样阴沉（尽管在慢慢消褪），那圈包围着他脸颊和下巴的浓密的黑络腮胡像一只发怒的猫一样卷曲着。

"我看见了。"他沉思着，透过眼镜打量着我们。

仿佛有魔力一样，他愤怒的样子消逝了，在那四个用温和、美妙和最纯粹的法语说出的字眼里，包含着惊喜、温暖、好客和友好。与我们仅仅在一刻前所见证的语气相比，这一新语气是如此截然不同，以至于仿佛是从完全不同的人嘴里发出的。他朝妻子转回身去，给了她一个挚爱的吻，接着热烈地拥抱了一下每一个孩子。只有到了这个时候，他才穿过房间，向我和艾米莉伸出手来。他讲的是法语，其实，我们待在寄宿学校期间的所有谈话都是用法语进行的，但是为了这本日记的缘故，为了抄写不费劲，我将用英语来记录。

"欢迎来到布鲁塞尔！欢迎来到简陋的敝校！"我们站起身来轮流与他握手，他的蓝眼睛闪闪发亮，说，"坐！坐！是夏洛蒂和艾米莉小姐，对吧？你们旅途还愉快吧？"

我们重新坐下时，艾米莉默默地点了点头。我回答："是的，先生。"很高兴我听懂了他的意思，可高兴劲到此就为止了。

赫格尔先生蹬地一声在我们身边那张舒适的宽椅子里坐了下来，继续飞快地用他的本国语说着话。对我和艾米莉来说，他在这一时候说的意思几乎都是无法理解的，并且完全没有听进去，一直到几个月后他才在回想起此事时把它翻译了一下：

"当你们写信给我们的时候，夏洛蒂小姐，我和我妻子被你们信里的那种单纯和认真的语气打动了。在信中，你阐述了你们的理想，以及你们经济上的局促。于是我们说：她们是一个英国牧师的女儿，资金不足，非常渴望学习，期望教授别人，让我们马上接受她们并给予她们优越的条件吧。"他微笑着停顿下来，显然在等待一声感激的回应。没收到感激之词，他黑色的眉毛倒竖起来。"既然你们已经到了这儿，我想你们觉得我们的收费条件可以接受吧？"

当我和艾米莉继续沉默不语、忐忑不安时，他语气绝望地说："你们用法语给我写信，我以为你们至少懂一点点法语啊，你们期望我用什么别的方式继续呢？你们俩都一点也听不懂我说的话吗？"

他连珠炮似的言语把我吓坏了，所以即使我完全听懂了他的意思，也没办法给出一个聪明的回答。在他怒视着我们的时候，我脑海中又闪过一个念头：这对艾米莉一定更加糟糕啊！因为，她只在罗海德学校的短暂学习期间上过六个月的法语课，那期间我有一段时间在那里担任过老师。除此之外，艾米莉与这个语言的唯一交道只限于我在家里教给她的内容，以及她从阅读中自学到的内容。

"先生，"我吞吞吐吐地说，脸颊发烧。"我很抱歉，但你说得太快了。"

"我们不明白。"艾米莉语气简单而坚定地补充道。

他显然退缩了，我注意到，我们尝试着用北约克郡口音所讲的法语，在他听来是讨厌的。

"呸！"他叫道，皱着眉头从椅子上跳起来，闪电般大跨步走回到妻子身边。"这些女孩子完全不懂我们的语言！她们得和其他学生一起融入班级。如果她们要想有任何机会的话，我就得自己私下教她们！"他的黑脑袋猛地一甩，一把打开门，飞快地走出了房间。

那天晚上，在我们私密的角落里准备上床时，我和艾米莉都表示对自己的处境感到茫然。说真的，在前几周的教学中，我们大多数时候是不知所措的。有三个女住校教师和七个男访问教师，他们教授着不同的学科——法语、绘画、音乐、唱歌、写作、算术和德语，以及雕刻和

"一个有良好教养的淑女应该知晓的女红"。与预计中的一样，我们不得不每天说法语、读法语、写法语。每天，所有课程（当然，除了德语以外）全都是用那个语言讲授的，并且没有任何为我们寻求或作出的任何让步。虽然我曾经急切地盼望着出现这种情形，以此作为我改进语言技巧的途径（说实在的，没有什么途径好过融入），但在一般科目里，要跟上课程进度所需要付出的努力比我预想的要多得多。我多么深切地希望前往比利时之前准备得更加充分一些啊！

然而，我们勤奋专心地学习，很快就进步了，这很大程度上得益于赫格尔先生，那个集风平浪静和暴风骤雨两者为一体的化身。他每周私下给我们上法语课，安排于他在隔壁艾瑟尼皇家学校所上的课程之间。我和艾米莉常常坐在他的图书馆里紧张地期待着，等候他到来时的脚步声，那会预示他处于什么样的心情。

如果他的脚步声又轻又稳，那就意味着他情绪很好，会对我们的进步诙谐地进行表扬，会发现很多可以予以褒奖的东西。反之，如果听见走廊里的脚步声轰如雷鸣，我们就会战栗不已，因为那就意味着他这一天过得很糟糕，那么这堂课一定会既累人又残酷，我和艾米莉则会成为他烦恼的鞭打柱。他就我们讲法语时使用舌头的方式向我们高谈阔论，指控我们在牙缝里剁碎单词，仿佛害怕张嘴。他经常把我弄哭，艾米莉从来不哭。可值得表扬的是，如果我们流泪的话，他总是紧接着迅速道歉，语气马上柔和起来。

我和艾米莉在赫格尔寄宿学校有点格格不入。我们比同学们大很多，房子里全是讲法语的天主教徒，例外的只有我们俩、另外一个学生，以及夫人为她的孩子们请的家庭教师，一个英国女人，既当夫人的女佣又当孩子们的保姆。这种年龄、国度、语言和宗教的不同在我们与其他人之间形成了一条宽宽的分界线，这条沟壑由于赫格尔先生私下给我们讲课而愈加明显，因为它在其他学生中激起了鄙视和嫉妒。在人群中，我们感觉自己是完全孤立的。

在直系亲人之外的任何人面前，艾米莉永远是安静和内向的，在这一切困难前，她最初似乎消沉了，但随后就振作起来。"我将征服这些怀疑和恐惧，"有天夜里她坚定地说，"我下定决心要成功。"随着一个又一个月的过去，除了我以外，艾米莉从来不和任何人说话，除非有人主动与她搭话。她从我们的私下交往中吸取力量，做着功课，像狗一样拼命工作。

与妹妹相反的是，我从一开始就很开心。我发现自己的新生活极其快乐，与我作为家庭女教师所忍受的生活相比，这个更适合我的本性。我重新回到学习中，贪婪得好似一头长期以干草为食的牛又一次吃上了新鲜的草料。我的时间，总是忙忙碌碌，过得飞快。

星期天，我们拜访过几次詹金斯夫妇，可他们显然很是苦恼，因为他们试图与我们闲聊，但却不成功。在这方面我和艾米莉几乎没有什么天赋，于是这些约会很快就被免除了。在凯科伯格城堡，我们与朋友玛丽和玛莎·泰勒一起度过了许多开心活泼的日子，那是我们最为喜欢的。凯科伯格城堡是一家昂贵的女子寄宿学校，位于布鲁塞尔西北边的乡村。长期生活在陌生人中间，偶尔与朋友待上一段时间会温暖我们的血液和心灵。

我们第一次去凯科伯格城堡是那年的四月，在令人印象深刻的校园里散步时，玛丽说道："我是来这儿学法语的，正如你们俩一样，可这儿的大多数学生都是英国人和德国人，说的那一点点法语是非常糟糕的。"

"别成了这样一个爱哭哭啼啼的人！"玛莎驳斥道，好玩地扯着姐姐的黑色鬈发。玛莎，那个曾经在罗海德学校逗得大家如此开心的讨人喜欢的顽皮孩子，已经发育成一个同样活跃和爱玩的年轻女子。"那个新来的女法语老师后天就到了，我们很快就会取得你想要的所有进步的。"

"在城里散步的路上，我们注意到一件奇怪的事情，"我说，"这是我们想象出来的呢，还是这儿的有些绅士给自己化妆！"

"他们是给自己化妆！"玛丽叫道，哈哈一笑。

"这是极时髦的！"玛莎补充道，"不好笑吗？我有点想寄一些化妆品给爱伦，送给她哥哥乔治。噢！现在还有一样东西是极时髦的：给在异国的朋友寄一大堆空白纸，而不是信！我们寄点这样的东西给爱伦好吗，开个玩笑？"

听到这个主意，我和玛丽哈哈大笑起来，但艾米莉皱了皱眉头说："那会是纸张和邮费的巨大浪费。"对此，我们最后全都表示认同。我们兴高采烈地来到图书馆，在玛丽已经完成的给爱伦的一封信上添加评论。

在布鲁塞尔，我学会了怎样修改服饰来贴合我的小巧身材。布兰韦尔姨妈慷慨地为我和艾米莉每人提供了一小笔钱作为杂费。由于见识过比利时裁缝的精湛技艺并且获悉了他们的合理价格，我花了一部分零花钱做了一件新连衣裙。连衣裙送过来时，我兴奋不已！我选了一种淡灰色的丝绸料子，叫人把腰身收得干净利落，式样简洁合身，宽松的裙子，窄窄的袖子，白色的绣花衣领。我还定做了一件更宽松的新长衣。那只是一条连衣裙，所以我不得不天天穿着它，只有洗衣日除外，必要时就补一下，可这样一穿，我感觉不再那么显眼了。

而艾米莉坚持穿她从小就喜欢的那种老式连衣裙和窄窄的长衣。当别的女孩子笑话艾米莉的衣服式样奇怪时，她会面无表情地说："我希望，上帝把我创造成什么样子就是什么样子。"这一回答换来的是难以置信和目瞪口呆，只是使她们对她更加敬而远之。

我们到达后的第六周，赫格尔夫人生下了她的第一个儿子普罗斯珀。就这样，我们在寄宿学校的头几个月里很少见到她，她一般在休息中或忙于她的哺育职责。那个学期的晚些时候，由于与她有了更多的接触，我发现她是一个高贵的女人和一位能干的女校长。在这个建构良好的家庭怀抱里，一百个健康、活泼、穿着良好的女孩子茁壮成长着，没有以痛苦的努力或无用的精神浪费作为代价来获取知识。课程分配合理，通俗易懂，有娱乐的自由和锻炼身体的设备，食物丰盛而美味。我想，许多严厉的英国女校长不妨仿效一下赫格尔夫人的做法。

至少，这些是我对她的最初印象，直到很长一段时间以后这种印象才被动摇。

相反，我和艾米莉从一开始就每天见到赫格尔先生，在写作课和每周一次的私下课程上。他是一个挑剔但优秀的老师，在脾气和性情方面与他妻子正好截然相反：易怒、骚动、反复无常并且常常不理智。不过，他有时会暴露出他个性的令人吃惊的另一面：一个轻松的、更加好玩的一面。晚自习向来是在食堂里进行的，有时，在晚自习的时候，赫格尔先生会不事先通知就突然闯进来，并且将那个安静的修女般的扎营地变成一个兴高采烈的戏剧性场所。

"小姐们！"他会拍手叫道，像小个子拿破仑一样在房间里指挥着。"把书本、铅笔和纸张拿开，拿出工作袋，是来点小娱乐的时候了。"

师生们全都坐在房中央灯泡下方那两张长的书桌旁，大家一致热烈响应。站在房间前面，赫格尔先生会掏出一本漂亮的书或一系列传单，用一些迷人的故事或智慧系列故事篇章款待我们。他热情洋溢、技巧高超地进行表演，小心翼翼地省略那些被认定为可能不适合年轻小姐的段落。他往往有趣的、即席创作的散文和对话来取代它们。这些极其偶然的夜晚使得聚集在那里的所有人情绪高涨。我对它们充满期待。

然而，这个小个子男人仍旧是一个矛盾体，摇摆在轻松与阴沉之间，方式难以预料。我相信他喜欢看自己引发出来的情感，用他永远在变化莫测的面部表情，以及思维和脾气的奇妙转变。他可以用嘴唇和鼻孔的微动使得一个学生手足无措，或用眼睑微微的一闪使她得意洋洋。到寄宿学校后刚过两个月，在我们私下的一堂课上，赫格尔先生就把我的笔记本扔到了我身上。因为我将一篇英语作文翻译成的法语让他感到恶心。

"你写法语就像一个小自动操作机！"他咆哮道，"每一个单词都好像是过分急切研究字典和语法规则的产物，却一点也不像真正的讲话方式！你妹妹经验较少，写出的译文却好得多，简洁得多！"

"对不起，先生。"我深感羞愧地说。

"从现在开始，小姐，我禁止你在翻译中使用字典或语法书。"

"可是，先生！没有字典或语法书我怎么能翻译？"

"用你的大脑！"他叫道，敲打着自己的头，像雷电一样透过眼镜怒视着我。"倾听你周围发生的事情！听法语说话的方式！你听到什么，写作时让那个从你的指尖传出来！"

"我会试的，先生。"那个男人的愤怒中有某种东西——一种激烈的情感——容易把人逗哭。我并不是不高兴，也不害怕，然而我忍不住：我哭了。

艾米莉严厉地说："先生，你太过分了。我和姐姐都学习得非常刻苦，把她弄哭了是不厚道的。"

赫格尔先生望着我，显然看出那使我蒙受了剧痛，长长地叹了口气。"好了，好了。"他马上说道，此时声音显得谦恭和柔和。"我是彻头彻尾的魔鬼和恶棍啊！请接受我的道歉，拿着我的手帕吧！"他从长夹克里掏出手帕伸手递给我。我礼貌地接过它，用它擦了擦眼睛。

"我想我有一个解决这个难题的办法。"他沉思下，扫视了一下书柜中的书名。从书房的书架到地板，摆满了他的大量的藏书。"你们俩都很能干，完全可以不光是停留在这些枯燥的翻译和词汇的学习上，让我们尝试着做一些更高级的事情吧。"他选了一本书。"每周，我将从最优秀的法国文学中精选出一个篇章来朗读给你们听，我们将一起分析每一个段落。然后，你们必须用类似的写作风格，创作一篇原创的文章。"

艾米莉皱了皱眉头。"这样做有什么好处呢，先生？如果抄袭别人，我们将失去思维和表达的原创性。"

"我没说'抄袭'！"赫格尔先生激烈地反驳道，"我说你们必须用类似的风格写作，不过是关于一个完全不同的主题，以及一个足够不同的人物，以便使愚蠢的模仿成为不可能。这样做，你们将最终培育出自己的风格。你们放心，我以前尝试过这个方法，用在我最高级和能干的学生身上，并且总是产生很好的效果。"

"我们写什么主题呢，先生？"我问道。

"写一个自己选择的主题。在坐下来写一个主题前，必须有关于它的想法和情感。我看不出你们的心灵和大脑曾为什么主题激动过，我必须将这个留给你们自己来决定。"

* * *

在那第一篇作文上，我花了大量时间，然后骄傲地把它交了上去，相信我的真正技巧在于散文，希望这样的作品——即使是用不完美的法语表达的——也会最终赢得赫格尔先生的赞扬。令我沮丧的是，我的作品产生了相反的效果。

"你称之为散文的这篇无聊的废话是什么呀？"一天下午的写作课后，赫格尔先生低沉地怒吼着，将那篇冒犯人的文章扔到我桌子上。"这么滔滔不绝的情感！这么多不必要的连珠炮似的隐喻和形容词！你让你的想象力和你一起逃跑了，小姐，仿佛写作的目标是堆积最多的词汇。"

听到他严厉的批评，我的脸颊燃烧起来，还没离开房间的另外几个女孩子被逗得吃吃窃笑，使我的脸面丢得更是彻底。"抱歉你觉得我的作品那么乏味和讨厌，先生。我只是尽了我最大的努力。"

"这不是你最大的努力。"他身子俯在桌子上盯住我的脸，农夫帽上的流苏严峻地遮住了他的左太阳穴。"我看出你有伟大的想象力，夏洛蒂小姐。你有梦想！有天赋！但你也完全无视风格。这个我们得努把力，而且要非常勤奋。"

"我非常渴望改进，先生。只是告诉我：你希望我怎么做？"

"阅读我的评语，小姐。用心记住它们。"说完这句话，他离开了房间。

我打开笔记本翻到我最近的作品，看赫格尔先生在页边写下的评语。我可怜的小散文看上去像是遭到了攻击！先生提出的不光是评语，改正的不光是技术错误。不恰当的单词底下被恶狠狠地划上了线，附带着评语："别偷懒！找到合适的单词！"句子被无情地紧缩。他在这儿写道："你在喋喋不休！"在那儿写道："为什么这么表达？"在我离题去沉迷于一个精巧的隐喻的地方，他删了那一段落，写道："进入主题，直抵结尾。"

起初我感到羞辱，可当我停下来寻思他在我这篇小练习上花了多少时间时，心里却充满了感激。以前，从来没人这样批评过我的作品。我意识到，在赫格尔先生的指导下，我会受到一个全新和严厉的——但并非不受欢迎的——训诫。

我渐渐注意到，在别人的作文上，他可能只是在这儿做个评论或在那儿做个修改，也许加上一两句明智的话语。但在我这儿，他不会容忍任何疏忽或缺陷。"展开主题时，凡是没有助于文章的清晰和逼真的东西，你都必须毫不吝惜地舍弃，"他说，"这样才赋予散文以风格——正如赋予绘画以统一、视觉和效果一样。"他的话对我就像无价的智慧之珠，同时也很深奥，我吸收着，总是百听不厌。

七月中旬的一个傍晚，我在后花园的一张长凳上看书。这个令人愉快的隐退处是一长条种了植物的土地，紧挨在学舍的后面，而且是完全封闭。那儿有一处类似草坪、修剪整齐的玫瑰花圃和百花盛开的花坛，中间有一条小路，两边是巨大的老果树。一面是一<u>丛</u>种得密密的丁香花、金莲花和银叶相思树，另一面，一堵墙和灌木<u>丛</u>将学校与艾瑟尼皇家学校分隔开来。高高的艾瑟尼宿舍里有一扇孤零零的窗户俯瞰着这个花园，所以下面那条树荫笼罩的小路被宣布为女生的"禁地"："禁止入内"。①

这个花园——对一所地处城市中心的学校来说也许是少有的——的确是远离嘈杂混乱的学校生活的避难所。在这里度过一两个小时是愉快的，尤其是在这样可爱的夏日傍晚。我沉浸在一本书中，突然察觉到一股雪茄的香味，一个深沉的声音在我肩头上方慢条斯理地说道："你在读什么呢，小姐？"

我给赫格尔先生看我的书：那是我的一本法语课本。

"很好的作品，但不是非常吸引人，也许你愿意借这个？"他从长夹克的褶层下面掏出一本书来递给我，那是一卷精美的书，因为年代久远而圆润和可爱：夏多布里盎的《基督教真谛》。

"先生！太谢谢你了！"

"年轻的维克多·雨果曾经说过：'要么成为夏多布里盎，要么成为废物一个。'你读过他的任何著作吗？"

---

① 在《教师》里，通过那扇孤零零的窗户，威廉·克里姆斯沃斯偷看到了罗伊特小姐的花园，而且，在《维莱特》里，一位仰慕者给吉妮弗拉·范肖扔下了一封情书。

"从没读过，先生。但我在你的图书馆里见过这本书，这个书名吸引了我。"

"我想你将发现这个著作本身也吸引人。夏多布里盎写它是试图理解法国革命爆发的原因，并以此捍卫基督教的智慧和美。"

"我正盼着读它呢。"

"读完后，我们讨论一下，好吗？"

"好的。"

他在我身边的长凳上坐了下来。他的靠近使我的心狂跳起来。我挪到一边给他腾出地方。"你躲开我，小姐？"他不高兴地说。

"没有，先生。我只是希望给你空间。"

"空间？这个我不叫做空间，你在我们之间留下了一条鸿沟，一片海洋，你把我当作劣等公民。"

"我没有这样做，先生。我只往一旁挪了一、二英尺。我以为我先前的位置太中间了，担心你会认为我占据的位置太多，我只应享受长凳的一半呢。"

"啊，那么，你争辩说，你的动机是为了我的舒适，而不是讨厌与我分享长凳。"

"正是如此，先生。"

"那好吧，我接受这一动机，尽管我不认可它。此前我相当舒服，我是一个小个子男人，你是一个小个子女人，而这是一张大凳子。以后，你没必要挪动。"

"我会想办法记住这一点的，先生。"

他沉默了，吸着雪茄，注意力集中在一只小鸟上，它正在旁边一棵梨树的树枝上跳来跳去呢。接着，他说道："我觉得应该祝贺你，小姐。"

"祝贺我？为了什么，先生？"

"你的写作进步很大，我想，你还是有一些潜力的。"

他的语气是认真的，但闪亮的蓝眼睛有想要谦虚一下的意思，这个效果我感觉到了。欢乐漫过我全身，我低下头来掩饰住我的微笑。"谢谢你，先生。"

"我想，你对写作有着极大的抱负，是吗？你希望将来有一天会出名？会有作品出版？"

"噢，不，先生！是什么给了你这样的印象呢？"

"我在你的字里行间，在你的纸上，在你的眼睛里看出来的，当我们讨论别人的作品时：一团热情的火，因为幸福、忿怒或嫉妒而燃烧，这取决于作品的质量和你的心情。"

我感觉脸上热乎乎的，我感觉自己浑身赤裸裸的，仿佛他看见了我从来没有意向要展露的情感。"我的确热爱写作，先生。我一直如此，从小以来，可我打算开办一所学校。那就是我为什么在这儿的原因：使自己接受教育，以便可以成为一个更好的、更受重视的老师。"

"一个有价值的目标，但教书并不排除写作。"

"我可能拥有的对写作生涯的任何抱负都不再有了。"

"为什么啊？"

"关于这一问题，我已经得到我崇拜的先生们的忠告。"

"你如此崇拜且如此相信其忠告的这些先生们是谁呢？"

"第一个是我父亲。"

"唔，当然，你必须接受你父亲所说的话，父亲们总是知道对于后代来说什么是最好的，对吧？"他望着我，嘴唇的抽搐证明他说的话是假的。

"我父亲是一个非常善良和聪明的人，其他人是伟大的英国作家与诗人：罗伯特·索西和哈特雷·柯勒律治。"

"我听说过他们。你认识这些先生们吗？"

"不认识。但我写信给他们，把作品的样本寄给他们，他们俩都做了同样的答复：尽管我的作品表现出一些技巧和价值，可是他们觉得不值得出版。至于索西，我暴露了我的性别，他说写作不是女人的合适职业，我应该放弃。"

他笑了。"我不责怪这些先生们，假如你寄给他们的作品写作风格和你的第一篇法语作文一样的话，那风格是多么夸张和令人讨厌啊。"

这时，我恼火了。"你伤害了我，先生。如果你认为我的作品是那么可怕的话，那你为什么还煞费苦心地来祝贺我呢？"

"我祝贺你，因为你进步了！我一开始就看出你有天赋——巨大的天赋——只是需要指引和训练，你的反应和我希望的一模一样，你长大了，写起来更有信心了，学会了严格控制笔端。现在，我很满意你已踏上正确的道路：通往更宽庄和优雅的散文之路。"

我想，从恶毒的批评到修复性的赞美，他转变得多么快啊！我受伤的自尊也一样快速修复。"我真的进步那么大吗，先生？"

"是真的。至于你的索西先生和柯勒律治先生，我告诉你我是怎么想的。我认为，就你的写作而言，听从别人的忠告你应该非常小心，尤其是你从来没见过的人。这些陌生人怎么能够知道你内心燃烧的是怎样的激情呢？他们有什么权利用来自遥远的忠告熄灭那团火焰呢？别理会他们，小姐，也不要理会我，在这件事情上，要是你强烈不赞成我所说的任何事情。我只是你的老师，我只能教授你我所知道的东西。最终，你必须倾听你内心的声音，那个声音将成为你最强大的向导，它将帮助你远远超越我能教授的任何东西。"

随着七月份的渐渐结束，我们计划待在布鲁塞尔的六个月很快就到了尾声。有一天晚上我和艾米莉准备睡觉时，我说道："你难道不认为，要离开这个有这么多东西可学的地方是一种遗憾吗？"

艾米莉吃惊地瞥了我一眼。"我们怎么能待得起呢？布兰韦尔姨妈的贷款已经用完了，我可不愿意再要了。"

"我也不愿意，可我们也许能够赚取自己的生活费，我们可以教英语课，业余时间继续学习。"

"教书不是我的强项，"艾米莉回答。的确，她瞧不起自己那短暂的任教生涯，她在哈利法克斯的罗山学校当过六个月的老师。"但我承认，我愿意在法语和德语上取得更大进步，我想这个机会也许永远也不会再有了。"

兴奋在我胸腔里上升。"我问一下赫格尔夫妇，看我们是否可以待到圣诞节，好吗？如果他们同意，你愿意吗？"

"我愿意，可是暑假期间我们干什么呢？"

"我会想到点事情的。"我笑着拥抱了她一下。

我向赫格尔夫人提出了申请，她跟丈夫说了。我要他们放心，我以前教过几年书，尽管事实上，四十个女孩子的课堂我根本应付不过来。最终，他们同意了我的建议，夫人辞退了第一组的英语老师（他近来变得不可靠了），用我代替了他。经决定，由一直跟比利时最好的音乐老师学习的艾米莉教一定数量的学生弹钢琴。因为这些服务，我们被允许继续学习法语和德语，食宿免费。我们认为这些安排很公平，所以没有提出要薪水，便欣然接受了。

八月十五日，学校关门放暑假，赫格尔一家去了他们在布兰肯堡的海边度假胜地，其他老师都离开了本市。将近一打住宿生，加上我和艾米莉待在寄宿学校里。在那些辉煌的八、九月天里，我们第一次经历了一个热得像非洲般的夏天。我们终于有了空闲时间，来深层次地探索布鲁塞尔。我热爱那漂亮的公园、那令人难以忘怀的宏伟皇宫和干净宽敞的街道。我们高兴地参观了市里的画廊、教堂和博物馆。

没多久，夏天过去了，房子又满了，学校又开学了。我曾经做过英语教师的经历验证了我最好和最坏的预期。我原以为英国女学生难以管理，但英国最糟糕的女生在这儿也只是教堂里的老鼠，不值一提。比利时女孩才真是顽固、无礼的叛逆者，她们养成了一种优越感，极不尊重长辈。第一组认出了我以前的身份：一个年纪较大的学生为了赚取生活费而变成了老师，并且她们这时不得不称其为"夏洛蒂小姐"。在我任教的头几个月里，她们使我接受了许多次考验，可我经受住了挑战，决心向他们证明——向赫格尔夫妇证明——我能够保持自己的状态。我觉得环境充满刺激、使人兴奋，并且继续茁壮成长。

日记：迄今为止，我记录了许多美好的回忆，和花蜜一样甜，但是此刻我必须离开这些愉快的冥思了。事情是这样的，当生活在比利时节奏稳步和优雅地向前推移期间，在老家霍沃斯，事情却并不是那么乐观。我们从爸爸的一封信中了解到，九月份村里爆发霍乱，很多人成为这个疾病的受害者。这些人中有年轻迷人的副牧师威廉·韦特曼，他在看望穷人和病人后染病去世了。

我发现，祸往往不单行，那个秋天也不例外。十月底，玛莎·泰勒死了——也是死于霍乱。令人难以想象的是，玛莎竟然会死在凯科伯格城堡这样高级的比利时教育机构里！我认识的朋友中没有一个像玛莎那样无忧无虑，她是家里的宝贝，是姐姐玛丽的珍贵同伴。此时，令我伤心和震惊的是，在她生命甚至还没有真正开始之前，二十三岁的她就被夺去了生命。

仅仅几天后，第三个打击降临了，爸爸写信说布兰韦尔姨妈在遭受肠梗阻后去世。被这一连串连续发生的悲哀事件惊呆了，我和艾米莉迅速收拾起我们的所有物品。尽管要赶回家参加葬礼为时已经太晚，但我们知道自己必须马上回英国。布兰韦尔和爸爸独自在家，没有一个女人持家，他们应付不了。

离开的前一天晚上，我一个人在宿舍里打包行李。正忙活着，泪水蒙住了我的双眼——不仅为姨妈、玛莎和威廉·韦特曼的离去伤心——也为我们残酷的突然离去而伤心，因为它正将我撕离一个我已爱上的生活。我听见宿舍最尽头的门被打开，脚步声走近了，男性的脚步声，马上可辨认出的脚步声。脚步声在白帘外停了下来，接着是赫格尔先生的声音："夏洛蒂小姐吗？我可以进来吗？"

我眼泪汪汪地回答可以。

他拨开帘子，走到我站立的地方。"我为你的损失感到遗憾。"他用最温和和诚恳的语气说。

我向他道谢，他走近一步，把一本书放在我手里。透过泪水，我看见那是一本装帧精美的德语课本。"这是什么？"

他掏出了一条手帕——在过去的九个月里，在我们之间的无数次课堂争辩中，这是一个表演过无数次的仪式——像往常一样，我用它擦干眼泪。"这本书是送给你的一份礼物，我希望它能够使你继续学习这个语言。我认为，你对这个语言只是刚开始获得一点点真正的了解。"

"谢谢你，"我又说道，心里很感动，因为他居然会想到这个。我把手帕还给他，他接过时，温柔而飞快地紧握了一下我的手，这一温暖而珍贵的肌肤接触使我全身颤抖。

"我明白失去一个热爱的人是什么感受。"

我默默地点了点头，喉咙里充满太多的情感，话也说不出来了。我猜想他指的是对他父母亲的回忆，可他不是，他继续柔声地说道："我以前结过一次婚，你知道吗？"

我的声音里满是惊讶。"不知道，先生。"

"她名叫玛利亚·约瑟芬·诺亚，"他充满敬意地宣布了这个名字，蓝眼睛里闪烁着泪光。他眨着眼睛忍住了泪水。"我们刚刚结婚，一八三零年的革命就爆发了。我和民族主义者一道设置路障，我妻弟就在我身边被杀害，他是为比利时的自由事业牺牲的许多烈士之一。三年后，在同一个上午，我的妻子和孩子生病了，他们都死于霍乱。"

泪水再次夺眶而出。"我很遗憾，先生。"我想，这就解释了他之所以外表老是那么冷酷，并且总是像遏制着的暴风雨一样发怒的原因。从这样的痛苦中出来，没有人会毫无改变的。

"那是很久以前的事了，我只是告诉你，这样你就会明白：你不是孤独的，我同情你。"

"我不会将我的损失与你的相比，先生。我失去的是两个朋友和一个亲爱的姨妈，而不是妻子和孩子。"

"不过，你的损失是巨大的。小姐，你感受到的一切，你都感受得很深切。但是放心：痛苦会随着时间消退。有一天你回首一望，温暖你的心的将是美好的记忆，而不是悲伤。"看到我泪水涟涟地点头，他又伸出他的手帕。"拿着吧，小姐。你比我更需要它。"他补充道："请明白，在这儿，你和你妹妹永远是受欢迎的。我和夫人都为这一离别而难过，我们感觉你们就好像自己家里的一份子。家里的事情一安顿好，向姨妈作了最后的致敬后，假如愿意，你们可以回来。"

"可以吗？"事情发生的速度快似闪电，所以我还没有停下来考虑将来。"我不在的时候，你们不得另请一位英语老师吗？"

"我们可以临时聘请一个老师一直干到圣诞节，你的职位，如果你想要的话，你回来时还将在这儿。你愿意回到布鲁塞尔，回到我们身边吗，小姐？"

我迎上了他的目光，我的眼里溢满泪水，这次是带着感激的泪水。"愿意，先生。我非常愿意回来。"

从双脚一踏上家乡的土地起，我就渴望回到比利时。我将赫格尔先生写给爸爸的一封珍贵信件带回家中，他在信中热烈赞赏了我们在寄宿学校里所取得的进步，颇有说服力地请求允许艾米莉和我回去完成最后一年的学习——这次是有薪水的，以换取我们的授课服务。不过，两个沉重的问题需要解决，爸爸才会准许我们回去：如今布兰韦尔姨妈走了，谁来管家？我弟弟怎么办？那一年早些时候，因丢失资金而发生争吵后，布兰韦尔在铁路上的职务被解除了。眼下他仍然失业，在黑公牛酒店里闲荡。姨妈和威廉·韦特曼的死对他影响很大。

"威廉从来不为自己考虑，"十一月份一个暴风雨肆虐的下午，酒后眼睛湿润和迟钝的布兰韦尔说道，"他唯一关心的是穷人、病人和弱者。'谁将照顾他们？'他不知道，'谁会代替我？'我告诉你们，天下从来没有过比他更好的人！还有我的姨妈，我的上帝啊！我日日夜夜坐在她的床边，我目睹了那种令人坐卧不安的痛苦，即使是最坏的敌人我也不希望他忍受这样的痛苦。二十年来她一直是我的母亲，我童年时所有幸福时光的向导和导演，现在我失去了她，我怎么活下去？我们将怎么办？"

我慈爱地把手放在他肩上。"我们只有一件事情能做，我们必须尊重她的记忆，在我们心里、大脑里以及选择生活的方式里。我们必须努力让她为我们自豪。"他茫然地瞪着我，无法领会我的意思。"你不应该喝这么多酒，布兰韦尔。这样下去不行呀！"

"我还能做什么？这个被上帝遗忘的村子里没有什么职业。"

就在那个十一月，安妮从绿庄写信回来，带来了解决这个问题的方法：罗宾逊家提出雇布兰韦尔作他们的儿子小埃德蒙的家庭教师。家庭问题的解决答案也有了，因为艾米莉宣布她有意待在家里为爸爸管家。这个并没有令我吃惊，我知道她是多么想念我们的荒漠。几天后，我收到赫格尔夫人的一封信，重申了她丈夫信中的提议。

"你非常肯定自己想回布鲁塞尔吗？"爸爸同意后，艾米莉问我。

"别的我什么也想不了，我感觉在这儿无聊和无用。"

"我们不需要无聊，我们已经获得在布鲁塞尔寻求的学识，现在我们的法语已等同于或超过大多数英国的中小学老师了，我想是。现在，我们可以按计划采取行动开办自己的学校了。"

"我还没有做好开办学校的准备，我希望准备得更好一些。"

艾米莉望着我。"那些是你回去的真实原因吗？"

"你什么意思？"我感觉脸热了。"是的，那些是我的原因！但并不是唯一原因。我喜欢布鲁塞尔，生活在大城市，远离这个安静的世界角落是激动人心的。赫格尔夫妇都诚恳地希望我回去，我不想令他们失望。"

还有另一个原因，但那是一个当时我不能明白也无法解释的原因：某种难以抗拒的力量在吸引我回布鲁塞尔。尽管一个小小的声音在我尚有意识的角落里闪过一个警告，我没理睬它，而是将我的思绪全部集中在一件事情上：我必须回去，我必须！

10

要是布兰韦尔姨妈还活着，知道一八四三年一月我是只身一人从英国旅行去比利时时的话，她是坚决不会同意的。可没找到同伴，我不得不独自成行。火车晚点那么多，夜里十点才抵达伦敦，由于我以前旅行途中已参观过这座城市，于是就直接去了码头。在那里，马车夫把我随便丢在一群骂骂咧咧的水手中间，他们争抢着我和我的箱子。那艘班轮起先说太晚了，拒绝让我上船。最后，有个人对我动了怜悯之心。第二天早上，我们起航了。这一次，抵达欧洲大陆后，我坐上了第二天就前往布鲁塞尔的午班火车。

带着欢乐和释怀，我当天晚上就到达了寄宿学校。那是隆冬时节：树木光秃秃的，夜晚很寒冷，但被人引领着穿过那熟悉的弓形石头门廊，进入那奇怪的黑白大理石门厅，感觉真好！回到对我来说如此可爱的环境中多棒啊！我刚进门，行李还在脚边，正脱着披风，赫格尔先生就从客厅里出来了，边走边耸着肩膀钻进大衣里。他瞅见了我，脸上一亮。

"夏洛蒂小姐！你回来了！"

"我回来了，先生。"一见到他，我高兴地涨红了脸。他的声音在我听来就像是音乐，我没有意识到，在离开的这段期间里，我对它是多么怀念啊。

"你的同伴们呢？你肯定不是一个人旅行的吧？"

"是一个人，先生。我父亲没有副牧师，把教区的所有职责全担在了自己身上。他离不开，又没别的人可请。"

"唔！谢天谢地，你平安到达了。"他飞快地跨进客厅，冲夫人喊了一声，接着转回身面向我。"我得走了，去隔壁上课。晚安，小姐，欢迎回家。"他一躬身，出了门。

夫人亲切地接待了我。"你不在这儿期间我们聘请的英语老师绝对不胜任，女孩子们不停地打听你的消息。希望你待久点哦。"

我让她放心，我打算待很久——他们想要我待多久就多久。

"你就像我们自己的女儿一样，"夫人补充道，带着没有特色的微笑。"请把我们的起居室看作你自己的起居室，随时欢迎加入我们的行列，或在那里放松放松，每当你完成教师职责时。"

我在一个新教室里工作，位于房子旁边的游乐场上。除了教英语和继续学习以外，我这时还充当一个班的全天候监督者。我的薪水，每年十六英镑。我的工作不多，而且用不了多长时间。不过，我的职责中很快又增加了一项新工作。赫格尔先生问我是否愿意考虑给他和他已故妻子的妹夫沙贝尔先生上英语课，我极乐意地答应了。

每周两个晚上，三个人在我的教室里见面。沙贝尔先生聪明、有礼。两个男人都表现出诚挚的学习欲望。这些课带来了我和赫格尔先生之间的角色颠倒，也带出了他的自然和奔放。他可以摘掉整天戴着的严厉面具，使自己迷人。

这些课成了我最喜欢的工作之一，我发现自己整周都在盼望那一天的到来，当放学时间一过，当赫格尔先生（向来比沙贝尔先生晚到几分钟）大踏步走进我教室的时刻。他坐进一张空着的桌子，用低沉的声音说："我到了！让我们开始讲英语吧。"

由于在最近的几个月里学会了管理一屋子差生的艺术，我能够将所需要的能量、想象力和信心带到这个事业中来。

"八个小时了。"赫格尔先生会瞪着我手里的钟说。

"八点钟了。"我纠正道。

"你有多少年？"他会询问。

"你有多大年纪？"我会教他。

"我父母所有两个都来自布鲁塞尔。"沙贝尔先生会拖长声音说。

"说两个都，而不是'所有两个'，先生。"

我们从基础开始，但赫格尔先生——对语言有着天生的悟性——进步神速。在一个月的时间里，他的英语就开始讲得有模有样了。我很快就备好课来适应他实际的品味和天资。然而，当我试图教他们像英国人一样发音时，他们一本正经地模仿我的样子令人忍俊不禁。赫格尔先生念出"违令·杀死皮尔"的一个简短章节（他嘲笑为"那些可笑的异教徒——英国人的——伪上帝"），笑得我眼泪都流了出来。

有时，当赫格尔先生的写作作业需要立即修改时，我打趣地招手示意他起身。我像他一样坐在他的位置上，他过去在他的课堂上经常这样对待我。

"请拿支铅笔来。"我会带着傲慢的微笑，伸出手来对他说——模仿他经常对我提出的要求。他把铅笔递给我，但当我划出他练习里的错误时，他不满足于只恭敬地站在我身边，像他期望我所做的那样。相反，他停悬在我身体的上方和后面，一只手臂搭在我的肩上，一只手靠在我的桌子上，头紧靠着我的头，望着我的进展，大声读出我写的注释，仿佛决心记住每一个单词。

他每说一句话，我脸颊上就感觉到他温暖的呼吸，心会狂奔，难以思考。我告诉自己，我这方面的这些身体反应，只是因为时间太晚，房间里过热的炉子散发出的热量。可在心里，我相信自己知道真相：那是因为他靠得太近，而且看见他的手离我的手那么近。

回来后第一周的一天清早，我吃了一惊。教室里还空无一人，我打开书桌时，一阵意想不到的气味袭击了我的鼻孔：那是赫格尔先生的印度宝贝的淡蓝色气味——一种雪茄的味道。与这个嗅觉上的惊讶一同前来的是一个视觉上的惊讶：有人重新整理了我的书桌。并不是弄乱了，一切都整整齐齐、各就其位，但却与以前的地方不同，仿佛某个看不见的上帝之手落下来做了一番温柔的小搜索。

除此之外，书桌上还增添了两样新东西。我留下的一篇没写完的作文，仍然满是错误，摆在我的论文上，此时却被仔仔细细地批注和修改过了。更棒的是，在我破旧的语法书和灰黄色字典上放着一本崭新的书，一个法国作家写的，我早前曾表示很渴望读他的书。附带的一张纸条上简单地写道："借给你，欣赏吧。"

我心里过意不去。想一想，先生日理万机，竟会花上一刻来想起我！更为甚者：想一想，当我睡觉的时候，他溜进这个房间，走到我的书桌旁，温柔的橄榄色的手掀起桌盖，坐在那里，鼻子埋在我的书本和论文中，检查每一样东西，然后仔仔细细地放回去，甚至没有企图掩饰他的阴谋。我想，有些人可能会把这一行为看作是对隐私的侵犯，可我看出了他的意图。他希望的只是表明他在乎，并且对我有好处。

不过，那个气味是不可能带来什么好处的。我掀起书桌盖，打开最近的窗户，小心翼翼地把书往外扇，试图在清晨的微风中把它净化一下。

哎呀！教室门被一把推开，先生本人出现了。一看见我的行为，理解了其中的含义，他的脸扭曲成怒容，蹦过房间冲我扑过来。"我的礼物冒犯你了，我明白。"

我把书飞快地从窗外拿进来。"没有，先生……"

我还没来得及多说，他就从惊呆的我的手里一把抢过那本巨著。"它不会再让你烦心了。"他大踏步地径直走到灼炽的炉子前，打开了炉门。我万分惊恐，我意识到他打算把它扔进去。

"不！"我叫道，冲上前去，抓住了那本书，一场争夺展开了。

假如他真的希望赢的话，那根本不会有什么抗争，因为我的力气，即使被怒火激起，也不可能指望与他的相提并论。他终于让步了，我从他手里抢过那个战利品，松了一口气，心怦怦直跳地说："这是一本美丽的新书！你怎么会想到要毁了它呢？"

"它太脏了，有太大的味道，不合你雅致的口味。你要它干什么？"

"我希望读它！而且，"我带着半掩饰的微笑补充道，"我感激那个把它借给我，还帮我改好作业的精灵。"

我察觉赫格尔先生的眼里有了回应的微笑。"那么，烟味不冒犯你了？"

"我承认我不喜欢这个味道，书不会因为它而变得更好，你也一样。可是我会好的与坏的都一起接受的，先生，而且感激不尽。"

接着，他的确微笑起来，更确切地说，是哈哈大笑起来，然后一转身大踏步地走出了房间。

在随后的几周里，我继续发现这样的礼物。然而，无论怎样观察，我再也没有当场抓到那个爱雪茄的幽灵。最为经常发生的是，像魔术一样出现在我的论文上面的是一本经典著作，有一两次我发现了一本爱情小说，借给我作为轻松读物的。经过一段时间以后，我一发现就把书凑到鼻子前，吸入它们浓烈的气味，想到赫格尔先生曾与我的书桌有过亲密接触就感到极为开心。

头一个月里，我心满意足，尽管从二月到三月份，天气持续寒冷刺骨。每个星期天，我都抖索在披风下，独自走去市区另一面的一个新教派小教堂。在布鲁塞尔我没有朋友，因为玛丽·泰勒在妹妹死后就离开了，而我又不喜欢其他老师，全是虚情假意、尖酸刻薄的老姑娘，什么事也不做，只是抱怨生活中的残酷命运。我试着采纳夫人的亲切提议晚上去与他们分享起居室，却发现这是不现实的。夫人和先生总是忙着照看孩子们，或者忙于谈论似乎我不便听到的私密话题。就这样，我发现自己课后大多数时候是孤独的，我深深怀念艾米莉在时的场景，渐渐意识到，在布鲁塞尔的第一年之所以如此开心，她的陪伴起着重要的作用。

三月十一日是赫格尔先生的守护神日：圣康斯坦丁的节日①。在这样的节日里，按照习俗，学生应该送花给老师。不过，我没有带花给他，而是早已计划送一份亲手制作的永久性礼物。

那天晚上的英语课后，当沙贝尔先生离开后，我感觉是送上我的小惊喜的时候了。然而，我还没来得及这样做，坐在课桌旁的先生就轻轻叹了一口气，说："今天你没带花给我，小姐。"

"没有，先生。"

"你也没有花束藏在你的那张书桌里，要是有的话，我早就闻到花香了。"

我藏着笑。"你说得对，先生，我没有花。"

"为什么会这样呢？今天是我的节日，你不还是我的学生吗？"

"你肯定不会因为少我一束花而伤心吧，先生，你今天已经收到那么多花了。"

"有意义的不是数量，而是送花人的身份，以及后面的念想。可是等等，我想我记起来了，去年你也没有送花给我！"

"是没有。"

"你对我不够敬重，是吗？我不配收到这样一份礼物？"

此时，我想笑了，有点想留下我给他做的东西。"你很配，先生，而且这一点你清楚得很。可去年，在你的节日，我和妹妹刚来布鲁塞尔短短几个月，不了解这个习俗。即使了解，我也仍然不可能带花给你。"

"啊！"他扬起眉毛，点了点头，"我明白了，是因为费用。花的确

---

① 根据天主教的信仰，那是纪念守护神的日子，而且赫格尔先生在三月十一日庆祝它，因为他的名字也叫康斯坦丁。

相当贵，而且，每年这个时候，花园里几乎找不到花了。"

"不是因为费用，先生，完全是另外一回事。虽然我爱看花儿生长，但当它们被拔离土地时，我就找不到乐趣了。那时，在我看来，它们似乎太容易消亡，它们与生活如此相似，短暂的生命还遭受这样致命的一击，这一切使我感到悲伤。我从来不送花给我爱的人，也没有接受它们的愿望。"

"一个奇怪的哲学。我想知道：关于食物你也有着同样的感受吗？一个胡萝卜或土豆也是被连根带叶全部拔离土地的，每一种蔬菜和水果都是从它的茎或枝上撕扯下来的，还有为了你的营养而献出生命本身的羊羔呢？你吃起来会颤栗吗，小姐？"

"不会，我和任何人一样享受梨子、土豆和绿叶。有时，我承认，我为羊羔或母牛感到遗憾，可这是自然法则，先生。我们必须吃饭，否则就会死去，然而我们并不需要花来装饰我们的桌子才能生存。"

他咯咯笑了起来，摇了摇头。"一个精彩的辩辞，发布时思路的清晰和信念的坚定与你在作文中展示的一样。我认输，你把我说服了。"

"很好，先生，我碰巧有一件礼物要送给你，只不过不是那种地里长出来的东西。"

"是吗？"他已开始从座位上起身，但却快速地坐了回去，脸上的表情在期待和开心中几乎有了些许孩子气。

"不过，你也许更喜欢继续我们关于花的讨论。"

他眼睛低垂，谦恭得可爱，说道："那个话题谈完了，我不会提出进一步的反诉。"

我迅速从书桌里掏出一只小盒子，递给他。"送给你，先生。"我特别买了这只盒子，它是由一些热带贝壳制成的，装饰着一圈闪闪发光的蓝石头。

"好美啊。"他打开它。盖子里面，我小心翼翼地用剪刀尖刻了字母C. G. R. H.，来代表他的全名：康斯坦丁·乔治·罗曼·赫格尔。他微微一笑，脸上熠熠生辉。"你怎么知道我的所有首字母？"

"我知道的东西多着呢，先生。"

一条编织的链子卷成一团躺在盒子里，我用颜色鲜艳的丝绸做的，装饰着闪闪发光的珠子。至于扣子，我从自己唯一的项链上取下了那个金扣件，把它装在了链子上。"前几个晚上，我看见你在学习时间做这个，根本没想到那是给我做的呢。这是……一条表链吧，我猜想？"

"是的，先生。"

"唔！我非常喜欢，谢谢你。"他笑容满面地站起来，打开长夹克，系上表链，特别留意地将它横挂在胸前。"我把它的最佳效果展示出来了吗？如此好看的一样东西，我可不希望把它掩藏起来。"

他脸上流露出的友好和慈爱使我心里热乎乎的。"看上去非常漂亮，先生。"

"这个盒子将成为一个极好的糖果盒。"他宣布，这使我极为开心，因为我知道他爱吃糖果，并且喜欢和人分享。"再次谢谢你，我的朋友。今天是极为开心的一天，你的礼物就是它完美的尾声。"

我笑了。过去，他如此经常地送给我一句不动感情的话、一个愤怒的瞪眼，或是一个轻蔑的眼神。如今，他管我叫作"我的朋友"，我已经明白，与英语里的"我的朋友"相比，法语里的这个词语包含更多亲密和挚爱感。在那一刻，我感觉到纯粹的幸福，身体轻巧得像气球一样，可以冲上天空。

几个星期后，我被召唤到赫格尔先生的图书馆，进去时，他正坐在书桌后面批改论文。

"啊！夏洛蒂小姐。你来了。请关上门，坐下。"

我照做了，在他桌子对面的的椅子上坐了下来。看到我为他做的表链从他的黑色长夹克底下向外窥探，我笑了。

"我有点东西要给你，这些我找机会看过了。"他从一个抽屉里拿出三小捆手稿，放在桌上。我认出了它们，恐惧攥住了我的喉咙。它们是我的手稿：我从家里带来的一些早期作品的样本，上周交给赫格尔先生的。他此时的英语已经进步到足以看懂一些意思，我想与他分享年轻时的这些即兴创作。然而，望了一眼他脸上的表情后，我真希望自己当初没有这样做。

"你不喜欢，是吗？你认为它们白痴和愚蠢。"

"哪里。我的英语水平还不是太高，所以并不全懂，可在我看来，它们相当迷人、青春和活泼。《符咒》尤其无畏和奇妙，并且极为逗人，然而与此同时，又令人可气地遥不可及①。"

"逗人？遥不可及？"我的心一沉，那个故事本意是要激动人心、富有戏剧性的，而不是幽默。"而且，青春？"

"是的，可这是预料之中的，你写它们的时候很年轻，嗯哼？你没有方向，没有指引，只有写作的冲动，以及对文字的热爱。你写下了脑海中和心里面的东西。"讲到这儿，他随即停顿了一下，从桌子里的一个盒子中掏出一支雪茄来。"我抽烟你不介意吧，小姐？"

我摇了摇头，沉浸在悲伤中。

他点上雪茄，放到唇上，然后对着房间呼出长长的一缕烟香。"明明白白地告诉我：现在你脑海中和心里面在想些什么，小姐？除了你为我写的作文外，你还希望用诗歌和散文探索什么别的主题？你渴望讲述什么故事？"

"什么都没有，先生。"

"我不信，年轻时这样的写作激情不会自己枯竭和消逝的。"

"那是一个爱好，先生，一个已经抛在身后的爱好。"

"那你为什么给我看这些？"

"我不知道。"

他发出一个不耐烦的声音。"你对我和你自己不诚实，小姐。你寻求我的意见，现在我给出了意见，意见的精髓你不爱听，你脸涨得通红，羞涩地临阵退缩放弃自己的计划，像一只老鼠一样缩进洞里。"

---

① 夏洛蒂不知道的是，赫格尔先生保存了她这些少年时期的作品样本（《符咒》、《在维多波利斯的生涯巅峰》和《杂项集》，署的是查尔斯·弗洛里安·韦尔斯利勋爵这个笔名）。后来他把它们装订成一本书，取名为《夏洛蒂·勃朗特小姐（科勒·贝尔）的手稿》。他死后，一位大学教授在布鲁塞尔一家二手书店里发现了它们，并把它们卖给了大不列颠博物馆。

他道出了实情，可我不能承认。"我的计划是开办一所学校，这是向我敞开的最佳的、并且是唯一的职业。"

"从我听说的情况来看，你是一个好老师。但如我所说，教书并不排除写作，也不应该这样。一个有条理的人两者皆能兼顾。"他靠回到椅子里，望着我。"你知道我年轻时希望成为什么人吗，小姐?"

"不知道，先生。"

"我希望成为一名律师。"

"律师? 真的?"我惊讶。

"我在富裕和繁华中长大，有着非常美好的前景，因为我知道自己喜欢什么大学就可以上什么大学，希望成为什么人就可以成为什么人。然后，有一天，我的父亲———一个珠宝商，而且是一个极为体贴和慷慨的人——借了一大笔钱给一个困境中的朋友，结果他失去了全部财产。"

"全部，先生?"

"全部。一夜之间，我的前景逆转了，我发现十几岁的自己没有职业，没为生活做好准备。父亲送我到巴黎去找出路。我的第一个职位就是给一个律师当秘书，开始进入极为吸引我的法律界。可是如今，我既没有时间也没有金钱来考虑这样一个职业，于是我改行做了老师。当时，我能够允许自己享有的唯一乐趣就是受雇去为法国喜剧鼓掌。我对法庭和舞台的热爱，不得不寄托到了教室和学堂上。"

我相信，正常的话我应该同情地回应一下，可我失口说出："也许是我自私，先生，可是，我无法为你的失去感到遗憾，因为它使我受益了呢。"

他哈哈大笑。"这么说，这就是你对我伤心故事的回应?"

"对不起，我的确为你感到伤心，你后悔吗，先生? 放弃了你的梦想?"

"不，我对我拥有的一切非常满意。回顾过去，为本来可能发生的一切纳闷有什么用? 不过，对于我来说是真的东西，对于你来说未必是真的，小姐。你的生涯还没有开始呢，那是你对自己的真实愿望吗? 教一辈子书?"

"我……我不知道，先生。"

他站起身来，绕到桌子前面，紧挨在我面前停了下来，身体向后半靠在桌子上，鞋子几乎碰到了我的鞋子，长夹克的黑色褶层摩擦着汇入我黑色连衣裙的裙裾。他站在那里，抽着烟，沉思着，离我只有咫尺之遥。有一会儿，房间里唯一的声音是壁炉上的闹钟那不紧不慢的滴答声。

那滴答声跟不上我飞快的心跳。

他终于说道："我读了你早期写的东西，熟悉你今天的作品，可以和你说实话吗，小姐？可以和你谈谈我的真实印象吗？"

"请说吧，先生。"

"我发觉你的作品很出色，我认为你身上有天才的元素。"

我的呼吸屏在喉咙里。"天才，先生？"

"是的，而且我相信，有了进一步练习，这个天才能够被训练成非常有价值的人物。"

我心里享受着那个词：天才。我一辈子都相信自己拥有某种天赋，一个我们全家人都分享着的天赋，可是迄今都没有得到认可和认识。野心勃勃的强烈意向再一次全力爆发，在我拥有的每一根血管里跳动。然而，有件东西也压在胸口。"如果我真的有天赋，先生——假如真的有——那么所有这些训练和练习真的有必要吗？为什么在所有这些没完没了的作文中，我不得不模仿其他作家的形式？为什么我不能简单地写自己希望写的东西呢？"

"学习形式是必要的，没有形式，你就不是诗人。有了它，你的作品才会更加有影响力。"

"可是诗歌，不是某件正在发生或已发生的事情在心灵里的真实表达吗？"

"可以这么说，是的。"

"天赋不是某件内在的东西，一件上帝赋予我们的礼物吗？"

"人是从天上获得这个礼物的，毫无争议。"

"那么，我相信那个天赋，按照其真正的本性，一定是鲁莽和大胆的。"我说，"而且应该像本能那样运作，用不着学习或停下来思考。"

"不学习，天赋就像没有杠杆的力，小姐。它是无法表达内心歌唱的灵魂的，即使唱也是声音粗糙和呱噪的；它是在一架走音的钢琴上弹奏的乐师，不能将内心听到的甜蜜旋律奉献给世界。这就像你年轻时的那些作品一样，小姐。"他身子向前一倾，脸俯向我，直视着我的眼睛。"自然给了你一个声音，小姐，可直到现在你才在学习怎么运用它——把它转化成为艺术。你将成为一个艺术家。学习，坚持，那你就会真正伟大起来，你的作品将留存下去。"

我的心怦怦直跳，部分因为他的靠近，但我想，更多源自他这番话的影响。这就仿佛一个完整的新世界在我面前打开，我感到一股欢乐的暖流漫布全身，渗入我的胸腔，像太阳的热量升腾到我的脸庞。

就在此时，图书馆的门开了，赫格尔夫人走进了房间。她的目光落在处于这种状态下的我和她丈夫身上，她僵住了。

赫格尔先生站直身子，漫不经心地噗噗喷着雪茄。"夫人？"

他们的眼神相遇了。"我没有意识到你在上课。"她冷冷地说。

"我只是在给夏洛蒂小姐提出一些关于未来和写作的明智建议。"他对我补充道："我们讲完了，小姐。你可以走了。"

我立即从房间里出来，心仍然怦怦直跳。夫人眼睛一转，退后让我过去。

我激动并颤抖着走出赫格尔先生的图书馆。我需要离开，去用心享受他所说的一切。我冲上楼，抓过披风，飞奔出去，进了花园。

黑暗早已降临，一切都是凉爽和寂静的。我站在草坪上，吸入夜晚那清新的空气。它闻起来清新和洁净，因为刚下过的一场春雨。满天的星星像一顶华盖一样在上方闪烁，在一轮辉煌的月亮旁，其倒影照耀着深色果树枝上正在绽放的白色小花。我沿着园中央的小径漫步着，心情愉快，因为我听到蟋蟀那开心的唧唧调子，还有周围那纷繁交织着各种声音的城市合奏，像遥远的海洋那温柔的哼唱。

我听见一个门栓被人提起，看见通往寄宿学校的后门被悄然无声地推开了。一个身影出现了，停顿了一下，接着走了过来。我知道是他，我等候着，他赶上来，合着我的步调走起来。"一个美丽的夜晚，不是吗？"

"是的，先生。"我们漫步走去。一股烟草的香气从他的衣服上散发出来。"你的雪茄呢，先生？"

"我把它熄灭了，不希望任何东西干扰春花的香味。"他深深地吸了一口气，笑了。"现在，看见你即将成为我的散步伙伴，我更是高兴自己没有抽它呢，因为我知道你不喜欢。"

"我已经习惯了你的雪茄味，先生。我甚至开始欣赏它的味道了，因为一闻到它，我就会想起你呢。"

"那你再也不把我借给你的书扇到窗外去了吧？"

"我不敢，先生，害怕你会像一个复仇的天使一样俯冲到我身边，想办法抢走我的宝贝。"

"你的宝贝？听到你这样看待我借给你的小玩意，我很高兴。"

"你让我分享的书，对于我意味着无价之宝呢。想想你会花时间想到我——仅仅是你学校里的一个学生，你雇佣的一位老师——我感到荣幸呢，先生。"

"仅仅是我学校里的一个学生，我雇佣的一位老师？"他叫道，呆呆地摇了摇头，接着转身面向我，逼得我在他面前停下来，然后疼爱地凝视着我。"我们彼此既是学生又是老师，小姐。可是你应该知道，对于我来说，你远不止如此。你是我的朋友，小姐，一个终身的朋友。"

我的心充满了以前从来没有感受过的那种快乐，他的话在我耳边回响。一个终身的朋友。他是眼里含着无拘无束的爱而宣布这一点的。突然，随着一股吞噬一切的冲动，我意识到自己对这个男人有着深邃的感情。曾经，我害怕他；经过一段时间以后，我接受并尊敬他；后来，我作为一个朋友而珍惜他。此刻，我意识到，我的感情已经生长，并已转化为一种深沉得多的东西：我爱他，我爱他。

噢！当我转过眼神、全身僵住时，一阵混乱漫过全身。我想，这怎么可能呢？我怎么能爱上赫格尔先生呢？他有妻子；有一个他如此深爱的家，这是他理所应当的；有我永远不可能成为其中一分子的家庭生活。爱赫格尔先生是不对的，是错误的，是违反一切正确、道德和体面的原则的！我怎么能允许我的情感把自己弄得如此神魂颠倒呢？

心怦怦跳动着，我疯狂地试图理解这个深奥的意外发现。假如我爱着赫格尔先生，那只有一个办法可以合理解释它：我爱他不像新娘爱新郎，或妻子爱丈夫。不！我爱赫格尔先生只是作为学生对老师的爱，我把他当成了偶像，像一个地位较低的人那样崇拜着一个偶像，不需要我的爱得到同样方式的回报。我曾经——我必须——完全满足他能够给予的一切：他如此慷慨赠予我的这份纯洁和单纯的友谊。默默地这样一番合计，使我安下心来，良心也得到了宽慰。突然，另一个意识接踵而来，随之而来的是如此巨大的悲伤的重压，它使我的眼泪夺眶而出。

"你怎么哭了，小姐？我只是说你是我的终身朋友。"

"我是吗，先生？"我心灰意懒地轻声说道。

"这使你伤心？"

"不是，先生。是别的事使我伤心。"

"什么事？"

"是知道有一天我必须离开布鲁塞尔，先生。"

"可英国是你的家，你的家人在那里，回到他们身边你肯定会高兴的呀。"

"是的。可是布鲁塞尔——这个寄宿学校——现在已经成为我的家一年多了，我在这里生活得很愉快。在这儿，带着我所崇敬和喜欢的一切，我面对面地交谈——与一个特立独行、精神饱满、知识广博的人。我渐渐认识了你，先生。一想到有一天我必须离开你，我就充满忧伤——我们再也无法这样交谈了。"

"即使分开了，小姐，我们仍然能够互相交流。"

"怎样交流，先生？信可以是极为珍贵的东西，我经常重读朋友和家人的信件，它们对于我意义重大。然而，即使我每天给你写信，你也一样每天回信，那样产生的乐趣只会是面对面交谈的千分之一。"

"那么，幸运的是，我们不必依靠信件和邮差来保持频繁的联系，对吧？"

他眼里公开流露的爱意缓和了我的心境。"你这话是什么意思，先生？"

"另一种形式的接触可以存在于分离但却真正相互喜欢的两个人之间——两颗相距遥远的心灵之间的一种瞬发方式。"他摸了一下胸脯，然后伸出手来，温柔地把手指头放在我的胸部。"那是不需要纸张、钢笔、话语或信使的。"

他的亲密接触令我兴奋，我几乎无法思考。"这是什么魔法手段，先生？"我问道，声音这时只是窃窃私语了。

他把手拿开了。"这并不离奇，你自己就曾经历过一百次，可你也许没有意识到。你只要私下安静地坐一会儿，闭上眼睛，然后想想那个人，他就会出现在你的脑海里，正如你所熟悉的那个样子。你会听到他的声音，可以尽情地与他交谈。"

"这样的默默沉思可能行得通，先生，可它们永远不足以满足我的心。"

"记忆可以是个好东西，它能够使那些远方的人显得比他们实际的要好。"此时，他把手伸到我脸颊上，帮我擦去泪水，然后带着温存轻柔的爱意停了下来。"假如大海横亘在你我之间，我会这样做：在一天结束的时候，当职责已完成时，在光线已消退后，我会在我的图书馆里坐下来，闭上眼睛。我会唤起你的形象，而你就会来到我身边——即使你不愿意。那就像你在我面前一样，我们将再次相遇，在思绪里。"

他那深沉的声音似乎在响遍我全身，脉搏在耳朵里怦怦地连连敲打，我说不出话来。天上是一轮满月，他能看见，肯定能够完全读懂我脸上掩饰不住的深情。

接着，他的手把我的脸托到他面前，然后低下头来，用法国人的方式，温柔地吻了吻我的一边脸颊，然后又吻了吻另一边，我感觉到他的嘴唇又轻柔地碰了一下我的嘴唇。他的吻短暂而温柔，然而它的接触令我全身一阵颤栗，使我的兴奋扩散到身体里面的每一个细胞。

他微微退后一点，手仍托着我的下巴，他的脸只有咫尺之遥，眼睛紧盯着我的眼睛。我全身发热，感觉仿佛会融进土壤里面。我无法呼吸，好不容易才能把眼神移开。这时，从寄宿学校的玻璃门内散发出的一道遥远而微小的光线吸引住了我的眼睛。透过窗户，可以看见一支燃着的蜡烛。赫格尔先生背对着建筑看不见它。有人在看着我们？如果有，是谁呢？这时，我突然感到一阵寒颤，身体抖了一下。

"你冷了，小姐。你在夜露下待得太久了，得进去了。"

我说不出话来，点头表示同意，便逃回了楼内，脸颊仍然火烧火燎。当我推开门走进后厅时，里面一个人也没有，也不见了蜡烛。

直到黎明时分，我还清醒地躺着，就像飘浮在不平静的海面上。我在脑海中一次又一次地重放着花园里的场景，回忆先生说过的每一句话，他看我的眼神，嘴唇碰到我嘴唇上的方式。我拼命让自己安心，我没做任何错事，他也没有。先生是一个名声完美无缺的人，一个极为正直和讲原则的人，也是一个狂暴、慈爱的人，我看见他用同样的方式吻过其他朋友和学生，没觉得有什么，这是法国人的方式。他的吻只是尊重的表示：温和亲切、微不足道。到此时，他应该已经忘记了这件事，我也必须忘记。一切都会像以前那样继续下去，我们会是朋友，像以前一样，仿佛它从来没有发生过。

不过，第二天早上，我收到了夫人写来的一张便签。

一八四三年四月十日

夏洛蒂小姐：

我丈夫和沙贝尔先生请我告知你，很遗憾，他们的日程安排越来越繁忙，将不再有闲暇享用你的英语授课服务。他们感谢你过去付出的努力，两人都从中受了益。另外，我丈夫发现他不再有时间单独教你法语，不过你当然可以继续你的写作课和所有的授课职责。

克莱尔·佐伊·赫格尔夫人

我感到震惊和沮丧，这是真的吗？就这样突然中断双方都如此开心和满意的英语课程？我无法相信这是先生的意愿，在他昨晚说过和做过的那一切之后，他为什么会选择这个时候来放弃我们私下的学习呢？这肯定是夫人所为，她一定是在那个窗口，观察我们。也许，甚至在我之前，她已经感觉到我对她丈夫产生了感情；也许，她嫉妒了。

嫉妒我！太好笑了！

从那天起，我很少单独遇见赫格尔先生，即使遇见过的话。下课时，一听见走廊里传来他的脚步声，我就会赶忙跑出去迎接他，他会魔术般地消失在一股雪茄烟中；在花园里散步时，如果我闻到一阵那种浓烈的香味，试图找到它的来源，它会再次消失进稀薄的空气里；如果他在学习时间大踏步跨进餐厅，我期待地抬起头来，她总是会出现，在他身后两步之遥，并把他拐走。

和他的来往断绝了，瞥他一眼对我来说变得更加珍贵。然而，我与赫格尔先生的唯一接触是我在桌子里发现的改好了的论文，以及他仍然好心地在晚上留给我的书，但是如今再也不附任何东西了。这些书提供了我拥有的唯一乐趣或消遣。我再也没见到过我费了如此多心血制作的那条表链，那个贝壳盒子也不见了，当他在学生中分发糖果时，糖果仍盛在他的老糖果盒里。

有一次，当赫格尔先生在教室里碰巧单独遇上我时，他皱了皱眉头，黑眉毛倒竖着，极为恼火地说："我见你非常内向，小姐。夫人认为你应该与其他老师交交朋友，你这方表示出一点点博大的仁慈和好意，可能大有裨益呢，我想。"说完，他便走了。

我没有与其他老师交朋友的愿望，我试过，但失败了。先生恼火的举动并没有使我明白自己的处境。在花园里吻我时，他表达了对我的爱——我感觉到了！我看见了！——即使只是用友好的方式表示的。那份爱逃到哪儿去了呢？先生在生气，在回避我——出于内疚，因为他吻了我？他害怕，由于一个简短的吻，他出了轨，或者给了我关于他情感的错误印象？他察觉出了我的感情，害怕哪怕是与他有最细微的接触，也只会把这份感情煽成巨大的火焰？或者他只是服从妻子的命令而不再与我有任何关系？

夫人把我的工作量增加了一倍，要我负责学校里所有的英语课，却只为此增加了一点点薪水，而且还留给我很少的时间干任何别的事情。我被迫整天呼吸着教室里令人窒息的空气，在那里费尽心血让英语语言的格式钻进比利时女孩的大脑。夜晚，我被掩埋在阅读和修改的论文的重压下。

这一责任的增加是夫人声称的"奖赏"还是惩罚呢？据传，我知道夫人在别人面前高度赞扬我的工作，仍然对我彬彬有礼，但我经常看见她在走廊或饭厅里隔着桌子盯着我看，暗淡的蓝眼睛里带着一种让我血液凝固的表情，仿佛她正默默试图读懂我的灵魂。她不在的时候，我幻觉自己是布兰奇小姐审视的目标，她好像在仔细观察我的一举一动。

一天下午，我因为头痛而提早下课回宿舍休息，瞥见一个人影在隔开我私人住处的帘子后面。一个抽屉被小心翼翼打开的声音传入我耳中。我震惊地悄悄走近，站到一边，得以从帘子的缝隙中向里面窥视。

我瞧见那位来访者——或者应该说，那个间谍——竟然是赫格尔夫人。她正站在我的小抽屉柜前，冷静和细致地检查着我最上层一个抽屉和工作盒里的内容。我站在那里目瞪口呆、惊恐万分，随着每一个抽屉被相继打开。她扫视着每一本书的扉页，揭开每一个小盒子的盒盖，尤其注意每一张纸条和信件，它们全都被小心翼翼地重新折好放回原处。满腔怒火漫过我全身，然而我不敢暴露自己在场。那只会是一场吵闹，一场突发的暴力冲突，在其过程中我会说出一些以后会后悔的话，那只会以我被解雇而告终。

她的下一个举动更让我震惊：她从口袋里掏出一串钥匙，继续打开我床底下那个长衣柜的抽屉！她从里面拽出一件连衣裙，搜了每一个口袋，完全把口袋翻了个底朝天。我突然明白了：在我睡着的某个晚上，夫人一定偷偷溜了进来，偷了我的钥匙去做了一个蜡印。我纳闷这种检查已经持续多久了呢？

她放回那条连衣裙，开始扫视我的其他衣服。她的手指抓住了赫格尔先生曾经给我的那条手帕，一件我仔细熨烫和折叠好了的宝贝。这太过分了！我必须制止这一切！我清了清嗓子，给她一会儿时间来镇定自己。然后，我拨开了帘子。难以置信的女人！抽屉关上了，工作盒合上并放回了原处，夫人冷静和安详地向我点头致意。

"小姐，我把你的大口水罐和脸盆换了一套新的，我见它们缺了口子。再见。"说完，她从我身边掠过，出了房间。

日记：写信给爱伦和家人时，我暗示了自己的痛苦和孤独，承认夫人似乎不再喜欢我，说我想象不出自己为什么毫无理由地失去了这个女人的好感，她曾经怀着如此善意的爱邀请我回布鲁塞尔啊。我还能说什么呢？我肯定不能向他们承认夫人改变态度的真实原因。然而，同样可以肯定的是，我不能向自己隐瞒这个事实。我知道。我知道！我的雇主，也许还有她丈夫，怀疑我的行为和情感在本质上是堕落不忠、污染灵魂的。这些完全是毫无根据的怀疑。

我的确爱赫格尔先生，我无法否认这一点。然而，我对他没有企图，没有把他据为己有的愿望，只是希望重新获取我们思想交流的乐趣。我对他的尊敬，如此简单而无所求，对夫人不会造成任何伤害！当然，我想，只要我能再多等一会儿，只要我能向她证明我没有构成威胁，她就会渐渐明白自己错了，事情就会幸福地回到曾经的样子。

然而，时间流逝着，事情没有任何好转。八月份来到了，考试举行了，奖品发放了。到十七日，学校放假，孩子们回家，长假开始了。

离开的前一天晚上，赫格尔先生（我估计是没让妻子知道，也没征得她的同意）送给我另一本书作为礼物，贝尔纳丹·德·圣皮埃尔的两卷版著作，他希望它"将有助于打发我前方的孤独日子"。收到这份稀有的礼物我是多么感激啊，可这番话里隐含的是怎样一个预言啊！

噢！一回想起那个漫长而可怕的假期，我就不寒而栗啊！

那一年没有学生留下，校舍里空空荡荡的，只有厨师和我。我多想回家啊，可是为这么短暂的相聚做如此昂贵的长途旅行是不实际的。不过，五个星期从来没有显得如此没完没了过。

那个夏天与前一年夏天是如此的不同，那时艾米莉和我开心地度过了我们在一起的每一刻闲暇时光。这一次，教学楼的大厅里回音阵阵，安静而孤寂，宿舍里那两排裹在白帘子里的床铺空洞地嘲笑着我，像奚落人的鬼魂。我的心情，从四月以来就逐渐低沉，此时已垂直跌落到了谷底。随着所有工作的结束和伙伴的撤离，仿佛我的心将要在身体内死去。我一个人吃饭，试图读点什么或写点什么，却发现那份孤独太过于压抑。参观博物馆时，那些图画对我来说兴趣索然。

头几个星期又热又干，接着天气变了，春分时节暴风雨肆虐了整整一周，我被禁锢在那幢空荡荡的大房子里。一天深夜，再也无法忍受那暴风雨愤怒的声音，我推开床边的竖铰链窗户，爬到外面的屋顶上，在那里，任凭风吹雨打，全身透湿。我看着那辉煌的景致——天空黑暗、疯狂，雷声阵阵，不时被眩目的白色闪电刺穿。

看着看着，我不由地开始祈求上帝，使我摆脱眼下的苦难和孤独。要是不行的话，至少给我以指引，告诉我他的旨意。可是，什么也没发生。没有什么上帝的巨手降临，也没有珍贵的指引在我耳边喃喃低语。我爬回到房间里，全身颤栗着，湿漉漉地上床睡了。终于睡着后，我做起梦来。

在梦里，我被一个手段残忍、诡计多端的巫师囚禁在一座高高的城堡塔楼里。外面，暴风雨在肆虐；里面，我饥饿、憔悴、被人遗忘，等待爱人来救我。我的力气即将耗尽。当然他肯定是在乎我的，他肯定是会来的，要不就太晚了！窗口响起了敲打声，我冲了过去，推开了窗户。一个勇敢的黑色人影，有钱人的穿着，从缺口处跳了进来，一把将我抱进怀里，狠狠地吻我。是他！是我心爱的萨莫拉公爵！可是当他抽回身，用他爱慕的眼神奖赏我时，我惊愕地喘不过气来。那不是公爵！那是赫格尔先生！

这个梦只延续了一两分钟，但却足以在我醒来时令我羞愧得无地自容。我如此努力地使自己相信，我没有从这方面想过先生，我对他的爱是纯洁的、完全正派的。噢，无望的，无望的夏洛蒂！对于这种不受欢迎的想法和影像我该怎么办呢？

第二天早上，厨师把茶送到我床上。看到我憔悴的面容，她关切地说："你需要医生吗，小姐？我去叫一个医生来。"

“不用，谢谢。”我回答，因为我知道没有一位医生能够治好我的病。

暴风雨终于减弱，天气转晴了。我穿好衣服，斗胆出门去清醒一下大脑。好几个钟头，我跋涉在布鲁塞尔的大街小巷，远远地游荡到了公墓，以及公墓那边的山峰和田野。一边走，思绪却已转回到了家里。我试图想象此时此刻艾米莉可能在做什么：她无疑正在厨房里，切着肉丁，而苔比则在吹火，以便把土豆煮成糊；爸爸会在书房里，就某件关系到本地区利益的重大事情写信给《利兹知识报》进行投诉；安妮在绿庄与罗宾逊家的孩子们玩耍，而布兰韦尔则在为他的学生背诵某首古典诗歌。这些想象对于我来说是多么神圣啊！我是多么深切地怀念他们每一个人啊！

抬起头来时，我发现自己回到了市中心，在圣古都勒大教堂外面。那是一座天主教教派的教堂，一个我父亲蔑视并与我的本性相抵触的宗教，可是在寄宿学校里，生活于它的信仰者中间，我对它是越来越熟悉了。

钟开始敲响晚礼，仿佛是在召唤我进去。不顾一切惯例，我走了进去。里面，几个老妇人在祷告，我在教堂的大圣堂后面转悠，直到晚祷时间结束。我看见六、七个人跪在壁龛里的石阶上，这些充当忏悔室的壁龛是敞开着的。我走上前去，被一种无以名状的力量牵引着。忏悔者透过格栅对另一面的牧师喃喃低语。一个跪在近前的女士声音慈祥地催促我上前，因为她还没准备好。

我犹豫不决。可就在那一刻，虔诚地向上帝求助的任何通道，对于我来说，都好像饮水对于快渴死的人一样，是雪中送炭。我走到一个壁龛前，跪了下来。过了一会儿，格栅里的一扇小木门打开了，我看见牧师把耳朵凑向我。突然，我意识到自己不知道忏悔的程序，我应该说什么呢？应该怎样开始呢？

我只得讲实话。“神父，我是清教徒。”

牧师惊讶地转向我，尽管他的脸被遮住了，我看出他是一个年纪较大的人。“清教徒？那你为什么来找我呢？”

我回答说我一个人苦恼了相当长一段时间，我需要安慰。他声音温和地说，作为清教徒，我不能享有忏悔的真正保佑，但他很高兴听我倾诉，要是可以的话，会给予我指点。

　　我开始说了起来。起先，话说得吞吞吐吐，接着速度加快，激情上涨，直到成为洪水。我把一切都告诉了他，那个长期郁积起来的揪心的痛苦倾泻而出，我用那个对我心灵折磨最深的问题结束了我的演说："神父，假如我们的想法和意图是崇高和纯洁的，那么对于那些侵扰我们梦境的罪恶的梦，在上帝眼里我们是不是都负有责任呢？"

　　牧师的表情，或我透过格栅可以瞥见的表情，显得很苦恼。终于，他同情地说："我的女儿，假如你信的是我们的教，我现在会更明白怎样指引你，但我相信，在你的心里，你已经知道自己应该走什么路了。我也相信你遭受的这些情感和苦恼，是上帝发出的要将你带回到真正教堂的信息。我很想帮助你，可我需要更多的时间，现在在这儿能够给你的时间太有限。你必须来我家，我们再谈。"他给了我他的住址，指示我第二天上午十点去他家里。

　　我向那个牧师道了谢，起身溜走了。我感激他的好意，可我知道自己没有再次拜见他的想法。他似乎是一个高尚的人，但在我脆弱的心态下，我担心，假如去找他，他说服人的能力如此之大，以至于我很快就会以在一个卡迈尔派修道院的小房子里数珠子的结局而向我的人生告终。

　　我回到寄宿学校，在写给艾米莉的一封信中忠实地报告了这一事件（亲爱的日记：这个我后来在《维莱特》里交给了露西·斯诺），不过我小心翼翼地省略了我忏悔的内容。然而，与妹妹交流我的痛苦的行为和与牧师交流一样——一个如此有知识、有价值的神职人员——对我是有好处的，我已经感觉到了一些慰藉和释怀。

　　"我相信，在你心里，你已经知道自己该走什么路了。"那些是牧师的话，也是他给我的唯一一条真正的忠告。那天夜里，当我躺在床上，黑暗的漩涡在我周围游动，千头万绪正是在这流动的黑暗和混乱中闯了进来。对着空洞的虚空，我叫道："我该怎么办？"

回答马上从脑海里蹦了出来，它说的话是"你必须离开比利时！"这句话是如此的可怕，以至于我堵住了耳朵。我讨厌回家，回到琐事中，因为在那里没有职业在等着我，而且我更加讨厌毅然决然地彻底离开赫格尔先生，因为我知道我极有可能再也见不到他。然而，留下来的念头同样折磨人。我怎么可能留在那幢房子里，无以为生，只依靠日复一日看上他一眼的希望而活着。知道我对他的爱慕永远不可能公开表达，那我怎么能够继续下去呢？

　　"假如必须走，那就让我被撕扯成碎片吧！"我大声叫道，"让另一个人为我做出决定吧！"

　　"不！"良知专横地叫道，"没有人会来救你，夏洛蒂。你必须把自己撕扯开来，你必须割舍你的心。"

　　"不！"激情喊道，"想想在家里那漫长和孤独的日子，分分秒秒渴望收到一封信或一个字，与他的所有联系渐渐只剩下一片片的回忆！"

　　好几个星期，我饱受折磨，举棋不定。留下，我不愿意；逃离，我没有足够的勇气。内心的一个声音最终断言，我必须采取行动，我必须抛弃情感，听从良知，我内心点燃的秘密爱情永远不会有回应，它无人知晓，只能吞噬那喂养它的生命。一个沉重的词汇概括了我必须承担的责任——"离开！"

　　学校开学后没多久，我鼓起勇气，等到赫格尔夫人独自一人在客厅里的某个时候——怀着歉意——预先告知了她。一时间，惊讶和释怀涌上夫人显得很被动的脸，接着那幅面具又落到原处。"别为我们担心，小姐。"她以最冷静的声音说道，"我们会没事的。你可以马上离开，如果你愿意的话。"

　　第二天，赫格尔先生把我叫去。当我出现在他的图书馆并在他提供的座位上坐下来时，我煞费苦心地抑制住我的眼泪，以使自己振作起来，迎接我认为即将来临的事情：他沉着冷静地发表经过仔细斟酌的告别辞。然而，令我吃惊的是，他凝视着我，眉毛扬起，双手举着，眼睛好像因为受到伤害和困惑而被刺痛着。

　　"这个疯狂的举动是什么意思？你要走？你被什么迷住了心窍？你

在这儿不开心吗？”

“先生，我很开心。要离开这个地方，离开你，我会很伤心，但我必须离开。”

“为什么？有人给了你另一个职位？”

“没有。”

“那你回去干什么？”

“没什么大事，先生，可我必须回去。”

“我再问一遍：为什么？”

我怎么能告诉他呢？显然，就连他自己的妻子都没敢谈及这个事实。“我……我离开太久了，先生。我想念我的家和家人。”

“如果你想家，我理解，小姐。这个长假你本来应该回家去的，我跟你说过。可是，现在这样离开——学期才刚刚开始！要找到一个好英语老师不那么容易呀，我们怎么办？”

“你们会找到另一个好老师的，先生。在我忘记你之前，你早就会忘记我了。”

“你怎么能这样说呢，小姐？经历了这么长一段时间，彼此之间有过这么多的交流，我是永远不可能忘记你的。你是我教过的最聪明的学生之一。”他声音里的柔情使我几乎要身心崩溃，同时又使我害怕得全身冰凉，因为这个平静的声音是一头正将被唤醒的狮子的气喘声。“我们不是好朋友吗，小姐？”

我压住一声抽泣。“我们是好朋友，先生。”

“你刚来的时候，你怕我，我想。瞧瞧我们取得了多大的进步。我相信你现在了解我了，你能够读懂我的心情，而且我相信我了解你。”（日记：他并不了解我。）

“先生，”我说，拼命稳住我的声音，一边猛地擦去泪水。“我已经获得了我来这儿寻求的学识，我该走了。”

“不！虽然你取得了很大的进步，可还有很多事要做。我告诉你，这太快了。你不许离开，我不同意！”

他眼睛和声音里流露出的那种痛苦使我心痛。噢！这件事情本来就够艰难的了，他为什么非要把它弄得更加艰难呢？显然，他仍然在乎我，用他的方式。我们的分离会令他伤心，他把我看作一个让他失望的朋友。良知和理智成了背弃我的叛徒。在那一刻，我无法坚持我的意愿，就像我不可能从高高的悬崖上跳下去。但是，我知道，让步只能带来同样的命运。

我一直待到十一月底。那每一天都是一场苦难。

当我终于宣布我的最终决定时，同学们表达出的遗憾程度感动了我。赫格尔先生伤心和优雅地勉强同意了。

离开的那天上午，我被叫到赫格尔家的起居室，先生把一件离别礼物——一本法语诗歌选集——放进我手里，与之一道的是一张毕业证书，证明我拥有开办学校的资格。

"你的学校成立时要让我知道哦，好吗？"赫格尔先生极为动情地说，与我告别，诚恳地要求我答应保持通信联系。"我们会送一个女儿去和你一起学习的。"

在那个一八四四年一月一日，夫人坚持陪我到奥斯坦德的船上，仿佛是为了确保我不会有机会改变主意。流淌着辛酸的眼泪，我对比利时说了声再见，但即使在那时，我仍然在心里相信，有一天我会回去的。

事实是——我再也没有回去过。

11

两年后，当我独自躺在我牧师住宅房间里的黑暗中时，那烧灼我胸膛的痛苦和心疼仍然和我刚从比利时回来时一样的新鲜。两年后，我仍然偷偷地爱着一个住在海洋彼岸的人，一个我一直知道不可能得到的人，一个即使是遥远的友谊也没可能保持下去的人，这一点已被证实，因为他已经停止通信一年了（不知是出于他本人的意愿，还是妻子的坚持）。我不明白，停止爱一个人要花多长时间？坚定和永久地把他从心里删去有可能吗？如果可能，那是如何做到的呢？

我的卧室门被推开了，艾米莉端着一支蜡烛走了进来。我坐起身来，擦干眼泪，拼命重新控制我的感情。妹妹则挨着我在床边坐了下来。

"夏洛蒂，对不起，我对布兰韦尔说了关于赫格尔先生的那番话。我并没有恶意，可我现在明白，我试图给他安慰，却极大地出卖了你的隐私，而且我为对你说的一切感到非常非常抱歉。我说话未加思索。我是那么爱你，你是我最亲爱的姐姐，你是我的一切。看到我的话对你伤害那么重，我感到非常的悲伤，我不是有意要给你带来痛苦。"

"我知道你没有。"在闪闪烁烁的黑暗中，我伸手握住艾米莉主动伸出的手。我瞧见她的脸颊上淌着泪水。艾米莉用双臂抱住了我。有好一会儿，我们紧紧地依偎着对方，从彼此的拥抱中吸取安慰。

拥抱完了后，艾米莉柔声说："夏洛蒂，现在你愿意告诉我吗？告诉我你和赫格尔先生之间发生了什么，好吗？"

我摇了摇头。"还不行。有一天，也许，我会的。"

直到第二天早上，当爸爸与我和妹妹们一道用早餐时，我才突然羞愧地记起，前一天晚上，在布兰韦尔和艾米莉的争执期间，他和尼科尔斯先生一直在场。

在爸爸吃完燕麦，几乎一言不发就匆匆离席去了书房时，我问道："关于……关于他们昨晚听到的事情，爸爸或尼科尔斯先生说了什么吗？"

"他们震惊得几乎说不出话来了。"安妮同情地瞥了我一眼。

"噢！"我叫道，又不好意思起来。

"别担心。"艾米莉说，"我告诉他们这一切都是一场巨大的误会，说布兰韦尔曲解了我的意思，全都远离事实，我肯定他们会把这事忘得一干二净的。"

虽然艾米莉对她的解释似乎非常乐观，可是经验告诉我，人们是不会很快忘记布兰韦尔所作的这类指控的，即使它们被证明是不真实的。我的脸颊烧灼着，不知道尼科尔斯会怎么看待我。有好几天，我太羞辱了，都不敢正视他。

直到有一天，我的态度转变了。

那天我刚刚在主日学校讲完课，面带微笑把我的年轻学生送上路，突然在门道里与尼科尔斯和约翰·布朗差一点撞个满怀。

"明天晚上你去教堂参加圣咏吗？"约翰·布朗正在问，"我们要去听那个著名的男高音歌手托马斯·帕克和从哈利法克斯来的桑德兰太太的合唱。他们还有大量各种各样的乐器和合唱演员呢。"

"我从来不会去听一个浸礼教教徒唱歌的。"尼科尔斯先生粗暴地嘲笑道，跨到一边让我过去。

听到这个我只能摇头。的确，所有的蒲赛主义牧师都拒绝参加这个音乐会——一个把礼拜堂充斥得水泄不通的场面，实际上是一年里最主要的活动之一。

那晚，当我听着那辉煌的音乐回荡在教堂里时，我想起，尼科尔斯先生是一个心胸狭窄、脾性执拗的人。我究竟为什么要在乎他对我的看法呢？我没有犯下任何真正的错误，他却不一样。别忘了布丽奇特·马隆，我告诉自己：那个应该羞于昂起头来的人是尼科尔斯先生，而不是你！

这样一想，我高兴起来。如果尼科尔斯先生不再尊重我，那不是我的错，我也不关心，因为我从来就没有真正喜欢或尊敬过他，我只会继续回避他。

然而，回避尼科尔斯先生说来容易做起来难。他就住在隔壁，每天和爸爸见面，礼拜日的三个礼拜仪式全部由他主持，他还督导学校，他存在于每一个地方。事实上，尼科尔斯先生经常拜访牧师住宅引起了令人沮丧的谣言，这一谣言我最初是从爱伦的来信中听说的。她告知我有人极其严肃和感兴趣地问她，尼科尔斯先生和我是不是真的秘密订婚了！我立即予以否定，可她的信还是害得我情绪低落了好几周。

在三月中旬的一个下午，我看不起尼科尔斯先生的决心受到了激烈的考验。那是一个清新寒冷的日子，不再是冬天，但还不完全是春天。我和安妮在对周边的穷困家庭进行一圈拜访，发放我们在前几个月里为需要者缝制的童衣。

我们的第一站是聚集在村子正街两旁的拥挤的小房子，一个我们不喜欢完成的任务——因为尽管那些住户心地够宽厚，可他们的房子拥挤不堪，肮脏不已，空气如此恶劣，以至于我们待的时间无法长过一分钟。稍微愉快一点的任务是拜访住在较远田野上的教区居民——山谷里的磨坊工和靠微薄的土地而勉强维持生计的贫穷农夫。

湛蓝色的天空像一顶壮丽的华盖，当我和安妮顶着它朝那个方向进发时，风刮过几棵稀稀拉拉的树木，在它们光秃秃的树枝间吹响；仍伫立在峡谷和山坳里的雪堆，正在阳光下迅速融化。我们很快就来到了安利的小屋，一个紧挨在路边的有着草屋顶和石灰墙的小住处。

安利有八个孩子，其中的三个，因为还没到上学年龄，穿着五花八门的不合身的破旧衣服，正在外面玩耍。当我和安妮大踏步走到前门时，小家伙们围住了我们，叽叽喳喳地大呼小叫，扯着我们的裙子和篮子，问给他们带来了什么。我温柔地抚弄着他们卷曲的头发，解释说他们必须耐心点，因为我们送的东西必须先交到他们的妈妈手里。

"啊！这不是给我的孩子们送衣服的天使小姐吗？"安利太太胯上抱着一个一岁大的婴儿，在门口迎接并把我们领进屋。她是一个模样慈祥但面容疲倦的高个子女人，穿着一件破旧的褐色连衣裙，四十岁，可看上去要老十岁。"只有上帝知道，我只有两只手，和八个孩子，我能做的就是把食物喂进他们嘴里，哪里有工夫做那么多必要的针线活来穿戴他们。这样寒冷的天气尤其困难，而且我的手指头还有严重的风湿。"

孩子们试图跟进来，但他们的妈妈用脚把他们赶了出去。"到外面玩去，你们这群家伙！这个小屋子里挤不下这么多人，我要和客人聊点大人的话题。"

走进那间小农舍，我颤抖了一下。里面黑暗、拥挤、寒冷，有股烟味，但安利太太已尽最大努力将它收拾得整齐、干净。她要请我们喝浓啤酒，我们知道她几乎请不起这个甜酒，就谢绝了。不过，安利太太还是抱着那个婴儿（一个长着一头金色鬈发的笑嘻嘻的可爱女孩），飞快地为我们掸净壁炉旁那两张最好的椅子。我知道其中一张是她最喜欢的，便表示更喜欢坐在窗户边一个角落里的一张硬邦邦的小凳子上。

"对不起，这儿那么冷。"安利太太抱歉地说，一边拨弄着壁炉里不多的东西——只不过是一点煤渣和一丁点棍子。"我们剩下的煤炭和泥炭用完了，再也弄不到了。他们减少了磨坊的工钱，我们都快绝望了。面包和土豆价钱那么贵，我丈夫挣的钱几乎不够养活我们，即便他从早干到晚。我最大的女儿是一个什么都干的女仆，不时送点什么东西回家来，可那也只是少量的食物。"

安妮和我由衷地表达了对镇上凄惨工作条件的沮丧。我们知道那对很多人来说是悲惨和穷困的源头。

"啊呀，这事没办法啊，全是生意不好造成的，或者说我是这样听说的。"安利太太把那个婴儿放在脚边地板上的毯子上面，她便静静地躺在那里开始吮吸大拇指。接着，女人在我们面前坐了下来，对着我们送给她的每一件新衣服热情地大呼小叫，对我们千恩万谢。

"你们这么精巧的手艺是不常见的哦！我多么希望能像你们一样做针线活啊。我还能够织东西，感谢上帝，找得到空闲的时候。可现在我的手指头几乎握不住缝衣针了。过去的这四个月里，我一直在想办法做一件礼拜日衬衣给我儿子约翰，他多么需要它啊，可上帝知道我怎么能做完它呢。"

"能为你做完它，我会很高兴的。"我提议道。

"我可以帮忙，"安妮补充道，"趁我们在这儿就可以开始做，如果你愿意的话。"

"噢！你们俩都太好了，我永远无法报答这样的好意哦。"

"没什么要报答的，安利太太。"我说，"假如我们能为减轻你的负担而做点什么事情，那会给我们带来巨大的乐趣的。"

安利太太感激地给我们拿来那没做完的衬衣布片，还有她的针线盒。我在里面发现了两只铜顶针。安妮和我用一圈纸把它们包住，戴到细小的手指上，很快就着手缝制起那件衬衣来，而安利太太则编织着一双袜子。过了一会儿，一只大花猫从隔壁房间闲荡进来，在壁炉前躺下，半闭着眼睛懒洋洋地舔着它毛茸茸的爪子，一边凝视着弯曲的火炉围栏内那正在减弱的余火。

"这只猫快十二岁了，"安利太太评论道，疼爱地低头望着那只动物。"它就像家里的一员一样，我不知道没有它我们该怎么办。它还是个幸运的家伙呢。哎呀，就在那天，尼科尔斯救了它的命。"

"尼科尔斯先生？"我惊讶地说。

"真的，那是一个星期以前，这只猫不见了。四天时间，我们连它的影子都没见着。小孩子全都急得发疯，哭叫着好像到了世界末日。我也掉了不少眼泪，我们肯定再也见不到那只动物了。然后，尼科尔斯先生沿着小径走来了，怀里抱着那只猫。他说看见猫被困在主日学校的储藏柜里了，他碰巧经过并且听见了它的叫声。上帝知道，否则它已经死了。我们欠尼科尔斯先生的情呢，而且不光是关于那只猫。我感谢那位先生来到这一地区的每一天，我可以告诉你。"

"噢？"安妮说，"为什么呢，安利太太？"

"尼科尔斯先生一直对我们那么好，他和上一个副牧师史密斯先生是那么的不同，除了在教堂里以外，你几乎根本见不着那个人，他除了自己以外谁也不关心。哎呀，尼科尔斯先生经常过来，给我念《圣经》里我最喜欢的章节，因为你们知道我自己读得不那么好，而且我们总是那么开心地聊上帝呀、生命呀。他好心得像什么似的和我聊天，就像儿子或弟弟一样坐在我身边，他的到来给了我好多安慰。"

我一边听着这个，一边几乎控制不住地开始恼火：难道我到任何地方都得听到尼科尔斯先生的颂歌吗？我的恼怒很快就转化成惊慌，因为几分钟后，我听见一辆咔哒咔哒响的运货马车在小屋前停了下来，接着前门上传来敲门声。安利太太应声开门，发现刚才提到的那位先生本人正手握着帽子站在那儿。

"下午好，安利太太。"尼科尔斯先生拍着身边那些吃吃笑着的孩子们的头说，他们正试图把头探进门内。"那天我无意间注意到你们储存的煤炭很少了，我想你们可能要过一段时间才能弄到更多，于是就从我们的教区居民那里募集了一点点煤炭，安排人给你带来了一些，希望能用到夏天来临之前。"

尼科尔斯先生的这一突然出现使我如此吃惊，以至于心不在焉地用针扎了一下手指头。我抑制住叫声，身子往后缩进那个角落，诅咒我们拜访的时机不合适，希望他不会看见我。

"尼科尔斯先生，你真是个大好人啊！"安利太太叫道，看上去像是高兴得要哭起来了。"这是多大的恩典啊！"

"你有手推车吗，这样我们就可以把它放进煤窖里去？"他问道，接着往屋里扫了一眼，看见我和安妮后，他吃惊地僵住了。

"手推车在外面屋后，先生。"安利太太回答，"我带你去。"

紧接着是一阵忙乱，其间尼科尔斯先生帮助马车夫把煤炭转运到煤窖里，随后马和马车走了。当安利太太和尼科尔斯先生回到前门时，我听见他说："走之前我可以帮你把煤炭桶加满吗？天气冷，你的火看上去燃料不足了。"

"上帝保佑你，先生。"女人感激地叫道，尼科尔斯先生跟着她进了屋。经过我和安妮身边时，他板着面孔清高地点了点头，声明已经注意到我们的存在，我也同样冷淡地点了一下头。然后，他取过煤炭桶，装满它，又拿进屋里。他小心翼翼地绕开那个熟睡的孩子和猫，加了几块燃料到火上。

我低头干着活。

稍稍停顿了一会儿后，我感觉到尼科尔斯先生的眼睛落在我身上，他说道："女士们组成了一个缝纫队？"

"不是，"安利太太回答，"勃朗特小姐们只是来送衣服的，她们为我的孩子们做了可爱的新衣服呢。她们留下来陪我，并给我儿子约翰缝一件衬衣。"

"是吗？"他说，语气比先前和蔼些，弯下腰来抚摸了一下那只猫，它喵喵地发出一声满足的叫声。尼科尔斯先生又说道："好吧，我不打搅你们的拜访了，女士们。再见，勃朗特小姐，安妮小姐。"

我和妹妹都以同样的方式回礼。

"礼拜天在教堂见，安利太太。"

"你放心，尼科尔斯先生。你知道我们从来没有缺席过一次礼拜日的礼拜仪式。"

"如果你喜欢，下个星期一我可以过来给你念书，好吗？"

"噢！要是你愿意来，我会眼巴巴地盼着的。再次感谢你，为你最为体贴和慷慨的礼物。"

"我什么也没做，只是送了一点点煤炭而已，安利太太。这些好女子才是值得你感谢的人呢，她们制作衣服需要好多个漫长的钟头哦，这使得她们的礼物比我的更加体贴和慷慨呢。"

一躬身，尼科尔斯先生告辞了。透过窗户，我看见他抱起其中一个小孩子。他一边走，一边和她说说笑笑，其他孩子在他身边高兴地蹦蹦跳跳。

半个小时后，我和安妮离开了小屋，篮子里带着约翰的衬衣布片准备回家去完成。安妮说道："你瞧？我告诉过你尼科尔斯先生是一个和蔼善良的人，现在你相信我了吧？"

"我不知道该怎么想，这个人表现出他性格上如此截然不同的两个方面！有一天，他在滔滔不绝地讲那些让人极其无法忍受的观点，或因某个教区居民破坏了规定而对他严加训斥，接下来他却在为他们念书和送炭！上个星期，当尼科尔斯先生拒绝参加那个音乐会的时候，难道你没感到恼火吗？"

"一个人选择去或不去参加音乐会和我们有什么相干？"

"是那个选择背后的原因告诉我们一些关于这个人的事情。那反映出他有偏见。"

"的确如此，可我们都有偏见。这是我们作为人的复杂性的一部分，我认识的一些最好的人就是最为复杂的人。"安妮朝我的方向望了一眼说。

我沮丧地叹了口气。"安利太太刚刚如此恭敬地描述了他，而几年前他却曾那么残忍地对待过布丽奇特·马隆，怎么才能把这两个人统一起来呢？"

"尼科尔斯先生那时候是非常年轻的，我们应该以今天的他而不是以他过去的错误来判断他。"

"我将努力用更好的眼光来看待他，但是事实上——即使尼科尔斯先生给镇上的每户穷人家送煤——对于我来说，他将永远是那个把我叫做丑陋的老姑娘的人。"

一八四六年春天，我和妹妹们悄悄地准备着各自的小说，一个奋发图强的时刻。尽管艾米莉对《教师》严厉批评，我仍然无意对它进行修改或重新构思。就那样了，如果它被证实是有缺陷的，我只有责怪我自己了。

五月初，当我们出版的诗歌集的前三本被寄到牧师住宅时，大家激动万分。一看到那个包裹，慎重地写着"勃朗特小姐收"，我就猜出它里面装的是什么了。我晕晕乎乎地把艾米莉和安妮从钢琴练习中叫过来，我们一起跑上楼，在我幽静的卧室里，打开了包裹。

"噢！"我们异口同声地叫道，当我们的目光第一次落在那本书上时。

书用瓶子绿压花布面装订得非常精美，书名和作者——《诗歌》，柯勒、埃利斯和阿克顿·贝尔著——用镀金字母醒目地展示着。实实在在地把这个小册子握在了手中，我所感受到的喜悦是无法形容的。

"多么美啊！"安妮喊道。

"出版了！"我叫道。

"你说得对，夏洛蒂。"艾米莉说，"看到我们的作品被印刷出版是一件非常令人满意的事情呢，而且是装订得这么好的一本集子。"

我们高兴地哈哈大笑，不停地互相拥抱。这是一个梦想的实现。

然而，过了漫长的两个月，我们的小书才得到评论家的一点点注意。与此同时，一件如此巨大的灾难吞没了我们家，以至于任何有关文学成就的想法都从我们的脑海里被驱除出去了。

埃德蒙·罗宾逊大人死了。我们是在六月的第一个星期得知此事的，就在圣灵降临节过后①，当时布兰韦尔收到了他在罗宾逊家的一个告密者的来信。

"终于结束了！"他叫道，欣喜若狂，把信揣在胸前闯进餐厅，我和妹妹们正在那里忙着用墨水誊写手稿。我们迅速盖住作品，可布兰韦尔太过于沉浸于他自己的疯狂情感中，根本没有注意到我们在忙什么。

_____

① 以圣灵降临节开始的那一周，复活节后的第七个礼拜日。

"那个老家伙走了！"他开心地继续说，"终于死了！埋了！我的莉迪亚自由了！现在这只是时间问题了，不用多久，我的希望和梦想就将全部实现，我将成为我在这个世界上最爱的女士的丈夫，我将不再被任何的小麻烦所困扰。这些麻烦就像蚊子一样，叮着整日劳作在艰辛世界里的我们。我将过上悠闲的绅士生活，并被允许在繁华的世界里为自己博得声名！"

我们根本不知道该怎么回答。不过，我们说的任何话都不会产生什么影响的。布兰韦尔沉浸在这样一种狂热的期待中，以至于在接下来的三天四夜里不吃也不喝，用他的感情状态，把他周围的一切投入喧哗和混乱中，一边急切地等待着"我的莉迪亚"的一句话。

当那句话传来时，它却粉碎了布兰韦尔抱有的每一个希望。

罗宾逊太太派她的马车夫埃里森先生过来解释了这个事实：罗宾逊先生最近修改了他的遗嘱，根据新条款，他的遗孀被杜绝与布兰韦尔有任何进一步的交往，不然就将丧失她财产的所有权。再者，由于悔恨自己对已故丈夫的行为并为失去他而伤心，罗宾逊太太已经完全不成人样了，而且据埃里森先生说——她正在考虑遁入修道院。

我们不能肯定这些话有多少是真实的，尤其是关于那份遗嘱。在我们看来好像从来就没有可能，一个像罗宾逊太太这样富有和被宠坏了的女人，假日里在微不足道的东西上花钱如流水（因为安妮是这样描述她的），会以她舒适的生活方式冒险，激起社会的蔑视，而嫁给一个一文不名、失业的前家庭教师布兰韦尔。不过，那个女士在我弟弟身上施了那么深的符咒，所以他从来没有停止过这样的想法①。

当这个打击来临时，布兰韦尔在身体和情感是如此落魄，被逼到了疯狂的边缘。我们原以为他不可能再糟糕了，可事实很快证明我们想错

---

① 事实上，罗宾逊先生并没有修改他的遗嘱，他把财产交给他人为他儿子保管，以他妻子为受托人和遗嘱执行人；她接受地产的收入，除非她再嫁——当时的一个标准规定。遗嘱里都没有提布兰韦尔的名字，没有任何东西妨碍莉迪亚·罗宾逊与他重修旧好，她也没有进修道院；相反，两年以后，她嫁给了有钱人爱德华·斯科特爵士。

了。在那一天余下的时间里，他平躺在牧师住宅的地板上，连续好几个小时不停地像刚出生的牛犊一样哞哞叫唤，尖声叫喊。他的心已经碎得无法修复了。那天晚上，当全家人聚集在爸爸的书房里祷告时，布兰韦尔闯进房间，两眼疯狂，叫道："给我一些钱，老头儿，现在就给。"

他手里握着爸爸的手枪，玛莎、苔比和我的妹妹们恐怖地尖叫起来。

"布兰韦尔，"我叫道，心里害怕得怦怦直跳。"你在干什么呀？把枪放下！"

爸爸的脸变得灰白。"儿子，你拿了我的枪？"

"是的，而且上了膛，直接瞄准了你的心脏。给我六先令，不然，我发誓会打爆你的脑袋，还有我的姐妹们的。"

"夏洛蒂，"爸爸平静地说，"你知道我的硬币钱包在哪儿，把钱给他。"

"是，爸爸。"我慢慢站起身来，眼睛紧盯着布兰韦尔的眼睛。"我去给你拿那肮脏的钱，布兰韦尔，但那是在你放低那支枪之后。"

他放低了那支手枪，我经过他身边走出房间时，玛莎和安妮哭了起来。直到我拿着他要的硬币回来后，布兰韦尔才放手把武器交给我，还有他偷来的爸爸放枪的办公桌抽屉钥匙。接着，他抓过帽子离开了家。

我瘫倒在门厅的石头地板上，因为平生第一次感到如此焦虑而浑身颤抖，恐惧和鄙视地凝视着手指间那个冰冷和致命的钢铁做成的东西。

最后，艾米莉走进大厅，温柔地从我手里拿走了那支枪和钥匙，把它们放回到应放的位置。

第二天上午，布兰韦尔跪在爸爸的脚边，痛哭流涕地祈求他的原谅。爸爸站起身来，温和地将布兰韦尔抱进怀里时，我察觉爸爸脸上弥漫着羞辱、同情和绝望的表情，我的心仿佛在身体里哭泣。

那天晚上，我躺在那儿快要睡着时，一个儿时的记忆回到我的脑海里。

当年，我十五岁，是在罗海德学校读书的第一个学期里。那是五月的一个周末的上午，我离开家，不见家人，已有漫长的四个月。令我吃惊的是，我被叫到伍勒小姐的客厅，在那里我发现布兰韦尔坐在她最好的一张椅子里，等我。

"布兰韦尔？"我又惊又喜地叫道，"真的是你吗？"

他站起身来，手里握着帽子，带着疲倦的微笑。"你好，夏洛蒂。"

他当时还只是个少年，十四岁还差一个月。可他的脸，长着英俊的罗马鼻子和上翘的下巴，是一张二十五岁男人的脸。他比我记忆中的他要高，他最好的衬衣上沾满了汗水，长达下巴的浓密红发像两只展开的手一样从脑袋的两边朝外伸出来。真的，他看起来满脸通红、疲惫不堪，然而我一辈子也没见过比这更可喜的景象。

"噢！我无法告诉你我是多么想念你啊！"我飞扑进他的怀里，在那里享受着他紧紧拥抱的温暖。"你到底怎么上这儿来的？"我吃惊地说，因为我知道布兰韦尔以前很少离开家。

"我走来的。"

"你走了二十英里？"

"走大路是二十英里，但你走后我一直在研究地图。我抄了一条近道，穿过田野，沿着山顶，就像一只鸟可能飞翔的那样。夏洛蒂，你应该看见我穿过乡村、牧场、休闲地、茬地和小路，一路上翻越篱笆、沟渠和围墙。我肯定抄掉了一半的路，或者至少我感觉像是二十英里的三分之一。"他朝后退了一步，上上下下地打量着我，带着戏弄的笑。"现在我到了这儿，见到了你——很满意你还是老样子——我将说再见，掉头回去了。"

"你不会做这种事的！"我哈哈大笑，拍了一下他的肩膀。"噢！走了那么远！你一定累坏了！"

"一点也不累。"他勇敢地说。

我知道他必须在天黑前回去——而我们在一起的时间，只能是，短暂的——我决心充分利用每一分钟。我先带他到厨房，在那里厨师给了他一些食物，然后我带他里里外外参观了一下学校，接着我们躺在宽阔的前草坪上，我最喜欢的那棵树的树荫下，在那里我们亲切地聊了宝贵的两个小时。

他给我讲他文学作品的最新进展，我告诉他我那么忙于学业，甚至没有一刻想到过玻璃城。他答应使这个传奇故事一直延续到我回去。他把家里的所有小道消息都告诉了我，关于我想念和亲近的每一个人，不知不觉就到了他该离开的时候。

"你很快就会回家的，不是吗？"我们在前车道上道别时，布兰韦尔问。

"是的，这个学期还有五周就结束了。"眼泪顺着我的脸颊淌下来，我看见他的眼里也有一样的泪水。我们紧紧地拥抱对方。

"多么感谢你来看我啊！"我对着弟弟的耳朵轻声说。"这对我太重要了。"

此时——十五年以后——那个五月的金色日子的记忆使我又心疼起来，我哭得全身颤抖。那些纯洁无邪、温馨幸福的日子再也回不来了。我心爱的弟弟——那个曾经是我们的骄傲和快乐的男孩，那个如此可爱、如此充满希望的男孩——我们已经永远地失去了他！

阴沉的气氛弥漫在牧师住宅，感谢上帝，我和妹妹们有写作任务来分散我们的注意力！一八四六年七月四日，对我们的《诗歌》的两篇评论终于出现在报纸上。然而，令我们惊愕的是，第一篇把大量篇幅专门用于探究"贝尔"们的神秘身份。

"柯勒、埃利斯和阿克顿·贝尔是谁？"在牧师住宅那边的草坪上，我向妹妹们大声朗读着《评论家》上的评论，大家正伸展四肢躺在一棵唰唰作响的绿树下。西风在刮着，明亮的白云在头顶迅速飘过，荒漠在远处延伸，断进凉爽的黑黝黝的小山谷。可是，在我们周围，那连绵起伏的长长的野草随着微风在波涛起伏，云雀、画眉、黑唱鸫、红雀和布谷鸟在四周尽情欢唱。"这几位诗人是属于过去还是现在的年代，是活着还是已故，无论英国人还是美国人，出生于哪里，居住在哪里，什么年龄和地位——不，他们叫什么名字，出版者认为不宜透露给好奇的读者。"我放低报纸，有点心烦意乱。"看来我们努力隐瞒性别，无意之间却创造了一个谜。"

194

"难道他们根本没说起诗歌的质量吗?"艾米莉问。

"接下来,他说了。"我继续往下念,"我们已经那么久没有欣赏过一本这样纯粹的诗歌集了。在以诗歌的形式堆满文学记者桌面的垃圾和废物里面,这本仅有大约一百七十页的小书像一道阳光一样到来,用现有的壮丽来悦目,用将来希望有的明媚时光来赏心。这儿,我们有着美好、完整、使人耳目一新和富有活力的诗歌……"

艾米莉从我手里抢过那张报纸,急切地继续念道:"那些天性有着同情世界上的美和真的心弦的人,会在柯勒、埃利斯和阿克顿·贝尔的作品中认出天才的存在,多过原以为这个功利时代致力于更为崇高的知识的运用。"她表情震惊地重复了那个尤为引起她注意的词汇:"天才。"

"第二篇评论也有这么好吗?"安妮平静地问道。

"没那么好。"我回答,转向我已经浏览过的《雅典娜神殿》。"他指责阿克顿和柯勒'放纵感情',但高度赞扬了埃利斯,他说埃利斯拥有'明显的翼力,可以飞抵在这里未曾企及的高度。'"

"唔,"艾米莉满意地微笑着,躺回到草地上。"这个有点意思。"

"这个当然有意思,"我得意洋洋地赞同道,"我们出版这本书付出的费用好像是合算的哦。"

不过,我们很快就发现,表象是会骗人的。尽管事实是另一个正面的评介出现在十月份,而且我们又花了十英镑做广告,可我们的诗歌集还是没人要。出版后的一年,只卖出了两本!然而,在一八四六年七月那个温暖的日子里,我和妹妹们根本不可能知道那本小书的命运。即使某个预言家曾经明智地警告说我们的首次出版会以彻底失败而告终,我相信我们也绝不因此而垂头丧气,因为我们已经继续前进,着手推出一个更为庞大更为大胆的东西:我们每人都有了一部小说,此时已完稿和誊正,正准备投出去出版。

12

　　这一次，我们不打算自费出版。七月初，我把我们的手稿包起来，寄给了我搜集到的伦敦出版商名单上的第一个名字，解释说作者已经在公众面前出现过。由于三卷一套是营销小说作品的标准做法，我把这几个作品描述为"三个故事，各占一卷，可以一起或分别出版，看哪样最为合适。"

　　在听候回音期间，我的注意力当然聚焦在父亲身上。长期以来，爸爸需要人帮忙料理最基本的日常起居活动。这时他的视力已经全部模糊了。

　　一八四六年八月，我陪爸爸去曼彻斯特请威尔逊先生做眼部手术。他是一个小有名气的眼科医生，那个月早些时候我和艾米莉咨询过他。

　　我们搬进一个出租屋，在那里，八月二十五日，威尔逊先生在两位外科医生的协助下做了这个手术。他决定只动一只眼睛，以防感染。在整个磨难中，爸爸表现出非同寻常的耐心和坚毅。随后，他被困在一间黑屋子里的床上，眼睛上绑着绷带，由一名雇来的护士照料着，按照吩咐一次用八只蚂蟥给他吸血，放在他的太阳穴上，以防止红肿。他四天不能动弹，五周不能离开我们的出租屋，我们要尽量少和他说话。

　　如此漫长的等待开始了。

　　同一天上午的早些时候，艾米莉来了一封信，就事论事地说，我们的三篇手稿被我寄给的第一个出版商亨利·戈本退回来了，随信附有几句简短的退稿词。尽管灰心，我一天都没怎么想艾米莉的信，我的注意力完全专注于为爸爸提供他所需要的舒适和支持。不过，这时外科手术完成了，在八月份的炎热夜晚里，一个人留在曼彻斯特一间密不通风的狭窄的红砖平房里，我禁不住仔细考虑起我们的未来。

　　我不能——也不会——接受失败。我从箱子里拿出我旅行时总是随身携带的手提写字台，把它展开在窗户旁的一张刮坏了的小桌面上。我给艾米莉写了一封短信，叫她把我们的作品再投出去。接着，我坐立不安地站起身来，开始在那间小小的起居室里踱来踱去。

在这样强制的隔离中，住在一个不熟悉的地方，那是多么奇怪啊！我纳闷，在接下来的五周里，我该做些什么呢？令我失望的是，我甚至不能用聊天来逗爸爸开心。我知道，我的日子，会很漫长，充满焦虑，无所事事。使事情更为糟糕的是，我牙疼得很厉害——一个身体上的病疼，和我无处不在的孤独一样令人痛苦。我非常需要一些分散注意力的方法。

解决我的困境的方法以一种内在声音的方式来到了我面前，那声音出其不意，如此强烈、如此清晰，它就那样止住了我的痛苦。

"有一个地方，"那个声音在我脑袋里说，"在需要的时候，你总是在那里找到安慰和庇护：你的想象。"

"对！这话有道理，"我回答。我在脑海里进一步自言自语："那儿就是我的答案。光靠已完成的手稿来作为通往成功的唯一门票是不够的，妹妹们喜欢怎么做就怎么做，可我真的希望有一天能有作品出版，我必须不停地写。我必须着手另一本小说，越快越好，有什么时间或地方比现在更好呢？"

我不知道，我应该写什么呢？

艾米莉坚持说我的小说《教师》缺乏枝节，只是一个没有深度的表面形象。她批评我不该使用一个男性叙述人，并把这个作品称作既无激情又无灵魂。也许艾米莉说得对；也许，自从离开布鲁塞尔以来，我一直如此坚定地维持着自控，事实证明这的确对我的写作有害；也许，出版商和广大读者想要一样东西，这东西比我写过的朴实故事多一点点野性和激情，更加美妙和激动人心。

我在房间里踱来踱去，深思着，竭力试图想出一个全新的主题来写一本新书，可脑海里想起的东西没有一样是我喜欢的。太阳终于落山了，我意识到自己非常饿，在巨大的挫败中，我放弃了这件事情，走到厨房，点燃一根蜡烛，试图补充一点营养。但是，牙疼得那么厉害，我只能畏畏缩缩地咬上几口我来这儿以后买的面包和冷肉。我进去探视了一下父亲，护士告诉我他睡着了。然后，我又回到了孤独的沉思默想中。

快午夜了，饥饿、孤独和不舒服让我停了下来。透过起居室的窗户看着那轮明亮的月亮和闪烁的星星，突然，一种怪诞的感觉漫过我的身体，我屏住了呼吸。以前，我仿佛曾经从这同一扇窗户向外凝视过；而此刻攫住我的这种情感，我仿佛在过去的某个时候同样感受到过。我知道那是不可能的，以前我一辈子也没有进过这些出租屋。那么，这一奇怪的感觉是从哪儿来的呢？眼下感觉那么神秘和熟悉的讨厌情境是什么呢？

突然，答案降临了。我的确曾经被关在这样一个类似的陌生和孤独的地方，在那里我同样感到饥渴和可怜。我像此时一样站在一扇窗户前，怀着强烈的渴望凝视着夜空，希望月亮能够用她的一束光芒送我回霍沃斯的家，一切宛如发生在昨日。

那是在我八岁的时候，被禁闭在牧师女儿学校里。

一八二四年八月，护送我到科文桥的牧师女儿学校时，爸爸不可能知道在那里等待着我和姐妹们的是什么样的恐惧——或那一时期会对我们全家产生怎样的毁灭性的影响。的确，终于找到一家能以合理价格教育他所有女儿的机构，他感到幸运，因为这所新学校是为英国低教会牧师的女儿们创立的，是这个国家最为显赫的一些人资助的，依靠捐款来保持费用的低廉。

我姐姐玛利亚当时十岁——只比我大两岁——可她有着白皙可爱的脸庞和乌云般的长长黑发，她对学习和家庭的热爱以及她聪明的大脑（她可以与爸爸就当时的所有重要话题进行辩论），在我看来她已经足够老成、足够聪明，足以充当我们其余人的良好行为的典范。母亲去世时，是七岁的玛利亚把我抱在怀里；当我对未来不确定时，是玛利亚安慰了我。尽管我们的姨妈无私地离开她的出生地康沃尔，搬来照顾我们，但她是一个严格和苛刻的女人。在感情上，是玛利亚成为了母亲的替代品，我崇拜她。

伊丽莎白比我大一岁，也是一个可爱的姐姐和听话的孩子，我对她既热爱又羡慕。与玛利亚不同的是，伊丽莎白更加外向：她爱活跃的游戏，喜欢帮厨，她当时最大的梦想是有一天能拥有一条漂亮的连衣裙。

那年春天，我们六个孩子全都得了天花和百日咳。由于玛利亚和伊丽莎白最先康复，所以她们先被录取到了学校。一个月后，爸爸把我也送过去了。那时，我对学校，无论好坏，一无所知。我只知道，在八岁时，我终于要看到附近以外的那片世界了，这一前景使我兴奋！

牧师女儿学校离霍沃斯四十五英里，位于科文桥一个与世隔绝的小村庄里。那幢砖石结构的两层楼大建筑坐落在一座桥旁边，俯瞰着一条溪流和由树木茂盛的低矮山坡串起的无尽风光。它是一个由旧线轴厂改建而成的学校。楼内寒冷、可怕，一楼是天花板高高的大教室。楼上是一间大宿舍，在那里五十多个学生两人一张床，睡在一排排挤得密密麻麻的狭窄童床上。

学校的创建者和校长，有名的卡勒斯·威尔逊大人，俨然一块高耸的黑色大理石，浓密的眉毛下有一双锐利的灰色眼睛。他会出其不意地出现在教室里，害得师生们都毕恭毕敬地默默跳将起来，听他威风凛凛地针对师生的表现或外表发出一串批评。令我恐惧，更使姐姐们痛苦和沮丧的是，我来以后，他派人请来一个理发师，把她们的美丽长发剪掉了。然而，他光顾的主要目的是狂热地发布他认为最适合那一天的宗教和道德训诫。

"这所学校的意图，"一天下午，威尔逊先生严厉地宣布，"不是娇惯身体，或使你们养成奢侈和沉溺的习惯，它完全是致力于你们的精神熏陶，因为那是通往拯救你们不死灵魂的道路。"

以前我没多想过天堂或地狱，但威尔逊先生的严厉方法，外加该下地狱的吓人恐吓，在我心里产生的影响与他的意图恰恰相反：它使我产生了对任何宗教教义的强烈和终身的厌恶，这些教义妨碍了个人思想或表达的自由。

我们在学校的日程安排是严格组织化的。每天早上天还没亮，我们就应着很大的铃声起床，就着灯芯草灯昏暗和摇曳的光线，穿上一模一样的淡黄色高领长衣和棕色荷兰麻布围裙，既不舒服又不合身。一个半小时的乏味早祷告后是无法下咽的早餐，接着就上课了。教学方法是初级的：学生按年龄分成小组围在一位老师周围，老师口头提出一条概念，我们必须牢记在心，并且鹦鹉学舌般地大声复述出来。起初我觉得这个很难，因为我记东西没什么经验，在那间巨大的有回声的教室里，其他班级复述的喃喃噪音非常分散人的注意力。不过，我最终掌握了我必须完成的任务。我发现，作业是我擅长的事情，原来也是我最不用担心的事情。

我常常想，遗憾的是，爸爸送我和姐姐们去学校时待的时间不够长，所以没有完全理解那里凄惨的生活条件、严格的纪律训练，以及关于我们每天不得不吃的食物等许多令人讨厌的事情。

说实话，食物非常差，而且供应非常短缺，我们恒定不变地处在近乎被饿死的状态。厨师极为肮脏，在再次使用锅子之前她并不总是把锅子清洗干净。典型的每日饭菜是一个汤汤水水的炖菜，有煮土豆和几片腐烂的细长肉条，味道和气味如此令人不快，我吃不下去，而且在那以后的很多年都对肉没有食欲。早餐的粥不仅经常烧糊，而且充满其他难以确定的油腻物质的碎片。牛奶常常酸臭。至于茶点，我们每人只能分配到一小杯咖啡和半片棕色面包——这一恩赐常常被某个饿极了的大女孩偷走。供应的唯一其他食物是晚祷前的一杯水和一片可怕的燕麦蛋糕。

至于祷告——尽管我坚信宗教是一切生物的生命线，也应该是一切教育的基石——然而，在牧师女儿学校，奉献给祈祷、布道和讲经课程的时间既漫长又不合理，尤其是在肚皮空空的情况下进行的，其作用更多地只是妨碍而不是促进不死灵魂的拯救。

到学校的第二周，在中午的游戏时间，我正在看其他女孩子在修道院似的花园里跑来跑去，突然瞥见我姐姐玛利亚避开太阳，躲到有屋顶的阳台下的一个安静角落里。一本书打开在玛利亚的膝头，但她并没在看书，相反，她盯着空中，盯着高高的有长钉把守的围墙外面的某一点上。我砰地一声在她身边的石凳上坐下，说："一个便士买你的思想。"

玛利亚吃惊和尴尬地笑着抬起头来。"我在想家。"

"噢！我多想现在就回到家里啊！我原本希望自己会喜欢上这个地方的，可现在我想我是不会喜欢的了。"

"我们喜不喜欢不要紧，夏洛蒂。重要的是我们要好好学，获得适当的教育，因为这是爸爸负担得起的唯一一所学校。你知道他为你和我付了额外学费以培养我们成为家庭女教师吗？"

"家庭女教师？"我做了个鬼脸。"伊丽莎白呢？她要成为家庭女教师吗？"

"不，爸爸说伊丽莎白长大后更适合做家庭主妇。你和我是幸运的，夏洛蒂。我们将学到的东西会比其他女孩子多那么多，我们必须尽量做好，学会布置给我们的所有任务，任何时候都要做到干净、整洁和准时，千万小心不要惹皮尔彻小姐生气。"

教三班历史和语法的皮尔彻小姐，是一个瘦小的矮个子女人，二十六岁，饱经风霜的脸和永远疲惫的表情使她显得比实际年龄大十岁。她睡在宿舍隔壁的一个房间里。她的职责是确保我们全都穿戴整齐并准时到场参加早祷——她似乎极为厌恶的一个职责。她也好像特别不喜欢玛利亚，令我担心的是，她经常因为最为微不足道的过错而迫害玛利亚。

当玛利亚在课堂上走神时，皮尔彻小姐便叫她在房间中央的一张椅子上站上一整天；因为一只抽屉不整洁，她别了几条内衣裤在玛利亚的长衣上，还在她额头上绑了一张黏贴纸板，上面写着："邋遢女人"。对于这些不公正的对待，我的心里燃烧着痛苦和愤怒，可接下来的事情更加糟糕了。有两次，我看见玛利亚遭到"那支棍棒"的抽打：把一捆树枝的其中一头绑在一起而做成一件可怕工具。惧怕那件工具的抽打是每一个学生听话的巨大动力。然而，皮尔彻小姐好像喜欢用它来惩罚哪怕是最为轻微的违纪。我在无能为力的恐惧中看着，那十二下剧烈的抽打。每一次抽在玛利亚的脖子上，我就蜷缩一下。可玛利亚在整个被非人折磨期间始终镇定自若、淡然处之，一滴眼泪也不曾流，直到她静静地把那支遭到鄙视的棍棒放回它的存放处。

每天，我都祈祷爸爸会前来，将我们从牢笼里解放出去。相反，当爸爸在十一月下旬果真再次前来时，他又带来了六岁的艾米莉。他的逗留是短暂的，我们只被允许与他见了几分钟的面。我有那么多事情想要告诉他，可玛利亚要我保证一句话也不说。

到这时，威尔逊先生聘请了一位新主管安·埃文斯小姐来管理学校。她三十岁，高个，可爱，总是穿戴得无可挑剔，生性还体贴细腻。我请求她允许艾米莉作我的同床，以便可以更加便利地照看她，我的请求得到了同意。

十一月份到来了，天气变得恶劣和寒冷，我们在床上发抖，大口水罐里面的水结成了冰，无法洗漱。一场深深的早雪使得道路无法通行，可我们仍被要求每天一个钟头待在结了冰的户外花园里，并且每个星期天，沿着一条毫无遮蔽的起伏不平的雪路，走两英里多路程前往教堂。因为没有手套，到教堂时我们已经冻得不能动弹。手麻了，生满冻疮，脚也一样，因为没有靴子。雪偷偷钻进我们的鞋子，并在那里融化。

我们双脚湿漉漉的一动不动地做完全天的礼拜仪式。下午很晚的时候，当我和姐妹们夹在长长的垂头丧气的师生队伍里跋涉回学校时，我们把紫色的外套紧紧裹在身上，把眼睛眯成一条缝来抵御严冬的寒风。它切入我们的衣服，针刺般地抽打着我们的脸颊。一回到学校，赐予我们的是进一步的圣经学习，以及皮尔彻小姐的一堂冗长布道。在此期间，我和艾米莉，还有很多其他较小的女孩经常累得从长凳上摔到地板上。

那年秋天玛利亚患上了轻微的咳嗽，她坚持说是百日咳还没好彻底。然而，到一月底，她的咳嗽更严重了，她变得越来越虚弱和苍白。接着，在我们的一个星期天的步行途中，伊丽莎白受了重寒，也染上了咳嗽。还有另外几名学生罹患了类似的疾病，教员们把它归因于典型的冬季感冒。一天下午，我吃惊地看见玛利亚的手帕，在一阵猛烈的咳嗽后，沾上了血。我把这事告诉了埃文斯小姐，她叫来了柏迪医生。医生检查了我姐姐。

几天后，早铃响时我起来穿衣服，注意到玛利亚不在她床上。我问皮尔彻小姐，她告诉我玛利亚夜间被搬到埃文斯小姐的住处去了。

"为什么?"我问道，突然充满说不出的恐惧。

"我们认为她得了肺结核。"皮尔彻小姐简短地说道，劈面关上了门。

我从来没听说过肺结核。在皮尔彻小姐脸上见证到的不安，暗示这不是容易康复的简单的儿童疾病。有生以来第一次，姐姐可能死去的想法袭击了我，我感到一阵恐惧和悲伤。

"我必须见玛利亚。"那天早上朝食堂走去时，我告诉姐妹们。

"你怎么能见到她？"伊丽莎白说，"她和埃文斯小姐在一起。"

"那就是我将找到她的地方。"

当老师们望向另一边时，我从队伍中溜出来，溜出了门。揣着怦怦直跳的心，我沿着鹅卵石小路飞奔到那座小屋，我知道那是属于埃文斯小姐的。她一句话也没说就让我进去了，解释说我会在她的卧室里找到我姐姐。我穿过房间来到隔壁的卧室，在那里，在一张较大的床铺边，我看见一个卷成一团的人形躺在一张窄窄的童床上。我走上前去，吓坏了。那是玛利亚吗？她是死还是活呢？

"夏洛蒂，"我一走近，玛利亚就声音温柔地说，"你怎么在这儿？你不是应该在吃早饭吗？"

我松了一口气，在玛利亚床边的凳子上坐了下来。尽管她脸色苍白，眼睛看上去有热病的症状，可她和昨天没太大改变。"他们告诉我说你生病了，我担心你。"

"别担心，夏洛蒂。埃文斯小姐已经写信给爸爸，要他来接我回家。"

"我很高兴。我会想念你的，但是荒漠的新鲜空气会治好你的。"一阵咳嗽控制了她。看着她为忍受那漫长的一阵咳嗽所需要付出的努力，我畏缩了。"我希望能为减轻你的痛苦做点什么。"

"有的，你可以答应我一件事。"

"什么事？"

"假如你听到我死了，答应我你不会伤心。"

一阵灼热的剧痛烧灼着我的胸膛和喉咙。"玛利亚，你不会死的。"

"我不希望死，可假如上帝的旨意是我应该死的话，我必须接受它，并感激我在地球上度过的时光。"

"你怎么能感激呢？你太年轻了，不应该死的！"

"有一天我们全都得死去，我唯一的遗憾是我会不再有时间来与爸爸、你和全家人一起度过。"

泪水涌出我的眼眶。"你很害怕吗？"我低声说。

玛利亚的眼睛放射出勇敢和智慧的光芒，柔声说："不，我不害怕。如果我死了，我会去见上帝。他会在天堂里向我显身，他是我们的父亲和朋友，我会爱他的。"

几天后，爸爸把玛利亚接回了家。在接下来的三个月里，我坚守着玛利亚在家里很开心并且身体在好转的信念，而学校里的条件则更加糟糕了。随着春天的到来，一个新的威胁降临在了科文桥。学校位于低矮的森林小河谷中，不时被浓雾包围，给拥挤的教室和宿舍带来湿气，成了斑疹伤寒的繁殖地。到四月初，几乎三分之一的学生，由于半饥饿状态而体质虚弱，病倒了。一位医生被叫来了，他谴责了食物的配制，厨师被解雇。又有十个女孩子身体衰弱地离开了学校，听说她们中间有六个回家后不久就死了。

艾米莉和我不知什么缘故逃脱了伤寒的损害，可伊丽莎白没有。她被送往神学院里拥挤的医院病房，我一有机会就去看她。

五月的第二个星期，艾米莉和我被叫到埃文斯小姐的书房单独与她见面，我仍然记得她当天穿的衣服：一件可爱的深紫色丝绸长衣，带着黑色的花边衣领，脖子上系着一条黑色的丝带。

"姑娘们，"埃文斯小姐声音严肃地说，"今天我收到你们父亲的来信，告诉你们这个我很遗憾，可你们的姐姐玛利亚去世了。"

那天晚上，艾米莉和我躺在彼此的怀里哭泣着睡着了，难道我们真的再也听不到玛利亚那甜美的声音了？再也不能见到她那温柔的笑容或感觉到她那慈母般的温暖拥抱了吗？当然，我们不能去参加葬礼，家太远了。

两周后，医生再次检查了伊丽莎白，确定她从来就没患过斑疹伤寒，她实际上已是肺结核晚期，杀死玛利亚的同一个疾病。艾米莉和我无奈地望着一个仆人把伊丽莎白抬上通往凯格利的公共马车，马车飞快地驶走了。当一架轻便二轮马车载着伊丽莎白突如其来地停在霍沃斯牧师住宅前时，爸爸大吃了一惊。他看了一眼她那憔悴的脸庞——仅仅几周前的玛利亚的镜像，把她送回家交给布兰韦尔姨妈照顾后，就立即来拯救艾米莉和我本人了。

"你们再也不回那所学校了，"回家的路上泪眼婆娑的爸爸宣布道，"这事结束了。"

把牧师女儿学校的艰苦一了百了地抛在后面，回到了我们可爱的家，我和艾米莉感受到的那种释怀我将怎样描述啊？然而，这个释怀被巨大的忧伤减轻了：那是一个没有玛利亚的家，并且很快就没有了伊丽莎白。伊丽莎白的病是那么重，因此回到霍沃斯后只有两周她就死了。

*　*　*

二十一年后，当我站在曼彻斯特的出租屋的窗前，回想起失去我两位可爱的姐姐时，泪水刺痛了我的眼睛。我的痛苦和憎恨今天还是那么新鲜和深切，仿佛那些悲惨的事件就是刚刚发生的。如果，在那个时刻，一个精灵允许我实现我最热切的愿望的话，我会请求他把我送回到姐姐们仍然活着的时候，那样我就可以再次拥抱她们，我也会请求与更年轻时的我独处一会儿，这样我就可以给她提供希望和安慰。

伤心地处理这些思绪和记忆时，我忽然意识到了什么。一股寒意突然控制了我，使我后脑勺上的头发倒竖起来，接着是一阵热浪，心飞快地怦怦跳了起来。

突然间，我知道自己接下来该写什么了。

那个痛苦孤独的小女生，如此可怜、饥饿和一无所有——她的每一个想法和情感我仍然记忆犹新，直达我本人的内心深处——我可以写她。

根据我自己的经验，我可以毫无畏惧、随心所欲地将所有情感投入到那个小女孩身上，写出我过去如此喜欢写的那种感情丰富的故事。这一想法使得一阵激动的感觉飞快漫过我全身，我的大脑在激动中继续工作。我的主角应该是没有母亲的，我决定——那是我了解的一种情况——并且不受养育她的家庭的欢迎。也许她可以长大成为一个家庭女教师，那也是我了解的一种情况。

当然，必须有罗曼史，我可以增加奇怪、震惊和折磨人的元素，与我年轻时写的那些传说一样。可这不会是典型的小说，我决定，关于一个很美的年轻女子——不！这次我会尝试一件非常不同的东西，不同于我写过或读过的故事：我会创作一个长相平平的小个子女主角，就像我自己。我可以以一个姐妹的名字给她命名，但不，那会太露骨，相反，我会用艾米莉的中间名：简。

这样的故事是否会受到一个出版商或读者大众的赞同，我没把握，我只知道我必须动手。这是我要写的下一本书，我生来就要写的一本书。

我在书桌旁坐了下来，抓过一张纸，在一支蜡烛的闪烁光线下，将笔蘸进我的墨水瓶。

我开始写起了《简·爱》。

13

《简·爱》的头几章狂涌而出。接下来的五个星期里，在等待父亲从手术中恢复过来的那段时间，我整天在写作，白天写，大多数晚上也在写。这是我第一次以一个女人的视角写作，感觉那是如此令人难以置信的准确。

作为家庭女教师所忍受的那种极为孤立和孤独的感觉，我投入在对简的描述中，把她描述成盖茨海德的一个孩子，在里德家没人爱，也没人要。我重新创作了我在牧师女儿学校的生活，在简的天使般但却注定要死的朋友海伦·彭斯身上，唤起我对温柔、耐心的姐姐玛利亚的记忆。也许正是因为这些记忆本质上完全是亲身经历过的，又融入了由姐姐们的死亡带来的可怕愤怒和悲伤，因此我以在以往文学创作中从不曾有过的激情来写《简·爱》。我在白热中写作，写起来就好像我的生命本身是靠它维系的，多年来在我灵魂里骚动的所有封闭的情感都被热烈地抒发出来。笔下的每一个词汇都感觉如此真实和真切——它的确如此，因为它是被事实激发出来的——仿佛我只是在听写来自某个别的魔力世界的故事。

在我写作期间，令我开心和释怀的是，父亲的健康和视力逐日改善。外科医生不停表示对手术成功的满意，向我们保证爸爸的那只眼睛的视力会完全恢复，用不了多久，他就能读书写字了。

十一月底我们满怀希望回了家。两个月后，爸爸恢复到能够重返现职。同时，我继续着迷地写作。来源于我本人生活的其他记忆和事件，过去和现在的，进入了我的小说。桑菲尔德府融合了北里斯府和爱伦童年时的家莱丁斯，我对阁楼及其神秘住户的迷恋成了一个主题，加上西印度故事的润色，这些故事是我在牧师女儿学校的一个朋友美兰尼·哈恩讲给我听的，她曾经在那个异域居住过。

我和姐妹们享受的平静简朴的生活反映在荒野屋的戴安娜、玛丽·里弗斯和简身上，里弗斯家的好佣人汉娜是苔比的化身。我年轻时写的故事里的女主角们所探索的许多内在冲突在简·爱的故事里找到了新家——在其创作的那个秋天，家里发生了一件令人震惊的事件，它引发了一个类似的灾难，致使简将罗彻斯特先生从严重的危险中拯救出来。

灾难发生在十一月中旬的一个下午。爸爸出门了，我和妹妹们刚带着狗在荒漠上散完步走进牧师住宅。安妮上楼后不一会儿，我们就听见一声尖叫和轰隆声。我和艾米莉吓了一大跳，紧随其后飞奔上楼，立即闻到一股浓烈的燃烧味道。到达楼上的平台时，我看见蓝色的烟圈正从布兰韦尔的房间里雾蒙蒙地往楼内涌来。

"布兰韦尔的床着火了！"安妮在他的门道里疯狂地叫道，"他醒不过来！"

我们立即全都涌进了又紧又黑的房间：巨大的火舌跃上悬挂在布兰韦尔床铺周围的帘子，并且开始焚烧床罩和床单。在热气和火焰中，布兰韦尔四肢伸展一动不动地躺着，处于他典型的白日昏睡中。他的水壶摔成碎片躺在地板上，我猜想安妮把壶里的水扔在了火上，但并没有奏效。

"布兰韦尔！布兰韦尔！醒醒！醒醒！"我喊道，摇晃着他，可他只是在睡梦中喃喃自语，翻了一下身，茫然无知。

"再去拿点水来！"艾米莉叫道。安妮跑了出去。艾米莉把布兰韦尔从床上拽出来，随便扔进屋角。他在那里醒了过来，缩到墙边，充满恐惧和混乱地尖叫起来。我把燃烧着的床上用品扔到屋中央，开始用一条毯子扑打它们。艾米莉从一把椅子上抓起布兰韦尔的衣服，袭击包围着帘子的火焰。安妮和玛莎带着一罐罐水从厨房里回来，她们加入了对付可怕火灾的战斗。终于，我们成功地将火熄灭了。浇灭的物体的嘶嘶声包围着我们，我们全都站在小房间里，一边屏住呼吸并驱散着蒸汽。我打开窗户，布兰韦尔仍然像一个白痴一样在角落里尖叫着。

"你这个愚蠢的傻瓜！"艾米莉喊道，扑向他。"你应该知道不能点着蜡烛睡觉的！你可能把房子都烧倒了呢！"

那天我们花了整整一个下午和晚上才清理完那团混乱，又花了好几个月才设法换掉床上那些损坏的床罩和帘子。从那天起，我们禁止布兰韦尔在一个人独处的时候点蜡烛。我们把所有的蜡烛全藏了起来，而且不时改变储藏地点，使他永远不可能找着。再者，爸爸——向来深切关注火灾的危险——坚持要布兰韦尔以后睡在他的房间里，以防他再次闯祸。打那以后，在布兰韦尔剩下的日子里，两个男人每晚同睡一张床。

* * *

写着写着，一年飞快地过去了。在这期间，装着我们另外三件手稿的那只可怜的小包裹在一系列出版商之间周游了一圈，遭遇了一次又一次退稿。看到我们的作品这样引不起兴趣，艾米莉似乎灰心了，可安妮没有，她开始写一本新书。像以前一样，我们每晚都碰头，分享我们正在写的东西。

一八四七年隆冬的一个夜晚，我的书已写完一半，当我把最新写的一章手稿大声朗读完毕后，艾米莉异常热情地说道："这个非常好，夏洛蒂。我相信这是你写过的最好的东西，这个神秘的故事是如此扣人心弦，我迫不及待地想听下一章呢。"

"我也喜欢它。"安妮静静地说，"简是那么真实，我同情她。不过，对你在这篇小说里描绘宗教的方式，我的确有一点担心，有时你好像希望废除道德。"

"在这里，我没有就道德问题表明立场，这只是个故事。"

"可是用罗彻斯特先生作你的男主角，"安妮坚持说，"你似乎在美化某种非常卑鄙的品质。他是一个非常飞扬跋扈的男人，过去有很多情妇，并且有一个私生子。"

"别那么讨厌，安妮。"艾米莉反驳道，"我很喜欢罗彻斯特先生，难道你看不出他在每个方面都是夏洛蒂心爱的萨莫拉公爵的化身吗？以前正是那些卑鄙的品质才使得公爵那么重要和有趣，并且今天读起来还是那样令人神魂颠倒呢。"对我，她补充道，"不过，我觉得有趣的是，你选择把罗彻斯特先生写成个头矮小、皮肤黝黑、性情暴躁，而且一点也不英俊。这一点，以及他对抽雪茄的嗜好，和你的公爵相比更像赫格尔先生。"

听到这话我脸红了。"我想，罗彻斯特先生的身体外形我的确稍微参照了一下赫格尔先生。"

从某种意义上讲，我年轻时所写的所有故事都对我的新作有贡献，妹妹们兴致勃勃地认出了每一个出处。

当我揭开有关伯莎·梅森的实情时，安妮叫道："它让我想起《仙女礼物》，不过它更加激动人心！"我完全忘记了那个故事，那是我十三岁时写的，关于一个被赐予四个愿望的男主角。尽管他希望娶一个美人，但赐予他的却是一个丑陋得可怕的凶恶悍妇，她反复出没于一幢大宅子的走廊和楼道，并且试图掐死他。

当我念到罗彻斯特先生在花园里考验简的爱情的那一幕时，艾米莉说道："这个写得非常好，他如此这般地折磨她，一步又一步，这才最终揭示他的爱——这就像嫉妒的萨莫拉公爵对米娜·劳里的考验，以及你写的其他故事——在那里威廉·珀西爵士恳求伊丽莎白做他的情妇。"

"是的，"我同意道，"而且安妮，一如既往，应该满意这个结果了——因为简，像伊丽莎白·哈斯丁一样，走了道德路线，逃离了诱惑。"

一八四七年夏初，我完成了《简·爱》，开始誊正，但却不得不把工作放到一边，因为爱伦来看望我们几周。我和妹妹们总是盼望爱伦的来访。我和爱伦在学校里初次见面以来的这十六年里，她与艾米莉和安妮之间也产生了温暖的友情。如今她几乎被看作家庭中的一员。

"我看不出有什么理由不把书的事告诉爱伦，"爱伦到来之前我对艾米莉说，"这对我们大家都会更方便一些，假如爱伦在这儿期间我们晚上要继续工作的话。"

"不行，"艾米莉坚持说，"我不想要她或任何人知道我们写作的事。我们的书被你寄去的所有出版商拒绝了，我们的诗歌集那么没有成就——太丢脸了！"

"我们会卖掉我们的小说的，"我告诉艾米莉，尽管随着每一次新的拒绝，渐渐增长的怀疑使我苦恼。"我们只要持之以恒、耐心等待。"

爸爸早已完全重获健康和视力，能够继续履行教区里的一切日常职责了。尼科尔斯先生背负爸爸的全部负担已经那么久，在职责上，如果不是在权利上的话，又再一次降职扮演次要的副牧师角色。值得称赞的是，尼科尔斯先生谦卑优雅地接受了这一降级，对父亲的康复仍然表示开心和释怀。不过，我们每天都期待尼科尔斯先生会接受别的地方的新职位，在那里他可以负责他自己的教区——撇去我本人对他的疑惑，我不得不承认，这种晋升肯定是他应该得到的。令我吃惊的是，这个从不曾发生。

"我知道尼科尔斯先生为什么不离开。"爱伦七月初来做客期间说道。

我和爱伦还有妹妹们在一个我们最喜欢的地方懒洋洋地放松。那地方远在紫色的荒原，隐藏在司来登河沿岸的一个河堤上，一个我们叫做"水流汇聚"的地方。那个长满鲜绿色野草的封闭的绿洲上到处流淌着清澈的小泉水，小泉水汇聚而成了这条溪流，在这个季节里，一丛丛颜色鲜艳的花朵正在绿洲上争奇斗艳。自孩提时期以来，在这个远离一切世界的田园诗般的天堂里，在一个万里无云的辉煌的碧蓝色华盖下，我们消磨过无数夏日时光，沐浴在纯洁友情的欢乐中。

我们四人这时都没戴帽子，坐着或斜躺在一块光滑的灰色巨石上。这些岩石零零散散地散落在池中或池边，仿佛被某只巨手扔下来的一样。我们的裙子不合礼节地提到膝盖，光光的脚丫子垂在波光粼粼的寒冷的水中晃来晃去。

"今天上午我在牧师住宅的大厅里瞥见了尼科尔斯先生，他来见你的父亲。"爱伦继续说，"我想他待在霍沃斯，不顾没有职业升迁的机会，是因为他喜欢你，夏洛蒂。"

"荒谬。"我说。

"不荒谬。"爱伦回答。

"我一直这样告诉夏洛蒂，"安妮高兴地在水里用脚戏水。"可她就是不听。"

"你没看见他进屋时看你的样子吗？"爱伦问。

"没看见。"

"他脸上的表情跟文森特先生来向我求婚时的一样：尴尬的羞涩和隐藏的爱慕，交织着含蓄和恐惧。他希望你和他说一句话或是看他一眼，然而你甚至没朝他的方向望上一眼。"

我以为爱伦一定是在做梦，就这样告诉了她。

"我确实注意到他在走廊里逗留，小心翼翼地打量着你。"艾米莉插嘴道。她正俯卧在一块大岩石上，用手划拉着清澈浅显的水，使得蝌蚪们到处飞窜。

"在我看来，尼科尔斯先生总是很可爱。"爱伦说，"他对你父亲好，对教区有那么大的帮助，你为什么那么不喜欢他呢？"

我飞快地瞥了一眼妹妹们，她们看到了我的眼神但却保持着沉默。我从来没告诉过爱伦布丽奇特·马隆的事，因为我认为不应该传播不利于尼科尔斯先生职业生涯的恶意谣言；也没有告诉她，大约两年前尼科尔斯先生刚来霍沃斯时，曾在我背后作出过那样卑鄙的评论。

"恐怕尼科尔斯先生并不是你想象中的那种完美形象，爱伦。"我说着，仰躺在岩石上，仰起脸来沉迷在太阳的温暖中。"要我说出为什么，是欠慎重的，但是并非霍沃斯的每一个人都像你一样爱他。"

一个星期后，爱伦有机会目睹了尼科尔斯先生不受欢迎的行为的一个直接例证。自从尼科尔斯先生到达霍沃斯以来，他一直大声反对洗衣女们每周一次把洗好的湿衣服晾晒在霍沃斯教堂墓地那些桌子状的墓碑石上，两年后他仍然在抱怨这个做法。

"教堂墓地应当是纪念先人的崇高场所，"几个月前我听见尼科尔斯先生对爸爸说，当时我在为他们沏茶。"这个场面是一个嘲讽，类似在圣地上举行每周一次的野炊。"

"我认为这事相当有趣，"我插嘴道，"所有女人都挽着洗衣篮聚集在教堂墓地里，在微风中开心地聊天。这样做把墓园派上了实际用场，使它显得不那么阴沉。那是一个会让她们所有人每周聚一次的地方。"

"那使得她们离开自己的后院，"爸爸赞同说，"听说她们对此翘首以盼呢。"

"唔，我有意结束这事。"尼科尔斯先生说。

于是他做了。他与教堂的托管人发起了一场漫长的战斗，并最终达到了目的。在七月的一个礼拜日的祷告仪式上，尼科尔斯先生发出了一个令人震惊的通知："从今天起，不许再在霍沃斯教堂墓地里晒衣服。女士们，请你们找一个更加适合和得体的地方晾晒你们的湿衣服吧。"

人群中升起一股抗议的声浪，男女都有。尼科尔斯先生在吓声和嘘声中离开了布道台。仪式结束后，人们成群地卷缩在教堂墓地和小巷里，大声表达他们的抱怨。我和爱伦以及妹妹们正准备回家，突然西尔维娅·马隆大踏步走上前来，面带可怕的表情。

"噢！那个尼科尔斯先生！"西尔维娅叫道，"今天我肯定而且一定讨厌见到他，如果我不是已经如此的话！"

"我理解尼科尔斯先生关于湿衣服的观点，"安妮说，"在我看来这种做法一直是显得不敬的。"

"在伯士多的教堂墓地里，你是永远见不到有人晾晒衣服的。"爱伦同意道。

"在伯士多你们有树吗？"西尔维娅问。

"有。"爱伦回答。

"唔，在这个镇上几乎谈不上有一棵树，"西尔维娅激烈地说，"所以我们无法拴好一根晒衣绳，对吗？现在我们的湿衣服应该晒在哪里呢，我问你？噢！我多么希望尼科尔斯先生回到他属于的爱尔兰去啊，而且永远不要回来！"

很多教区居民随声附和这一观点，当尼科尔斯先生回爱尔兰去度他为期一个月的年假时，他们表达了一个愿望，那就是他不应该再费事重新跨越海峡了。

"这不应该是存在于羊倌和羊群之间的一种感情。"尼科尔斯先生离开后，我不满地叹了口气告诉安妮。

"到时候这一切都会烟消云散的。"安妮平静和肯定地回答。

安妮的话最终被证实是对的。社区的女人们很快就开始把洗好的衣服晾晒在自家的石墙或是教堂巷的围墙上，那里也同样是一个聚会的好地方。

那年夏天，好消息终于从出版前线传来。托马斯·纽比——伦敦一家小公司的头，表示愿意出版作为三卷本一起的安妮的《阿格尼丝·格雷》和艾米莉的《呼啸山庄》，他们说《呼啸山庄》那么长，它本身就需要两卷。令我失望的是，他们对我的《教师》没有表示任何兴趣，宣称它"缺乏令人震惊的事件和使人激动的兴奋劲。"

妹妹们欣喜若狂，我也为她们感到高兴，可与此同时态度谨慎，因为这个提议是附带了一个条件的，那就是作者需交五十英镑自费出版。我们已经经历过一次极为失望的自费出版，我担心这次冒险也不会有好结果，尤其是因为只印刷三百五十本，费用会使妹妹们几乎一贫如洗。然而，在遭到了那么多次的退稿后，任何一种提议都使艾米莉和安妮如此释怀，以至于立即就同意了。

单单不要《教师》的确是一个打击。我正准备把这本珍贵但却遭到拒绝的手稿塞进我最下层的抽屉里，却突然记起名单上还有最后一个出版社没有联系：伦敦史密斯和艾尔达与康希尔公司，尽管我知道我的作品没有被单独接受的希望，因为作为一卷本出版它篇幅太短，但我还是决定把它寄给他们。现在，我脸红地承认，我竟然天真地用同一张纸来包那篇手稿（因为纸张是那么贵，并且手头没有别的东西可用），我们的作品以前就是包在那张纸里投寄出去又被退回来的，只是简单地划掉其他出版商的地址，加上新的。

然后，我继续坚定不移地誊正《简·爱》。过了一段时间，我收到了史密斯和艾尔达与康希尔公司的回信。我打开信封，忧心忡忡地预见自己会看到两句生硬无望的话，感谢我投稿，抱歉说该出版商无意出版我的手稿。相反，令我吃惊的是，我抽出了一封长达两页纸的信。

信来自威廉·史密斯·威廉士先生——史密斯 & 艾尔达与康希尔公司的文学顾问。威廉士先生的确因为"商业原因"拒绝出版《教师》，尽管他坚持说它有着"巨大的文学实力"。接着，他继续评论了它的长处和短处，那么礼貌，那么体贴，态度是那么理性，那么没有偏见，以至于这一退稿本身使我受到的鼓舞，比一个表达粗俗的接受兴许更好。他补充说一部三卷本的作品会更加引人注意。

我手指头颤抖着把那封信重读了四篇。

我万分激动地回信给史密斯和艾尔达，解释说我有一本崭新的"三卷作品"即将做好投稿的准备，与前一部作品相比，我在这篇作品中努力倾注了更多的活力和激情。

我下笔如风。八月底，我把《简·爱》的手稿寄给了康希尔，随后便安稳地坐下来等待回音。我没等多久，不过在当时，那似乎是我一生中最长的两个星期。

每天我像鹰一样从餐厅的窗口观望着邮差的到来。由于苔比现在太聋太瘸，只能完成最简单的厨务，她生活中残留不多的最为珍贵的乐事之一就是接受和整理我们的信件，我不会把这个乐趣从她那里夺走的。于是，我站在那儿，屏住呼吸，倾听着，当她走走停停的脚步声从前门响到爸爸的书房，仍希望她会转回到餐厅，带来我自己的一封信。

当它终于到来时——当苔比将信封放进我手里，来自史密斯和艾尔达，"附在给勃朗特小姐的信中"寄给"霍沃斯的柯勒·贝尔先生"——我的心脏几乎停止了跳动。

"怎么啦，小姐？"苔比惊慌地叫道，"这是谁来的信？哎呀，你的脸苍白得像鬼魂一样哦！"

"没什么，"我飞快地说（但声音很大，以便她可以听到）。苔比的视力已经变得如此之差，她根本没可能看清寄信人的身份了，她唯一能做的就是猜出收信人的名字。"只是回答我咨询的一件事情，我上楼去看。"然后，我飞奔上楼去了我房间，撕开信封，脉搏怦怦直跳地迅速读完信上所写的词句：

亲爱的先生：我们收到了你的佳作《简·爱》，愿意出价买下此书及其出版权，作为对此的报酬，我们准备支付你一百英镑……

我发出一声激动的尖叫。噢！这事太好了，不可能是真的！

突然，我的门被猛地推开，艾米莉冲了进来。"怎么啦？发生了什么事？"只一眼——信在我手里，幸福写满我的脸——艾米莉马上就推断出信里的内容。"他们想要你的书？"

"他们将付钱出版！一百英镑！"

艾米莉——面对生活中的任何局面，无论是危机还是欢庆时，通常如此沉着，如此平静，如此就事论事——发出一声尖叫，一把抱住了我。不一会儿，安妮闯进来，惊恐地两眼圆睁。听到这个消息，这个表情转化为欢呼。"夏洛蒂！这太棒了！"

"一百英镑！"艾米莉叫道。

"赚点私房钱，这是我希望的一切。瞧！"我叫道，给她们看那封信。"他们想要我下两部书的第一退稿权，为此每本书我将再收到一百英镑。"①

我们如此开心地叫喊，玛莎便关切地把头伸了进来，就连布兰韦尔也迷迷糊糊地从房间里跟跟跄跄地走出来，怀疑屋子里又有什么东西起了火呢。我们被迫抓过帽子，跑到外面的荒漠上，在那里，一连好几个小时，我们的行为像傻傻的小学生一样，跑来跑去，跳上跳下，互相拥抱，尖声大笑，谁要是看见了一定会以为我们疯了。

"嗳，你想想看！"我叫道，张开双臂，开心地凝视着那浩瀚无垠的

---

① 由于再版和外国版权，夏洛蒂实际上收到的报酬大约是每本书五百英镑。即使如此，与当时很多当红小说家挣的数额相比，这个出价并不高。

蓝天。"在一切辛劳之后，在一切拼搏和梦想之后，我们终于全都在同一时间有作品出版了！"

直到几年以后，在我与我的出版商见面并成为朋友以后，我红着脸了解到围绕接受我的小说所发生的故事。第一个读它的威廉·史密斯·威廉士告诉我，他花了半个晚上坐在那里看完我的手稿，被彻底迷住了。接着，他坚持要公司的头——那位年轻和聪明的乔治·史密斯——自己看。史密斯先生笑着承认他的同事对此书稿如此赞赏，他都不知道该不该相信他了。可他自己也是在一个星期天看完整篇小说的，从早餐后开始，取消与朋友骑马去乡下的一个约会，三口两口地吃完晚餐，夜里一直到看完这本书才上床休息。

当然，我当时一点也不知道这些。我将有作品出版的这个念头还没有被我消化掉，事情本身就已经发生了。《简·爱》飞快地投入了印刷，从接受到出版只用了令人晕头转向的短短的六周——这么快，以至于比艾米莉和安妮的书早出版了整整两个月，尽管托马斯·纽比接受她们的书的时间比我的早很多。

不过，立刻，史密斯和艾尔达来了一封信，建议对《简·爱》做"一些小小的修改"。

"他们要我删去关于简在盖茨海德的孩提时代的整个第一部分，"我沮丧地告诉妹妹们，"重写、修剪或去掉关于劳渥德学校的所有章节。"

"那太荒谬了，那些是这个故事的主要部分啊，"艾米莉坚持说，"而且非常有趣。"

"它们构建了简的背景和性格，"安妮同意道，"唤起人们的同情。"

"出版商好像认为，对于有些读者来说，那些场景读起来可能会太痛苦，并且使得这本书太长。"我放下信，心神错乱。"如果他们不喜欢这本小说，那为什么又要买呢？我无法想象现在要回过头去对它进行删减或修改。如果做任何修改，我担心那只会损害这个故事。我写的每一个词汇都对故事的整体有着贡献，而且每一个词汇都是事实。"

"事实上，我得承认，它有着它自己的朴实魅力。"安妮说。

"不过，假如我讲述了牧师女儿学校所经历的所有事实的话，那它可能真的会令人痛心得多。事实上，我柔化了许多细节，来使得整个故事更加使人愉悦。"

　　"要是我，一个词都不会改。"艾米莉坚持说，"相信你的直觉，你的书可能比出版商预见的更适合公众的品味，就这样写信告诉他们。"

　　我就那样做了。史密斯和艾尔达依从了我的意愿。然后，因为不明白出版商进展会有多快，我马上前往布鲁克罗伊德，和爱伦度一个短假。令我吃惊的是，我到达伯士多后的那一天，艾米莉就转给我《简·爱》的第一批清样，要求我校对并用急件寄回去。迫于无奈，我不得不在爱伦面前做这个工作，和她面对面坐在同一间房子里却要保持沉默有多困难啊！由于我和妹妹们有约在先，必须对我们的作家身份保密，所以我不得假装是在做某件微不足道的个人写作项目。爱伦心很细，足以察觉我有什么事情瞒着她，可她体面地没问任何问题。我们把包裹寄回伦敦时，她也没看一眼是寄给谁的。

　　十月十六日，我的小说首次亮相，头六本装帧精美的《简·爱》，自传，柯勒·贝尔编著，十九日被送达。要是我认为见到我们的诗歌被印刷出版时感到极为快乐的话，那与我此时漫过全身的兴高采烈相比就算不得什么了。终于，我的梦想成真了：我手里握着自己已出版的作品：一个从我自己的经历和想象中喷发出来的故事，并且，现在，承蒙上帝的恩宠、语言的奇迹以及印刷的应用，使其他人也得以阅读了！

14

　　对于《简·爱》的成功我没抱太高期望，我知道评论家们是任性的，公众的良好愿望是难以获得的，要维持甚至更难。公众对闻所未闻的作者不感兴趣，他们可能会反复无常。然而，我确实是那么渴望它获得成功，哪怕只是为了不让我仁慈的出版商们大失所望，为了这个作品他们费了那么多力呢。

躲在霍沃斯，我怀着极大的兴趣阅读着威廉士先生转寄给我的报纸和杂志上的书评。很多人没找到可以批评的地方。

"'一个超级有趣的故事，我们可以由衷推荐，它肯定会畅销的。'"我大声给妹妹们念着当年十月的《评论家》。

"哈！"艾米莉叫道，"我也可以告诉你这一点。"

"'这是一本不平凡的书，'"我念着，为几周后的《时代》激动不已。"'尽管是一篇虚构的作品，但它不仅仅是一篇小说，因为它有着的只是自然和真实。我们不知道现代作品中有哪一本能与它媲美，当下所有认真的小说作家都比不过柯勒·贝尔。'噢！这么高度的赞扬，我肯定受之有愧啊！"

"可你是受之无愧呢。"安妮说。

接下来几个月里寄给我的连续不断的赞美使我眼花缭乱。并非所有评论都是赞赏的，有些评论家宣称《简·爱》粗鄙和放荡（这个批评我还不得其解），而且冷酷刺人，有些人批评罗彻斯特先生的言行举止为"几乎不当"，并且认为某些事件不可信或不可能。然而，使我释怀的是，主要意见是完全肯定的。有一个评论家甚至把它称作"本季绝对最佳小说"。史密斯先生写信告知我，对这本书的需求几乎是前所未有的，它问世后三个月内，两千五百本书全部销售一空。《简·爱》进入第二次印刷。

我的身份问题引起了不少关注。媒体上的无数文章声称要表达整个英国读者界的兴趣，吵吵嚷嚷地想知道：谁是柯勒·贝尔？它是真名还是假名？写这本书的是男人还是女人？书中的很多小事件被这样或那样地逐字检查，以试图回答作者性别的这一问题——全都是徒劳。对于他们的猜测我哈哈大笑，以我的匿名身份为乐。

很快我与史密斯和威廉士先生建立起了频繁的通信联系，尽管他们与我未曾谋面（当时还把我看作是男性角色的化身呢），对我却彬彬有礼、亲切和蔼，一种知识分子的睿智，以及对我能力的特殊信任。这一切极大地增强了我的自信和快乐。知道我进不了馆藏丰富的图书馆，我的出版商们开始寄来一箱箱最新和最好的书籍供我阅读。我和妹妹们贪婪地一本又一本地读着这些书。在这种现代文学知识的扩展中，以及在与出版商们激动人心的思想和观念的不断交流中，我感觉仿佛打开了一扇窗户，将光明和生命引入我居住的这个死气沉沉的偏僻地方，让我瞥见了一个全新和未知的世界。

在一个完全意想不到的方向，也开始了一个新的通信联系。著名记者、小说家和戏剧家乔治·亨利·路易斯，在发表了一篇对《简·爱》的慷慨评论后，写信给柯勒·贝尔（信件是史密斯和艾尔达转寄给我的），告诫我在下一本书里要"避免情节剧"。这一建议，虽然显然是出于好意，却与我刚刚经历的情况有着直接冲突。我试图出售我那本不那么激动人心的小说《教师》，但没有成功。路易斯先生进一步建议我应该"遵循从奥斯汀小姐温柔的双眼里闪耀出的建议"——一个他声称为"最伟大的艺术家之一，以及有史以来最伟大的人类性格的画家之一"的作家。我知道简·奥斯汀死于我出生后的那一年，可是尽管她的著作近期又流行起来，但我对它们并不熟悉。出于好奇，我弄到一本《傲慢与偏见》，我和妹妹们马上读了起来。

"难道你们不喜爱这本书吗？"有一个烘烤日，我们在厨房里做面食时，安妮说道。

"它很迷人，"我回答，"我发觉奥斯汀有眼光、有观察力。然而，同时，我认为她的作品平缓和压抑。谁也别想指责她空洞无物、啰里啰嗦。这本小说——怎么说呢——缺乏情感。"

"轻描淡写！"艾米莉叫道，一边用力揉着面团。"奥斯汀小姐几乎什么也没描述。她笔下相爱的人之间没有身体上的爱恋，整个小说没有一丝激情！她不是什么诗人！"

"没有诗歌能有伟大的艺术家吗？"我沉思道，"这本书像一座高空种植的花园：有整齐的花坛和精致的花，但没有一瞥明媚的生动的外貌，没有开阔的乡村，没有新鲜空气，没有蓝色的山峰，没有可爱的溪流。"

"我简直不愿意与她的女士们和先生们生活在他们雅致但却封闭的屋子里。"艾米莉说。

"唔，我认为那些人物可爱，"安妮反驳，"而且故事有趣，作者也极其聪明。"

"我同意你最后那句话，"我坚定地说，"在我读过的所有书中，奥斯汀为达到目的运用了最强烈的技巧。"

我没有告诉弟弟我的书出版了，反正他已无可救药，不可能注意或在乎这些了。不过，现在我获得了一些成功，我和妹妹们一致决定应该与爸爸分享这一消息了。

十二月第一周的一个下午，我把一本《简·爱》和几篇书评一起带进爸爸的书房，为了做到公平合理，其中包括一篇不是特别值得赞许的评介。爸爸正坐在火边的椅子里，在早早的晚饭后闭目养神。他常常喜欢单独吃晚餐。

我在他身边停了下来。"爸爸，我在写一本书。"

"是吗，亲爱的?"

"是的，我想要你看一看。"

"我还是不看了吧。"他的眼睛仍然闭着。"你的笔迹我太难看清了，恐怕会使我的眼睛过度疲劳的。"

"可它不是手稿，爸爸，是印刷的。"

"哎呀!"爸爸这时吃惊地抬起头来望着我。"你根本不应该那么破费的!那几乎肯定会是一场损失，因为你怎么能够把一本书卖掉呢?谁也不认识你或你的名字!"

"我不是自费出版的，爸爸，而且我认为那不会是一场损失。你也不会这样认为，只要你让我为你念上一两篇评论，并且再告诉你一些情况。"我在他身边坐下来，大声念了一些书评。他表现出极大的诧异和兴趣。

"可是，谁是这位柯勒·贝尔啊?你为什么没把你自己的名字放在书上呢?"

"爸爸，你知道作者采用假名是一个普遍的做法，而且我想女作家可能比男作家受到更多偏见的看待。"

我给了爸爸一本《简·爱》，留给他在那里看。

那天晚些时候，当爸爸走进我和妹妹们喝茶的餐厅时，他说道："姑娘们，你们知道夏洛蒂在写一本小说吗？而且我认为它比我期望的要好。"

妹妹们和我交换了一下眼色，我们所做的只是继续板着面孔。

"真的？"艾米莉说，"一本书？"

"是的，"爸爸热情地说，"瞧这儿，它已经出版了，装帧很好的三卷本，质量最好的纸张，而且字体非常清晰。"

"很高兴你赞许它的外表，爸爸。"我回答。

"不光是那个，"爸爸继续说，"这个故事完全吸引了我的注意。我看了整整一个下午。我明白那些评论家们都在大肆吹捧些什么了。"

"你得给我看看这本奇妙的书哦，夏洛蒂。"艾米莉微微斜视了一下说。

"也许我会的。"我回答，既为她脸上的滑稽表情，也为爸爸的赞扬笑了。"可是爸爸，"我补充道，"迄今为止，我一直努力不让别人知道我的作品，并且更喜欢继续这样下去，请答应我你会为我的作家身份保密哦。"

"我到底为什么应该这样做呢？这是相当大的成就———一本书出版，而且全英国都在唱它的颂歌！难道你不自豪吗？"

"我自豪，爸爸，可我对成为公众人物没有兴趣，我希望尤其是在约克郡保守这个秘密。假如一个陌生人没有通报就出现在我们家门口，窥探我的私人生活，我会死去的。更糟糕的是：如果我在写作中意识到我的书肯定会被一班熟人读到，那对我的束缚会是无法忍受的。"

"那好吧，就这样吧。"爸爸深深地叹了一口气，同意了。"可我认为这是极大的遗憾，我多想与我的同事分享这一消息啊。我肯定，尼科尔斯先生要是知道的话会兴奋不已的。"

"尼科尔斯先生？"我说，一股热浪突然涌上我的脸。"尼科尔斯先生对文学没有任何兴趣，爸爸。我向你保证，他对这个一点也不会看重的。请答应我你不会告诉他。"

爸爸表示出极大的不情愿，答应了我。

不幸的是，妹妹们的出版商托马斯·纽比的行动不像史密斯和艾尔达两位先生那样讲究实效和有绅士风范。延误、拖延和违约弄得艾米莉和安妮精疲力竭。然而，她们拒绝将作品转给史密斯和艾尔达，坚持说她们不想冲击我的成功。

使妹妹们更为苦恼的是，十一月中旬，当她们的书在终于问世时——以她们的假名作为三卷本一起出版，《呼啸山庄》构成前两卷，《阿格尼丝·格雷》构成第三卷——书是以廉价的灰色人造纸封面装帧的。书名和作者名没有镀金，只是简单地用黑色墨水印刷在一块便宜的正方形小白纸上，用胶水粘在布书脊上——整个书籍的唯一一块布条。第一卷的扉页误导地宣称"《呼啸山庄》，一本由埃利斯·贝尔所著的小说，三卷本"，仿佛安妮的作品并不存在，而且书里满是印刷错误。艾米莉和安妮费了那么多心思在清样上改正的所有错误，几乎全部原封不动地留在了最后的版本上。

然而，令人更为烦恼的是评论家接受这本书的方式。一月份的《图册》里对《呼啸山庄》的书评是那么的毁损，我几乎害怕拿给艾米莉看，可她只是藐视地笑了一声。

"'小说里的所有人物中没有一个不是完全可恨或彻底可鄙的。'"一个雪天的下午艾米莉躺在炉边地毯上大声念着，养养懒洋洋地伸展四肢趴在她身边。"噢！我早就知道我根本不应该把我的书奉献给公众。"她厌恶地把那本杂志扔回给我。

"《大不列颠》赞美了《呼啸山庄》呢，"我说道。"他们说你的作品表现出一种'原动力'。"

"他们也说它让人觉得像是'一个阅历有限之人所为。'"艾米莉反驳道。

"你必须承认，这话大致没错啊。"安妮坐在沙发上本分地做着针线活，毛毛在她身边熟睡。"我们全都没有很多生活阅历呀。"

"与想象力相比阅历算什么？"艾米莉叫道，"他们为什么老是抱怨这个故事没有目的或寓意？每一本书都必须有寓意吗？激情不加约束会使人变得残忍，探讨它的威力和效果就没有价值吗？"

"有啊，别的人也这样说过啊。"我回答，"你忘了《道格拉斯·费罗尔德周刊》的评论吗？"

"他管它叫做一本奇怪的书，使所有评论家困惑。"艾米莉酸溜溜地回答。

"他也说了，"我引用道，"'只要一开始看就难以释手。我们强烈推荐所有爱好小说的读者得到这本书，因为我们能够保证，这样的东西是他们以前从来没有读到过的。'"

"这个简直不能叫做赞美。"艾米莉冷笑道。

"艾米莉，你应该高兴，你的书至少引起了注意。"安妮平静地评论道。

我极为痛苦地默默望着安妮。安妮的书在媒体上完全被忽视了，提起《阿格尼丝·格雷》的很少几个评论家只是提到它缺乏《呼啸山庄》的力度，但主题和处理上"更加适意"。"细想一下，"我安慰地说，"也许把你们的作品串联在一起推出不是一个最好的主意，因为它们是独立的故事，而且本质上如此迥然不同。"

"评论家对我没有什么影响，"安妮断然宣布，"我发自内心地写作，这是唯一重要的事情。在我心里，我已经继续前进，着手我的新书了。"

"我仍然说，假如《阿格尼丝·格雷》是单独出版的话，它可能会因为它的甜蜜和温馨故事而得到更加充分的欣赏。我担心它被艾米莉更为激烈和戏剧性的故事夺去了光辉。"

"我们俩都躺在你的书的阴影里，夏洛蒂。"艾米莉简单地说，"《简·爱》是评论家和读者的宠儿，这一点错不了。"

"这不是真的，"我回答。但是我还来不及往下说，艾米莉就站起身来，轻轻走到我面前，握住我的双手，满含深深的爱意凝视着我。

"求你了，不要让我们小说的惨淡接受影响你对自己的胜利的喜悦，夏洛蒂。《简·爱》是一本很棒的书，我们俩都为你感到非常骄傲呢。"

与评论家不同的是，爸爸———听说他的三个女儿都有作品出版了———在高兴和赞美方面是全面热情的。

"我一直怀疑有事瞒着我，"听到这个消息时，他笑着说，"可我的怀疑没有具体成形。我能够肯定的是，你们女孩子在不停地写作——并且不是在写信。"

不顾我们的反对，爸爸坚持把"贝尔们"的那六卷著作陈列在他书房的一张小桌子上。爸爸自豪地从各种报纸和期刊上搜集了一包评介我们小说的摘要，小心翼翼地注上发表的日期。不止一次，当我敲他书房的门，探进头去宣告尼科尔斯先生来了时，我发现爸爸正在重读这些书评。爸爸不得不把他的这些珍贵剪辑迅速放回信封，并且塞进它们的藏身之处。

在过去的一年里，尽管我几乎每天都与尼科尔斯先生有着某种接触，但总是为时短暂，很少讲话。不过，不像我们自甘堕落的弟弟，以及家里纯朴、听话的仆人，尼科尔斯先生是一个聪明、喜欢探究和机警的人，这就使得对他保守我们的秘密成了挑战。有无数次，当我们在伦敦的出版商寄来了信件或包裹时，尼科尔斯先生与邮差同时到达牧师住宅的门口。这些神秘的包裹激起了尼科尔斯先生眼里的好奇，可我和妹妹们总是不加解释地拿着我们的战利品就消失了。

一月下旬的这样一个上午，我听到苔比喊道："又一个寄给你的包裹，夏洛蒂小姐！"我一路跑到前门，发现尼科尔斯先生正散步把狗送回来。令我尴尬的是，苔比当着尼科尔斯先生的面把包裹递给我。"你是一个相当受欢迎的女士哦，小姐！这个不停地从伦敦给你寄书的人是谁呀？"

"一个朋友。"我马上回答，脸一红，一边试图盖住回信寄发地址，不让尼科尔斯先生看到。

一周以后，当我给爸爸和尼科尔斯先生端茶过去时，尼科尔斯先生问我爸爸，为什么把贝尔们的书放在书房里这么重要的位置。一拍也没停顿，爸爸就回答说自己只是爱慕他们的作品。我感激爸爸的谨慎态度，因为艾米莉继续坚持，我们出版的必要条件是匿名身份。通过尼科尔斯先生的反应，我可以看出，他对这一回答没有质疑，也没有表示出要阅读这些作品的兴趣。我感到肯定，在当时，对于尼科尔斯先生来说，女人写小说会是令人惊讶的——贝尔们实际上是三个女人，并且是他的牧师的女儿们，这会是他最意想不到的事情。

很久以来，我一直热烈崇拜威廉·梅克比斯·萨克雷的作品，尤其喜欢他的最新作品《名利场》。《简·爱》出版后不久，那位值得尊敬的先生写文章赞扬我的小说。我是那么震惊，那么感激他的慷慨赞扬，以至于将《简·爱》的第二版题献给了他——这一举动引发了一阵意想不到的狂热。

"噢，不！"我叫道，冲进餐厅。艾米莉和安妮正在那里用力梳理着毛毛丝绸般的长长毛发。"我刚刚收到萨克雷先生的来信，告知我一个让人最为吃惊和苦恼的情况。显然，公众都知道——尽管我完全不知——萨克雷先生，像罗彻斯特先生一样，有一个他不得不放弃的疯妻子。"

"你在开玩笑吧。"艾米莉放下狗刷子说。

"我希望我是呢。媒体在流传一个报道，说《简·爱》是萨克雷先生家的一位家庭女教师写的，这就是为什么柯勒·贝尔把'他的书'题献给萨克雷先生的原因。"

"哎呀，"安妮喃喃道，"多么不幸的巧合啊。"

"可以说事实往往比小说更离奇啊。"我叹了口气，陷进沙发里说，"萨克雷先生的信是那么高尚，那么毫无怨言，可一想到我无意中的错误使他成了公众闲言碎语的目标——噢！这事太可怕了！"

这一事件在媒体中激起了大量的评头品足，进一步唤起了对那三个贝尔们的注意。好奇心被唤起了，不仅是他们没有确定的性别，还有他们小说的内容（一个评论家抱怨的'女人离奇古怪的幻想'）。这时，人们开始纳闷这些贝尔们是否事实上就是一个人，并且是同一个人！他们问道：《阿格尼丝·格雷》和《呼啸山庄》事实上是《简·爱》的作者不那么成功的早期作品？

起初，对这些揣测我和艾米莉以及安妮只是一笑置之。然而，随着时间的推移，媒体的无聊声音继续着，我觉得这事越来越不好笑了。评论家对她作品的野蛮书评使艾米莉非常失望，她毅然决然地试图把这种失望隐藏在冷漠和容忍的面具之后。不过，我知道她的真实感受。我在各个方面尽量低调，不凸显自己的成就。与此同时，每当听到我的书受到赞扬时，我就感到被交集着怀疑和害怕的情感责罚。我把我最好的一切全部倾注到《简·爱》里了，我还能写出一本同样如此受欢迎的书吗？

一八四八年冬天，气候尤为严峻，残酷的东风从荒漠上呼啸而入。在短短的几个星期里，我和弟弟妹妹们全都患上了两次流感或重感冒。持续时间长而造成危害大的只有安妮一个人。就她而言，伴随而来的是令人苦恼的咳嗽和高烧，导致她肺部虚弱，从孩提时起就一直困扰她的气喘病严重复发。连续两天两夜，她呼吸困难，显得是那么痛苦，使我担心起她的生命来。像对待一切苦难一样，安妮忍受着，既悲壮又坚忍，并且没有一句怨言，只是在几乎精疲力竭的时候时不时叹息一声。

冬去春来，在此期间，我拼命为我的下一本小说确定一个主题。我的出版商们建议我采用狄更斯和萨克雷运用的分期连载的方法，可我拒绝了，坚持说我不会想拿出一个字去投稿发表，除非我写完了最后一章的最后一个词，并且对前面所写的全部内容完全满意。就这点而论，我会毫不动摇地坚持这种三卷本的形式。我提交了一个计划，是我打算重写《教师》的方式，扔弃整个第一部分，改写和扩充后一部分，可这一计划遭到了礼貌和坚决的拒绝。我为新书开了三个不同的头，可我全都不喜欢。一时间，我遭受到极大的打击。

年轻时，记录自己的生动想象的需要支配了我。然后，如在写《简·爱》期间一样，胡编乱写一直是我的乐趣和兴奋剂。写作的时候一整周一眨眼就过去了，我写作因为我忍不住。此时——令我沮丧的是——我梦想的成功本身，以及随之而来的以商业为导向的期待，夺去了这个事业的一些乐趣。当下的著名作者们拥有对世界的了解，我感觉，这些是我无法企及的。在我看来，这会赋予他们的作品一种重要性和多样性，这些是我远远无法给予的。我感到有责任再创作一部优秀的作品。我的确相信自己有写作的能力，可我发觉并不是每天，甚至也不是每周，我都能够写出值得一读的东西。

终于，我定下了一个题目。不顾《简·爱》的成功，我急于避免重复一些评论家的指控，他们一直指责我的作品是情节剧，有的情节是不大可能的。未婚女子在社会上的地位始终并且越来越占据我的心。同时，我被写一部历史小说的念头迷住了。爸爸给我讲了很多迷人的故事，关于摄政时代鲁德分子暴动时期，在约克郡的毛纺和棉花业发生的风云多变的情况。脑海里想着这个，我开始搜寻和写作《雪莉》。

艾米莉也着手写她自己的一本书，尽管她拒绝分享她在写的东西。"我不知道我是否愿意再次出版。"那年春天，当我们聚集在餐桌周围进行一次夜间讨论时，艾米莉解释道。"即使我愿意的话，我也最好是独自工作。《呼啸山庄》第一稿的大部分我就是那样写出来的。我有一本新书在进展中，目前我只愿意说这些。我将给你们看，如果并且当我对它满意时。"

安妮，不顾越来越虚弱的身体，日夜伏案写作一年多，拼命写着她的第二本书《怀尔德菲尔府的房客》。安妮对这一工程是如此投入，我和艾米莉只有费尽周折才能说服她去散一下步，或敦促她聊一会儿天。

"整天这样呆坐不动的生活对你是不好的，"在五月一个阳光特别明媚的日子里，我警告她。"你需要锻炼，安妮。跟我们出去吧！"

"我就要誊完我的小说了，"安妮坚持说，"纽比先生在等着呢，我想干完它。"

《怀尔德菲尔府的房客》是一部大胆的小说，描述一个勇敢的女人，她离开自甘堕落的酒鬼丈夫，以便自己养活自己，并且把儿子从他的坏影响中解救出来。我赞赏安妮的努力和技巧，感觉它是一本分量很重、写得很好的书。不过，我认为主题的选择是一个错误。

"你笔下的有钱酒鬼不是布兰韦尔，即使那副醉态显然是和他的一样。"我告诉她，"你对他的衰败的精心处理读起来令人不安，你的很多主要人物是放荡的，"（他们卷入不正当的男女间的暧昧关系，就像她在绿庄目睹过的那些人一样。）"恐怕公众是不会欣然接受这些东西的。想一想他们是怎么批评我的，因为创作了一个像罗彻斯特这样的人物——

即使他的所有暧昧关系都发生在过去，并且已为之后悔。"

"是的，可是，夏洛蒂，要是你得重写的话，你会把它写成不同的样子吗？"

我犹豫了。"不，我想不会。"

"你自己的出版商说《简·爱》的有些部分读起来太痛苦，会疏远公众——事实证明他们是错误的。我相信我的书也会是如此，我感觉讲述这个故事是我的责任。假如，在我的作品中，我能做点好事——假如我能够挽救一个年轻女子，使她不犯我故事中海伦所犯的那种愚蠢错误——我感觉就达到了自己的目的。"

安妮将她的手稿忠实地交给了她无所不为的编辑纽比先生，从他那里获得比第一本书更优惠的条件：书一出版她就将获得二十五英镑，卖完二百五十本将再获得二十五英镑，报酬随着销售的比率而增长。然而，一八四八年六月，当纽比先生出版《怀尔德菲尔府的房客》时，他在广告措辞上做了某种巧妙的变化，暗示它的作者是《简·爱》和《呼啸山庄》的同一个作者。更糟糕的是，他凭借这些词语把它出售给一月份出版《简·爱》的美国公司哈珀（在那里它有着极大的销量），而且我的出版商已为柯勒·贝尔的下一本小说与其签订了协议。

"这是令人难以忍受的！"我叫道，我收到史密斯和艾尔达的信，告知我这些暗中的交易。"史密斯先生极为震惊、怀疑和愤怒！他问我知道这一切在发生吗？我在他不知情的情况下把下一本小说投给了哈珀公司吗？我当然没有！我怎么会做这样的事情呢？亏他想得出来。纽比先生怎么能胡诌出这样的弥天大谎呢？"

"就这个问题，我已经反复给纽比先生写过信，"安妮说，极为烦恼，跌坐在餐厅里的摇摇椅上。当时我是在餐厅里发布这个消息的。"我坚持说贝尔们的作品是三个不同作者创作的。"

"然而，纽比先生写信给哈珀，"我难以置信地叫道，"信誓旦旦地保证，《简·爱》、《呼啸山庄》、《阿格尼丝·格雷》和《怀尔德菲尔府的房客》全都是由同一个人写的！"

"他想要公众和出版业相信他已经控制了柯勒·贝尔，"艾米莉厌恶地说，"他试图通过获得美国出版商的出价来欺骗史密斯和艾尔达。你说得对，夏洛蒂。他是一个可鄙的人！把我的书给了他，我很遗憾。"

"现在史密斯和艾尔达在质疑我的忠诚和诚信，以及我本身的身份。"我在壁炉前踱来踱去说，"我们必须马上做点什么，来向我的出版商证明，我们是三个独立的人，我们必须直面撒谎的纽比。"

"怎么做？"安妮说。

"只有一种方法，他们必须见到我们本人。我们必须亲自去伦敦——我们三人都得去，一起去——刻不容缓。"

"去伦敦！"安妮叫道，带着幸福和恐惧的表情。

"如果我们亲自去的话，"艾米莉争辩道，"我们保持匿名的努力就失败了。他们将了解到我们是女人。"

"揭示这个事实有什么可耻？"我激烈地回答，"我们的书已经出版，并且早已受到评介。让公众知道我们属于更加尊贵的性别吧！"

"不！"艾米莉叫道，"我不容许这样做。要是想到有可能暴露我的隐私的话，我一开始就根本不会同意出版的。"

"那我们只要告诉我们的出版商，"我说，"并确保他们不把我们的秘密泄露给任何其他人。那样行吗？"

艾米莉叹了口气。"如果你必须亲自去伦敦的话，那就去吧——我可不去。这全是关于你的书，安妮；还有你的名声，夏洛蒂。两个作者与三个作者一样，完全可以充分证明你们的观点，但是埃利斯·贝尔将继续是一个男人，并且他将待在家中。"

这次外出被证明是一次激动人心的经历。这是安妮第一次去伦敦（她一辈子没有离开过约克郡），这只是我的第二次旅行。六年前去比利时的路上我和爸爸还有艾米莉度过了三个激动人心的日子，游览了伦敦最有名的景点，可最后一次旅行我没花时间在那里逗留。

安妮和我立即打包了一个小箱子，把它送往凯格利。我们告知爸爸我们的计划，当天下午喝完茶后就大胆地出发了。那是七月七日，我们冒着雷雨走到火车站，到达利兹，被开往伦敦的夜车载着。经历了一个不眠之夜后，我们于早上八点到达帕特罗斯特街的查普特咖啡屋，我以前在那里待过。我们洗漱了一下，吃了早餐，怀着莫名其妙的激动心情出发去寻找康希尔六十五号。

对于一年到头都身体虚弱的安妮来说，在漫长的旅行后又步行穿过市区，这既激动又费力。到达时，我认为她脸色看上去非常苍白，尽管她坚持说自己没事。史密斯和艾尔达原来就躲藏在一个大大的书店里，在一条几乎和斯特兰德一样熙熙攘攘的街道上。我们走进去，走到柜台前。那是一个星期六——一个忙碌的工作日——小小的房间里都是年轻男子和少年。我对能搭上话的第一个人说道："我可以见史密斯先生吗？"

他犹豫了一下，显得有点惊讶，询问我们叫什么名字。我拒绝给出名字，解释说我们是因为私事来见出版商的。他叫我们坐下来等候。等待中，我越来越不安起来，乔治·史密斯先生会怎么看待我们呢？他根本不知道我们要来，在我们交往的过去这十一个月里，他一直相信柯勒·贝尔是一个男人。我知道，我和妹妹并不起眼，两人都身材那么矮小，穿戴着我们土气的家常衣服和帽子。

终于，那位风度翩翩、年轻英俊的高个男子走到我们面前。"小姐，你们想见我？"他半信半疑地问。

安妮和我站起身来。"是史密斯先生吗？"我吃惊地说，透过眼镜仰视着一个黑眼睛、黑头发的年轻人。他二十四岁，皮肤白皙，修长的运动员身材，看上去太年轻、太漂亮，不可能是一家出版社的头。

"是的。"

我把他本人写给柯勒·贝尔的信放进他手里。史密斯先生望着它，然后又再次望着我。"这个你是从哪儿弄来的？"

看到他的窘态，我笑了。过了一会儿，他脸上静静地掠过一丝惊讶，若有所悟。我说道："我是勃朗特小姐，也是柯勒·贝尔，《简·爱》的作者。这位是我妹妹，安妮·勃朗特小姐——也叫做阿克顿·贝尔。对于我们的本人身份和作者身份，你们可能有一些疑惑，我们是从约克郡来平息这些疑惑的。

15

"你们是贝尔们?"史密斯先生叫道,绝对震惊了。"可我以为……我猜想你们是三兄弟呢!"

"我们是三姐妹!"我回答道,但立即就后悔了,因为在那四个匆忙说出的词里,我无意中打破了我对艾米莉的承诺。"我很高兴你这样认为,先生。"我快速地继续说道,"因为这正是我们希望给予的印象。"

史密斯先生爆发出一阵哈哈大笑,夹杂着惊讶和明显的欣喜。"埃利斯·贝尔呢?"

"他不能和我们一起来。"我迅速出击,简短地解释了纽比先生的情况,非常激烈地数落起纽比来。

"你们的指控是有根据的,"史密斯先生说,"我们管纽比的公司叫'努比亚沙漠',手稿和信件在那里可以永久凋萎。请你们等一会儿好吗?有一个人我必须给你们介绍一下。"他飞奔出去,马上又领着一位五十岁来岁的先生回来了,他皮肤白皙、性情温和、弯腰驼背,他就是威廉·史密斯·威廉士先生,是我如此亲密和频繁通信将近一年的另一位先生。终于见到了他,我是多么开心啊!

接着是一大通握手,然后坐在史密斯先生那间明亮的小办公室里聊了一个多小时。办公室仅够容纳三张椅子和一张桌子,但天花板上有着大大的天窗。

年轻的史密斯先生最为健谈,而威廉士先生和安妮几乎一言未发。威廉士先生说话有点紧张和犹豫,似乎难以找到合适的语言来表达自己的意思,这就使得他在谈话时处于不引人注目的地位,可我知道他写起东西来可是充满智慧,所以我不能低估他。

我也立即喜欢上了史密斯先生。我看出他既是一个愉快、实际、智慧和精明的生意人,也谦和、大方。最初听到柯勒和阿克顿·贝尔的真实身份时,他是震惊的,一旦从其中恢复过来,他就做出了殷勤的反应，邀请我们住到他家里去——这个邀请我拒绝了。

"我们只打算在城里待一个晚上，史密斯先生，我们明天就要回家。"

"噢，不，这是不可能的，勃朗特小姐。"史密斯先生从他桌后的座位上回答，"你们这么大老远来，至少得待上几天呀。这是你们第一次来伦敦吗？参观过它的景点了吗？"

"我以前来过一次，看了很多。我妹妹没来过。"

"你们必须允许我带你们到处走走，应该充分利用时间！今晚我带你们去看意大利歌剧。你们得看展览。我知道，萨克雷先生见到你们会非常高兴的。如果路易斯先生知道柯勒·贝尔在城里，我们得封住他的嘴巴！我将邀请他们俩来我家吃饭，你们会见到他们的。"

我坚定地说："史密斯先生，你的这些邀请把我的脑袋弄得晕乎乎的了，可我恐怕得对它们全部说不。我和妹妹今天来这儿只有一个念头：悄悄地把自己介绍给你们，并向纽比先生'致意'。我们不希望见其他任何人。事实上，"我严肃地补充道，"我们必须坚持，先生，你们不告诉别人我们在这儿，也不让任何一个其他人知道我们身份的秘密。对于其余的世界，我们希望仍然被当作先生们——仍然是那三个无从捉摸的贝尔兄弟。"

史密斯先生的脸一沉。"但是那肯定不行——就是说——你将错过那样一个机会！你意识到你们会引起怎样的骚动吗，勃朗特小姐，如果你允许我把你们介绍给伦敦的社交圈的话？人们简直会拼着老命赶来求见《简·爱》的作者啊！"

"那正是我希望避免的场面，先生。"

"我完全理解你，勃朗特小姐。"威廉士先生带着善良和同情的表情插嘴道。

"谢谢你，威廉士先生。"

"你别想就这样悄然离开吧，"史密斯先生不快地坚持说，"你们肯定能参加一个晚宴吧。我会把你们介绍为'我乡下来的表姐妹'。我将邀请萨克雷、哈里特·马蒂诺和查尔斯·狄更斯。你们希望见到他们吧，不是吗？"

一提到这些名字——全是我崇拜的对象——我突然兴奋起来，心里忽然燃起想见他们的强烈渴望。"这是一个诱人的提议。可是，我们真的能够保持假名身份吗？

"我将尽力而为，不过我承认，像萨克雷这样的人，我不能不暗示他们要见到的是谁。"

我瞥了一眼安妮，她默默地摇了摇头。我知道她是对的。这样的夜晚，我意识到，只会使我们丢人现眼，不会有什么好结果的。"对不起，史密斯先生。我非常想见这些文学巨匠，可是最好是让世界认为我们是'粗野的贝尔兄弟'，而不是两个来自约克郡的矮小羞涩的乡下女人，畏缩在一个角落里，紧张得一句话也说不出——因为我向你保证，事情会是那样的。"我站起身来。"现在我们真的得走了，恐怕已经耽误了你们太多的时间。"

"勃朗特小姐，"史密斯先生，急忙绕过他的桌子来到我们身边。"如果你们坚持拒绝我的所有别的提议，至少你们得允许我把你们介绍给我的姐妹们。我发誓她们不会把你们的身份泄露给任何人的。告诉我：你们住在哪里？"

我不忍心再次拒绝，就把他想要的信息给了他。令我们吃惊的是，当那天晚上史密斯先生来客栈拜访我们时，他穿着晚礼服，由两位年轻优雅、身着盛装的女士陪伴，准备去听歌剧。我和安妮没打算出门，也没带优雅的好衣服，或者说在这个世上就没有什么好衣服。可我们还是迅速穿上我们拥有的最好的服装，和他们一同前往了。与罗西尼的《塞维利亚的理发师》的表演相比（我看过故事，那个我更喜欢），给我印象更为深刻的是歌剧院本身的辉煌建筑，以及聚集在那里的漂亮人群（我一辈子只在布鲁塞尔目睹过一次这样的壮观景致）。但是，整个夜晚真是激动人心，我和妹妹永远不会忘记。

星期二上午，在离城之前——白天游览了画廊，晚上和史密斯先生以及史密斯·威廉士一家人吃饭——我们前去见托马斯·纽比先生。与在史密斯和艾尔达收到效果一样，会面以震惊和难以置信的接待开始，但接下来的情形就完全不同了。纽比先生的公司位于卡文迪什广场莫特摩尔街七十号，史密斯先生的公司有多明亮整齐，纽比先生的公司就有多阴暗混乱，他本人与他的周围环境相称：矮小、黝黑、冷淡、拖沓，至于人格则暧昧、粗野。更为甚者，发现他的客户阿克顿·贝尔是一个女人后，他的态度明显变得居高临下和不屑一顾。

"很抱歉，如果我误解了这个情况的话。"纽比先生从灰尘满布的柜台后高傲地说。（他没有邀请我们去他后面的办公室，对此我有说不出的感激。）"可是我对贝尔先生身份的处理是基于我认为的确凿情报的。当然，我将收回我对哈珀公司的出售，对于你现在的这本书我们做最好的希望吧。"他贼亮的小眼睛里游移的微光，以及声音里那居高临下和糊弄人的语调，我对他人品的担心全部得到了证实。

"我跟纽比完了。"那天上午晚些时候，当我们载负着史密斯先生给我们的书，跌坐在回家的火车座位上时，安妮断然说道。"我再也不要他作我的出版商了。"

"但愿他至少履行协议。"我说。

事实上，纽比的确向哈珀公司开诚布公地彻底交了底，可是没多久他就开始泄露我们真实身份和性别的秘密，很多年以后他才把欠我妹妹的钱支付了一小部分。

我和安妮坐在火车上，重新阅读了对《怀尔德菲尔府的房客》的最先评介，这本书是我们到达伦敦的那天发行的。评价是各式各样的，有赞扬这个作品的，但却抱怨小说生动描写了人类的邪恶，以及作者"对粗野，还不说是残暴，有着病态的喜好"。

我为安妮感到难受。尽管她没说多少，因为她天性那样寡言、安静和内向，可我能够看出那些不利书评的影响使她感受极为深切。不过，尽管（或许是因为）这些书评，安妮的小说销售得非常好，第一版后只有六个星期，纽比又出版了第二版。

我们刚进牧师住宅的门，艾米莉就要我们在书房的火边坐下来，给她和爸爸精确和详细地描绘过去五天里我们所见和所做的一切事情。尽管艾米莉表示对去伦敦没有兴趣，可当我兴高采烈地讲述我们的故事

（安妮不时插上一句）时，她也会两眼发光，揭示出她从这段经历所产生的共鸣中获取了欢乐。我告诉她一切，只是没提及我无意中将她的真实身份背叛给了史密斯和威廉士先生。然而，两周后，当艾米莉给我念威廉士先生的一封信时这些事实泄露出来了。在信中，他用复数提到了我的"妹妹们"。

"你怎么能这样呢?"艾米莉爆发了，在我面前挥舞着那封信，像我第一次发现她的诗歌时那样劈头盖脸地对我发泄着愤怒。"我对这一问题的态度是明白无误的。"

"我非常抱歉，"我满脸羞愧地回答，"'我们是三姐妹'的话是一不留神就脱口而出的，一说完我就后悔了。"

"你马上回信给威廉士先生，告诉他从今以后，埃利斯·贝尔先生不容忍别人提及他笔名外的任何称谓。"

我按艾米莉的命令做了，我拿不准她是否原谅了我。

从伦敦回来后的第六周，玛莎告诉我一个坏消息，安利家最新出生的婴儿被病魔折磨了整整一个夏天后走了。那是一个该死和讨厌的月份，在过去的整个一周里，父亲因患严重的风湿病卧床不起，尼科尔斯先生替爸爸履行着所有职责。我想向安利一家致意，可由于艾米莉从来不进行这类访问，安妮又忙于其他事情，我只好独自前往。

那是八月下旬的一个炎热的上午，我走近时，大大小小的孩子们在安利家的小屋外漫无目的地转悠，只有最小的孩子们在玩耍，但是平时的那种兴奋劲不见了。我向前门走去时，他们也没有围到我身边来。从屋子里，我能够听见喃喃的说话声，还有人们的哭泣声。我心情沉重地敲了敲门。安利先生开的门，他是一个模样强壮的高个男人，沙色头发渐渐稀少，脸上提早布满了皱纹。

"勃朗特小姐，"他点头叫了一声，用袖子擦了一下溢满泪水的红眼睛，示意我进屋。

在那间黑暗的小房间里，稀稀拉拉地聚集着一群脸色忧伤的人，他们全都穿着黑色或深色衣服。很多女人在哭泣。安利太太坐在摇摇椅里轻声抽泣着。他们的大儿子约翰，穿着我和安妮一年前为他缝制的那件衣服，站在那只停放在壁炉边的小棺材旁。

"我为你的丧子之事感到遗憾，安利先生。"我说，然后走到安利太太身边。有人为我端出一张椅子，我坐下来，握住安利太太的手。"我很同情你，夫人。我能想象失去一个这么小的孩子会是多么痛苦啊。"

"我们的阿尔伯特是那么乖的小宝宝呀，"安利太太唉声叹气地说，"他从来不给我们添一点麻烦。两晚前他发起了高烧，我还不知道是怎么回事，他就走了。"她又放声痛哭起来。

"失去他给我们的打击这么大，"安利先生说，"可我们得接受现实，因为这显然是上帝的意志。不过，我们非常伤心的是这以后发生的事情，因为尼科尔斯先生拒绝让他下葬。"

"拒绝让他下葬？"我震惊地重复道，"怎么会这样呢？"

"尼科尔斯先生说，鉴于这个孩子没有接受洗礼，让他下葬会违背上帝，违背他的所有原则。"安利先生说。

"让一个婴儿下葬会违背他的原则？"我叫道。

"我们当然是打算给这个婴儿洗礼的！"安利太太说，"可是他出生后头两个月我太穷了，随后安利先生和其他孩子都生了病，接着就太迟了。我们问他，牧师能不能举行这个仪式，可尼科尔斯先生说他卧病在床，而且无论如何，勃朗特先生都不会有不同意见的。"

这倒可能是真的，我想，心里冒火。我和爸爸就神职人员这一令人愤怒的顽固不化争论过很多次，这是爸爸顽固遵守的为数不多的蒲赛主义死板训诫之一。

"尼科尔斯先生说这个宝宝不能埋在教堂墓地里，"安利太太接着说，"所以现在我们可怜的阿尔伯特已被判定要永久过着被诅咒的生活，因为我们得自己掩埋他，没有神职人员的祝福。"

听到这个消息我简直遏制不住我的愤怒和沮丧。我向安利夫妇告辞，表达了我最深切的同情，答应去询问一下情况，看我是否能为他们做点什么。接着我立即动身回家，打算将怒火发泄到爸爸身上。然而，我一转进教堂巷，就看见尼科尔斯先生正从学校里出来。我大踏步直接走到他面前，心怦怦直跳。

"先生！我刚去看过安利一家，他们将你不公平的行为告诉了我——你拒绝让他们的孩子下葬！先生，你怎么能管自己叫做基督徒，却对他们如此残酷呢？"

"勃朗特小姐，"尼科尔斯先生回答，显然吃了一惊。"如果我在这件事上冒犯了你的话，我很伤心，可我只是在行使我的职责。"

"你的职责？无视一个无辜和可怜的孩子的需要，怎么能是你的职责？他这样过早夭折已经是够让人伤心的了，可还要把他从教堂墓地里驱逐出去？现在他的父母认为他将遭受永久的诅咒！"

"他可能如此，不管我采取什么行动。安利家的婴儿没受过洗礼。父母们完成了他们世俗的责任，在区户籍员那里为孩子的出生注了册，可他们没有行使他们神圣的责任而把宗教仪式办了。"

"噢，我想我应该估计得到你的这种自私自利、顽固不化和振振有词的回答！"我叫道，热血沸腾。"你不是一个牧师，尼科尔斯先生，你是一架机器！一架没有思想的机器，对那些辛勤服务的人们没有一丝考虑或同情，就这样完成着自己的工作。"

"勃朗特小姐……"他震惊地开始辩解。

"我的心为安利一家流血，而你呢！你对他们的处境没有感觉！你以原则为由抛弃了他们！"我摇了摇头，思绪转向他也曾冒犯过人的另一个领域。"谁要是不能满足你的私欲，你就'抛弃'他，这似乎是你的一贯做法啊，尼科尔斯先生。你怎么能安心，对我来说是一个谜，因为你也曾以这种不分青红皂白的方式无情地抛弃过不合你目的的女人。"

尼科尔斯先生此时目瞪口呆地望着我。"你说什么？女人？"

"先生，对于你来说，女人只是用完了就扔掉的东西！"

"你凭什么这么说？"

"难道你没想到，先生，多年前当我遇见布丽奇特·马隆的时候，她不会告诉我，在爱尔兰时你们俩之间曾经发生过的一切吗？"我反驳道。

尼科尔斯先生脸色变得死一般的苍白，有一会儿他似乎说不出话来，然后他平静地说："马隆小姐说什么了？"

"她把一切都告诉了我：你怎么引诱她，并且答应娶她，接着又冷酷地抛弃了她，因她父亲拒绝给她嫁妆。"

"她是这样说的？"

"是的！你是一个多么卑鄙的男人呀，尼科尔斯先生。一个令人难以忍受的卑鄙男人！不过，马隆小姐的坦白一点也没让我吃惊，因为我以前就多次领教过你关于所有女性的观点，尤其是单身女性，而且一直以来都是如此。但愿我是第一个告知你的，先生，并非所有未婚女子都是追寻丈夫的老姑娘，不管这些虚假的印象在你和你同事的脑海中是多么根深蒂固！我们中间有很多人相当满足于不结婚，我们不愿拿我们珍视的独立，来换取束缚人的奴役生活，为像你这样以自我为中心的傻瓜劳役。作为我们的副牧师，你的狭隘和自满我们不得不忍受，这已是够艰难的了！这又将我带回到我最初的观点：安利家。他们是上教堂的人，先生！他们总是称赞你，然而，你却在他们最需要的时刻令他们失望！在他们可怜的孩子的坟头上念几句祷告词对你会有多难？"说完，我头也没回地咚咚走开了，使劲拉开牧师住宅的门，砰地一声随手关上了。

我立即上楼去见父亲，打算对安利家的处境发表我的意见，可爸爸看上去仍然那么虚弱无力，咳嗽的声音听起来那么可怕，所以我不忍心再使他苦恼。

那天晚上，我向妹妹们倾诉了我的心声。对于尼科尔斯先生这样无情地处理安利家的困境，艾米莉惊呆了。一贯虔诚的安妮，心里充满了矛盾。最终，不顾我和艾米莉提出的所有辩词，她宣布尼科尔斯先生只是执行教堂的训诫，他的决定是正确和恰当的。

"你们不应该这么严厉地批评尼科尔斯先生。"安妮坚持说。

"我说出了我的心里话，我不后悔。我永远不能原谅尼科尔斯先生。"

第二天上午，我离开家前往村子时，看见一小群哀悼者聚集在教堂墓地的尽头。再仔细一看，我认出他们是安利夫妇和他们的八个孩子，以及几位邻居。他们全都站在一座坟墓前。当其中一个哀悼者稍微挪动位置时，我看见那个背诵葬礼祷告词的司仪牧师正是尼科尔斯先生本人。

我的心微微跳动了一下。显然，我前一天的爆发产生了良好的效果。尼科尔斯先生听取并且留意了我的意见！尽管他有别的缺点，但这里我要为他说句好话，他还没有骄傲到不承认自己犯了错误并且改正它。我急忙赶过去加入那一小群人，正好听到尼科尔斯先生对着小阿尔伯特·安利的棺材宣读了最后几句祷告词。一念完，尼科尔斯先生抬起头来，注意到我，他望向别处，脸上笼罩着如此辛酸和愤怒的表情，让我吃了一惊。那愤怒是指向我的吗？我沮丧地想。

我向安利夫妇致意，他们告诉我他们是多么感激啊，因为那天一大早尼科尔斯先生就上门去看望他们，说他已经对婴儿的最终处置改变了主意，如果他们愿意只举行一个小型哀悼会的话。看到至少有一部分苦难得到解脱，我心里好过了。当我再次抬起头来，决心勇敢面对尼科尔斯先生的恶劣心情并向他致谢时，他已经走了。

半个小时后，我刚离开鞋匠店，在那里为一双新鞋量了尺寸，恰好碰见从邮局出来的西尔维娅·马隆。

"下午好，马隆小姐。"我笑着向她打招呼。

"勃朗特小姐！"一个奇怪的表情掠过西尔维娅的脸，她的五官很快镇定下来。她微笑着、步子坚定地走到我面前。"你好吗？好久没见到你了。"

"的确如此啊。"我有几周没在教堂里见着西尔维娅了，不过她并不是经常上教堂。"希望你和家人都好吧。"

"我们都好。"西尔维娅继续简单地讲述了我们最后一次见面以来她生活中发生的各种事件，我也分享了一些我愿意告诉的有关我自己家里的消息。我正准备道别，突然——尼科尔斯先生的事情仍然记忆犹新——我想起来问道："你听到你表妹布丽奇特小姐的什么新消息吗？她有了新爱人吗？"

"她的确是有了，勃朗特小姐。就在几周前我收到她的一封信，她好像订婚了。"

"订婚了？多好啊。希望他是个好人吧？"

"我说得可能不正确，因为我从来没见过他，可他显然是有钱的。

他在做生意，她说，和我叔叔一样，而且布丽奇特好像够幸福的。"

"那我为她感到高兴。"

西尔维娅犹豫了一下，然后说："布丽奇特在信中还告诉了我一件别的事情，勃朗特小姐。她说，我要是愿意可以告诉你，假如你还不知道的话。可是……这事发生在那么早之前，也许你已经全部忘记了。"

"忘记什么了？"

"你还记得三年前我表妹在这儿时曾经倾吐过对尼科尔斯先生的那一切愤怒吗？她说他怎么追求她，然后又抛弃了她，等等？"

"我确实记得。"

"唔，布丽奇特讲的似乎不全是实话。"

我瞪着她。"你什么意思？"

"现在布丽奇特订婚了，正准备在教堂里结婚，她说她感觉有必要将过去可能犯过的任何错事从灵魂里清除出去。她说她现在还羞于承认，可她告诉你的针对尼科尔斯先生的一切并没有真正发生过。"

"没有发生过？"

"没有。尼科尔斯先生好像根本没做什么错事，唯一的错误是布丽奇特自己犯下的。尼科尔斯先生的确如她所说经常去她家拜访，但那是为了看她的哥哥，而不是她。尼科尔斯先生是那么高挑、英俊和善良，布丽奇特深深地爱上了他。有一天，她向他表白了自己的感情，可他坦白对这些感情没有回应，他根本没给她任何希望。这使得她如此愤怒，以至于怀恨在心地告诉她哥哥一些关于尼科尔斯先生的谎言，坚持说他对她本人无礼了——没什么不合法，你看，她已经成年——但这一切却导致尼科尔斯先生在抗击这个指控期间被圣三一学院开除了一段时间，并且显然给他带来了无法言表的痛苦。"

我一动不动地站在原地。怎样解释我听到这个消息后的感受啊：震惊！恐惧！羞辱！悔恨！

"布丽奇特知道她当时的行为是邪恶的。后来，她感到后悔了，两年后，她收回了一切。在凯格利见到尼科尔斯先生时，布丽奇特大吃一惊。她是那么害怕他会说她的坏话，使我对她的评价降低，所以就告诉了我那个故事，以便使我对他产生恶感。如果你问我的话，她只是实在太可恶。勃朗特小姐，我想我应该羞于叫她表妹，可感谢上帝这事似乎对尼科尔斯先生没有造成任何永久的伤害。我肯定你现在应该已经把这事全忘了，就像是我几乎没有告诉你这回事一样。"

"我很高兴你告诉了我。"

"现在我得走了，我自己也有了一个新年轻人，他在等我呢。再见，勃朗特小姐！"

看着西尔维娅急匆匆地走下街道，我身体的每一个细胞似乎都在默默的羞辱和震惊中呐喊。这个关于尼科尔斯先生的新信息的确使人对他刮目相看！它结束了我在长达近三年里对他的价值所持有的否定意见。

安妮从一开始就坚持说，布丽奇特·马隆的故事一定还另有隐情，但我从来没想到她完全是捏造的。讲述这件事时，布丽奇特脸上的表情，以及眼泪汪汪的语调和模样，在我心里激起每一丝同情。如今令我沮丧的是，我意识到这一切都是一场表演：这位年轻女士在以往许多场合演练得日臻完美的表演，与失去我的好感相比，这对尼科尔斯先生造成伤害显然要大得多。

噢！我以前的行为是多么轻率啊！我是多么愚蠢啊，竟然相信了一个我了解那么少的人的话！布丽奇特·马隆只是认识了几个小时的熟人，而在讲述这件事情时，我已经认识尼科尔斯先生好几个月了。从那以后，我看到了尼科尔斯先生良好本性的每一个证据，我目睹了他所做过的一切好事，然而我却对这一切熟视无睹。他曾经对我说过的某句话伤了我自尊，他更加严格的宗教原则令我厌恶，基于此我把他往最坏里想，盲目地接受一个任性和骗人的陌生人的话。在整个这段时间里，尼科尔斯先生一直是无可指责的！完全无可指责！

我回顾起前一天我曾恶狠狠地对他发泄的所有指控。我说过的关于安利家的话，尽管措辞刺耳，至少是建立在事实基础之上的，而且尼科尔斯先生良心发现对它进行了弥补。我的关于老处女的恶骂也是基于事实的：我听见他多次发表那些看法。可关于布丽奇特·马隆……噢！我多么希望能够把那些话收回来啊！

我转上小巷，决心去敲副牧师住宅的门，求见尼科尔斯先生，主动道歉。令我吃惊的是，我看见那位先生就在前面，正穿过远处通往草坪和荒漠的大门。

"尼科尔斯先生！"我喊道。他站住并转过身来。他没有带狗，毫无疑问他是为了回避在牧师住宅停留，以防万一碰见我。我的心怦怦直跳地赶到他面前。"可以和你说一会儿话吗，先生？"

他脸上仍然有着早些时候在教堂墓地观察到的那种辛酸和愤怒的表情。不过，他低头稳稳地望着我，低声说道："当然可以。"

"我希望为我昨天所说的一件事情道歉，先生。"

"你不需要道歉，勃朗特小姐。听到你所说的话我很痛苦，我承认，可我感谢你的诚实。我整晚都没睡着，躺在床上琢磨这事，而且……"（稍微犹豫了一下）"关于安利家……我明白了在这件事情上我可以对教堂的规定作一些例外处理，因为他们虔诚地为其他八个孩子都进行了洗礼，如果不是疾病降临在这个家庭的话，他们本来还会再次这样做的。不过，我告诉他们，我将来不会这么心慈手软，对他们或对其他教区居民。"

噢！多么可恼的人啊！我想，我的怒火又升起来，随着我对他刚刚产生的尊敬迅即逃离。"我明白了。我本应该意识到你的行动并不意味着心肠的永久转变，先生。你的信仰的确是太根深蒂固了，不可能有这种彻底的转变。"

他皱了皱眉头。"也许是吧。再见，勃朗特小姐。"他正要转身朝大门走去，但听到我的叫声后停顿了一下。

"等一下，请等一下，先生。"我深吸了一口气，默默地告诫自己不要发脾气，下定决心不偏离我的任务。"对不起，我一般来说是一个非常含蓄的人，我向你保证，然而因为某种原因，对你，我似乎说出了我的心里话。请相信，先生，我感激你为安利家所做的事，我后悔对你谈起那个话题的方式，可是那不是我悔恨的主要原因，我希望道歉的是我那么无情地——并且错误地——说出的另外一个指控。你瞧，我刚刚和西尔维娅·马隆说过话。"

"是吗？"

"是的，她表妹布丽奇特最近从爱尔兰写信给她，揭示了某些事情，关于……关于你过去与她的关系的真实情况。现在我明白了布丽奇特·马隆小姐告诉我们的一切都是谎言。你的行为是无可指责的，先生，那件事情中的所有责任都是那位年轻女士本人的。"

释然漫过尼科尔斯先生的脸。"听到你知道了真相，我很高兴，勃朗特小姐。虽然我在马隆小姐手里忍受了那一切麻烦，但听说她居然堕落到为赢得她表姐和你的恩宠编造一个关于我的全新谎言，我还是很震惊。想想这么些年来，你一直认为我犯下了这种行为！而我根本不知道！想到这个我是说不出的伤心啊！"

"一想到我居然相信了这事，我也伤心呢，先生。我本不应该听信她的。我真地后悔我昨天的话，我骂了你。噢！现在想起来还脸红呢。"

"请不要责骂你自己，勃朗特小姐。你是在遵照你信以为真的信息行动的，正如你就安利家的事所做的事一样。你说出了你的心声，说真话只有好处。"

"我一贯是这样认为的，直到现在。"我说，带着悔恨的笑。

接着是短暂的停顿。他不确定地打量着我，接着回头瞥了一眼那边的荒野，说："我正要去散步，勃朗特小姐。我可以问你……你眼下有空吗？你介意和我一起走走吗？"

我从来没有———一次也没有———和尼科尔斯先生散过步。一天前，这样的事，我想都不会想。令我吃惊的是，我听见自己说："你打算去哪儿？"

"信步而至的任何地方。天气很美，我想不出有什么地方比在荒漠上欣赏它更好的了。"

我犹豫了一下。"完全同意。我会很高兴陪伴你的，先生。"

带着一丝微笑，尼科尔斯先生打开大门，站到一边让我先过。

The

Secret

Diaries of

Part 3

16

那天天气温暖而爽朗。尼科尔斯先生和我沿着从大门处延伸开来的卵石小路，下到荒野的牧场田野，经过咩咩叫唤的灰色荒漠绵羊群，和那些脸蛋毛绒绒的小羊羔。柔和的风从西方吹来，刮过山坡，带着石楠丛生的荒野和灯心草的香甜味道。天空是一尘不染的蓝色，空气里充满昆虫的嗡嗡声，以及鸟儿断断续续、叽叽喳喳的鸣叫声。

尽管那天很美，但是和尼科尔斯先生一道散步我起初感觉还是不好意思。在彼此之间这么多年的疏远，以及我本人对他长期怀有的敌意后，很难知道怎样打开话题。我害怕说错话，这样可能将我们再次带入危险的水域。他好像也一样踌躇不定。有一段时间，我们别扭地默默地走着。不过，当我们离开田野，出发穿越那荒凉的紫色荒野时，我鼓起勇气说道："先生：我希望再次表达我感觉到的悲痛，当我了解到你过去在马隆小姐手里的遭遇时。你真的因为她的缘故被迫离开过圣三一学院吗？"

"是的，我回了家，在随后的两年里成了一名学校教师，一边争取洗刷我的名声。"

"你做过学校教师？"我吃惊地说，"我也做过啊。"

"我知道，你父亲说的。从我听到的各种说法来估计，我比你更喜欢这个职业，勃朗特小姐，可那从来不是我的真正目标。当马隆小姐最终明白了她行为的错误并且收回以前的言论时，那所大学让我复学了。"

"这要感谢上帝啊。希望学院接受了你在这件事上的绝对清白，并且做出了道歉吧？"

"是的。他们还答应我将整个事件永久地从我的档案中删除，再也不被提起。不过，这就是为什么我花了七年才从圣三一学院毕业，获得我的神学学位，而不是通常的五年。"

"噢，我明白了。我知道，当你来霍沃斯的时候，你是二十七岁，并且刚刚担任圣职，可我以为只是你比多数人晚些上大学呢。"

"不是。"

"毕业后是什么促使你来到英国的呢，尼科尔斯先生？"

"现在爱尔兰的教堂副牧师职位很少，我不得不跨过爱尔兰海来寻找出路。"

"离开你的祖国和家人一定很难吧，先生？"

"当时是，可我想结果够好的。"他边走边面带微笑地瞥了我一眼。"不过，这个话题到此为止。我更愿意谈你呢，勃朗特小姐。你父亲说你自己也上过学。"

"是的，上过三次，事实上。"

"他跟我说了你上的第一所学校——你吃尽了苦头，以及发生在你姐姐玛利亚和伊丽莎白身上的事情。自从我知道这件事以来，我一直想说我对你的损失感到非常遗憾。"

"谢谢你，尼科尔斯先生。"

"我很小的时候也失去过一个妹妹。"

"是吗？很遗憾。她叫什么名字？当时多大？"

"她叫苏珊，病死的时候是四岁。她是一个眼睛明亮的可爱女孩，充满生气和活力。当时我只有七岁，我非常生气，无法理解上帝怎么会将我完美可爱的妹妹从我身边夺走。"

"我的姐姐们去世时，我刚满九岁。"我说，抬头瞥了他一眼，带着同情和一种意外的同感，发现我们都拥有着同样的伤心史。"在任何年龄失去一位兄弟姐妹都是难受的，可我认为在很小的时候尤其难。从某种意义上讲，我从来没有从那个难关中恢复过来。"

"我感觉一样。我想是失去苏珊把我最终引上了牧师的职业：我努力想更好地理解上帝以及我们在世界上的位置，我希望自己能够为像我一样受难的人们提供安逸和慰藉。"

"先生，在霍沃斯，我们庆幸你选择了这个职业，而且你的道路将你引领到了我们这儿。"

"恐怕昨天你还不会这么说呢，可是我很高兴你现在是这样想的了。"他声音里有一种轻快的取笑声。这是我第一次听见他这样和我说话——温和地逗乐，把他一贯的严肃和认真感抛在脑后——这让我毫无准备。我发现自己在微笑，也用同样取笑的语气回答道："我相信你在这一点上没对我怀恨在心吧，我这样想安全吗？"

"绝对安全。"

"这样我很高兴。"

现在我们正走在峡谷的荒野小径上。我们走下峡谷来到溪流边，溪流被去年春天的雨水涨满，充裕和清澈地向前流淌着，映照着太阳的金色光芒，以及苍穹的蔚蓝色彩。离开小径，我们踏上一块苔藓般纤细柔软的祖母绿草地，上面密密麻麻地洒落着黄白相间的星状小花。同时，上面的山峰把我们完全笼罩在里面。

"我们在这儿休息一下好吗？"尼科尔斯先生问，当时我们到达了第一丛岩石阵。它把守着一个像要塞一样的地方，要塞那边传来附近一条瀑布的奔流声。

我点了点头，在其中的一块大石头上坐了下来。尼科尔斯先生在几英尺远的一块岩石上坐下来，脱去了帽子。我第一次惊讶地发现他是那么英俊：他坐在那里，微风吹拂起他浓密的黑发，亲吻着他的眉毛，他的脸庞在午后的阳光下活泼可爱、容光焕发。

"勃朗特小姐，假如我们能够摒弃前嫌，重新开始，就像只是刚刚相遇，那岂不是很好吗？"

"是啊。"我同意。我想——尽管我没有大声说出来——有一件事情我希望从尼科尔斯先生的记忆中永远抹去：他偷听到我弟弟讲的那些虚假和淫荡的话，关于我对比利时的某个人的迷恋。可我不敢提起这个话题，相反，我补充道："既然这样，那么要是你尽力忘记我昨天所说的那些伤人的话，我会极为感激的。"

尼科尔斯先生望着我。"那意味着——在你眼里——我终于可以无愧地自称为基督徒了？"

"你真的可以，先生。"

"以及一个牧师？"

"是的。"

"你不把我看作机器了？"

我的嘴角抽搐了一下。"不，你确实持有一些非常生硬的观点，先生，那些我将永远不同意，可是，这也意味着你有原则并且坚持原则。这只是使你成为一个有思想的人，而不是机器。"

"一个有思想的人——这个我能够接受——但不是，我希望，一个难以忍受的卑鄙男人？"

"不是，至少，就我目前了解到的情况，不是。"我笑了。

尼科尔斯先生也和我一起哈哈大笑起来：一种仿佛从他内心深处喷发出来的深沉、响亮和欢乐的声音。接着，突如其来地，一个淡淡的红晕爬上了他的脸庞，他的微笑消逝了，眼光游移开去，盯着溪流上遥远的某一点上。"讲到摒弃前嫌，勃朗特小姐，有一件事我非常想收回——我们初次见面后不久我说过的一句话，它一直极大地苦恼着我，而且我想它给你带来了痛苦。"

"噢？"我强作漫不经心地回答，相当肯定我知道他指的是什么话。"那是什么话，先生？"

"也许你记不起了。我衷心希望如此，可我忘不了。那是三年前，布兰韦尔和安妮从绿庄回家，格兰特先生和我来喝茶。我们在炫耀自己，用极为可耻的方式贬损女人，你用力地——而且是正确地——说出了你的心里话。那时我太年轻、愚蠢，不明白我们的行为是多么不友好。当你离开房间时——我真的以为你听不到了——我说了一句话，从那以后每次想起这事就带给我悔恨和羞辱。"他声音低低地说，"我管你叫做一个愤怒的老姑娘。"

我瞪着他。"一个愤怒的老姑娘？"

"这么说你忘记了？"

"没有！尼科尔斯先生，没有，我没有忘记。"我说，无法掩饰我的惊讶。"你的话纹刻在我脑海中，而且我承认，给我带来许多痛苦的时光，可是……愤怒？你完全肯定你是这样叫我的吗？一个愤怒的老姑娘？"

"噢！求你了，别老是重复它。"他叫道，当他转回身迎上我的目光时，脸红到了黑头发的根部。"说这些话时，我看见你脸上掠过的神情，那种我以前或以后从来没有目睹过的仇恨、愤怒、羞辱和痛苦的表情。一想起它我就颤栗，想到我是导致它的原因——想到这个错误可能是这些年来你一直这么不喜欢我的部分原因。"

我的思绪继续处于一片混乱之中，我有一个短暂的冲动，在这一点上反驳他，即使只是使他安心，可是此时我们在讲实话，每一个词都是真的。

"我坚信，"他继续说，"你现在对你的未婚状态是十分满意的，也许那个时候并不是如此。不管怎么说，我的措辞显然是极为侮辱人的，我为它们感到后悔。"

我再也忍不住了，放声大笑起来。

尼科尔斯先生瞪着我，完全困惑了。"我的忏悔把你逗乐了？"

我点了点头，笑得眼里溢满了泪水，这么欢乐，好长一段时间都说不出话来。尼科尔斯先生看到我这么笑，同样受到感染，虽不明白其中的缘故，却也迷迷糊糊、极为开心地加入到我的笑声中来。

"对不起，先生。"当我终于缓过气来并能够说话时，我摘下眼镜，用手帕擦干眼睛说，"我不是笑你，也不是以任何方式诽谤你的忏悔，我在笑我自己，以及我自己的愚笨。"

"你自己的愚笨？你什么意思啊？"

我能告诉他吗？我的脸颊燃烧起来，当我想象自己将铭记在脑袋里的想法大声说出来时：不是"老姑娘"这个词使我这么生气，是它前面的那个词，我不知道你说的是"愤怒"，我听见"丑陋"，我以为你把我叫做一个丑陋的老姑娘。

"尼科尔斯先生，说我听错了就够了。也许是因为你的口音，也许是因为我自己的误解，我推测只会听到你的坏话，并且是关于我自己，但是我以为你说了另外一个词。我以为的是什么并不重要，不过听到它没有比你刚才表达的更糟糕我很高兴。当我说你完全被原谅时，相信我，并且请不要再为这件事感到悔恨。"

"你真的不再生我的气了？"他不肯定地说，"我说的话你不生气？"

"不生气，而且假如我知道你的实际措辞的话，我最初也不会这么愤怒。你当时以及从那时以来说过的其他事情，我可以与你争辩，可你已经承认你那天的行为不友好，先生，这对我就足够了。现在让我们放下这个话题，好吗，并且永远不再提起它。"

后来，当尼科尔斯先生和我从我们的漫游中回来，站在牧师住宅门口话别时，他笑着说："谢谢你今天的陪伴，我很开心。"

"我也是。"在过去的两个小时里，我对尼科尔斯先生的了解多过我们相识整整三年的总和。尽管有分歧，我现在知道我们有一些事情是共通的，而且他做了令人非常满意的道歉。当我回报他的微笑并说再见时，我意识到我可能不介意在将来再和他这样散步。

不过，这个想法——以及继续这样做的可能性——被一连串的可怕事件断然打断了，这些事件在即将到来的数周和数月里吞噬了我们整个家庭。

这个夏天，布兰韦尔的体质迅速下降。的确，在过去的十八个月里，他的身体不断恶化，可他经常喝得那么醉醺醺的，或许因为醉酒的影响而生病，所以我们没有真正察觉他已经变得那么虚弱和危险。布兰韦尔的阵发性昏迷和他遭受的酒精中毒引起的谵妄，再加上折磨了全家的流感的发作，掩饰了更为重要的、摧残人的疾病症状，这个疾病已经控制了他饱受伤害的身体结构：结核病。

那年九月，弟弟被迫卧床三个星期，他只挣扎着起来过两次：一次是摇摇晃晃地进了村，第二次是当我带来他在卢登登山麓铁路上工作时的朋友弗朗西斯·格伦迪的口信时。格伦迪先生突如其来地来到镇上，希望布兰韦尔去他在黑公牛酒店预订的一个隐秘房间里与他共进晚餐。

"不可能是格伦迪。"布兰韦尔惊慌地叫道，一边颤颤巍巍极费力气地从床上爬起来，扯过一件衬衫套在他瘦弱的身体上。他凹陷的双眼闪耀着疯狂的光芒，有好几个月不允许我们为他剪掉的满头乱蓬蓬的红发散乱地飘浮在他憔悴的宽大额头周围。"格伦迪写信和我绝交了，他不会来见我的，一定是魔鬼的召唤！撒旦在想办法抓我！"

"布兰韦尔，安静。"我用安抚的语气说，"这不是撒旦的口信，是你的朋友格伦迪先生，他只是想和你一起吃饭，可你身体不好。我就这样告诉他，叫他来家里，你回床上去吧。"我温柔地抓住他的手臂，但他粗暴地把我推开了。

"滚开！我必须去亲自面对他！"他喊道，而且不知怎么聚集起了力气来做这事。

我后来才发现，布兰韦尔从厨房里偷了一把切肉的刀子藏在袖子里，准备一见面就把他"另一世界的来访者"捅死。谢天谢地，当布兰韦尔踏进格伦迪先生在等候他的餐厅时，后者的声音和举止使布兰韦尔清醒过来，他泪流满面地跌坐进一张椅子里。

九月二十二日，弟弟身上出现了一个突然的变化：我听说是常常出现在死亡之前的那种变化。他的行为、语言和情感全都奇怪地改变和柔和了。宁静美好的情感充满了他的心。

布兰韦尔大半辈子抵制宗教的慰藉，拒绝忏悔他的许多罪过，这一点使得爸爸和全家人说不出的伤心。在他最黑暗的这个时刻——令我们释怀的是——布兰韦尔终于决心忏悔：整整两天，他只是悔恨地谈论他虚度的生命、荒废的青春以及他的耻辱。

"在我过去的整个一生中，我没有做任何大事或好事。"当轮到我守侯在他床边时，他带着深深的悔恨沉思自语道。"没做任何事情来配得上我最亲爱的家人对我表现出来的爱。"他抓住我的手，叫道："夏洛蒂，假如我能够弥补的话，我会的。但是假如爱和感激能够由临死的心跳来衡量的话，你会知道我的心跳只为了你、我们的父亲和姐妹们。你们一直是我唯一的幸福。"

九月二十四日，一个星期天的上午，当我们全都围在布兰韦尔的床边时，我们带着痛苦和哀伤的欢乐听见他轻声祷告，对父亲提供的最后祷告，布兰韦尔添加了一句："阿门"。那个词从弟弟的嘴里吐出是多么不寻常啊！然而，它给予我们在场的所有人多大的安慰啊！我只能希望这也给我临死的弟弟带来了同样多的安慰，因为二十分钟后他走了。

在最后的时刻到来前，我们从来不知道自己能够给予一个至亲多少原谅、同情和惋惜。在我们忍受了那么多痛苦之后，很多人可能会把我弟弟的死看作是恩惠，而不是惩罚，有时，我和妹妹们也是这样看待它。然而，当我看见弟弟咽下最后一口气——第一次亲眼看见死亡发生在我面前——当我看见他的五官承受了最后的可怕痛苦之后开始平静下来，我感到一种无论多少哭泣都不会平息的失落感。

我哭泣，为了天才的落魄、希望的毁灭、一线本来可能燃烧的耀眼光芒的过早和可怕的熄灭；我哭泣，为我曾经全身心爱着并永远见不着的弟弟。在那一刻，弟弟的所有过错、所有邪恶对于我来说都不存在了，他所做过的每一件坏事似乎都消失了。我所记住的只有他的痛苦。我祈祷他在天堂会得到安详和原谅。

爸爸悲痛了好几天，他不停地喊叫："我的儿子啊！我的儿子啊！"他的体力没有辜负他，过了很长一段时间，他才恢复了心里的平静。

布兰韦尔葬礼的那天，天空下着雨。秋天报复性地降临了，我们全都得了感冒。在接下来的那几个星期里，我们用围巾包住自己坐在火边，在疯狂和猛烈刮过荒野和山峰的强劲东风面前退缩了。

艾米莉的感冒变成了持续的咳嗽。它日益恶化，很快就伴随着胸口和身侧的疼痛，以及呼吸的短促。艾米莉这位疾病中的禁欲主义者，既不寻求也不接受同情，但是她在我们眼前衰弱，变得越来越消瘦和苍白。我被说不出的恐惧压得透不过气来，一次又一次恳求艾米莉允许我去叫医生，可她就是不肯。

"我不要什么毒死人的医生，"她顽固地坚持道，"试图用庸医的医术和方法来麻醉我，那只会使我病得更重。我要靠我自己来恢复。"

但是艾米莉没有恢复。

她向命运屈服了。

艾米莉疾病的细节深深印在了我的记忆中：那白天黑夜回荡在整个屋子里的又深又紧的咳嗽、那哪怕最细微的用力后出现的又急又喘的呼吸、那断断续续的发烧、那颤栗的手、那越来越小的胃口、那身体和面容的空洞和憔悴样子，结核病的所有症状。当我看着她每天固执地劳作以完成日常家务，即使在她明显不适的时候，我几乎急得发疯。姐妹间亲情的纽带不是一般的纽带，妹妹于我就像生命本身一样珍贵。想到要失去她我就无法忍受。三个月里，我从四面八方寻医问药，建议治疗办法，力求卸下艾米莉的负担，鼓励她休息，所有这些努力妹妹都回报以恼火和拒绝。

艾米莉身体里有一种简单和原始的倾向，像与她如此相似的吉普赛人和山民，以及她如此深爱和维护的野生动物一样，她执拗地紧紧抓住她的自然生境和本能方式。我想，她像生病的动物一样处理她的疾病：她宁愿缩进她熟悉的角落，去恢复或不恢复，也不愿被陌生人或陌生方法刺激和处理。艾米莉向来有她自己的法则，而且是捍卫她的法则的女英雄。她不希望死去，可她对自然力量有着迷信的信念，她现在把自己的生命托付给了这些力量。

艾米莉一生中从来没有拖延过摆在面前的任务，现在她也不拖延。她迅速地衰弱，急匆匆地要离开我们。然而，尽管她身体在枯萎，心理却是比我们以往了解的更加强壮。

一天又一天，当我看见她佯装坚强地迎接苦难时，我怀着惊奇和挚爱的痛苦旁观着。我从来没有见过这样的事情，可是，说真的，我从来没有在任何事情上见过与她类似的人。

十二月十八日晚上，我看见艾米莉从温暖的厨房出来，走进寒冷潮湿的大厅，去喂狗。突然她摇晃了一下，几乎撞到墙壁上，因为她拼命想抱住她那满满一围裙的碎肉和面包。安妮和我惊慌地叫起来，赶忙跑过去帮她。

"我没事。"艾米莉坚持说，把我们推到一边继续干她的活，亲手给毛毛和养养喂食。

那是她最后一次喂它们。

由于严酷冬天的来临，以及艾米莉的小卧室里没有壁炉，几周前她被搬到因蜡烛意外事故而腾空很久的布兰韦尔那个房间内。那天夜里，我经过那房间时，看见艾米莉蹲在壁炉前，这次是在喂一样非常不同的东西：她在将一小堆纸张一张张放进燃烧的火焰里。

我好奇地走进房间，壁炉里塞满了厚厚一层羽毛似的灰烬。我扫了一眼艾米莉手上留下的那几页纸，认出那上面是她自己的笔迹。她迅速将最后几页纸添到火上，搅动了一下，瞅着它们腾地燃烧起来。

"你在烧什么呀？"我大惊失色地问道。

"没什么重要的东西。"

"如果是你写的东西，那在我看来就是重要的，是什么？"

"只是我的旧贡代尔作品以及我的书。"

"你的书？不！什么书？"我绝望地试图从艾米莉手里抓过那根拨火棍，从火里救出剩下的那一点点贡品，但她以惊人的执拗死死抓住了那件工具。在我无奈的眼皮底下，最后几张卷曲的纸枯萎成灰色的遗忘。"什么书？"我平静地重复道，尽管已经猜出那个可怕的答案。"肯定……不是你过去这两年里一直在写的那一本吧？"

"是的。"

"噢！艾米莉！"这声痛苦的叫喊是从我灵魂深处发出来的。一想到失去这么珍贵的文稿，我的泪水夺眶而出，瘫坐在她的床上，感觉天旋地转。"你从来连看都不让我们看一眼，艾米莉！你那么多的贡代尔故事从来不与我们分享已是够难以忍受的了——现在它们全没了——没了！可你的新书！你为什么烧你的新书？"

"我对它不满意。我对我的作品满意时，我见过人们是怎么看待它的。我不能忍受他们在我死后仔细审查这么不成形和不完整的东西。"

"艾米莉，"我说道，希望多于信念——奇怪地重复我曾经对姐姐玛利亚说的痛苦话。"你不会死的。"

艾米莉叹了口气，陷进她的椅子里，拨火棍咔哒一声掉到地板上。"我不想死，相信我，可那是由上帝决定的事。"

256

第二天早上，我黎明时起来，裹进斗篷和手套，阔步出门穿越荒漠，绝望地哭泣着，在每一个凹陷处和隐蔽的缝隙寻找一支残留的石楠小花枝，以便送给艾米莉。艾米莉热爱荒漠，比玫瑰还鲜艳的花为她盛开在荒野里最黑暗的地方，而石楠是她在整个世界上最喜欢的花。有时，她整天躺在荒野里做着白日梦，我想见到那熟悉的花朵肯定会给她带来欢乐。

终于，随着一声欢快的叫喊，我找到了我要找的东西：一支极小的耐寒的小花枝，枯萎了然而还分辨得出来。我一路跑回牧师住宅，心怦怦直跳，因为那能让人心情开朗的一小支石楠花，对我来说就好像一个象征，象征着希望、生命的期许和焕然一新的前途。我跑进屋子，跑上楼，发现艾米莉在卧室里，已经起床，穿好衣服，坐在壁炉边，长长的棕色头发松散地垂在肩头，盯着炉火。骨头燃烧般的腐蚀性味道充斥着房间。

"夏洛蒂，"我进去时，她无精打采地说，"我的梳子在那下面，它从我手上掉下去了。我太虚弱，无法弯腰把它捡起来。"

我大惊失色，慌忙把梳子从余火中取出来。一大块已经融化了。泪水充满了我的眼睛，我认为那把损坏的梳子是我目睹过的最伤心、最令人心碎的景象。可我只是说："没关系，艾米莉。你可以用我的梳子，或者你喜欢的话，我给你再买一把。"接着，我擦了擦眼睛说："瞧我给你找到了什么。"并把那小支石楠花送给她。

让我伤心和痛苦的是，艾米莉只是用朦胧和冷漠的眼睛瞥了它一眼："那是什么？"

我永远无法将那可怕的一天从我的脑海中抹去。艾米莉越来越虚弱。她拒绝所有帮助，踉跄下楼，坐在沙发上，挣扎着拿起针线活，可她的呼吸变得如此艰难，让安妮和我越来越惊慌。一点钟，艾米莉终于低声说道："如果你们叫医生的话，我现在见他。"我叫了，医生来了，可已经太晚了。一个小时后——有忠实的养养躺在她临终的床边，安妮和我哭泣着握着她的双手——艾米莉意识清醒、喘着粗气、不情愿地从幸福的生活中被夺走。

艾米莉——我生命的光芒，此时永远地熄灭了——在她的全盛期被夺走，年仅三十岁。

失去艾米莉就如同失去我自己的一部分。她的死，尤其是如此难以忍受地紧随着布兰韦尔死亡的来临，对我们全家是如此令人心碎的一个打击，以至于我们全都震惊得迟钝了很多天。养养守卫在艾米莉的卧室门口，在那里可怜地嚎叫着。安妮、玛莎和苔比坐在厨房里哭泣。爸爸悲痛欲绝，几乎每隔一小时和我说一次："夏洛蒂，你必须挺住。要是你辜负了我，我就会倒下去的。"

事实上，我辜负了他。我病了一个星期，简直连床都起不来。我知道，有人得保持力量，来努力给其他人打气，可我不知道这个力量会来自哪里。

结果，这个力量来自尼科尔斯先生。

我们的副牧师是第一个登门来表示吊唁的，在艾米莉死后不到半个小时。在过去的这几个月里，我从尼科尔斯先生的眼里看见，他带着关注和同情观察着我弟弟和妹妹的迅速衰弱。此刻，在最需要他的时候，他带着善良、体贴和娴熟跨进屋来：主动提出帮助安排艾米莉的葬礼仪式，并且主持葬礼。爸爸，被悲痛压得太厉害，无法考虑别的选择，感激地接受了。

在葬礼那一天，十二月的坚霜覆盖着大地，刺骨的东风冷酷地刮过教堂墓地，尼科尔斯先生和爸爸领着我们这个小小的哀悼队伍从家里走到教堂。我的家人，已经越来越少的家人和我坐在条凳式座位上，养养躺在我们脚旁，而尼科尔斯先生则从讲坛上用他那有力和清晰的爱尔兰声音对那个相当大的会众发表讲话。

在他宣读完葬礼祷告词，艾米莉的棺材被安放进教堂下面的家族墓穴后，我们全都聚集在外面，不顾那寒冷的气候和刺骨的风。邻居们带着温厚的诚意和同情进行了最后的致意。当多数村民走后，我心怀感激地走到尼科尔斯先生面前，向他伸出我戴着手套的手。

"谢谢你，先生，为你所做的一切，以及为我妹妹所说的一切。你的话对我意义巨大，我知道它们给我悲痛的家人带来了安慰。"

尼科尔斯先生握住我的手，热情地紧紧握着，放开时显然很不情愿。"很荣幸做了我能够做的这一点点事情，可你是你家里的真正力量，勃朗特小姐。你是他们的岩石和根基，现在将由你来安慰他们，他们有了你极为幸运。"

"谢谢你，尼科尔斯先生。"当我转身去加入我悲伤的妹妹和爸爸时，眼泪又刺疼了我的眼睛。我发誓，无论如何，在未来的日子里，我会鼓足干劲来赢得尼科尔斯先生对我的信赖。然而，在那个极度需要的时刻，我感觉，没有一个朋友的安慰我坚持不下去了。

我写信给爱伦。圣诞节后爱伦来了并且待了两个星期。我派了一辆马车去凯格利接她，她还没有跨过我们的门廊，我们就倒进了彼此的怀里。

"我是多么遗憾啊，夏洛蒂，我深爱着艾米莉呢。"

"我知道。"

"至少我们可以感激的是她的痛苦结束了。"

我点了点头，无法回答。

爱伦是宁静和慰藉的化身，她善良的心恒定不变，这对我是一个极大的幸事。她到来几天后，我们正和安妮一起围坐在餐厅的炉火边，庆祝一年最后一天所共同需要的唯一伙伴。爱伦坐在艾米莉的老椅子上，不停地绣着某件东西，火光在她棕色的发卷上闪耀着。安妮和我并排坐在沙发上看报。我突然注意到，一丝微笑偷偷爬上安妮温柔的脸庞。

"你笑什么，安妮？"我问道。

"只是因为我看见《利兹知识报》刊了一首我的诗。"安妮高兴地回答。一说完，安妮就屏住呼吸，望着我，为她这样说话所泄露的天机大惊失色。

我瞥了一眼安妮捧着的报纸，看见她所指的那一则内容。那首诗《狭窄的路》——认真和可爱地表达了安妮的虔诚和信仰——最初是那年八月以她的假名阿克顿·贝尔发表在《弗雷泽报》上的，现在又被重印在这儿。我还没来得及评价，爱伦就从她的花哨活计上抬起头来说："我不知道你写诗呢，安妮。你的诗真的发表了？"

"是的。"

"我可以荣幸地拜读一下吗？"

安妮扬起眉毛转向我，默默地点了点头。她的意思我明白。我站起身来，说："可以，爱伦。不过，首先，我有一件礼物送给你。"

"礼物？为什么呀？圣诞节过了，我想我们同意不互送礼物了。"

"这不是一件圣诞礼物，这是一件纪念艾米莉的礼物。"我从架子上取来一套书，递给她。那是《呼啸山庄》和《阿格尼丝·格雷》的三卷本。

爱伦惊讶地打量了一下那卷书。"谢谢你，我听说过这本书，这是艾米莉最喜欢的书之一吗？"

安妮和我交换了一个小小的微笑——我想，这是许多个月里令我的嘴唇弯起的第一次微笑。"我相信是的。"安妮说。

"艾米莉绝不会公开承认这一点，"我补充道，"可她深爱着这本书，因为头两卷是她自己亲笔写下的作品。事实上，她的人物内利·迪安是以你命名的，内尔。"

"以我命名的？"爱伦先瞪着书，然后瞪着我。"你的意思是说艾米莉写的《呼啸山庄》？"

"是的。"我回答。

"艾米莉是埃利斯·贝尔？"

"是的。"

爱伦的眼睛瞪得老大，大吃一惊，恍然大悟。她迅速地扫了一眼第三卷，然后看看安妮又看看我。"那谁是阿克顿·贝尔？"

"我就是。"安妮承认。

"噢！"爱伦叫道，她的惊讶和深深的敬意全都包含在那一个字里。"噢，安妮！"现在爱伦慢慢转过身来，嘴巴大张着瞪着我。"那你肯定，夏洛蒂……你一定是……"

"是的！"我说，脸红了，拼命压住另一个微笑。"我就是。"

爱伦激动地从椅子上跳起来。"我知道！我知道的！我从来没有忘记，夏洛蒂，我们上学的时候你是那么擅长讲故事。我看见你在我家里处理那个手稿！我问过你多少次：'你出版了一本书吗？'你总是责骂我并说没有！去年夏天我在伦敦看望我的弟弟约翰时，全家人都在嚷着要买一本《简·爱》，从那本书到来的那一刻并且头半页被大声朗读出来起，我就本能地感觉到它是你写的，仿佛你出现在每一个词汇里，你的声音和思想从头至尾地闪过，随着每一个情感的抒发。噢！我多么渴望知道实情啊！我写信求你告诉我实情，然而你仍然否定了它！"

"对不起，最亲爱的爱伦。我并不想撒谎，可是艾米莉不准我告诉任何人。因为我们选择同样姓氏的假名，我一承认自己的身份就不得不暴露她。现在她已经走了，虽然安妮和我仍然希望保守我们的假名身份，但我们看不出有什么理由再对你保密。"

"我能说什么呢，除了：我是多么为你们感到骄傲啊。"爱伦先后热烈地拥抱了我和安妮。她惊叹地摇了摇头说："你们俩都那么聪明，写小说我连想都不敢想。现在你们必须把这事的来龙去脉详详细细地全部告诉我。"

在一八四八年那所剩不多的月份里，我们的注意力全部集中在艾米莉的疾病和衰弱上，然而，与此同时，我不能忽视我对安妮与日俱增的担心。每日每夜，安妮深沉和空洞的咳嗽声响彻牧师住宅。随着新年的来临，爸爸决心尽可能获得最好的建议，从利兹请来一位受人尊敬的专攻结核病的医生，用听诊器检查安妮。

"恐怕，这是肺充血的结核病。"检查完毕后，提尔先生在爸爸隐秘的书房里实事求是地告诉爸爸和我。

我被恐惧噎得说不出话来。爸爸轻声问道："没有救了吗？"

"我相信有。"提尔先生说，"这个疾病还没有达到太恶化的阶段。避免恶化，甚至是治愈还都有希望，如果你的女儿坚持用我的处方，采取严格的作息并且避免感冒的话。"

希望涌过我全身，我又可以呼吸了。安妮能够得救？噢！要是真的该多好！"告诉我们具体怎么做，医生。我们就全指望你了。"

在提尔先生的建议下，我放弃了与安妮共床，而是搬到布兰韦尔的老房间里。我们想尽一切办法确保安妮房间里的温度恒定不变。艾米莉谢绝所有医学建议和治疗，我们全都无奈和痛苦地看在眼里，安妮——知道这一切——在她的疾病中非常耐心，在尽可能长的时间里乖乖遵循医生的养生法。

在提尔先生的指示下，她整个冬天没离开过屋子，即使那意味着放弃她最喜欢出席的教堂礼拜日仪式。每个礼拜日下午，爸爸和我与她在家里祈祷，他为她重复着他布道的要点。然而，提尔先生坚持要我们贴在安妮腰上的起疱膏，只引起了痛苦，并没减轻病情；每天一剂的鳕肝油，安妮说吃起来和闻起来都像火车油，只是使得她恶心得吃不下饭。终于，我们不得不放弃这些治疗。我们当地的医务人员强烈建议使用的水疗法也试了，但也没有取得更好的效果。

在乔治先生的帮助下，我们寻求和接受了第二个建议，来自闻名于皇家的著名医生、英国的结核病最高权威：约翰·福布斯医生。令我失望的是，尽管福布斯医生迅速并好心地通过邮寄回了信，可那只是表达他对提尔先生的信赖，重申我们已经接受的建议，并且提醒我对安妮的康复不要抱有任何乐观的希望。

冬天的日子像一列葬礼火车一样黑暗和沉重地过去了，每一个新的星期都让我们想起，那个如此急匆匆地把艾米莉从我们身边夺去的信使又在做坏事了。到了三月底，安妮苍白的脸庞和眼睛里有了一种憔悴和空洞的样子———一种可怕得无法目睹和描绘的样子。

"我真的希望上帝会高兴地放过我，"一天上午，安妮愁闷地盯着窗外一群鸟儿在教堂的尖塔上方翱翔，说道："夏洛蒂，不仅仅为了你的缘故，以及爸爸的缘故，而是因为我渴望在离开这个世界前做点好事。我脑袋里有很多将来要实施的计划——我想写的故事和书的想法。虽然它们也许会是卑贱和有限的，但我不希望它们到头来全都是一场空，也不希望自己活得这么没有意义。"

"你活得极有意义，安妮。"我带着深深的爱意紧紧握住她的手，隐忍着泪水说，"你会好起来的，你太珍贵了，不会毫无抗争就拱手放弃的。"

自从与尼科尔斯先生在荒野上漫步的那天起，这六个月里，我们家被死亡和毫不留情的疾病沉重打击，以至于我和他只是偶尔匆匆交换过几句话。不过，三月的最后一个星期日，祷告仪式后，尼科尔斯先生有意大步走到我面前询问安妮的情况。

"你父亲经常告诉我些情况，可我拿不准是否可以相信他说的，我想听你说说她怎么样了。"

我张口刚要回答，却突然出乎意料地哭了起来。尼科尔斯先生严肃地默默站在我面前，深深的同情和关切蚀刻在他的脸上。他从口袋里掏出一条手帕递给我。我马上想起另一个男人，多年前，在布鲁塞尔，他也在我痛苦的时刻给过我他的手帕。自从在比利时度过的那些年以来，我的生活有了多大的改变啊！我感觉我现在几乎完全是另一个人了。尽管我口袋里有一条我自己的非常好的手帕，但我还是接过尼科尔斯先生递给我的手帕，一边奋力重新控制情感，一边擦着泪眼。

"这么说，她病得那么重了吗？"尼科尔斯先生柔声问。

我点了点头。"当我们失去艾米莉的时候，我以为我们已经喝干了这杯磨难的苦酒，可我极为害怕还有一个剧烈的苦涩要品尝。安妮只有二十九岁，先生，然而，与艾米莉的最后时刻相比，她还要更加虚弱、更加消瘦。"

"对不起，我能为安妮小姐，或你和你父亲，做点什么吗？任何事情？"

"谢谢你，尼科尔斯先生，可我们尽其所能在做着人力所及范围内的一切，这是我们唯一的安慰，我想。"

随后他就道别了。可令我吃惊的是，第二天下午他就上门来了。

安妮在餐厅里休息，我在布置桌子准备吃晚饭，玛莎把尼科尔斯先生领进来。他说道："我给你带来了一样东西，安妮小姐。"

"是吗，尼科尔斯先生？"安妮回答，一边慢慢开始从火边的椅子上站起身来。

"请不要起来。"他急忙走上前来。"我的一个教区居民告诉我，哥博尔德家的蔬菜香膏对你患的这种疾病很有疗效，我想也许值得一试，就擅自做主从凯格利为你弄来了一些，说不定会有用呢。"他把一只小罐子放进她手里。

"你真好啊，我一定会试的，先生。"尼科尔斯先生鞠了一躬，正要走，安妮突然补充道："你介意和我们一起喝茶吗，尼科尔斯先生？"

"噢，不了，我不想打扰你们一家人吃饭。"

"这不是打扰，我会极为高兴的。"

尼科尔斯先生显得不自在。我突然极为痛苦地意识到，尼科尔斯先生住在隔壁这么多年来，他只和我们共桌吃过几次饭，通常是当一个来访的牧师到了镇上，或是他自己主动提出，并在另一位当地副牧师的陪同下。每次在这样的场合，我都不那么礼貌，仍然因为我对他的误解而怀有成见。现在，我微笑着转向他。"加入我们吧，尼科尔斯先生。有了你，我们会非常高兴的。"

他惊讶和感激地瞥了我一眼，又鞠了一躬。"谢谢你，我会的。"

起初，我们默默地吃着有烤羊肉和萝卜的饭菜，我试着与爸爸还有尼科尔斯先生闲聊一下。可是安妮没胃口，而且经常咳嗽得厉害，不断让在座的大家想起她的虚弱状态。

"爸爸，夏洛蒂，我一直在想，"安妮放下叉子说，"你们知道我继承了奥斯威特小姐的遗产吧？"

我点了点头，向尼科尔斯先生提供了一个匆忙的解释："安妮的教母上个月去世了，她留给安妮两百英镑。"

"我想用它的一部分来支付一次旅行。"安妮说。

"一次旅行？"这是爸爸惊讶的回答。

"我想要我们所有人离开几个星期。我读到过换换空气或搬往气候更好的地区在治疗结核病例中几乎没有不成功的，假如做得及时的话。"

"我最先的冲动是赶紧把你送到气候更加温暖的地方去，"我承认，"可是医生严格禁止这样做。他说你不应该旅行。"

"他说我冬天结束前不应该离开家，"安妮更正道，"现在是春天了，我感觉没有时间可错过了。"

"你可以去海边，"尼科尔斯先生建议道，"海边的湿润空气据说尤其有好处。"

"对!"安妮叫道,她的眼睛闪着我好多个月没见过的热情。"噢!我多想去海边啊!要是能够再见到斯卡伯勒就好了,我与罗宾逊一家在那里度过的夏天多开心哦。你会爱上斯卡伯勒的,爸爸。还有夏洛蒂,我瞧见你因为照顾我变得多么疲惫,海边的空气对我们俩都会有好处的。"

"我七十二岁了,亲爱的。"爸爸说,"我的旅行日子已经过去了,但你们俩可以去,如果你们愿意的话。"

我答应带安妮去斯卡伯勒,如果医生允许的话。可饭后,送尼科尔斯先生到门口时,我向他表达了我的满腹忧虑:"我愿意为安妮做任何事情,可是你真的认为她有力气作这种旅行吗?"

"这种旅行可能帮助她恢复。"尼科尔斯先生说。

我点了点头,可他低头打量了一下我的表情,猜出我无法说出的担心。他温柔地说:"假如上帝希望带走她,勃朗特小姐,他会这样做的,无论她在这儿还是在斯卡伯勒。她显然只想要这么多,她值得享有这一最后的乐趣,你不这样认为吗?"

我眼泪汪汪地点了点头。

"不用担心离开你父亲,"穿过门廊时他机敏地说出我的第二个担忧,补充道,"你离开期间我会照顾他的。"

17

安妮知道二号崖有一个特别的出租屋,她以前和罗宾逊一家在那里待过。她说那是斯卡伯勒的最佳地势之一。于是我在那里预定了一间房,坚持要有海景,因为我想尽量让安妮享有一切好处。安妮认定我应该有一个同伴,以防她万一发生什么可怕的事情。于是我们邀请爱伦作伴。爱伦欣然同意。

我们三人坐火车来到约克郡海岸,在约克待了一夜。在那里安妮坐着轮椅出了门。一看到她过去那么向往的壮丽堂皇的约克大教堂,安妮感动得落下泪来。

"如果有限的力量能够建起这样的大教堂，"她怀着巨大的情感说，"那么从无限中我们可以期待什么呢？"爱伦和我看着安妮兴高采烈的脸，哽噎得说不出话来。

到达斯卡伯勒后，安妮更加幸福了。在那里她急于和我们分享它的美好事物。她带我们走过跨越海湾中间深谷的大桥，从那个制高点，我们可以看到悬崖和沙滩的壮丽景色。接着，她坚持要爱伦和我继续往前走，而她则休息片刻。她甚至坐驴车在海滩上驶出去一个小时，当她感觉那个驾车的对动物不好时还亲自驾驭。

五月二十七日，星期天晚上，我们把安妮的轮椅推到起居室的窗前，三人从那里观看了我所见过的最辉煌的日落。天空淹没在粉、紫、蓝、金四种颜色中，悬崖上的城堡被渐渐降落的太阳镀成金色，骄傲地伫立在太阳的余晖中。远处的船只像抛光的金子一样闪烁，海岸边停泊的小船随着潮水的涨落愉快地起伏着。

"噢！"那是安妮说的唯一一个字，与我们正在凝视的景色一样，她天使般可爱的脸庞熠熠生辉。

第二天早上，安妮感觉虚弱了很多，问是否可以看一个医生，了解一下还有没有时间回家。一个医务人员被叫来——一个陌生人——他痛痛快快、老老实实地告诉她，死亡已经临近了。我目瞪口呆，没想到它会来得这么快。安妮谢了他，请他把她交给我们照料。她躺在沙发上，轻声对自己祈祷，而爱伦和我则默默地坐在她身边，无法止住流淌的眼泪。

"别为我哭泣，"安妮静静地说，"我不怕死。"在艰难的呼吸之间，她说道："你记得吗，夏洛蒂，我们来这儿之前，我告诉你，你会多么爱斯卡伯勒，并且描绘了它的许多美景吗？我为你描绘了这些小屋在我心里的画面，并且给你讲述这个美景。当时，你不得不相信我说的话，因为你还没有亲眼见到它，可是它确实和我说的一模一样，是吗？"

"是的。"我绝望地说。

"天国也会是这样的，我们必须相信它，感谢从一个苦难的生活中摆脱出来，相信上帝有一个更好的生活摆在我们面前。"

我以前从来没相信过来世——望着妹妹熠熠生辉、祥和平静的脸，听着从她嘴里说出的这些安详和熟虑的话语——此时此刻，我感觉肯定有来世。

对爱伦，她说道："替我做一回妹妹吧，尽可能多陪陪夏洛蒂。"

"我会的。"爱伦泪眼婆娑地答应。

我的手握住安妮的手，因为努力控制我的悲痛而颤抖。"我爱你，安妮。"

"我也爱你。勇敢点，夏洛蒂。勇敢点！"这是安妮喃喃说出的最后的话。

一年前，假如有一个预言家警告我，在未来的漫长月份里我将要遭受苦难，假如他预言了我在一八四九年所处的状况——我会怎样被剥夺和丧失亲人——我会以为：这是永远不可能忍受的。他们全都走了：布兰韦尔、艾米莉和安妮——全都在十八个月的时间里像梦一样走了——和二十多年前的玛利亚和伊丽莎白一样。为什么比我更年轻、更美好的人从生活中被夺走，而上帝独独选择饶我一命？我无法明白，可我相信上帝是英明、完美和仁慈的，我发誓无论如何也要不屈不挠，要对得起他的恩赐。

为了使爸爸免遭参加又一个孩子的葬礼的悲痛，我们把安妮埋葬在了斯卡伯勒，埋在镇子上方的圣玛丽亚的教堂墓地里。虽然我伤心她不能与其他家人一起躺在我们自己教堂的墓穴中，但是想到安妮安息在她最喜欢的地方，俯瞰着她如此热爱的引人注目的海边景色，我就有所安慰。

回到霍沃斯时，爸爸和仆人们怀着如此温暖的爱迎接了我，我应该感到慰藉。可对于我心里的悲痛，我几乎找不到慰藉。狗用奇怪的狂喜迎接了我，它们肯定是把我看作了其他人的先行者，以为我既然回来了，那些那么久不见的人肯定也快回来了。尼科尔斯先生承担了教区的很多额外工作来协助我那处于悲伤和衰老之中的父亲，他向我表达了他的同情，可我太深地沉浸在自己的悲伤之中，只是对他的极力安慰表示了感谢。

噢！牧师住宅是多么安静啊！那些曾经充满戏剧性场面和生命活力的房间全都空空荡荡、安安静静，整天，唯一的声音是滴滴答答的钟声。石匠为霍沃斯教区凿刻没完没了的墓碑，当我斗胆走出去时，他那留下永久记忆的凿刀发出的响亮的凿刻声，让我那么痛苦地想起自己记忆犹新的悲伤，害得我仓皇逃回屋中。我感觉像一个被孤独囚禁了的犯人，前景只有一个教堂和一个阴森森的墓地。我开始渴望别的社交，但同时又怀疑自己取悦别人或从中获得乐趣的能力。整整一周，我不能从事任何有用的事情，也不能提起笔来完成任何更加难以应付的任务，只是写了几行字给一个宽容的朋友。

终于，在一场内心的斗争后，我恢复了。这场斗争降临在一个朦胧的七月早晨，醒来后，我的第一个想法是执拗地重复那讨厌的同样几句话，它们已经困扰了我整整一周："你的青春过去了，你永远不会结婚，那两位理解你而你也了解的人走了。孤独、记忆和渴望几乎将成为你一天到晚的唯一伙伴。夜里，你将与它们一道上床，它们将长时间地使你失眠。明天，从今往后的每一天，在你余下的一辈子里，每次醒来你都将重新面对它们。"

我在这种自怜自艾的状态中眼泪汪汪地辗转反侧了一会儿，忽然一个新的声音有力地说了起来——一个更加甜蜜、更加纯洁的声音——一个天使的声音，听起来（我想）像安妮的声音："孤独的受难人，这些的确是黑暗的日子，可是有成千上万的人比你受的苦更多。是的，你是孤独，可你不是一个人；是的，你失去了很多你爱的人，可你还有一个亲人留了下来，他对你是至亲的；是的，你居住在一个与世隔离的荒漠教区，可你不是绝望的老姑娘，没有希望或动力。你也不像渡鸦，厌倦了俯瞰大洪水并没有方舟可以回去。不！你有希望！你有动力！医治的对策一定是劳作，不是同情！唯一能根治你根深蒂固的悲伤的对策是劳作！"

我在床上坐起身来，心怦怦直跳，一把掀掉被单，擦干眼睛。我重新找到的方向是清晰的，要减轻我的悲伤和孤独，我必须回去工作。

弟弟去世以及妹妹们生病时，我的小说《雪莉》已经差不多完成了三分之二。从那以后我简直没再看过它一眼。此时，要在不习惯的孤独中写作很困难，试图创作不再有埃利斯和阿克顿·贝尔阅读的东西似乎是毫无用处的。我深切怀念她们意气相投、善意取笑的支持。开始时，整本书维系着的一切希望好像逐渐消退为虚荣和精神的苦恼。

不过，最终，写作工作对于我成了一个恩赐。它把我从黑暗和绝望的现实中带了出来，带到一个不现实但却更加幸福的区域。我可以将自己的情感倾注到纸张上，用从我隐隐作痛的内心深处直接拧出来的词语。我对自己笔下的人物可以比上帝对我的要仁慈一些。我可以使我虚构的人物卡洛琳患上高烧，将她带进死亡边缘的黑暗谷，然后——像我童年时威力无边的塔利精灵一样①——我可以让她恢复健康，为她找到一个渴望已久、失去很久的亲人，并把她嫁给她所爱的男人。

你什么有价值的东西都无法写出，除非你把自己全部投入到写作中，而且当你这样投入时，你就失去胃口和睡眠——这是无法避免的，对于《雪莉》就是如此。我将极大的努力倾注这本小说，并在一八四九年八月底完成了它。

又一次，书被迅速投入印刷，十月下旬问世。

总体来说，它受到了媒体和公众的好评，尽管没有获得像《简·爱》那样的喝彩。好像那些对《简·爱》颇有微词的人喜欢《雪莉》更多一点，而那些对《简·爱》极为喜爱的人——具有讽刺意义的是——（不顾某些批评家关于将来要避免情节剧的严重训诫）为没有再次找到程度一样的激情和刺激而失望。我没有预见到的是，我的新书会以这样一种方式改变我的生活。

《雪莉》，一了百了地，揭开了我珍贵的假名身份的掩饰。

---

① 四个勃朗特孩子都取了笔名，在彼此之间使用，用于他们的戏剧和早期的幻想写作中。从《一千零一夜》和詹姆斯·雷德利的《精灵的故事》中获得灵感，他们想象自己为威力无比的"精灵"，夏洛蒂的名字是"塔利精灵"。

在写《简·爱》时，虽然我是以真实事件为基础写的劳渥德学校及其民众，但那些事件发生在那么久远之前，一切都没有与作者的生活联系起来，而我的新书却改变了这一切。

《雪莉》的背景设在过去，在一个社会和经济动乱的背景下，于一八一一到一八一二年之间发生在约克郡的西莱丁，正值鲁德分子暴乱期间。然而，有很多人物我几乎全部是以仍然生活在伯士多、戈梅索和附近教区的人们为原型的。也许是我太天真了，可我根本没担心会被发现，我是那么默默无闻，我以为被人与这部作品联系在一起是不可思议的。我最意想不到的是，有人会怀疑霍沃斯教区牧师的那个安静的未婚女儿能写小说。结果我是大错特错啊！

我的秘密的被揭示是悄悄开始的。有时，史密斯和艾尔达寄给我的信件到来时是没封口的。我怀疑，信在凯格利被打开并检查过了。我写《雪莉》时请教过的乔·泰勒，将有关我作者身份的事告诉了戈梅索的许多人，所以当我去那里看望爱伦时，我感受到了来自全区人们的新的尊敬和新增的友好。

我的一个老校友认出了《简·爱》里的学校是牧师女儿学校，柯勒·贝尔是夏洛蒂·勃朗特，评论家乔治·路易斯先生一听说，就宣布《雪莉》的作者是一个老处女和一个牧师的女儿，住在约克郡！这个消息传到了伦敦报界。史密斯先生向我保证最好的办法是以火灭火。于是，一八四九年十二月，我前往伦敦与他及其母亲待在一起，在那里的一个晚宴上我被正式介绍给文学拉达曼提斯①：文学界五位最受人尊敬和惧怕的评论家。虽然最初见到这些大人物时，我全身发抖，但我发现面对面时，他们是异常彬彬有礼的，而且察觉到他们的缺点，发现他们其实也是凡人，我对他们失去了敬畏。

尼科尔斯先生是霍沃斯第一个了解到我作者身份的人。那是一月份一个明媚和清新的日子，新年刚开始不久。从伦敦回家后，冬天的一场

---

① 在希腊神话里，拉达曼提斯是一个英明的国王，宙斯和欧罗巴的儿子，在迈诺斯之前统治着克里特岛，并且赐予那个岛一部优秀的法典。

感冒使我一直闭门未出。现在我康复了，裹在斗篷、帽子和手筒里，利用一个短暂的好天气，沿着白雪覆盖的教堂墓地里一条饱经踩踏的小路散步，周围没有别人。过了几分钟，我听见身后雪地上传来咯吱咯吱的脚步声。尼科尔斯先生走近并停在我面前，他的手插在大衣口袋里，脸颊冻得通红，露出一种半笑半慌乱的奇怪神情。

"勃朗特小姐。"

"尼科尔斯先生。"

他瞥了我一眼，接着望向别处，然后又回头望着我，表情是几分敬畏，几分羞涩，几分惊讶和怀疑。"我一直希望见到你，我想要祝贺你，我从你父亲那里听说了最为震惊的消息——你已经出版了两本书。"

"爸爸告诉你了？我得骂他，尼科尔斯先生，他那样做是非常不对的，那本来是要保密的。"

"有这样的成就为什么要保密呢，勃朗特小姐？两本书！你应该非常自豪啊！他一告诉我，我就跑出去买了一本《简·爱》。"

我感觉胃里一阵奇怪的颤动。"你看过了？"

"我两天就看完了，爱不释手呢。"

我感到热浪升腾到脸上，于是望向别处。我对他的回答感到很高兴，然而与此同时又惊慌失措。在假名下袒露自己的灵魂是一回事，当那个安全盾被挪开，把自己赤裸裸地公开暴露给世人又是另外一回事。《简·爱》暴露了我对爱情、道德和一个女人在社会中的地位的一些极为个人的想法和情感，它暴露了我本性的一面，这一面（作为一个未婚女子，一个尼科尔斯先生承认曾经这样叫过的老姑娘）我感觉可以解释为一个害相思病的老处女多情的胡言乱语。尼科尔斯先生是这样看待我的吗？我看不出来。

"我根本猜不到你会对阅读这种小说感兴趣，先生。"我平静地回答。

"我接受的是古典文学的教育，我承认，而且我以前从来没阅读过这种类型的书，也从来没阅读过我认识的人写的书。看你的故事是一个激动人心的新体验，勃朗特小姐。它是……它的确是一本好书。"

"谢谢你。"

他敬畏地摇了摇头。"我知道你的妹妹们也出版了作品。"

"是的。"

"整个勃朗特一家，一群作家啊！但愿我在她们活着的时候就知道了这事。想想这一切就在我眼皮底下进行着，而我却从来没怀疑过。至少这解开了那个巨大的谜，关于所有那些被你们用光的信纸的用途。"

他的眼睛那么高兴地闪闪发光，我都忍不住笑了，接着他也笑出声来。我发觉自己和他一起哈哈大笑。"关于那件事，我仍然感觉很不好。"我在开怀大笑间说，"在我们有急需的时刻，你那么好心地大老远跑去布拉德福德为我们买来纸张，而我却如此固执，硬是不领情。"

"没什么，那是很久以前的事了。顺便说一下，我盼着阅读你的另一本书呢，可我好像在哪儿也找不着。你会考虑借我一本吗？"

这一请求使我充满新的担忧，让我的脸又红了起来。我在《雪莉》里面写了很多来自个人经历的场景，并且包括三个自以为是的小丑似的副牧师，基于我附近的牧师们——其中两个是尼科尔斯先生的爱挑剔的朋友。在结尾处我还简短地介绍了一个是尼科尔斯先生的镜像的人物。由于我对尼科尔斯先生的感情近来有了相当大的变化，我描述他的笔触比对他的同事们好得多。不过，我还是关心他的反应。

"我会很高兴借给你这本书的，先生，可是，我得提醒你：当我写《雪莉》的时候，我没想到附近的任何人会读到它。在这一点上我好像是太愚蠢了。你可能会发现书中的某些人物和事件有一点……熟悉。希望我没有冒犯哦。"

"谨记在心。那我什么时候可以拥有它呢？"

我给了他那本书。第二天，他的女房东布朗太太告诉我，她真的认为尼科尔斯先生的脑子出毛病了，因为她听见他一个人在房间里放声大笑、拍手、在地板上跺脚。那之后的晚上，当尼科尔斯先生来见爸爸时，我听见他大声朗读关于副牧师的所有场景，他念了两次关于那条固执的狗吓坏那个副牧师的场景，笑得前仰后合。

随后，他敲了敲餐厅的门，我在那里看书。我请他进屋。他走进来，说了声你好。

"你介意坐下吗，先生？"

"很遗憾，我不能停留，我想还你的小说，谢谢你借给我。"他把书放在餐桌上。"这是一本讨人喜欢的书，勃朗特小姐。"

我谢了他，由于他没有动身离开，好像还有话想说，我急切地鼓励他："请直率地分享你对这本小说可能有的任何想法，先生。并非所有的评论家都欣赏它，除了爸爸和我的出版商以外，我再也没有任何人可以讨论这些问题了，而且我对你的意见极为感兴趣。"

他沉默了一会儿，接着说道："好吧，在这些事情上我不是什么专家，但我不知道评论家们能发现什么可抱怨的。我认为它写得很好，我喜欢你对约克郡乡村的描写。我从你的'塔塔'身上认出了养养，你完美地记录了格兰特和布拉德利先生。我一辈子也没笑得这么厉害过！我打算自己订购一本。"

"我简直不能求得更好的推荐了。"

又犹豫了一会儿后，他补充道："我这样问会不会太冒昧，勃朗特小姐，我是不是——碰巧——就是你笔下的麦卡锡？"

我的脸颊热了起来。"我承认，在结尾处写到关于他的那一小段时，我心里是想到了你，先生。"听到他的笑声，我补充道，"相信我，要是想到你会读它的话，我是绝对不会写它的。"

"唔，发现自己在你的书里，我很荣幸，"他得意洋洋地说道，"无论我的角色有多小。"

几天后，我正在写一封信，玛莎突然从厨房里冲了进来，呼哧呼哧地激动不已。

"噢，夫人，我听到了这样的消息！"

"什么消息？"我说，可我猜出是怎么回事。

"请问夫人，你写了两本书——从来没见过的最好的书！我父亲在哈利法克斯听说了这事，布拉德福德的乔治·泰勒先生、格林·伍德先生和梅洛尔先生——他们在机械协会开会时决定订购它们！"

我让玛莎镇定下来，把她打发走，接着就陷入冷汗淋漓中。我们的教堂司事约翰·布朗阅读《简·爱》和《雪莉》——而且毫无疑问霍沃斯的每一个男人和女人——上帝帮助、保护和解救我吧！

消息像野火一样蔓延。我走动时不再没人注意。不久，整个村子都嚷着要读我的书，他们为之疯狂，尤其是《雪莉》。他们为机械协会借来的三本书抓阄，罚借阅者每日一先令，如果他们的借书时间超过了两天的话。爱伦写信告诉我，《雪莉》在她自己那个地区也受到同样的关注，很多居民认出了自己，并且为发现约克郡人和乡村被他们自己中的一个人用铅字描绘出来而激动万分。就连当地的副牧师们——可怜的家伙！——也没有流露出厌恶，每个人都特意在向同党欢呼胜利中为自己的伤口寻找安慰。

要是重复更多我当时听说的情况会是纯粹的废话和虚荣，尤其是在正面肯定被媒体同样重量的负面否定之时。然而，我感激邻居们的热情，因为那对于我衰老中的父亲是一个振奋和欢乐的源泉，他对我作品的自豪现在是漫无边际的了。

一天上午，发生了一件使我好奇和感动的事情。爸爸把一小包泛黄的旧信件放到了我手里。

"夏洛蒂，"他温和庄重地说，"我突然想起你可能想看看这些。它们是你母亲的信件。"

"我母亲的信件?"我大吃一惊地回答。

"她在我们结婚前写给我的，我一直珍藏着它们。你可以看看，如果你喜欢的话。"说完，他就离开了房间。

我母亲的信件！我从来不知道有这种信件存在。我立即明白是什么激发爸爸来与我分享它们了。在这么多年后：看到《雪莉》中我的人物卡洛琳对她母亲的渴望时，他毫无疑问地感觉到了，当我自己的母亲在那么年轻的时候逝世时，我所承受的深深的失落。打开第一封书信，在那些纸张上看到那不熟悉的优雅字迹时，我的身体颤动了，我的心轻轻地振颤着。记录下这些的那个思想是我思想的发源地呀，此时第一次读到它们是多么奇妙啊！发现那个思想有着真正细腻、纯洁和高雅的品位是多么伤心而甜蜜啊！它们有着一种无法形容的正直、优雅、坚贞、谦虚和温柔的感觉——还有一种幽默感——她管我父亲叫做"亲爱的靓仔帕特"。噢！随着泪水涌出，我想，我多么深切地希望她还活着，并且能够了解她啊！

当我把那些珍贵的文件还给爸爸时，我感谢他慷慨和体恤地让我分享了它们。

"她是一个可爱的奇妙的女人，你很像她，夏洛蒂。"他疼爱地紧握着我的手说，"现在你是我的慰藉和安慰，我不知道没有你我怎么活下去。"

"你永远不会没有我的，爸爸。"我答应。

在接下来的三年里，我的生活是一个独处和社交的奇怪混合物。我用我的部分收入对牧师住宅做了一些内部改造，扩大了餐厅以及上面的卧室，在各处添加了窗帘，翻新了室内装饰品。我四处奔波，无法专心致志于一本新书的主题。我去了几趟伦敦，在那里被邀请到史密斯先生家里喝酒吃饭，并见到了几位著名作家，包括威廉·梅克比斯·萨克雷。我参观了市里的许多景点，见到了在《奥赛罗》和《麦克白》里的名演员麦克里迪。

在史密斯先生的敦促下（"你现在是一个名作家了，勃朗特小姐，"他说，"把自己的样子画下来是礼节上的需要"），我不情愿地请时尚的艺术家乔治·列治文为我画了肖像——一幅用彩色粉笔画的精致的画。史密斯先生把它寄到我们家，一起寄来的还有一副装了画框的我童年时的英雄威灵顿公爵的肖像，作为给我的礼物。我认为画像比我本人好看，更像安妮而不像我自己。苔比坚持说它使我看上去太老，可由于她同样固执地断言威灵顿公爵的画像是"老爷的肖像"（意指爸爸），她的意见无法说有多少分量。

玛莎说："夫人，眼睛非常像，就好像你低头盯着我，在想一个答案，而且把我看得透透的，直接看穿到我的灵魂本身。"

爸爸骄傲地把我的肖像挂在餐厅的壁炉上方，宣称它惟妙惟肖。"它完全捕捉了你的特点，"他带着不同寻常的笑说，"表达得多么微妙和逼真啊！它还活生生地成功表达了精神和物质两方面，我仿佛在里面看到了作者和天才的鲜明迹象。"

"我仿佛在你的意见里看到了偏见的鲜明迹象。"我哈哈大笑。

当尼科尔斯先生看到那幅肖像时，他站在那里盯着它，说不出话来，好一会儿，眼睛一闪一闪地眨巴着，似乎决心掩饰住微笑。当爸爸问起对那幅作品的意见时，尼科尔斯先生只是说他认为非常好。

一八五零年夏天，我到爱丁堡待了几天，去见乔治·史密斯和他的兄弟姐妹，这趟旅行引发出爱伦很多关于社交惯例之类的震惊评价。不久，她开始以为我们之间有可能婚配。对这一想法我嗤之以鼻。在享受与我那英俊、聪明和迷人的年轻出版商经常的通信过程时，说实话，我对史密斯先生只有友谊的感觉，他对我也一样。史密斯先生只会娶一个美人——我本能地知道这一点——我们之间年龄和地位的悬殊，无论如何，会使得这种结合完全不可能。

我从爱丁堡继续前往温德米尔湖区，与我的新朋友詹姆斯爵士和凯·苏托沃斯夫人（把我找出来并从容不迫地把我保护在他们羽翼之下的文学爱好者）一起，待在他们租来避暑的房子里。在那里，最为值得纪念的是，我见到了伊丽莎白·盖斯凯尔①——一个比我年长六岁的女人，一个真正有天赋的作家。我非常喜爱她的作品。她（通过我的出版商）给我写信，对《雪莉》的出版如此赞扬和喜爱，以至于我不得不回信表示感谢。我发现盖斯凯尔夫人本人非常有学识、聪明、开心和可爱，举止热诚，心地善良。我们俩发现彼此有很多共同之处，感觉相当亲密，并且开始了一段友谊，这段友谊随着岁月的流逝变得越来越重要。

回家后最大的安慰之一是读书。大箱大箱的最新书籍频繁地从康希尔寄来，我每天都长时间颓废地贪读着它们。我的另一个热切爱好是通

---

① 伊丽莎白·盖斯凯尔——成为她那个时代最受崇拜和广为阅读的小说家之一——后来写了一本著名的具有开创性意义的夏洛蒂·勃朗特传记。

信。我频繁地与爱伦、乔治·史密斯先生、史密斯·威廉士先生和我的朋友及老校长伍勒小姐交换着载有很多新闻的信件（自从我在罗海德学校做老师以来就一直与伍勒小姐通信）——通信是我一周生活中的亮点，是一个很好的消遣，使我得以摆脱霍沃斯的孤独。玛丽·泰勒从新西兰偶尔寄来的信件同样有趣，在那遥远的殖民地的新生活里，她好像很是幸福和满足，尽管有时孤独，而且经营商店的工作很是艰巨。

有时，当痛苦的回忆袭击得太过于猛烈，或我感觉孤独似乎已经难以忍受时，我会从紫檀盒子里拿出赫格尔先生的信件，再读一遍。我完全知道这样做是愚蠢的，脑海里或心里已不再有我那位老先生的任何位置，很久以前我就已经平和地接受了这一事实。然而，出于某种无以名状的原因，每当我在闪闪烁烁的烛光下重读那些易碎的文件时，先生的思想和文字都会带给我安慰。

通过通信我与出版商的经理詹姆斯·泰勒先生之间产生了热烈的友谊，我亲眼见过这个人几次。一八五一年四月，当泰勒先生写信告诉我他想来霍沃斯看我时，我对他拜访的性质有了一种预感，而且我本来就对他有好感的倾向。正如我所预料的那样，泰勒先生向我求婚了。然而，有一个意料之外的困扰：他打算立即离开英国去印度待五年，在那里经营史密斯和艾尔达公司的分公司，并且请求我答应在他回来时嫁给他。

离开五年——两人之间远隔着三个大洋——在我心里那就相当于永别！此外，还有一个甚至更难逾越的障碍：在那次拜访期间，无论我怎么努力，我都在泰勒先生身上找不到一丁点绅士的影子——没有一丝一毫真正的良好教养。再者，他与我弟弟布兰韦尔的相似之处（他身材矮小，红头发，一只坚毅可怕的鼻子）是非常突出的。当他站在我身边，两眼紧盯着我时，我的血液就凝结成了冰。爸爸似乎认为这是一个有前景的结合：延缓五年，为与像泰勒先生这样一个正派可靠的人结合会是一个非常合适和可取的事情。但是我不能嫁给他，即使我的拒绝使我注定要做老处女并将孤独一辈子。

在伦敦，我像云雀一般，乔治·史密斯和我——化名弗雷泽先生和小姐——拜访了斯特兰德一个颅相学者布朗医生，他为我们提供了我们性格和能力的书面分析。史密斯先生被认为是"一个女性崇拜者，热情和友好，追求理想和浪漫，不喜欢拖拖拉拉。"这个判断跟他本身一模一样。我被宣称为"拥有一个很好的语言器官"，一个能够"清晰、准确和有力表达自己情感"的人，并且"被赋予了感受美和理想的高尚感觉"。他强调我的爱慕是"强烈和持久的"，并且"即便不是诗人，她的情感也是有诗意的，或者至少是受到那个诗歌情感所特有的热情光芒感染的。"这一判断使我开心，因为它用最动听的观点描述的正是我渴望成为的那种女人。

我相信自己在伦敦待的时间太长了，纯粹是为了避免回到我那难以忍受的空荡荡的家中。随后我与盖斯凯尔及家人在她位于曼彻斯特的那幢气氛欢快、空气流通的房子里度过了开心的几天。一回到霍沃斯，爱伦就来做客了。可她一走，我在霍沃斯的孤独生活就好像无法忍受。我带着身体上的疼痛怀念着妹妹们——虽然随着时间的推移有所减弱——那些疼痛仍然反复出没于我的白昼，夜晚则使我躺在那里久久不能入睡。

当我在荒漠上漫步时，每一件东西都使我想起她们，以及她们和我在一起的时光。每一墩石楠，每一束蕨类植物，每一片稚嫩的欧洲越橘叶子，每一只拍翅振翼的云雀或红雀，都会让我想起对它们如此热爱的艾米莉。那遥远的景色是安妮喜欢的，当我环顾四周时，她就在地平线的湛蓝、淡雾、波涛和阴影中。我想，要是我能品尝一杯淡忘酒，忘记我心里装着的许多东西那该多好啊。可我忘不了。

还有一件事使我烦恼，我知道我的出版商们期待我的下一部小说，我创造性的新尝试、所有的一时冲动，迄今为止全部被证明是不能让人满意的。可是该办的事情就得办，不能再拖延下去了。

由于史密斯＆艾尔达表明不要《教师》，所以我把那个被枪毙了的手稿锁进一个壁橱里，决定开始一本新书——这本书会以不同的眼光，从女性的角度，来审视我在布鲁塞尔的寄宿学校的经历。我把它叫做

《维莱特》。书中迷人的约翰·格雷厄姆医生和他的母亲布雷顿太太，我问心无愧地以乔治·史密斯先生及其母亲为原型。我把对赫格尔夫妇的记忆倾注到了对贝克夫人和保罗·伊曼纽尔教授的性格描写中，他最终会赢得我的女主人公露西·斯诺的心。

我在这本小说上的进展痛苦而缓慢，它一次次地被重病和孤独所打断。有时，我绝望，渴望有人能听我念上一句，或有人能给我提一点建议。再者，柯勒·贝尔不能全身心投入写作，他还是一个"乡村家庭主妇"，有各种与针线和厨房联系在一起的小事要料理。这些事情要占据他半天的时间。哎呀！尤其是这时，帮助玛莎的只有一双手，而以前曾经有三双手。

几个月的时间就在滴滴答答的钟声中过去了。养养死了，我们把它埋在了花园里。毛毛长得又老又胖。牧师住宅里的寂静是淹没一切的，唯一打断它的只有尼科尔斯先生对爸爸的定期拜访。很久以前，就在安妮死前两个月，她曾邀请尼科尔斯先生喝茶的那个夜晚，她无意地（或者这其中有其必然？）在我脑海里种下了一个新的想法。餐桌对于爸爸和我本人来说太大太空了，我们开始在爸爸的书房里一起用餐。有时，在尼科尔斯先生和爸爸的事务结束后，我请他留下来喝茶。

尼科尔斯先生不再是刚来霍沃斯时那个男孩子气十足的年轻人了，岁月已经改变了他，使他成熟。我认为，三十五六岁的他，此时比起以前来，是一个模样更好看、身材更健壮的男人：他的脸庞和躯干丰满了一点，环住脸庞和下巴的浓密但修剪整齐的黑络腮胡须赋予他一种更为成熟的模样。再加上，我觉得，如今留下来喝茶时，尼科尔斯先生的行为举止比以前更加亲切、温和、不好争辩。只有极少的时候他才做出使我畏缩的一句执拗评论或拥护一些蒲赛主义的宗教原则，而且我再也没有从他的嘴里听到过对于女性的轻蔑言论。事实上，他承认，他改变了一些关于女性的旧观点。

"我从小受的教育就是相信两性之间的特别等级制度，"尼科尔斯先生有天晚上解释说，"可你让我重新思考这一切，勃朗特小姐——或者我应该说，贝尔先生。"

"那你不再认为一个女人的位置是在厨房里了？"我微微咧嘴一笑。

"要是她雇得起厨师的话就不是了。"他回答。听到这话，我们俩都哈哈大笑了起来。

在这些经常的拜访期间，尼科尔斯先生和爸爸一般花一个小时讨论教区居民们的需要，能做些什么来减轻穷人的处境，怎样最好地解决日校和主日学校出现的问题，以及没完没了的关于霍沃斯的健康和卫生等苦恼的话题。我们三个人也谈论我的弟弟妹妹们，分享着美好或愉快的记忆。尼科尔斯先生有时感兴趣地问起我正在写的小说，我发现这不是一个他能够深谈的话题，可我感觉他为我和我的成就感到骄傲，他似乎对我因写作而改变的生活方式同样感兴趣。

"你父亲说你见过许多名人，勃朗特小姐。"有天晚上尼科尔斯先生说。

"不应说许多，先生，可我有幸新结识了一些人。"

"他们中间谁是你最喜欢的？"

我毫不犹豫地回答："盖斯凯尔夫人，她不仅是一个很好的作家，而且是一个真正的好人。你熟悉她的作品吗？"

"不熟悉。"

"她是狄更斯的杂志《家庭叙话》的定期撰稿人，她的《玛丽·巴顿》是一本优秀的小说。如果你喜欢，我可以借给你。"

"我会很感激的。"尼科尔斯先生回答，补充道，"我明白你也极为尊敬萨克雷先生，他长什么样？"

"唔，他很高。"

尼科尔斯先生笑了。爸爸说："和你相比每个人都很高，亲爱的。"

"除了萨克雷先生的身高外，"尼科尔斯先生说，"你喜欢与他相处吗？"

"并不真正喜欢，先生。"

"不喜欢？"

"不喜欢。第一次见到他，我是那么战战兢兢的一副惨状，把他看作一个思想巨人，所以只是握了握他的手，几乎一句话也没说。我说了的那一点点，我记得，的确是无可弥补的蠢话。我们第二次见面是在杨格街他家里的晚宴上。萨克雷先生邀请了一群社交界的女人来见我，她们似乎全都期待看到一头聪明透顶的文学母狮，我恐怕是令她们所有人大失所望了。我一个人也不认识，羞涩、尴尬，看起来她们期待的那种激动人心的谈话我无法提供。当女士们撇下男士们去休息，并回到客厅后，我就撤回到一个角落，大半个晚上只低声交谈了几句话，与唯一一个让我感觉舒服的人：家庭女教师。"

尼科尔斯先生又笑了。"这听起来有点可怕哦。"

"是可怕，我恐怕没拥有融入伦敦社会所需要的那种自在和信心，先生，我怀疑自己永远也不会有。"

我的回答似乎使他很高兴，只是几个月后我才明白为什么。

尼科尔斯先生离开英国去爱尔兰度他为期一月的假期。虽然我曾经对他每年一度的缺失只会在脑海里偶尔一闪而过，但我发现自己喝茶时会想念他的微笑和亲切的大笑。到了一定的时候，我渐渐把他看作家庭里珍贵的一员，就像一个喜爱的表兄弟或兄弟。到了一定的时候，他不再费事等待邀请，他开始不请自来。

在一八五二年我生日的那天，尼科尔斯先生令我吃惊地送了我一份礼物——自从七年前他买来信纸送给我们以来，这是他第一次送我这类礼物。

"我注意到你的那本《英国国教祈祷书》相当破旧了。"那个四月的下午就在我们坐下来吃饭前，他说道。

"的确如此，尼科尔斯先生。我的祈祷书是那么破旧，在那么多的礼拜日仪式上读过，以至于几乎快从封皮上掉下来了。我想是信念本身将它那一页页纸张维系在一起的。"

他掏出一本装帧精美的崭新版本，放进我手里。"希望这个会代替它提供服务。"

我既惊讶又感激。"谢谢，尼科尔斯先生。你真是有心啊！"

"生日快乐，勃朗特小姐。"他带着羞怯的微笑说。

在接下来的月份里，在我仍然努力写着《维莱特》的期间，我察觉尼科尔斯先生对我的言行有了变化。我感觉到他的眼睛在看着我，当我们在教堂里时，当他坐在我对面喝茶时，当他探过来头看我在主日学校上课时，或是当他在小巷里碰见我时。现在，当我们在一起时，他经常情绪低落并且谈论移居国外，而且，在我们交谈的过程中，我看见他常常被一种奇怪的焦躁和克制情绪所抑制。

很长一段时间，我很少大胆地向自己解释，更没有向任何人暗示，他改变了的举止背后的意思。艾米莉、安妮和爱伦都曾经坚持说尼科尔斯先生有点喜欢我，并且想要我喜欢他。早些年间在我对他的积怨中，我没有发现她们的主张里有什么真实性。现在，我告诉自己我错了，或者一定是在想入非非。

那年秋天，尼科尔斯先生老是询问我小说的进度。这个作品完成的时间比预期的要长，他似乎和威廉士及史密斯先生一样着急。终于，我写完了《维莱特》的第三卷，把手稿寄给我的出版商，指示说它的发行必须推迟到盖斯凯尔夫人的新小说《露丝》之后，这样两本书就不会互相竞争了。接着我就去布鲁克罗伊德看望爱伦，非常必要地休息了两周。我刚刚回到霍沃斯，仍然心事重重地关注我的小说反响会如何，这时发生了一件事情，突然在我的生活中掀起了一场巨大的风波，像最为天翻地覆的暴风雨或地震一样既彻底又有力。

尼科尔斯先生求婚了。

18

那是一八五二年十二月十三日，星期一的晚上，尼科尔斯先生来喝茶。像往常一样，我们三人聚集在爸爸的书房里，坐在火边我们习惯的椅子上，盘子摆在膝头。毛毛，现在已经非常老，像以往一样温和可爱，卷曲着身体躺在我们旁边的地板上。

一边吃着，我禁不住注意到尼科尔斯先生的举止有些紧张和不安，比我见过的任何时候都要更加明显。他简直没有碰他的食物或呷他的茶，只冷淡地用"是"或"不"回答着我的问题。

"你父亲告诉我，"终于，他语气中带着奇怪和急切的不安说道，"你的新书写完了。"

"写完了。我离开家去看望爱伦之前就把手稿寄出去了，把它脱了手使我大感欣慰呢，我可以告诉你。一段时间内，我已经写够了，渴望长休一下。"

我的回答似乎使他既高兴又担心。"你满意这本书吧，我希望？"

"我满意自己已经尽了最大的努力。不幸的是，我的出版商不是相当满意。虽然史密斯先生未加修改地接受了这个手稿，但是他表明要是换上另外一个浪漫结局他会更喜欢的。"

"我同意他的观点，"爸爸插嘴道，"我本人对那本书的结尾也有异议。"

我知道，爸爸不高兴，因为他最喜欢的人物约翰医生在第三卷里不见了踪影，而故事继续了女主人公和她的老师保罗·伊曼纽尔之间渐渐产生的情爱关系。"我无法将彼此这么完全不适合的人物联系在一起，爸爸。"听到这一宣告，我看见尼科尔斯先生的脸拉了下来。我飞快地补充道："原谅我，尼科尔斯先生，我们不应该讨论你还没读过的一本书的结局。"

他只是点了点头，然后就沉默了一会儿，直到我道了晚安，退出房间。

我按照习惯移到餐厅，坐在火边的椅子上看书。我听见关闭的书房门后又重新响起喃喃的说话声。八点半钟我听见书房门开了，好像尼科尔斯先生打算离开。我照常期待听到前门那叮当的关闭声，因为尼科尔斯先生已经和我道过晚安了。然而，令我吃惊的是，他在走廊里停了下来，敲了敲我敞开着的门。

"可以进来吗？"他深沉的声音，平常时那么肯定和稳重，此刻微微有些颤抖。

我从书本上抬起头来，看见他死一样苍白的脸上流露出一个奇怪和不安的表情。像闪电一样，我突然意识到要发生什么了，我的心开始慌乱地怦怦直跳。"可以，请坐。"

尼科尔斯先生走进来，但他没有坐下。他在离我几英尺远的地方停了下来，眼睛低垂着，双手紧握，仿佛在聚集勇气。当他终于抬起眼睛来看着我的眼睛时，他好不容易才依旧低沉而热烈地说："勃朗特小姐，自从我来到霍沃斯以来，几乎从我们认识的第一刻起，我就对你感到极为尊敬和爱慕——因为你出色的智慧、你的力量和精神，以及你美好和奉献的心灵。这么多年来，那种爱慕已经变成了一件更加深沉和有力的东西。你是，而且在相当长的时间一直是，我生活中唯一的最为重要和珍视的人。"

我的心脏在胸腔里雷鸣般地响彻起来。看到这个平常坚忍克己的男人如此发散着情感，我被深深地感动了。可是在我还没能集中思想开口说话之前，他极为谦恭地继续说："很多年来，我一直渴望向你表达我的感情，可我充分意识到，早些年里，你根本没有同感。不仅因为这个，你过去是——而且仍然是——地位比我高那么多：我只是一个可怜的副牧师，而你是一个牧师的女儿，所以我什么也没说。我们散步去溪流的那一天，大约四年前，我以为形势会朝对我有利的方向转化，可是接着你亲爱的家庭发生了那一切不幸。我见你需要时间来治愈和修整，于是我等待着。正当我鼓足勇气要表白时，我大吃一惊地发现，你不仅仅是我已渐渐如此了解和深爱的勃朗特小姐——事实上，你是一位著名作家。你在伦敦见过大名人，你将整个世界踩在脚下。我是谁？我扪心自问，现在竟敢在这样的话题上接近你？我怎么竟敢希望你会对像我这样的人感兴趣？

"尼科尔斯先生……"我开始说道，可他举起一只手制止了我。

"求你了，我必须说完，不然我又会失去勇气的。"他简短地瞥了一眼火，然后又望着我说。"好多个月来，我试图将这个想法从脑海里驱除出去，试图告诉自己我必须满足于做勃朗特小姐的朋友，而且仅仅是一个朋友，可我的努力是徒劳的。我知道，做你的朋友永远是不够的。于是，在过去这漫长的三年里，每一天我都在等待着，观察着，默默地希望，渴望看到从你身上发出的某个小小的信号——你可能以某种方式渐渐回应我的感情的某个细微的暗示。我感觉到我们之间的友谊逐渐增长，我想：也许那还不够。我告诉自己：我必须说出来，可我看见你那么一心一意地埋头于你的写作中，因为害怕打搅你心境的平和，我决定等到你完成你的新书。"

此刻，他在颤抖，眼睛里洋溢着极度的希望、害怕和热爱，这是我一辈子也没有目睹过的。"最后这几个月，我忍受了如此折磨人心灵和精神的苦难和不安，都无法启齿描述——害怕承认我的感情，然而又忍受不了未知的痛苦。现在我必须说：我爱你，勃朗特小姐。我全心全意地爱着你，假如你同意做我的妻子，我想象不出，在这个地球上，还有什么荣耀比这更大。你愿意考虑吗？你愿意要我吗？你愿意嫁给我，并与我分享我的生活吗？"

我目瞪口呆——惊慌失措——混乱得说不出话来。我第一次感觉到，在对回应没有把握的时候示爱，一个男人要付出多大的代价啊。我早已开始怀疑尼科尔斯先生对我有感情，可我对这些感情的程度和力度没有概念。他这时站在我面前，焦急地等待着我的回答。我该怎么回答呢？我是什么感觉呢？我几乎不知道。

"你和我爸爸说过了吗？"我终于说道。

"我不敢，我想最好是先和你说。"

我站起身来。"尼科尔斯先生：对于你的求婚，我感到荣幸和自卑。说心里话，我极为尊敬和感激你。不过，在我和爸爸说过之前，我不能给你任何答复。"

他绝望地望着我。"我明白，可是你肯定能够说说你的感觉如何吧。你回应我的爱吗？至少告诉我这一点！我恳求你给我一些希望。"

"我想眼下我最好不再说什么，先生，因为我还不知道我想什么或感觉如何。我答应明天给你答复。"然而，他没有动。我抓住他的胳膊，半领半推地把他推出餐厅，推进大厅。"晚安，先生。再次谢谢你。"

一看到前门在他身后紧紧关闭，我就往后斜靠在走廊的墙壁上，脑子一片混乱，心怦怦狂跳。刚刚发生了什么事？是我想象出来的——还是尼科尔斯先生真的向我求了婚？我三十六岁了，已经放弃了任何结婚的想法，坚信没有我可能爱的人会爱上我。我早就发誓宁愿一辈子单身，也不嫁给一个不爱我，而我也不全心全意回报以爱的人。然而，这是一个难题。如今，尼科尔斯先生宣布了他的爱，其激情和情感不亚于我在故事或小说中虚构的任何一位浪漫的主人公。

我对尼科尔斯先生感觉如何？我爱他吗？不，可是尽管我一度看不起他，但是这些年来我对他产生了真正的敬意，渐渐喜欢上了他，并且把他看作一位值得信赖和珍视的朋友——几乎是家庭中的一员。在他令人吃惊的宣言中，他的整个身心似乎都显示出他对我的爱——一种他一直隐藏着的爱。谁能说得清，到一定的时候，我自己的心里会不会萌发回应的爱呢？

噢！要是妹妹们还活着该多好啊，我想。我多么深切地希望与她们分享这个消息，并听取她们的建议呀。我甚至没有一个亲密的朋友可以说话，分享我秘密的唯一女子——爱伦、盖斯凯尔夫人和伍勒小姐——住在好多英里以外，而这不是一个可以通过通信并经过一段费时的协商来拖延的事情。除了爸爸以外没有别的人，而且我在任何事情上都征求他的同意。我想，爸爸肯定会分享他在这件事上的英明和公正看法，并且帮助我明白应该怎么做。

我做了几次深呼吸来镇定自己，敲响书房的门，走了进去。

爸爸直直地坐在壁炉旁的椅子里，借助着一个放大镜以及壁炉和蜡烛的光线在看报纸。我没有勇气坐下来，太震惊了所以考虑不好怎样措辞。我干脆大踏步地径直走到爸爸面前，声音颤抖地说："爸爸，我刚刚接到一个人的求婚。"

"是谁的求婚啊？"爸爸注意力仍然盯在他的报纸上。

"尼科尔斯先生要我嫁给他。"

爸爸的头猛地抬了起来，嘴巴张得老大。他瞪着我，吓呆了，那只放大镜差点从手里滑出来。他用双手接住它，重新抓住快从他膝头滑落下去的报纸。"你什么意思？是想激怒我？还是开什么玩笑？"

"不是，爸爸。尼科尔斯先生离开你以后进来见我，他只是刚刚才说了这些话，他宣称他爱我，并且要我做他的妻子。"

爸爸的声音突然愤怒地升高。"太荒谬了！尼科尔斯先生？他以为他是谁，居然作出这样胆大妄为的表白——而且是直接对你？他好大的胆子啊？这样的问题必须问她的父亲！我希望你给了他一个直截了当的拒绝！"

"我没有回答，爸爸。我说需要先和你谈谈。"

"好吧，你可以替我告诉他，他可以直接见鬼去！"

"爸爸！"

"尼科尔斯先生？要你嫁给他？他疯了吗？这个人是个副牧师！一个地位低下的副牧师！你知道他要作这番表白吗？"

"我不知道，可是，我看到了一些迹象。我的理智告诉我它已经酝酿很久了。"

"多久？它酝酿多久了？"

"他说他已经爱我很多年了，但却害怕挺身而出。"

爸爸站起身来，大踏步走到书桌前，怒气冲冲地把报纸和放大镜摔到桌上，奇怪的是那个仪器居然没摔坏。毛毛在爸爸一开始发怒时就惊醒了，现在恐惧地逃离了房间。"很多年了？那个忘恩负义的人？那个混蛋！所有这段时间他一直生活在我们中间，工作在我的身边——我以为他那么勤奋、那么诚实、对社区那么热衷——所有这段时间，他只是在我背后阴谋计划偷走我唯一活着的女儿！"

听爸爸这样说尼科尔斯先生的坏话，我感到震惊和不平。"爸爸，这不是真的。这不是什么阴谋。如果尼科尔斯先生对我有感情，那不该埋没他为你和教区所做的工作呀。"

"别和我争辩，姑娘！"爸爸迅速转向我，眼睛在眼镜后发光，越来越愤怒和激动，与这个场合极不相称。"这个人是一个阴险狡猾、诡计多端的骗子。想想，在我与这个人共同度过的所有这些年、这些周、这些小时之后，他从来没有就这事对我说过一个字——连一个暗示都没有。多年来，他有意向我们两人隐瞒了他的目的！"

"如果他隐瞒的话，爸爸，我相信那不是出于狡猾或奸诈，而是因为他害怕的正是你的这个反应，并且害怕我会拒绝他。"

"你必须拒绝他，毫不含糊地拒绝他！我不会同意这样的结合，一千年也不行，我告诉你！那个人一无所有，一无所有！一年只有少得可怜的九十英镑，再没指望能有一便士的收入，有自己的房子。他指望把妻子养在哪里？在他租住在教堂司事住宅中的那个单人房间里吗？"

"我不知道，我没想过那个。我想尼科尔斯先生的确没有很多钱，爸爸，可是难道我的决定中主要考虑的不应该是我对那个人本身的感情，而是他收入的多少吗？"

"一个人收入的多少很大程度说明了一个人的情况，夏洛蒂。嫁给他会是降格！显然，他只是追求你的钱。"

"我的钱？"我目瞪口呆地叫道，"我的钱？一个男人会因为我本人而爱我，这对你来说是那么难以置信吗，爸爸？"

"当然不是！"

"你不想要任何人娶我做妻子！"

"别考验我的耐心！你是一个聪明和成功的女人，夏洛蒂——一位名作家。要是你想结婚，那就嫁个好人！假如你同意了詹姆斯·泰勒，我会自豪的！"

"为什么？因为泰勒先生要离开这个国家，要我等待？那是一个安全的选择，不是吗，爸爸？那会使我待在这儿给你再做五年管家！"

"这事跟那个没有什么关系！"

"没有吗？你害怕什么，爸爸？你认为我要是结婚，我就会远走高飞，留下你一个人生活和死去？我答应过我不会的——我不会食言。尼科尔斯先生住在这儿，如果我嫁给他的话，我哪儿也不会去！"

"想想你竟然会这么降低自己的身份，以至于成为任何平凡牧师女儿的普通命运的牺牲品——嫁给你父亲的副牧师，而且是这么一个地位低下、忘恩负义、满口谎言的落魄者——这是不可思议的！你会自暴自弃的！"

我热血沸腾、深感不平，可爸爸的激动状态已不可小视：他额头上的血管像肠线一样凸起来，眼睛忽然布满血丝。那一年早些时候，在他那危险的中风突然发作前，同样的症状就出现过。当时医生警告过我，极度焦虑可能导致那种情况的复发，其结果会使人极度衰弱，甚至致命。

"爸爸，请镇静。"我赶紧说，我的愤怒因为突然的关心而缓和了。

"如果你答应会拒绝他，我就会镇静下来！"

我犹豫了一下，接着困惑地点了点头，说："我明天给他写信。"

日记：我以前经历过许多不眠之夜，但尼科尔斯先生求婚后的那段黑暗时光被证明是最为漫长和折磨人的。他流露出来的情感，以及他供认出来的他所承受的痛苦，使我大吃一惊、深受感动，想到我会给他带来更多的苦难我就伤心。假如我爱着尼科尔斯先生的话，即使是父亲对这一结合的强烈反对，以及我对他身体的担忧，都无法阻止我当场接受他。可我不爱尼科尔斯先生——至少，当时我不爱他——而且，到那个时候为止，我也还没有对他怀有爱慕之情。我非常喜欢他，我了解他的价值，可我也知道我们两人之间存在着不对等，不仅从这种感情的爆发方面，而且在关键的宗教态度和原则上，这些对我都是很重要的。

辗转反侧间，我突然意识到尽管近些年来我对尼科尔斯先生有了更好的了解，可关于他我了解的仍然不是那么多。虽然他每年秋天都回爱尔兰去见他的家人，可他从来没有谈起过他们，除了告诉过我他妹妹的死以外。他从来没有谈起过他来霍沃斯之前的生活，我也从来没有问起过。那是多么奇怪啊，我想，一个人可以与另一个人相邻而居将近八年，几乎每天见面，却仍然对他了解那么少！

我所知道的情况让我相信尼科尔斯先生是一个实干家：他热衷于眼前的现实，而我经常处在无数英里之遥的思绪之上。我是尼科尔斯先生真的能够终身忍受的那个人吗？恐怕不是。没有同样有约束力的相互的爱，我不能踏入婚姻这样一个有约束力的契约，我怀疑我永远不能以尼科尔斯先生对我表达的那种激情来回报他的爱。

我有点希望能有机会进一步探索一下这个问题：可以允许我有时间来与尼科尔斯先生经历一场真正的求爱，以便发现我们是不是能够协调，尽管我们有许多不同。然而，爸爸对这一结合的激烈反感使得那样做成为了不可能。我极为生气的是爸爸那样谩骂他，而且用那么不公正的词语来反对他。一想到在拒绝尼科尔斯先生的这件事情上，我看起来只是盲目听从爸爸的摆布，就觉得讨厌，但却必须拒绝他。

给尼科尔斯先生的信，我写了又撕，写了六稿，这才完成了如下这封短信，第二天上午我叫玛莎送给了他：

亲爱的先生：

请相信我对你极为尊敬，并且感觉到你昨晚所作的表白赐予了我巨大的荣幸。然而，在仔细考虑此事后，带着由衷的遗憾，我必须拒绝你的求婚。我把你看作一个值得珍视的朋友，尼科尔斯先生，而且我希望这份友谊继续下去。

相信我是你忠实的

C. 勃朗特

一八五二年十二月十四日

一小时之内，我收到以下这封回信：

亲爱的勃朗特小姐：

我深深地深深地感到伤心。没有你在身边的这种生活，我想象不出有什么幸福的未来。我接受你关于友谊的提议，可是请相信我对你的持久的爱仍在，并且将永远不变。

A. B. 尼科尔斯

一八五二年十二月十四日

尼科尔斯先生悲痛的声明已经使我充满痛苦，使我同样痛苦的还有爸爸继续对他叫嚣的敌意——尽管爸爸矢口否认，但我相信它既源于他对该绅士的反对，也源于有人想把我娶作妻子的这一赤裸裸的想法。

令我吃惊的是，我父亲不是唯一一个认为尼科尔斯先生不应该是值得我注意的人。

"尼科尔斯先生究竟在想什么呀？"第二天早上，在打扫餐厅的时候，玛莎怒气冲冲地谩骂道，"你拒绝他我一点也不责怪你，夫人。他胆大包天，竟然以为能够赢得你的爱——你，一个著名作家啊，而他什么都不是，只是一个可怜的副牧师。哎呀，他是癞蛤蟆想吃天鹅肉啊，事实就是如此。"

"请不要说尼科尔斯先生的坏话。"我抬起头来坚定地说，当时我正坐在桌边给爱伦起草一封信，说明发生的一切。"他是一个好人。"

"我以前也这样以为，但现在不再这样认为了。"玛莎回答，"妈妈说他是那么垂头丧气，昨天完全拒绝吃饭，今天早上又不吃，可却不肯说为什么。我告诉她发生的一切，她吓坏了，说他是一个极其自以为是的人。"

噢，不，我想。我的脸颊燃烧起来。玛莎的母亲——尼科尔斯先生的房东太太——是一个非常饶舌的人，如今她得知了这个消息，那就没有办法制止它在村子里散布开来了。

使我更为羞辱的是，在那同一个上午，爸爸写了一封非常刻薄的信给尼科尔斯先生，残酷地嘲笑他隐瞒对于我的意图，列举反对他作为我的追求者的所有意见，训斥他胆敢作这样的表白。我请求爸爸修改此信，或者根本不要送任何信。

"我要送，"爸爸坚持说。"我要让那个忘恩负义、诡计多端、满口谎言的混蛋安于其本分。"

我无法阻止玛莎去送那封无情的急件，然而，我感觉必须挡开这个打击，于是我写了一封缓和气氛的信让她一块送去。

亲爱的先生：

我为我父亲在这里面表达的词句深表歉意，我发现他的意见如此残酷和不公，所以禁不住附上我自己的一两句话。请相信我，我说过虽然我可能永远无法回报你星期一晚上表达的那份热烈情感，但同时，我不希望耿耿于怀，参与旨在给你带来痛苦的事情。我希望你好，而且真的希望你不丧失勇气和精神。

你忠实的 C. 勃朗特敬上
一八五二年十二月十五日

我无法了解我的信是否好歹减轻了尼科尔斯先生的悲痛。在接下来的几个星期里，他主要待在房间里，有意避免与我或我父亲接触。他有时带毛毛去散步，但我们那时也见不着他，因为毛毛多年来一直是每天上午自己直接去教堂司事住宅的。尼科尔斯先生处理着他最为重要的牧师职责，可有一段时间他派格兰特先生来替他在教堂里主持。圣诞节，爸爸和我在实实在在的肃静中进的餐，过去几年里和我们亲切地共进晚餐的尼科尔斯先生自然没来。

圣诞节过后几天，尼科尔斯先生试图拜访我父亲，可爸爸拒绝与他见面或说话。令我沮丧的是，尼科尔斯先生接着送了一封信给我爸爸，提出辞职，暗示他有意向福音传播协会申请，作为传教士前往在澳大利亚的殖民地。

澳大利亚！尼科尔斯先生真的要离开我们移民去澳大利亚吗？

"让他去澳大利亚吧，如果他能够的话！"爸爸轻蔑地宣布，一把将尼科尔斯先生的信扔进火里。"这对所有有关的人都是最好的。"

"你对尼科尔斯先生太刻薄了。"我说。

"种瓜得瓜，种豆得豆。在重要事情上，我再也不能信赖尼科尔斯先生了。他的行为如果发生在一个无可救药的浪子，或没有原则的军官身上，也许可以被世人原谅，可发生在牧师身上，它就应该被公正地指控为卑鄙的野心和轻浮！"

"七年半来，你总是把他夸上了天。在整个那段时间里，作为你最为珍视的副牧师，他真心实意地行使着他的教区职责。然而，一夜之间，他成了你最大的嘲笑对象。我不理解你，并为他感到非常难受。"

"你喜欢难受就难受吧，他就要离开这个国家了，走了才好呢。"

从那天开始，父亲对待尼科尔斯先生是不折不扣的冷酷和无法调和的蔑视。他们从来不见面：所有交流全部通过信件。尼科尔斯先生的求婚和我的拒绝现在已经在全村流传开来。人人似乎都推测，我傲慢地拒绝了他，并且立即站在爸爸一边反对他。他们坚持认为，尼科尔斯先生向我求婚有失体面和妥当，惹了麻烦。尼科尔斯先生拒绝吃饭，把房东太太逼得心烦意乱，引起了房东的愤怒，他说想一枪毙了他！爸爸由衷地同意。

整个事件使我羞辱和痛苦，不明白这事究竟怎么变得如此失控。这股情感的激流从何而来？似乎没有人同情尼科尔斯先生，而只是同情我。我想他们并不理解他感情的本质，可是我如今明白了那是什么：他是那种只爱慕很少人的人，但感觉却亲密和深沉——就像一条地下河流，有力地流过狭窄的水渠。

十二月下旬的一个夜晚，就在新年之前，我碰巧朝牧师住宅的窗外一望，看见尼科尔斯先生在他门前的台阶上和毛毛打招呼，然后一起去进行他们每日一次的散步。他看上去非常难过并且包裹在黑色的忧郁中。我心里同情他，抓过头巾，急急忙忙地跑了出去，在白雪覆盖的小巷里见着正朝大门走去的他。

"尼科尔斯先生。"

他停下脚步，转过身来。他的眼睛与我的眼睛相遇，他的脸一怔。"勃朗特小姐。"

天气冷得刺骨，我全身发抖，简直不知道该说什么。我脱口而出："我为所发生的一切感到遗憾，而且遗憾地听说你辞了职，并且打算离开这个国家。"

他沉默了一会儿，声音沉闷地低声说："是吗？"

"是的。生活充满忧伤和不确定，尼科尔斯先生，可也充满许多幸福的事情。澳大利亚是一个很遥远的世界，通往那里的旅途漫长而危险。我相信，先生，在英国有好生活为你准备着，只要你振奋精神的话。"

一阵尴尬的沉默。然后他平静地说："谢谢你，勃朗特小姐。你很冷，必须进屋去，不然会感冒的。再见。"他脱帽表示了一下敬意，飞快地穿过大门。毛毛在他身旁静静地小跑着，一起走下小径，穿过那雪野。我赶紧回了屋，希望我还可以说点或做点什么，以便减轻他的痛苦。

显然，这一短暂的谈话在尼科尔斯先生心里滴注了一线新的希望，因为第二天他就写信给我爸爸，要求允许他收回辞呈。爸爸回答说，他不会给回尼科尔斯先生职位，除非他书面承诺"再也不谈起这个讨厌的话题"，向他或向我。这个，尼科尔斯先生显然不愿意做。当我在伦敦修改《维莱特》的清样期间，令我沮丧的是，两个男人继续交换尖酸刻薄的信件。我回家后发现尽管尼科尔斯先生已经决定不移民澳大利亚了，可他仍然决心离开，并且已经通知大家他目前作为霍沃斯的副牧师的聘用期会于五月底终止。

我痛苦地意识到，我会非常遗憾地看着他离开。

在这一戏剧性事情展开的同时，对《维莱特》的评论收到了。它们总的来说是非常好的，除了几个我看作朋友的人进行了一些苛刻的批评外。他们评论的似乎不是小说本身，而是他们在小说中看到的我的生活的反映。爸爸充分赞扬我的成就，可我在其中找不到乐趣。父亲的热情在我看来只是计策，要把我考虑结婚的念头转向他高度看重的话题：职业生涯。

在接下来的月份里，尼科尔斯先生和我父亲慢慢燃烧着彼此间的憎恨，尼科尔斯先生变得如此低沉和内向，村里人都开始回避他。有时，我以为，他即使要死了，他们也不会对他或为他说一句友好的话。听说他忠实地履行自己的职责，但随后就郁郁寡欢地坐在房间里，避开任何人，不寻求心腹朋友，连自己的朋友来拜访时也很少说话。我承认，为此我非常敬重他。爸爸继续用那种尖刻和无理的方式辱骂他，要是他以同样的方式来辱骂我的话，我会感到多么羞辱啊！

我不知道，他懊恼的深处有着真实和真正的爱吗？或者只是积怨和侵蚀人的失望？我无法肯定。这好像具有讽刺意味，可在我认识尼科尔斯先生的这么多年里，我并没有真正理解他——没有看透他的心。每当我说服自己应该公然反抗父亲，并再给尼科尔斯先生一个机会时，我就看到他做出形式如此令人不快的举动——阴沉地扫视我、与学校的督学发生极为固执和不必要的争论、主教来参观时发脾气——于是我以前的所有不好印象便强烈地复活了。在主教来参观期间，有天晚上，当尼科尔斯先生停留在走廊里时，我抽身上了楼。玛莎说，一看见我的举动，尼科尔斯先生脸上掠过一个痛责的阴暗神情，使她充满了恐惧。还没有走到上一层楼，我就为我的怯懦充满罪责和悔恨。

我相信，尼科尔斯先生是一个正在因为我的缘故而受苦的好人，我不能做出一个友好的表示来减轻他的痛苦吗？是什么迫使我仍然对他那么清高呢？我不知道，在拒绝他的这件事情上，我是否失去了最纯洁的珍宝，而且对于我来说是生活能够给予的最为珍贵的东西：真爱——或是我在逃脱一个乖僻脾气的束缚？

春天，发生了一件事情，它使我无法再怀疑尼科尔斯先生对我的牵挂的本质和真实性。

那是五月十五日，圣灵降临节。祷告仪式上，我大胆停下来参加圣餐礼。爸爸生病在家，我坐在我们家族的长凳上，悔恨地意识到，这大概是尼科尔斯先生最后一次在这个教堂里举行仪式，是他最后一次作为这个教区的一员。尼科尔斯先生似乎也深切地意识到了这一事实，他的目光迅速找寻到我，一个痛苦的表情掠过他的脸庞，他挣扎了一下——支支吾吾——接着就失去了自控。很长一会儿，他站在我和全体圣餐接受者眼前，脸色苍白、全身颤抖、一言不发。教区职员约瑟夫·雷德曼低声对他说了几句话。尼科尔斯先生竭尽全力试图振作起来，眼里含着泪水，声音低沉、吞吞吐吐、极为吃力地完成着仪式。

噢！当时，一股多么痛苦的巨大热量包围着我啊！尼科尔斯先生带有感情和激情地抗击着这场战争，我从来没见过一场战斗抗争得这么严峻。突然间，我感觉所有的眼睛都转向我的方向，聚集在那里的人们似乎都猜出了他痛苦背后的意思。我周围的女人开始哭泣，我感觉会众的形势转向对尼科尔斯先生有利的方向，我无法止住自己的眼泪从脸颊上流淌下来。

在前几个月里渐渐产生的对尼科尔斯先生的负面感情，似乎在他滞留的最后一周里消失了。会众在为他举行的一个公众会议上送给他一只雕刻精美的金表链手表——这个会议爸爸仍然显眼地缺席了。我感觉仿佛一个巨浪正将生活中的事件冲下一条不可抗拒的痛苦轨道，对此我无法控制。尼科尔斯先生要走了，这全是我的错，我却无力阻止它。

尼科尔斯先生在霍沃斯的最后一个晚上，他来牧师住宅道别，并把国立学校的事情移交到我爸爸手里。玛莎和两个工人正忙着在我平常坐着的餐厅里做春扫除，所以我知道他不能在那里找到我，即使他有这个愿望的话。我在厨房里等着，不愿意进书房当着爸爸的面和他说话。说真的，直到最后那一刻，我以为也许最好是他见不着我。然而，当我听见前门关上时，我走到前窗，看见尼科尔斯先生斜靠在花园大门上突然痛苦发作——哭泣起来，我从来没见人这样哭过。我的内心翻腾了，一阵痛哭闷在我自己的喉咙里，突如其来的泪水夺眶而出。

我鼓起勇气冲了出去，全身颤抖、伤心欲绝。我径直走到他面前。有好一会儿，我们俩都默默地站着，悲伤不已。我想不出该说什么，我不希望尼科尔斯先生离开，可在目前的情况下——给他虚假的希望会是不公平的——我也不能请他留下来。

"我很抱歉，"我终于低声说，"我会想念你的。"

他抬起头来看着我的眼睛——即使在被悲伤摧残的此时，他的眼睛仍溢满掩饰不住的爱。"我希望……"他开口说道，但却说不下去了。

泪水淌下我的脸颊。在他的眼神里，我看见，他恳求我鼓励，可我当时不能给予他。"保重。"我能说的就这句。

"你也保重。"他回答，然后迅速穿过大门，走了。

直到第二天早上，伤心了一夜后，我才意识到，我还从来没问过尼科尔斯先生要去哪儿。

19

黎明时分，我就慌慌张张地穿上衣服，急匆匆地跑到隔壁尼科尔斯先生的租住屋。教堂司事穿着睡衣睡帽来开门，一边擦着惺忪的睡眼。"尼科尔斯先生日出前就走了，我们再也见不着他了，太遗憾了。"

我发现布朗先生的话极为有趣，考虑到事实上仅仅五个月前他还想要一枪毙了他呢。"你知道他去哪儿了吗？"我问道。

"去英国南部待几个星期，他说，然后就在某个地方再找一个副牧师职位，我估计。"

"你估计？你的意思是说尼科尔斯先生还没有找到另一个职务就离开了吗？"

"是的。可我不会为尼科尔斯先生担心，夫人，他会在某个地方落脚的。我们给了他很好的推荐，对于任何社区他都会是宝贵的人才。你可以放宽心：虽然他那么痛苦，可他从来没有向任何人暗示过他为什么要离开，也从来没有说过你或你父亲一句坏话。"

"他没有吗？"我说，一阵隐隐的痛楚攫住我的心。

"没有。真的，当我催问这件事情时，他坚持说勃朗特先生和他之间从来没有发生过任何争吵，他们是友好分手的，他离开主要是出于自己的原因，而且对你他只是表达了最高的赞扬，勃朗特小姐。"

尼科尔斯先生走后的三个星期里，我生病了，坐立不安。前几个月的压力使爸爸付出了代价，我最害怕的事情发生了：他中了风，好几天完全失明。我照顾他，他恢复了元气，可并没有完全恢复视力，他对我和他的新副牧师（德·兰兹先生）的依赖又增加了。

接着尼科尔斯先生来了一封信。

"格兰特先生刚才来这儿，"玛莎说，递给我一个信封。"他说这封信是装在给他的一封信里寄来的，而且我必须答应在你父亲不在家的时候悄悄交给你。"

我接过信，谢了她。她一离开房间，我就打开了信。

亲爱的勃朗特小姐：

请原谅我采用诡计来送这封信，可知道你父亲对我的反感，我害怕直接通信会送不到你手上。

我希望你不会觉得这封信不受欢迎吧。三个星期来，我一直在与我的良心搏斗，就是否可以或者应该给你写信。终于我在一件小事上找到了勇气：就是我离开前的那个夜晚，我们站在牧师住宅的大门口时，你眼里的神情。我在你的眼神里看到了那种同感——至少在我看来是如此——你似乎希望我知道一点，那就是你明白在过去这几年里我所感受和遭受的一切，尤其是在过去的这六个月里。这是我想象出来的吗？如果是的话，你可以把这封信扔掉，不再想它。如果不是的话——如果你可以给我一些希望，一些表示，无论有多小，说明你经历了感情的变化，那对我将意味着世上的一切。

我离开霍沃斯的决定只是在心理和精神的巨大胁迫和压抑下做出的。在这种情况下，对于我来说，似乎没有什么别的对策是可采纳的。现在我发现自己终于且完全地断绝了与你的所有联系，然而——甚至没有机会不时瞥见你，从家里走去教堂，或在花园里，或在外面的荒漠上——我发现自己饱受折磨、丧失理智，我的心被最深切的痛苦和折磨人的悔恨撕扯成两半。

过去这几周里，我一直在南方周游——美丽的乡村，可我从中找不到任何乐趣。我参观了温彻斯特和索尔兹伯里的大教堂，后者尤其是壮丽堂皇，但我能够想到的只是：我多么希望勃朗特小姐在这儿和我一起观赏这一切啊！你会发现这是一个令人惊奇的建筑奇迹，和约克大教堂一样使人印象深刻。

请不要叫我忘记你，我做不到，我对你的爱永远燃烧，那永远不会改变。我很少想别的事情，我做梦只梦见你。认识你对我来说是一生中最伟大、最纯洁的欢乐，完全失去它我无法接受。我明白，你没有回应我说你感受到同样程度的爱。我们不必再讨论结婚的问题，只要你喜欢——可是倘若你有心至少将我们以前的友谊果实赐予我，我会高高兴兴地接受它，并且会比你想象的更加感激。

你会考虑让我再次给你写信吗？勃朗特小姐，请放心，一封来自你的信不仅会极大地安慰和鼓舞它永远感激的收信人，而且在一个似乎毫无目的和意义的生活中，它还会提供仅存的最佳乐趣之一。

我将在这个地址再等待上一个星期，那以后，我将回约克郡，希望找到一个新的职位。请代我向玛莎和苔比问好，假如你能瞒着你父亲这样做的话，而且我衷心希望那位先生和你自己永远身体健康。

我仍然是你最为忠实和恭敬的

A. B. 尼科尔斯

一八四三年六月二十一日——索尔兹伯里

我把那封信看了一遍、两遍、三遍，每一遍都带着明显的惊奇。噢！这些痛苦的话语读起来是多么熟悉啊？多年前，我自己也写过无数封这样的信给赫格尔先生，同样充满情感的力量，同样饱含希望与失望的痛苦。我想，这些可笑的情感反映的正是我自己的情感呢！尼科尔斯先生此时对我来说，在信纸上，显得非常不同。

在我看来似乎难以置信的是，这位我认识了八年的内向的副牧师——这位如此平静和稳重地履行职责、把感情掩盖在铁石阳刚的面具以及正统正确的社交礼仪后面的男人——与写下这封热情洋溢的信件的居然是同一个人。他热情洋溢地向我求婚，在整个会众面前以及再次在牧师住宅的大门前崩溃。我想，显然，静水流深啊。

我当天就回了信，告知尼科尔斯先生我愿意与他通信，但他的信最好是继续通过格兰特先生寄来。

两周后，爱伦来做客。在我们漫长的交往史上，我们第一次发生了争吵。爱伦似乎决心，在她所说的每一件事上，都用言语来贬低尼科尔斯先生。

"你摆脱了他是幸运的。"一天上午喝咖啡时她断言道。

"幸运？你为什么这么说？你曾经为尼科尔斯先生唱颂歌呢，是什么使你忽然变心？"

"几个月前我在这儿的时候，他是那么阴郁。我不能忍受一个阴郁的人。"

"他阴郁是有原因的。"

"他应该摆脱自己的不开心，不用它来影响别人。不过我改变对他的看法是有其他原因的。他不适合你，夏洛蒂。他是一个副牧师——你长期以来坚持说你永远不会嫁给一个牧师的，而且他是爱尔兰人。就连你自己的父亲都说爱尔兰人是非常懒散迟缓、粗鲁无礼、粗心大意的！"

"尼科尔斯先生根本不懒散迟缓、粗鲁无礼，爱伦——事实上，完全相反。"

"可是他的家人会是这样子的啊。想一想：你要是嫁给了他，你就不得不去拜访他在爱尔兰的没文化的穷亲戚们。"

"我肯定能够拜访尼科尔斯先生的爱尔兰亲戚，而不留永久伤痕地活着回来。"

"你开玩笑呢，我可是认真的。你说过永远不会结婚的，夏洛蒂。你说过：'我们将一起成为老姑娘，非常幸福地靠自己生活'。"

我瞪着她。"那你反对的主要并非那个人本身，而是我结婚的这个想法？"

"你现在结婚会与你的性格本身不合。"

"不合？为什么不合啊，爱伦？早些年前，当你考虑文森特先生的求婚时，我强烈敦促你接受他。我想要你幸福，假如你能够与他找到幸福的话。然而现在你却舍不得给我这同样的机会！"

"拒绝尼科尔斯先生求婚的是你，不是我。你是说你希望自己接受了他吗？"

"不！我不知道我想要什么。可是……"

"我只是想办法让你放心，你做出了正确的决定，要是你现在结婚我无法忍受，夏洛蒂。我会几乎见不着你的，如果我们要成为老姑娘的话，那我们就必须保持我们的地位，忍受到底。"

"忍受？噢，这太过分了，爱伦！我以为你是我的朋友！然而你却希望判决我做一辈子的老处女，只是为了我有更多的空闲时间来陪你？这是无法接受的。你比我父亲好不了多少！"

我们彼此间的这一不和上升到这样的高度，以至于爱伦第二天上午就走了，比原定计划提前了整整一周，而且两人之间的一切通信戛然中断了一段时间。

心情苦恼并且受够了和爸爸相处，我将爸爸留给玛莎和苔比照料，一有机会就离开家。我与乔·泰勒及其妻子动身去了苏格兰，可旅行因他们的婴儿生病而缩短了。我们最终到了伊尔克利附近的温泉城。我又回到伊尔克利和伍勒小姐见面并待了几天，尽管我们俩年龄有悬殊，但却保持着我极为珍视的一段友谊。

我继续与尼科尔斯先生通信。他这时在科克斯密顿做了托马斯·卡特的副牧师，在大约五十英里外的庞提弗拉克附近，仍然在约克郡的西莱丁。九月初，他请求我允许他来看望我。我回答说可以，但是——虽然我在内心深处感到苦恼——我坚持将他来看望的事瞒着爸爸。

不希望看到邻里对我们的相会评头品足，我们决定，我去奥克森霍普的教区牧师住宅，尼科尔斯先生会和格兰特一家待在一起。（格兰特先生虽然很早以前曾断言对女性不感兴趣，但却在六年前就娶了一位可爱的女人萨拉·安·特纳，和她在一起生活得似乎非常幸福。）

见面的那一天，天上下起了瓢泼大雨。当我到达奥克森霍普的教区牧师住宅时（因向爸爸撒谎而充满内疚，而且由于长途跋涉而全身透湿），管家亲切地接过我的披风、帽子、手套和伞，把我领进客厅，在那里尼科尔斯先生和格兰特夫妇立即起身迎接我。尼科尔斯先生的眼神充满紧张和不安，那在我心里也注入了同样的焦虑。互相打过招呼后，尼科尔斯先生对我不得不在这样恶劣的天气里徒步走来深表歉意。我被引到壁炉边的一张椅子上，就着熊熊燃烧的火在那里暖和自己。一个女佣端来了茶和点心。

尼科尔斯先生询问了我和父亲的身体状况，我简短地提到父亲最近的中风和艰难的康复，这似乎使他充满恐慌。"他现在好多了，"我安慰地补充道，"可我担心他的视力永远不会再像以前那么好了。"

"遗憾啊，真的希望他会好转哦。"

"谢谢你，"一阵尴尬的沉默降临。"尼科尔斯先生，希望你喜欢自己的新职位吧？"

"喜欢，谢谢你。"

格兰特太太呷着茶说道："尼科尔斯先生能在这么近的地方找到一件事难道不是棒极了吗？"

"的确是啊。"我说道，尽管事实上我认为五十英里是一个非常远的距离。

又是一阵沉默。尼科尔斯先生突然说道："我看了《维莱特》。"

"是吗？"《维莱特》是在八个月前问世的，尼科尔斯先生从来没有机会提起它，这一事实——考虑到他一拿到《简·爱》和《雪莉》就在两天之内看完了——使人强烈地意识到我们之间已经产生了隔阂。

"我很喜欢它，那所学校描写得很好，"尼科尔斯先生带着他从前有过的一丝热情说，"那个国家——你使用了另一个名字，可是——它指的是比利时吗？"

我感觉自己毫无理由地脸红了。"是的。"

"我对那个结局有点困惑，你是什么意思，当……"他中断话题，转向格兰特夫妇，"你们看了勃朗特小姐的新小说吗？"

"恐怕没有。"格兰特太太承认。

"我不爱看小说，"格兰特先生皱了皱眉头插嘴道，"不过，听着，尼科尔斯先生，在科克斯顿垂钓怎么样？你有幸抓到鲑鱼了吗？"

紧接着是关于钓鱼的一大通讨论。随后格兰特先生说："科克斯密顿的不信奉国教者和这个社区一样喜欢发表讨厌的意见吗？"

"一样。"尼科尔斯先生回答，"上周，我不得不花了整整半个小时与一位绅士争辩关于真教堂的好处，并且坚决认为要强制教堂出席率。"

"这事要到哪里才会了结啊？"格兰特先生摇了摇头叫道，"女士们：你们知道吗，他们居然考虑为非英国国教徒开放大学呢？"

"可怕！"尼科尔斯先生说。

"大学对于一个不信奉国教者究竟有什么好处呢？"格兰特先生叫道，"不彻底知晓希腊文和拉丁文，他是活不了两天的！"

除了我以外，每个人都哈哈大笑起来。我的胃口突然间没了。这种闲聊持续了一个多小时。格兰特夫妇没有起身离开房间，由于大雨仍然在下着，尼科尔斯先生和我没有机会去外面散步，也没私下交谈一会儿。终于我道了别，关于对尼科尔斯先生的感情，我心里和到达时一样矛盾。考虑到我们的见面应该不让人发现，我只允许尼科尔斯先生把我送到大门口，门外有一条石板铺就的田中小径通往霍沃斯。

"我恐怕有些月份不会有机会回来了，因为我刚刚开始担任一个新职位。"尼科尔斯先生遗憾地解释说，他的声音几乎被重重落在我们伞上的雨声淹没。

"很遗憾，先生。"

"我可以荣幸地继续给你写信吗，勃朗特小姐？"

"可以，先生。"我的鞋子此时是真的非常湿了。"见到你很高兴，先生。"

"我也是，勃朗特小姐。再见。"

九月十九日，盖斯凯尔夫人来看望我：这是她第一次来霍沃斯。四天里，我向那位善良和聪慧的女士倾吐了我的心声，告诉她所发生的一切，以及我在思想和感情上的所有困惑。

第二天，我们在荒野上漫步，早秋的荒野已经消退为棕绿相间的自然色，盖斯凯尔夫人叫道："你父亲多么铁石心肠啊！他自己就是一个牧师，他怎么能反对尼科尔斯先生的职业呢？正如你所说的，尼科尔斯先生已经证明了他的价值，他是你父亲合作了八年的得力助手啊。"

"在这一点上，我爸爸是完全不讲理的。他想要我嫁给一个大人物——一个有钱、有地位的人——要不就干脆不嫁。"

盖斯凯尔夫人摇了摇头。她是一个中等个头的女人，比我高半个头，皮肤白皙，五官可爱，柔和的深棕色头发束起在一顶帽子下，与她精致的深紫色丝绸连衣裙相得益彰。"假如主要是钱的问题，尼科尔斯先生难道不能作为他自己教区的牧师找到一幢房子和一个更为赚钱的职位吗？"

"很多年以前，他本来是可以的，盖斯凯尔夫人，可是假如他这样做的话，他就得搬走，那我们肯定就不可能在一起了。"

"为什么不能？"

我叹了口气。"你也许会认为我不对，或是傻，可是爸爸虽然有那么多缺点，但毕竟是老人了，我们是在这个世界上彼此最后的亲人。他永远不会放弃他的教区，直到他死去的那一天。我答应爸爸只要他活着，我就不会抛下他一个人孤独生活，我永远不会的。"

"好吧，我得说，在你父亲说过和做过的这一切后，你还这样孝顺他，为此我敬重你，勃朗特小姐，可我不知道自己能不能做到这一点。"

"在我的一生中，他一直忠实地支持我，盖斯凯尔夫人，为此我欠他的情。我承认：现在，我有时对爸爸是那么生气，我不能忍受和他待在同一个房间里。他非常残忍和不公平地对待了尼科尔斯先生，然而事实上，我做得也好不了多少。好几个月，我目睹了尼科尔斯先生遭受的痛苦，却什么也没做。只要我说一句话，他就根本不会离开霍沃斯。不过，尽管发生了这一切，尼科尔斯先生仍然坚持他的目标，他的爱没动摇。"

"那是对他的称赞啊。告诉我，勃朗特小姐，你喜欢尼科尔斯先生吗？你尊敬他吗？"

"非常尊敬。然而，他是一个矛盾重重的人。"我表达了我对尼科尔斯先生的蒲赛主义偏见的关注，以及担心那会妨碍我与他以及我的其他一些朋友的关系。（因为盖斯凯尔夫人是一个唯一神教派教徒，而她的丈夫是一个唯一神教派牧师。）"所有话题中最重要的一点是：夫妻的基本宗教信条，难道他们不应该在这一点上保持一致吗？"

"未必。如果爱和尊敬的基础存在，我相信一对夫妻能够不顾宗教信仰的不同而和谐相处的。"

"也许如此。"我回答，仍然没被说服，"可这不是我关心的唯一事情，我们在其他方面也是不同的。尼科尔斯先生积极关注社区的需要——一个优秀的牧师美德，值得人们高度尊敬——而我却更加隐遁，热衷于作家的生活。谈到我的作品，虽然尼科尔斯先生真挚和热情地崇拜它……"我脸一红，打住了话头。

"你的意思是，谈到评论你的作品等事情时，尼科尔斯先生表达更多的是外行的观点？你担心有些地方他在智力上跟不上你？"

"有时是这样。"

"别不好意思对我承认这一点，夏洛蒂。"盖斯凯尔夫人挽住我的胳膊说，"你是一个非常聪明的女人，没有多少人能够跟你并驾齐驱。冒着自夸的危险，我承认：这么多年来，我有时对我自己亲爱的丈夫也有着同样的忧虑。"

"是吗？"

"威廉是一个非常虔诚的的牧师，就像你的尼科尔斯先生一样。然而，虽然他成功和聪明，并且支持我的工作——我是在他的建议下转向写作的，以此分散我的痛苦，当时我的头两个儿子死于襁褓之中——但是我的小说却不是我丈夫能够长时间讨论的东西，也不能有多少深度和见解，可这就是需要朋友和作家同行的原因。一个男人不可能成为一个女人的一切，也不应该指望如此。你们在天资上的悬殊可能是一件好事，夏洛蒂，尼科尔斯先生能够为你在现实世界里打下更多一点的基础，而且你可以在他以为不可能的教派介绍他的美德。"

我考虑着这一点。"尼科尔斯先生的确对美德有着极为真挚的爱，无论在哪里。"我们现在正穿过田野往回走，当我们到达一个横路栅栏时，我停下来说："你是怎么做到的，盖斯凯尔夫人？你有丈夫、房子和孩子们要照顾，怎么找到时间来写作的呢？"

"是不容易，可一个聪明的女人是能够找到时间来做对她来说重要的事情的。"她极为认真地望着我。"要不是你父亲反对，你会希望嫁给尼科尔斯先生吗？你可能爱他吗？"

"但愿我知道呢。"

"假如尼科尔斯先生真的像你所说的那样爱你，我想你要把它弄清楚才对得起你自己和他。"

有件事情在令我踌躇不前。虽然尼科尔斯先生和我继续秘密通信，在信中他尽其所能用最有激情的语言表达了对我的惦念，然而我仍然莫名其妙地无法使自己迈出关键的下一步：公然反抗爸爸，并且坚决要求与未来的追求者公开保持一种情爱关系的权利。

　　接着，在十二月中旬的一个晚上——雨水砰砰敲打着屋顶，溅落在窗框上，东风像报丧的女妖一样在屋檐间哀嚎时——我做了一个梦。

　　在梦里，没有暴风雨，那是一个明媚无云的夏日，我正走过荒漠，刚抬腿爬向一个树木浓密的熟悉的山谷，突然瞥见远处有两个人影正沿着河堤朝我的方向走来，是艾米莉和安妮！我的心又惊又喜地怦怦狂跳，半跑半飞地冲下了斜坡，沿着石径去迎接她们。

　　"艾米莉！安妮！真的是你们吗？"

　　我渴望将她们搂进怀里，可梦里的妹妹们冷淡地站着，因为不赞许而脸色阴沉、阴云密布。"我们不能久待，"艾米莉说，"我们只是来给你带个信。"

　　"什么信？"

　　"我们一直在观察你，我们非常失望。"安妮说。

　　"夏洛蒂，你活着，"艾米莉说，"有着生活赐予的一切任你支配，然而你却对它们视而不见，言行仿佛和我们一样死了，埋了。"

　　"你们什么意思？我怎么言行像死了，埋了？"

　　"你被埋在了过去，就像布兰韦尔一样。"安妮回答。

　　"那不是真的。"我辩驳道。

　　"你以为我们不知道你的秘密吗？"艾米莉说，"你以为我们看不见吗？"

　　"什么秘密？你们看见什么了？"

　　"夏洛蒂，我们知道那天晚上在布鲁塞尔的花园里发生了什么。"安妮说。

　　"你们知道？"我羞愧地喃喃说道。

　　"我们知道。"艾米莉重复道，"而且我们知道那些信件，知道你仍然在看它们。"

我的脸颊燃烧起来。"我已经好多年没看那些信了。"

"可你还在想着他,"艾米莉指控道,"你书中的所有男主人公,只有一个除外,全是教师,或是比利时人,或两者都是!就连你的罗彻斯特先生也是以他为原型塑造的。你认为那是为什么?"

我回答不上来。

"赫格尔先生的记忆在你脑海里形成了这样一个固定概念,它使你对近在眼前的东西视而不见。"艾米莉宣布。

"它令你踌躇不前得实在太久了。"安妮说。

"是继续前行的时候了。"艾米莉说。

"继续前行吧,"安妮重复道,"把比利时抛到脑后。"

我气喘吁吁地醒来,面对的是墨黑的暴风雨之夜。我的心狂跳不已。

又是比利时。

随着寒冷的十二月黎明的第一束朦胧光线从百叶窗过滤进来,我回想着我的梦。我从比利时回来已经十年了,我以为自己早已脱离与赫格尔先生的不幸关系继续前行了,可是妹妹们说得对吗?这么长时间我真的一直被埋在了往事中,违背本意和理智,在一个没爱过我的人的圣坛前顶礼膜拜?这种痴迷即使此时仍然在令我踌躇不前,阻止我对另一个人的爱敞开心扉?

噢!噢!为什么?噢!为什么?我突然想,我浪费了那么多时间为一件不可能的事情悔恨痛苦?一阵突然发作的伤心压倒了我,我哭了。我说不上我就这样过了多久——躺在床上,从灵魂深处哭泣,我把过去十年里拒绝承认的悲伤全部倾泻了出来。我为弟弟妹妹们哭泣,他们太早被夺去生命;我为因失去他们而破碎的灵魂哭泣;为自己的愚蠢哭泣,因为听从一个秘密的迷恋而被吞噬和盲目了这么多年。

终于,泪水哭干了,我的头疼痛着,喉咙刺痛着,眼睛烧灼着,与此同时,一样东西在我心里的一角唠叨:我意识到有一件重要的事情还没有做。

我起身,飞快地穿上衣服,从梳妆台抽屉里掏出那只紫檀盒子,打开里面那薄薄的一包丝带捆着的信件。我瞥了一眼壁炉:壁炉像石头一样冰冷。天色太早，厨房里也没有火，但是我决定，对这些文件而言，燃烧无论如何不是合适的命运。

太阳现在已经差不多升起来了。不顾仍在我头骨里砰然撞击的疼痛，我悄悄下楼，快步来到食品贮藏室。我在里面找到一只厚厚的玻璃罐，里面装着我上一个夏天做的最后一点果酱。我把罐子里所剩无几的东西转移到一只盘子里，彻底洗尽罐子和盖子。然后拿起赫格尔先生的信件，卷成一小卷，塞进罐子，封了起来。我把自己包裹起来抵抗严寒，拿上罐子，穿过浓雾弥漫的荒漠，前往我在梦里遇见妹妹们的那个遥远的山谷。

雪还没有降落，可地面坚硬，覆盖着霜。我知道挖掘是不可能的，可我心里有另外一个主意。我此番跋涉的目标是一棵古老多节的树，它长在河床边，在它阴凉的树荫下面，我和妹妹们带着书度过许多愉快的夏日时光。尽管非常寒冷，那棵树仍然木质坚固，而且我知道它的根部附近有一个相当大的洞，被一层厚厚的蔓生和攀缘植物的地表部分覆盖着。

我径直走向那棵树。像所有类似的树木一样，它现在是一具冬天的骷髅。在它的另一边，是一条喧闹汹涌的激流。那深色的水仿佛在树下撕扯，一边喷发出白色的雾气。我跪倒在那坚硬潮湿的地上，清理开那遭受霜冻的苔藓和藤蔓，发现了那个洞，有我的胳膊那么深。

"你知道你在干什么吗？"心里一个声音拖长声调说，"这是一个艺术激发生命的实例，而不是相反。"我惊讶地停住了。在某种意义上说，我意识到，那是真的。在《维莱特》里面，露西·斯诺把约翰·格雷厄姆医生寄来的珍贵信件掩埋了，当她推测他们的关系结束时。可我现在明白了，那个场景来源于我自己想这样做但却被忽视了的潜意识中的渴望。

我把罐子扔了进去。"再见，赫格尔先生。"我毅然决然、毫不后悔地说。

我把那些苔藓和藤蔓的覆盖物放回原处。做完这件事后，我站起身来，双臂抱住自己，在晨风中颤栗。我满意地想，我刚才藏起的并不是宝藏，我埋葬了悲伤——一个本应该在十年前就被埋葬的悲伤。

突然间，我感觉到一种近似魔力般的解脱感，仿佛一个仙女用魔杖点了我一下，将一个巨大的重压从我灵魂中解除了。我微笑着，注意到自己的头疼消失了。

　

回到家里，我发现爸爸在他书房里看早报。我在他身边熊熊燃烧的壁炉前坐了下来。

"爸爸，我有件事情要向你坦白。"

他放下报纸和放大镜。"是吗，亲爱的。什么事？"

"在过去六个月里，我一直在给尼科尔斯先生写信。"

"什么？给他写信？你什么意思，信件？"

"是的，爸爸，信件，而且他也一直在给我写信。九月份，我还在格兰特家里见过他。我知道你明确禁止这样的接触，而且我对这样欺骗你感到内疚。"

短暂地沉默了一下后，他皱着眉头说："我很高兴你告诉了我，希望你停止这种做法，并且意识到你这种做法的不对。欺骗和不诚实是魔鬼的工作。答应我再也不见那个人或给他写信，我就会原谅你。"

"我不是在寻求你的原谅，爸爸，也不会做这样的承诺。事实上，我来这儿要讲的正好与之相反：我打算还给尼科尔斯先生写信，还要和他见面，在相当长的一段时间里，我希望——也就是说，假如他仍然有兴趣见我的话。"

"你将踏在我的尸体上见他！"

"我不希望那样，爸爸，但我会见他的。我并不是说我打算嫁给尼科尔斯先生，可我决心加深对他的了解，给我们俩一个机会，来发现彼此是不是真的适合，而且这样做有你知道和同意比没有要容易得多。"

"我永远不会同意你这样做！我告诉你，他不适合你，夏洛蒂！"

"爸爸，听我说。我不是一个年轻小姑娘，也不再是一个年轻女子。你死的时候，除了我自己赚的钱以外，我将有三百英镑，而且没有地方住。也许，如果我仍然能够写作的话，我能够赚更多，可我的下一部作品会不会卖得出是没有保证的。我可以靠我的收入过着简朴的生活，但我将一个人生活——完全一个人——一个老姑娘，孤独、悲惨、毫无疑问地被每个人同情。那是你希望我遭受的命运吗？假如我找到一个能够幸福相处的人，你难道不愿让我出嫁吗？"

"该死的，女人！你不明白吗？你是我幸存的最后一个女儿，你是我拥有的一切！"泪水涌上他的眼睛，他的声音硬咽了。"你一辈子都身体不好，我担心，你没有健壮到足以结婚。"

我感觉脸颊红了，他没说出来的意思很清楚。"每天都有女人结婚生子，爸爸。我可能会给你惊喜的，我比你以为的要健壮。"

他摇了摇头，擦了擦眼睛。"我以前说过，而且我再说一次：如果你必须嫁的话，选一个地位高一点的人——一个更有成就的成功男人，一个出身大家族的人——一个地位配得上作为当今最为著名的女作家之一的你的人。一个像乔治·史密斯先生那样的人！"

"史密斯先生已经订婚了，爸爸。"

"什么？是吗？"

"我几天前刚刚听说的，史密斯先生爱上了一个年轻的社交界美人，正如我一贯预见的那样。"

"噢，哎呀，多么令人失望啊！我对你在那一方面怀有很高的希望呢。"

"我可从来没有过，而且在那一点上你不要再欺骗自己了，爸爸。史密斯先生那类男人永远不会对像我这样的女人感兴趣的。我从来没有漂亮过，而且现在老了。我还会有多少结婚的机会？尼科尔斯先生也许是穷，可他爱我！再说，他爱的是真正的我，而不是那个已经功成名就的'著名作家'。你认为有多少男人会经历漫长的八年来等我呢？"

"尼科尔斯先生只是一个副牧师！更糟糕的是他没有任何出身背景——一个一贫如洗的无文化的爱尔兰农夫家庭！你真的能够想象自己是这样一个男人的妻子吗？他每年秋天横跨爱尔兰海去看的人，他是这样称呼他们的，而且你可以肯定他会期待你陪他去。我知道他的人是什么样子，我的姑娘！我自己就来自这样一个家庭，自从离开爱尔兰后我就一次也没回去过，这并不是没有道理的！贫穷的爱尔兰人根本不像英国人。他们缺乏礼貌和良好的教养，他们懒惰、散漫、在管家和卫生问题上邋遢散漫，他们每天的习惯和习俗会困惑和吓坏你的。至于知识兴趣和追求，他们是完全不感兴趣的。那是你想为自己要的家庭吗？"

我的脸颊再次热了起来。日记：承认这一点我很羞愧，可这一考虑的确让我有点苦恼。我的阅历不足以知道爸爸的断言是不是真的，或者只是他自己的经历的一个反映，但我也听别人这样说起过爱尔兰人的邋遢散漫。作为年轻女子，当我允许自己梦想到婚姻时，我想象自己被迎进一个扩大了的新家庭，他们不仅有爱心，而且还博览群书、有文化和修养：是思维和我相似的有智慧的人，并且生活条件至少和我自己的相当，无论多么简朴。不过，我知道这只是无意义的虚荣和傲慢，没有真正的意义，我把这一想法抛到了一边。

"人们不能，也不应该，根据其家庭来判断一个人。"我激烈地说，"尼科尔斯先生没有一个你刚才描述的那些缺点——如果那些是缺点的话——对我来说，这才是要紧的。"

"我不明白，你怎么甚至会打算嫁给一个贫穷的副牧师呢？"

"我想我必须嫁给一个副牧师，爸爸，假如非要嫁的话；不仅仅是一个副牧师，而且是你的副牧师——假如我真的选择他的话，他必须和我们一起生活在这幢房子里，因为我不会离开你。"

爸爸站起身来，他的眼睛怒光闪闪。"绝不。我绝不允许另一个男人住在这幢房子里。你明白我的意思吗？绝不！"说完，他大踏步地走出了房间。

整整一个星期，爸爸没和我说一句话。屋子里的空气因为紧张而浓厚，我不时认为自己透不过气来。

一天早上，我正坐在那里独自吃着早饭，突然听见苔比蹒跚着走进爸爸的书房，大声地责骂他。"这种极端愚蠢的言行已经持续得够久了，"那个老妇人叫道，"你在大厅里见着小姐时没有一个好脸色，也没一句好话，你像一个疯了的暴君，昂首阔步地在屋子里走来走去！是什么给了你这个权利，先生，去告诉一个快四十岁的女人什么能做什么不能做？你希望杀死你唯一的女儿吗，先生？这大概是她获得真正幸福的最后机会了，让她抓住它吧，你这个愚蠢的老头！"

那天下午，爸爸很不情愿地允许我"见那位先生"，除此以外没有别的承诺。这就是我所需要的一切。当天，我写信给尼科尔斯先生，告诉他我的打算：我希望恢复我们的碰面，意在重新考虑他的求婚，来发现我们能否达成更深的了解。

尼科尔斯先生闪电般回了信，定在他能够脱身的最早时间见面。

一月份的第三周他来进行了一个为期十天的拜访，再次待在奥克森霍普的格兰特家。这次，他能够公开和光明正大地出现在牧师住宅里了。然而，尼科尔斯先生到达的那一天，令我极为尴尬的是，爸爸以那样一种令人不快的敌意方式接待了他，以至于我们不得不立即离开家去寻找幽静和心里的平和。

我穿戴上我最暖和的披风、帽子、手套、手筒和靴子，两人出发去散步。那天天气非常冷，天空像铁一样凝重，可谢天谢地没什么风。新年的大雪把周围的山峰和峡谷变成了连绵起伏的白色海洋，填满荒漠里的洼地，与高处看齐，掩饰住熟悉的路标。据说，许多没经验的游客胆敢横穿那些冰封的山脊，结果迷了路，或陷在齐脖深的雪中。不过，我们踏上了一条较为安全的路：霍沃斯和奥克森霍普之间的雪野上那条饱经践踏的小径。

尼科尔斯先生和我慢慢走着，我们的脸颊通红，呼吸在空气中形成雾气，脚在密集的雪地上发出柔和的嘎吱嘎吱声。小径宽度只够两个人，肩并肩时，要求我们必须紧靠在一起走。费力的行进中，我们经常碰到对方，惹得他在前十分钟内说了那么多次"对不起"，以至于我请他不要再说对不起：他喜欢碰我多少次就可以碰多少次。

尽管开始有这么一丁点儿尴尬，我注意到这次见面尼科尔斯先生看起来没有去年九月那么紧张。事实上，抬头望他时，我瞥见他正低头凝视着我，眼里含着爱意，脸上带着微笑。

我回报了一个微笑，说："尼科尔斯先生，现在我们——终于——有这个机会单独和当面说话了。首先，我想感谢你在过去这一年内面对所有障碍却毫不动摇的恒心。再者，我希望为我父亲在那段时间里的过分行为道歉，也为我自己迟迟未决的困惑和犹豫道歉。"

"多谢，勃朗特小姐，可我总是觉得你父亲反对你和我的结合是完全有道理的，你自己不情愿我也明白。"

我再次抬起头来望着他，希望在他的脸上察觉一丝嘲讽的痕迹，可是根本没有：他的表情和语气传递了诚挚和谦卑的极致。我惊奇地摇了摇头，再次对他产生敬意。"假如我像你这样遭到牧师的对待，尼科尔斯先生，在过去六个月里，在霍沃斯，我不相信我可以这样宽厚或谅解。"

"我应该是什么样子呢？你对你的父亲是重要的，他对你也是重要的。他希望你嫁给比他的副牧师地位更高的人，你也有同样的感觉，而且不希望令他失望，为此我不能责怪你。"

"他为我感到的骄傲和野心一定要驱除掉，先生，没有这个必要，也没有这个资格。你多年来对社区的无私奉献证明了你的价值。说实话，自从你离开以来的这几个月，你的继任者玩忽职守、极不称职，让霍沃斯的每一个人都想起与你道别失去的是什么。"

他吃惊地皱了皱眉头。"德·兰兹先生做了——或没做——什么事情这么可怕？"

"噢，他的缺点如果要列个单子就太长了，简直说不过来，先生。不过，放心，还没有造成永久的损失。也许，当爸爸克服偏见，明白了道理后，这些差别甚至会有一些好处呢。"我们四目相遇，会心地笑了。我们在寂静的下午继续慢慢向前走去。我深深吸了一口冬天的空气，补充道："尼科尔斯先生：我相信我在信里提到了，希望在这次来访中，我们可以加深彼此的认识。"

"你是这么说了，勃朗特小姐。不过，说老实话，我不明白你是什么意思，我们现在已经认识将近九年了。"

"的确如此，可我突然想到——由于我生活在这儿，在这儿长大，你和我父亲谈过很多话——你对我比我对你了解得多很多。"

"是吗?"

"是的,我对你来霍沃斯之前在爱尔兰的生活几乎一无所知,你可以告诉我吗?你告诉我一些关于你自己的事情好吗?"

"只要你愿意,你要我从什么时候开始讲起呢?"

"我想出生会是一个开始的好地方吧。"

他笑了。"那好吧:我的出生。我出生在三十六年前,一月六日,一个如此寒冷的日子。据说,我父亲喝汤时弄缺了一颗牙齿,猫狗正在打闹,突然接生婆宣布:'是一个男孩',她的话就在空气中结成了冰。"

现在,轮到我笑了。

"像我前面的所有哥哥姐姐一样,我出生在北爱尔兰安特里姆郡基里德的塔里农场。我父亲威廉最初来自苏格兰,是一个累死累活的农夫,靠种地为生。我的母亲玛格丽特来自附近的格莱内维,也是苏格兰人后裔,可她的家人是英国国教的成员。"

"啊!我早就认为在你的话里听出了一点点苏格兰语的口音呢。"

"是吗?我还以为自己没有口音了呢。好吧,我的妈妈是一个好女人,可她拼命地工作来帮助经营农场,同时一个接一个地生了十个孩子,所以很少有时间或精力来表达母爱。我排行老六。基里德并不是一个不好的地方,据我回忆,所有的房屋子都是小小的,可管理得很好,还有花园。尽管我小时候就离开了那座屋子,但它将永远凝固在我的记忆里:一个墙壁刷了石灰、屋顶铺了茅草的大房间,有一楼半高。"

"一楼半?你什么意思?"

"一楼只是一个大大的铺了石板的厨房。我们睡觉的阁楼在楼上的椽下面,可我们没有楼梯,我们用墙壁上开的槽口爬上去。"

"墙壁上开的槽口?而且屋子里只有一个房间,住十二个人?"

"是的,在屋子的另一头是一个马厩和一个牛棚,后面有一个圆形的马道用来搅拌黄油。那是一个艰难的生活,不过,我当时不知道这一点。我们经常连续几周除了牛奶和土豆就没有什么东西可吃了,只有零星的几块猪肉和鸡肉,可我们并没有挨饿。我以为三四个人睡一张床是十分自然的，被单那么短缺，勃朗特小姐，所以我妈妈把它们剪成小条条，给我们每人一块用来挡在脸和粗糙的羊毛毯子之间。"

"噢，尼科尔斯先生！我无法想象这种事情。即使在牧师女儿学校，我们也没有穷到这个地步。"

"我并不知道我穷。当你很小的时候，你不会质疑你所没有的东西的，这只是我的生活。我本来会成为一个农夫，与我的父亲和两个哥哥没什么区别，只在当地的学堂受过几年教育，假如不是因为上帝的恩典以及我的贝尔舅舅和舅妈的话。"

"你的贝尔舅舅和舅妈？"

"贝尔舅舅是我妈妈的弟弟，他是一个牧师和老师，比我父亲宽裕一点点。有一天他来作客时，看见我们的房子要挤爆了，而且我的父母因为有那么多嘴巴要喂而不知所措。我偷听了大人们的谈话，我父亲担心，他说我的两个哥哥将继承农场，我的姐妹们，他估摸着，会结婚或进入某种服务业，可两个较小的儿子怎么办？贝尔舅舅——即使他自己当时已有两个孩子——主动提出带我和我哥哥艾伦回他在巴纳格的家，当他自己的孩子来抚养。我父母同意了。"

我震惊地望着他。"就这样——你父母把你送了人？"

"是的。"尼科尔斯先生的眼里闪过一丝痛苦。

"你多大？"

"七岁，艾伦刚满十岁。"

"噢！那个年龄离开父母真的是非常小啊！"

"是的——那对我父母是一个伤心的决定，我肯定——但在我舅舅方面却是一个善良和无私的举动。我永远不会忘记我们驶离时父母在门道里哭泣的场景，我再也没见过他们或我的兄弟姐妹。"

"再也没见过？为什么啊？"

"我父母坚持说这对我们大家都会是太难以忍受的，而且假如艾伦和我要与一个新家庭开始新生活的话，我们就不得往回看。"

"噢！"这一意外的发现使我那么痛苦，以至于几乎说不出话来。我心里充满对尼科尔斯先生的同情，忽然间我感觉自己比以前更懂他了。

难怪他把感情隐藏得那么深，难怪，当他真的允许自己感觉到要委身于某人时，就已形成了这样深沉和持久的依恋。

"不过，这对我其实是新生活的开始，勃朗特小姐。我的舅舅和舅妈把我们带进他们的家中和心里，把我们看作他们自己不断壮大的家庭的一部分。他们的孩子——最终共有九个——"

"九个！"

他点了点头，突然笑道："我的表弟表妹们成了艾伦和我的弟弟妹妹。贝尔舅舅和舅妈是慈爱和大方的，无论有什么都一起分享。因为舅舅有一个学校，我们还得到了很好的教育。长大后，他设法让艾伦和我上了圣三一学院。将近十五年前他逝世了，我深深地思念他——和全家人一样。"

"对不起。"

"谢谢你，我今天的一切归功于贝尔舅舅和舅妈。她是一个非常好的女人，希望有一天你能见见她。"

"那会是一个荣幸。想想我们俩都是被一个姨妈或舅妈养大的是多么有趣啊！"

"我们的确有那个共同之处。"

"你舅舅舅妈的房子是什么样子？"

"他们的房子？"他犹豫了。"那里充满爱心，而且我在那里非常受欢迎。归根到底，这才是重要的一切，你不这样认为吗？"

"我非常赞成。"

"我的舅妈和大多数表弟表妹们仍然住在巴纳格，我每年秋天度假时见的就是他们。"

"噢！这么长时间以来，我一直以为你回去见你的父母呢。"

"不是。我母亲在我十二岁的时候就死了，我父亲五年前去世，享年八十岁——或者听说如此。多年来，我感到内疚，因为他们死的时候我都不在身边。"

我伤心地摇了摇头。"我知道这么小就失去母亲意味着什么，我的母亲去世时我只有五岁。"

"那在你心里留下的是一个永远无法填满的巨大空洞，你难道没发现吗？"见我庄重地点了点头，他补充道，"我想象这就是为什么你书中的所有主要人物都是孤儿的原因，不是吗，勃朗特小姐？"

我承认是这么回事。我们继续往前走，用这种伴侣般的方式交谈着，一直走到奥克森霍普村，在那里我们转身往回走。回到牧师住宅后，我们在餐厅里喝茶。（爸爸假装生病，没有和我们一起喝。）尼科尔斯先生的来访又继续了九天，而且每天，我们都沿着雪径来回散步，坦率谈论我们过去和现在的生活，小心翼翼地（迄今为止）回避着未来。

尼科尔斯先生与我分享了他在圣三一学院期间的那些有趣故事，关爱和幽默地谈论他的哥哥艾伦，以及他们孩提时一起经历过的窘境和坏事——他们开表弟表妹们玩笑的故事，以及有时逃课与家里的狗在乡村远足、在香农河上划船，或在附近的溪流里抓鱼。

"正是在那里我学会了用手抓鲑鱼，我从来没用过钓竿或带钓丝的卷轴。我们曾经用手抓住那些滑溜溜的小鬼，有时把它们从水里弄出来轻轻抛在彼此的脸上，只是为了好玩，多么开心啊！"

他的故事逗得我哈哈大笑，并且在我脑海里勾勒出一张画像，与以前的阿瑟·贝尔·尼科尔斯先生判若两人。"我总是想象你是这个严峻认真的小男孩，循规蹈矩，什么坏事都不做。"

"说老实话，我想是的。在这些小恶作剧中我总是一个不和谐一致的声音——我深爱着我的舅舅舅妈，并不希望给他们惹麻烦——可那并没有制止我不时地支持和煽动我哥哥。"

我也告诉他我自己与弟弟妹妹们童年时期的历险。"除了没完没了的看书和胡写以外，我们最喜欢的消遣是表演我们自己的小故事。我们会在荒漠上漫游，假装它是精灵的国度。荒漠成了我们的阿拉伯。"我朝我们身旁的冰天雪地点了点头。"你面前看到的一切——在我们看来是一个浩瀚的沙漠，熊熊燃烧的太阳和万里无云的天空下那无边无际、连绵起伏的沙原。那雾，我们把它看作是令人耳目清新的沙漠雾，而且我们总是发现一个被棕榈树怀抱的庞大宫殿，里里外外覆盖着钻石、红宝石和绿宝石，被亮得耀眼的灯光照亮。"

"直接从《一千零一夜》和《精灵的传说》里出来的，嗯哼？"

"你看过吗？"

"当然，基督教界的每一个孩子不都看过吗？你为什么听起来那么惊讶？"

"我不知道。"我回答，发现他也是看着同样的作品长大的，突然感到高兴。"我以为这些传说，对于未来英国国教的牧师，尤其是对一个挚爱着蒲赛的《时间小册子》的人来说，太琐屑无聊了吧。"

听出我语气里的讽刺意味，尼科尔斯先生沉默了一会儿，然后望着我，声音一本正经地地说："也许，这个话题现在提出来更好呢。"

"也许是，我一直有意要和你说起这个呢。"

"我非常清楚你不分享我的所有宗教偏爱，勃朗特小姐——你怀有更为自由的观点。"

"我不希望就这么根深蒂固和微妙的良心和原则的问题来批评你，尼科尔斯先生，可是——如果我们要考虑一个共同未来的话——你能不能接受和我一样重要的我自己的观点？"

"我能够，而且会的，勃朗特小姐。"

"你同样能够敞开心扉欢迎一些与我有共同信仰的朋友吗？"

"你朋友的信仰是他们自己的事情，我将永远尊重和尊敬它们，正如我希望他们——和你——将尊重和尊敬我的信仰一样。"

"我可以自由发表我自己的意见，无论与你的有多么不同，不用担心受到谴责？"

"当然。"

"你同意至少有时会倾听和考虑我的观点？"

他笑了。"我会的，我发誓。"

我们在一起的最后一天，当我们从同样的雪中漫步回来，在牧师住宅的大门口道别时，尼科尔斯先生又做出了一个承诺，这个承诺使我们之间的理解甚至更进了一步。

"我知道，勃朗特小姐，你是那么爱你的父亲，而且那么深切关心他的幸福。我也知道你永远不会离开他，我想让你在这一点上放宽心。

我目前只接受了一个临时的副牧师职位，我在别的地方寻求过牧师俸禄，而且拒绝了他们提供给我的那些职位，因为我担心你不会跟我去那里。我这样假定没错吧？"

"没错，先生。"我柔声地说，既吃惊又极为感动。

"我想要你放心，假如我们结婚的话，勃朗特小姐，我会永久地回到霍沃斯，我发誓尽我一切能力忠实地照顾你父亲直到他百年之后。"

当时，我感到对他涌上一股爱意。"谢谢你，尼科尔斯先生。我意识到这样的宣言是不容易做出的，考虑到我爸爸对你那样不公正。这得归功于你的正直和宽容。我也知道你的承诺并非只是一句空话：你会持之以恒的，而且这使得我心里的一块巨石落了地。"

他皱了皱眉头。"不过，要让这一切顺利进行——要让我回到霍沃斯——你父亲必须愿意接受我，不仅作为他有可能的未来女婿，而且再次作为他的副牧师。"

我点了点头。"你知道的，他是一个非常固执的老人。一旦他打定了主意，就难以让他回心转意。"我当时抬头看着他，惊叹地笑着说。"尼科尔斯先生，你真的为了我拒绝了一份赚钱更多的牧师俸禄吗？"

"好几个呢，勃朗特小姐，而且我将继续这样做，只要给我你有可能重新考虑我的求婚的希望。"

"我正在重新考虑这事呢，先生，而且你放心，我的观点跟以前大不相同了。"

一丝乐观掠过他那表情谨慎的脸。"那我会抱以最好的希望哦。"

我把带着手套的手从手筒里伸出来，递给他，他抓起来，紧紧握在两手之间。

"谢谢你来看我，先生。我很快就会再次给你写信的。"

"我会尽快回来的。"我们就这样站了一些时候，我们的眼睛相互凝视着。他带着明显的不情愿松开了我的手，我们道别了。

20

日记：一年前，当我最初开始写这些时，我的生活被抛进了一个混乱和困惑的大漩流中，由尼科尔斯先生突如其来的求婚所引起的。在过去的十二个月里，我在回忆和笔墨中寻求慰藉，来帮助我明白过去，希望它可以有助于指引我走向未来。

这时，我发觉自己必须马上作出决定了，我内心深处的声音不会保持沉默，它叫道："我能够成为妻子吗？"更为重要的是："我能够成为他的妻子吗——直到永远？"

写这些话时，我的脸颊热了起来。日记：我不好意思承认，可我有一点失望，对尼科尔斯先生我感觉不到激情，我总是想象，一个女主人公对一个男主人公应该有的那种激情的感觉。对下一次难得的见面所怀有的紧张期待在哪里，那屏住的呼吸、一见面就飞入彼此的怀抱、心儿狂跳、嘴唇疯狂相遇？当尼科尔斯先生望着我时、当他碰到我的手时，我感觉不到我认为爱人的眼神和接触应该注入的那种激动。

然而，与此同时，对尼科尔斯先生我渐渐感觉到真正的尊敬和爱。他是一个可亲的人，有了他最近这十天的来访期间我所了解到的情况，我关于彼此合不来的很多疑虑已经解除。他认识我弟弟，喜爱我的妹妹们，这一点很有意义，并且答应照料我年迈的父亲。获得这样一位男子的忠诚，并且解放一颗受苦的、忠实的心，难道不好过无情地抛弃一个如此依恋我的人而去追求某个虚幻和空虚的影子吗？

我感激尼科尔斯先生对我的温柔爱情，我相信到一定的时候我有可能学会爱他。

上帝以其善良和智慧赐予我这个命运，那它对我一定是最好的。

21

　　日记：离最后一次在这儿写东西已经好多个月了，原谅我的耽搁，可是这期间发生了那么多事情，以至于我几乎没有一刻的时间来呼吸。

　　事情是这样的，决定接受尼科尔斯先生的求婚只是摆在我前面的战斗的一部分——或者应该说，旅程的一半。因为尽管我的主意已定，可只有等到我的心和灵魂都被赢过去时才可能获得永久的幸福，而且，唔，那是以后的事了。我的故事不会完整，除非我继续讲出接下来发生的一切——即使有些部分带有高度的个人和私密性，即使我现在想起它们还感到脸红。

　　在尼科尔斯先生和我最后一次雪中漫步，而且我毅然决然地接受他的求婚后的两个月里，我竭尽全力使爸爸相信我的追求者有很多良好的品质，让他想起尼科尔斯先生在任职的八年间尽职尽责，并努力将他与他的继任者——那位可鄙的德·兰兹先生作比较。我告知他，尼科尔斯先生的舅舅曾经是一个老师，那就肯定地意味着他的某个家庭成员是受过教育的，不应该看不起。我告诉爸爸，要是他重新接受尼科尔斯先生作他的副牧师，同意我们结婚，并且允许我们住在牧师住宅里，那么他就会得到一个女婿，他增加进来的收入只可能证明对我们大家都有好处。

　　也许是这个金钱上的策略产生了所需要的效果，也许是德·兰兹先生如此激怒了爸爸的神经，因此他现在几乎是换谁都欢迎，也许纯粹是因为日复一日听我辩来辩去的听烦了，可是不管是什么原因，一个奇迹发生了：爸爸同意我们结婚了。

　　当尼科尔斯先生四月四日回到霍沃斯时，爸爸以前对他的反感像新融化的雪一样消失得既肯定又彻底。尼科尔斯先生对这一彬彬有礼的新反应既紧张又激动，在他来访后的第二天，坚持要求我们穿过荒漠走回到那个河堤上。将近六年前，在那里我们曾第一次那么意气相投地坐在一起交谈过。

尽管是早春时节，但天气仍然非常寒冷，一堆堆雪依旧残留在长满苔藓的河堤边的洼地和山谷里。还没有花，可溪流仍一如既往地带着力量和水蒸气奔涌着，树上点缀着新鲜嫩叶的希望。到达曾经到过的那个熟悉的地点时，在群山怀抱的隐秘处，我们停下来并肩欣赏着眼前的景色。

"我喜爱这个地方，"尼科尔斯先生说，"我来霍沃斯后不久就发现了它，这是我最喜欢沉思冥想的地方之一。"

"这也是我最喜欢的地方之一，小时候我和弟弟妹妹们经常来这儿。"

我们沉默了。我知道他为什么把我带到这儿来了，我猜想有什么事情即将发生。想到这我的心小心翼翼地跳动起来，可我已经准备好了。他转身面对着我，戴着手套的手紧握在面前，低头凝视着我，眼里含着爱意，语气里透着紧张和期待。

"勃朗特小姐，原谅我坦率直言，可自从我最初和你谈起这件事情以来已经一年多了，我不希望再浪费一分钟。你知道我的感情，它们仍然没有改变。我爱你，一直爱你，而且将永远爱你。我可以重新提出我那么早以前就向你提出过的建议，并希望有不同的回答吗？你愿意要我吗，勃朗特小姐？你愿意嫁给我吗？"

"我愿意。"

欢乐点亮了他的脸庞。"你愿意？"

"我愿意。"我的脉搏为我刚刚做出的重要承诺怦怦直跳，他也同样显得不知所措，两人都一动不动地站在这激动的一刻中。现在，他跨上前来，拉近了我们彼此间的距离，把手放我的后腰上，低下头来吻了我：一个短促、犹豫的初吻，那需要横渡我们的鼻子，避开我的眼镜，可它也是一个温柔的吻，亲切而真实。"我爱你，夏洛蒂。"他柔声说。这是他第一次叫我的名字。

我抬起头来欣喜地默默凝视着他，希望我的眼睛会传达出我真挚的爱。见我没有重复他那句动情的话他看似有点失望，可我心里还没有感受到的东西我是说不出来的。

　　接着他脱掉手套，从大衣口袋里掏出一个小盒子，打开来递到我的面前：里面装着一只精致的金戒指，由枝状花样的五枚珍珠陪衬。"我为你买了这枚戒指，尺寸是我不得不靠猜测的。你愿意戴上它吗？"

　　"很荣幸。"我脱下左手的手套，他把戒指滑进我细小的手指上。一个奇迹出现了——或许纯粹是因为，对这类事情的判断，我的未来丈夫比我猜测的要机敏一些——这只戒指戴着十分合适。"很美，尼科尔斯先生，谢谢你。"

　　他把我的手举到唇边，吻了吻，平静而又自信地说："不要再叫尼科尔斯先生了，现在我希望你叫我阿瑟。"

　　我情不自禁地笑了，我的两个童年时代的男主人公——威灵顿公爵和我想象中的萨莫拉公爵——两人也都叫阿瑟。

　　伍勒小姐一直充当着爱伦和我之间的和事佬，我和朋友前一个月恢复通信，结束了彼此的疏远。这时，当我写信给爱伦，告诉她我订婚的事时，她回信表示祝贺，这些我只能希望是由衷和真挚的。

　　虽然爸爸这么长时间并且这么竭力反对我要结婚的想法，令我大为吃惊的是，一旦他同意且订婚成了既成事实，他的观点竟这么快地逆转了。除了偶尔对尼科尔斯先生的"低贱出身"发出一声失望的叹息外，爸爸为我怀有的野心和幻想似乎终于烟消云散，变成了忿忿不平的接受。

　　如今，爸爸和尼科尔斯先生——或者说阿瑟，我努力提醒自己这样叫他——似乎急于把这事定下来，迫切要求早早定下婚礼的日子。爸爸给德·兰兹先生下了通知，阿瑟写信宣布他可以于六月十一日终止科克斯密顿的副牧师职务，日子定在了六月二十九日。

　　那个日子显得非常近，婚礼前还有那么多事情要完成，而完成的时间只有两个月多一点点。我不慌不忙地做着准备，对幸福没有过高期待。五月初，我去了布鲁克罗伊德，在那里爱伦和我自己之间残存的尴尬痕迹被扫除了，在利兹和哈利法克斯购物的两天里，她一直帮我选择嫁妆。

我决心不买太贵或太多的东西，而且我的新帽子和连衣裙在婚礼日以后全都应该能够派上好的用场。最后，我们选择了两件新长外衣的布料：一个是华丽的红紫色丝绸，另一个是素净的巴勒吉纱罗，带着绿色的小圆点。至于我的婚纱，除了我决心不穿的白色以外，爱伦什么都不会满意。

"白色是睡衣和无袖衬衫的颜色，以及两眼晶莹的年轻女孩的长衣，"我说，"我太老了，不适合穿白色婚纱结婚了。"

"你只能穿白色婚纱结婚，"爱伦审视着我们面前的柜台上陈列的布料坚持说，"而且你必须把它做成我在时尚杂志上看到的那些可爱的法国式样，白色薄纱的衣服上部和围巾上镶着串珠状缘饰。"抓起一匹白色丝绸放到我胸前，她满意地笑着说。"噢！夏洛蒂！没有什么颜色这么适合过你。"

在我内心深处，我得承认，自己一直梦想——假如结婚的话——穿着纯传统的华丽新娘服装。"我估计我可以穿白色婚纱——可我不会要你说的那些花哨的法国式样。"瞥了一眼那匹布料的价钱后，我迅速补充道，"而且我不会考虑丝绸，这对于一件多半再也不会穿的衣服来说太贵了。我坚持用平纹细布——朴素的平纹细布，只在前面打一两个横褶。"

爱伦皱着眉头放下那匹丝绸。"你很固执，夏洛蒂——可这是你的婚礼，所以我不跟你争。噢！瞧这条花边！它会是一条精致的面纱哦。"

"我的面纱将是一块简单的四方形薄纱，它将花不到五先令。要是我必须使自己变成傻瓜的话，那也将是以俭约为基础的。"

我没有沉迷于铺张浪费：为那些我打算自己做的无袖衬衫、睡衣和内衣内裤，我只买了——平生第一次——几码白色的缎带和花边做装饰。"毕竟，"（因为爱伦表情极为认真地坚持说）"这些衣服是给你丈夫看的哦。"

我把那些布料放在哈利法克斯的裁缝店。回霍沃斯一个星期后，阿瑟又来看我。开始那几天，他像一个动辄就紧张不安的神经过敏者——我想，他是担心我会改变主意。当我让他放心我不会做出这种事情——而且会为成为他的妻子而自豪——他才镇静下来，提出帮着为婚礼作些准备工作，并好心地同意了我想举行一个安静仪式的愿望。

　　"我担心自己已经成了邻里眼里的一个好奇人物：勃朗特家的老处女终于要结婚了。一想到跑进教堂后会发现一群呆呆看着的旁观者我就害怕。"

　　"我会尽最大的努力来确保那样的事不会发生。"阿瑟答应，"在霍沃斯，只有我们自己、教区牧师和教区职员将知道那个日子，假如我能够做到的话。"

　　我们同意由爱伦作伴娘。我们唯一的客人会是伍勒小姐和格兰特夫妇。（知道尼科尔斯先生反感不信奉国教者，盖斯凯尔夫人决定不来参加了。）爸爸不希望主持这个仪式，阿瑟安排他的朋友，年轻的苏特莱夫牧师——也是布兰韦尔的好朋友——来主持。我们发布了通知而不是婚礼请帖。我列的客人名单很少，只有十八个名字，而令我好笑的是，尼科尔斯先生希望通知的教区朋友的那串名单没完没了，我不得不把我在印刷厂的订单翻了一番，并且要了六十个信封。

　　婚礼前最后一个月，我疯狂地争取时间缝纫，着手把餐厅后面的那个小储物间改装成尼科尔斯先生的书房。工人封闭起一个户外的出入口，铺了一个新地板，添加了一个壁炉，重新装饰了墙壁。我做了一套绿白相间的新窗帘，与新墙纸完全相配。

　　不知不觉中，六月份悄悄溜过去了，书房完成了，我的嫁妆置齐了。改装房子带来的压力以及我自己在事前那一周的失眠和焦虑，凑在一起削弱了我的抵抗力。就在婚礼前，我出现了感冒的最初症状。然而，我的激动足以把任何威胁要来疾病的想法从我心里驱除出去。我带着最大的快乐迎接了爱伦和伍勒小姐，她们是（根据尼科尔斯先生所作的细心和体贴的安排）在婚礼前一天坐同一趟火车和马车到达牧师住宅的。

最后一天在最后的安排中匆匆过去。在朋友们的帮助下，我完成了箱子的打包，送上我们蜜月旅行第一站的方位：北威尔士的一个客栈。在那里短暂参观后，我们计划坐轮船去阿瑟的家乡爱尔兰做为期一月的旅行，在那里我将见到他的家人。

尼科尔斯先生和我们一起吃晚饭，他脸色苍白，处于和我自己一样的紧张和焦虑中。为了尽量少引起对明天婚礼的注意，而且因为我们同一天就要动身踏上我们蜜月旅行的头一段旅程，他把婚礼安排在最早的时间举行：八点钟。

一切似乎都在按计划进行，然而，当我们结束晚祷时，爸爸突然遭到一阵咳嗽的袭击，使得他既虚弱又疲劳。令我沮丧的是，他说："我感觉不好，我担心自己染上了你的感冒，夏洛蒂。我想我明天最好不参加仪式了。"

尼科尔斯先生脸色苍白，镇静地说。"勃朗特先生，你的意思肯定不是要错过你女儿的婚礼吧？"

爸爸脸红了一下，避开他的凝视。"对不起，可这是没办法的。"

"如果你不参加的话，爸爸，"我极其失望地说，"谁把我交给新郎呢？"

"我肯定，没有我你们也能够找到一个解决办法的。"

虽然有阵咳，但我不相信爸爸是真生病了，这种病过去并没有妨碍他像平常一样在教区里履行事务。观察他脸上的表情（一种他徒劳地拼命想掩饰的恐慌），我确定是他的傲气使他无法做到：与他幸存的最后一个孩子正式分离的焦虑仍然使他无法忍受去直接目睹——或认可。

我叹了口气，可我知道最好不要在这样的心境下与父亲争辩。玛莎、苔比、爱伦和伍勒小姐看上去全都和我一样为难。

"我们查阅一下祈祷书吧，"阿瑟建议道，"也许对于这种局面有一个规定，而且会允许找人代替。"

我们求助于提到的那本书。尼科尔斯先生发现了要找的那一页，他得意洋洋地点了点头，叫道："啊哈！我们多幸运呢，它指出要是父母或监护人来不了，由朋友将新娘交出去也是完全可以接受的。"

房间陷入短暂的沉默中。爱伦说："履行这个仪式我会很高兴的——可是那好像不对劲，夏洛蒂。我比你年轻，新娘应该被与她父母年龄相近的人交出去，你们不这样认为吗？"

　　我有点苦恼地点了点头。伍勒小姐善于应对困难局面。

　　"我会很荣幸地将你交出去，"那位好心的女士自告奋勇，"如果你愿意接受的话。"

　　"噢！"我兴高采烈地叫道，抱住了她，"是我的荣幸呢。太感谢你了，我最最亲爱的朋友。"

　　尼科尔斯先生在前门口和我吻别，表达着对我的感冒的关注。我让他放心，我整体感觉良好。全家人安歇，伍勒小姐睡在布兰韦尔以前的房间里，爱伦像往常一样和我同睡一间房。六月的白昼是那么长，以至于我们卷好头发并且爬上床以后仍然不需要点蜡烛。

　　"你意识到了吗？"我们躺在枕头上时，爱伦说道："这是我们最后一次共睡一张床？"

　　"是啊。"我有点伤心地回答。

　　"我永远不会忘记那么些年前第一次见到你，当时你在罗海德教室的窗边泪眼婆娑地徘徊。"

　　"你在我没有慰藉和友谊的时候给了我这一切，对此我永远感激不尽呢，爱伦。"

　　爱伦转过身来，疼爱地凝视着我。"我想我们是彼此受益啊。"

　　"我们将永远如此。"

　　她的眼里突然溢满泪水。"我无法相信这一切都已经结束——明天你真的要结婚了。"

　　"别显得这么伤心，爱伦。我哪儿也不去，我将成为人妻，是的，可我仍然将生活在这里，在这同一幢房子里，和以往一样。"

　　"随着这个婚姻，夏洛蒂，你的生活方式的改变将会是你我想象不出的。"

　　"那可能是真的，可无论发生什么事情，我发誓我总是会在生活中抽出时间来陪你。你是我最亲爱和最亲密的朋友，爱伦，我无法想象没有你我会怎样生活。"

"我也有同样的感觉，我最亲爱的夏洛蒂。"爱伦擦去眼泪，闭上眼睛。沉默了一小会儿后，我以为她可能睡着了，可她声音平静地说："你很害怕吗？"

"害怕？害怕什么？"

"害怕……"在那深夜的朦胧光线下，我能够看清漫过她脸颊的红晕。"害怕你的新婚之夜啊。"

这次轮到我脸红了。这是一个我们很多年来没有提及过的话题。一提到它，我的心开始怦怦直跳。"我不害怕。"我老老实实地回答，"可我想我是非常——唔，好奇的——也许有点担忧。我是那么想使我的丈夫开心，或者起码不要使他失望。"

"有谁给过你关于那些……那些过程的建议吗？"

"没有！我应该找谁给我建议？我没有可以谈论这种话题的已婚朋友，除非你算上苔比。她年龄那么老了而且守寡那么久了，我敢说她已经忘了。还有盖斯凯尔夫人……可不知怎么回事，问她一直显得不合适。"

"我看得出它是多么不合适。"

"我承认，关于要期待什么，或期待我干什么，我几乎一无所知。三十八岁了，我对这件事的了解还不如有些十八岁的女孩子，想到这一点我有点不好意思呢。"

"妈妈说这是每一个已婚妇女都必须亲身经历的一个转变仪式，我已婚的姐妹们仍然什么都不告诉我。"

"有关这一主题的信息那么不容易获得，的确显得不公平，可我并不是一个彻头彻尾没有知识的人。我知道男性构造的生理机能，并且看了大量的小说。"

"小说在这个话题上并不总是那么神秘的，我曾经读到过一个女人被蹂躏，那具体是什么意思呢？"

"被强暴、被武力抓住并带走。"

"噢！"爱伦惊愕地叫道。

"然而，它也可以表示非常不同的某件事：使人心荡神移、快意销魂。"

"唔，那可能很不错哦。"

"那的确可能。"

"你认为，"爱伦吃吃笑着说，"尼科尔斯先生会让你销魂吗？"

"我不知道，但愿如此吧。"说到这里，足足有一分钟，我们俩都像小女生般地笑得趴下了。

当我们恢复平静后，爱伦说道："噢！我刚刚记起我母亲曾经告诉我的另外一件事。她说：一个妻子必须把自己交给丈夫，听从他的引导，最为关键的是，她不得在他面前害羞。"

"害羞？"我们四目相遇，紧接着又爆发出一阵困惑的笑。"好吧，既然这是我在这件事上获得的唯一一条建议，那我就把它记在心上吧。"

22

日记：我嫁给了他。

一八五四年六月二十九日，像约克郡的任何一个早晨一样，安静地开始了。鸟儿的叫声并不比平时大，太阳也并没有在辉煌中喷发升腾，黎明时的天空朦胧而灰暗，把乡村包裹在静默的晨霭中。简言之，没有什么东西使它有别于任何一个别的有雾的初夏早晨。只有一点是非常不同的：那是我的婚礼日。

我度过了一个坐卧不宁的夜晚，充满太多的紧张和担忧所以睡不着。太阳一爬上地平线，我就起了床，爱伦很快也跟着起来了。我试图帮爱伦整理头发，可手抖得厉害。于是她从我手里抓过梳子，自己完成了这一工作。然后她让我坐下来，坚持要把我的长发编成她认为"适合这个场合"的发型。完成这一任务她花的时间那么长，以至于我变得不耐烦起来。

爱伦终于满意了。她穿上了特意为这一场合添置的新衣服：一件漂亮的棕色长衣，带有图案的条纹，肩部和上部周围加有穗饰。

我的婚纱很合身：式样简洁的白色平纹细布，带着精致的绿色刺绣。我的白色婚纱帽子——裁缝的设计——是一件时装用品，比我预计的更为精巧，非常可爱：上面装饰着白色的花边和白色的小花，波浪一样飘坠的丝带，以及白色小花和绿色藤蔓叶子构成的一条淡色镶边。

就这样穿戴上裙子、帽子和手套地打扮停当时，爱伦喘了一口气。"夏洛蒂！你好可爱啊！你在镜子里瞧一下自己，你还没有看过一眼呢！"

我移到穿衣镜前。起初，我的所有注意力全部被吸引到我的鼻子上，以及因为小感冒而呈现出的那一抹明显的淡粉色。不过，视线扩宽后，我发现自己惊呆了。那里面反映出的人儿——从头到脚装饰得雪白，棕色的头发高雅地梳起来，头上是一顶缀着花朵和花边的帽子——是那么不像平时的我，以至于在我看来就像是一个陌生人的影像。

我一边惊奇地凝视着，一边穿着传统的新娘服饰想，有一件事情是奇妙的，它能够把哪怕是最长相平平的女子变成一个有点美的女人。

我柔声地宣布道："我准备好了，可以戴面纱了。"

八点差五分，爱伦和我从卧室里出来。我头上和脸上垂着那条透明的镶着花边的薄纱披风。爸爸就站在近前，在通往他卧室的门道里，他的眼睛睁大了，仿佛见到我的样子又惊又喜。

"上帝与你同在，孩子。"

"谢谢你，爸爸。"

苔比和伍勒小姐在楼下等待，满脸笑容。

"啊！上帝，孩子！"苔比叫道，擦去脸颊上的泪水。"你是一件多么养眼的珍品哦！"

伍勒小姐光彩照人地穿着淡灰色的丝绸连衣裙，同样是淡色的发卷梳理得很华丽，头上戴着一顶有品位的帽子，宣称我"真的非常可爱"。玛莎带着羞怯的微笑在门厅里加入我们的行列，递给我一束白花，全部用白色的丝带绑起来，低声说道："送给你，夫人。我知道你说过不要过分费事，可我忍不住。它们是从我妈妈的花园里采来的，夫人。噢！

你看起来不正像是一朵雪莲花吗!"

那么不习惯这种赞美,我情不自禁地脸红了。"谢谢你,玛莎。"

"我要告诉你,尼科尔斯先生来过了,就在几分钟前。牧师和职员到了,全都在教堂里准备和等候着,随时开始,只要你准备好了。"

玛莎和苔比坚持要留在家里,来完成婚礼早餐的准备。我和随从们出了门。我的心处在这样激动和担忧的旋涡中,以至于几乎不知道那个早晨是热还是冷,或天空是否已从灰色转变为蓝色。我迷迷糊糊地穿过草坪,这条路我以前走过了成千上万次,可是一切突然感觉奇怪和陌生。这一位紧张地握着一束白花,要前往教堂去成为一个新娘的她,真的是我吗?

伍勒小姐打开了花园门。当我溜进教堂墓地,经过第一排墓碑时,一股莫名其妙的寒意突然漫过全身。我犹豫了一瞬间,小吸了一口气,所有的血液仿佛全部从我脸上枯竭。

"夏洛蒂?你没事吧?"伍勒小姐关切地问。

我抬头瞥了一眼那庄严高耸在我面前的灰色的老教堂,看见一只白嘴鸦围绕着那个尖塔盘旋。见到那只野鸟这么自由自在地尽情飞过天空,我觉得这似乎是一个好兆头,而且使我充满一种全新的平静的感觉。我深吸了一口气,笑道:"我没事。"

这时,尼科尔斯先生走出了教堂,穿着他最好、最漂亮的黑色礼服。瞅见院子对面的我时,他的表情凝固了,脸上漫过的表情是那种纯粹的兴奋和爱慕,令我的心欢唱起来。我急忙赶到他身边。

他把我戴着手套的手握在手里,我感觉他自己的手也在颤抖。"你看起来——你的确是——美丽的,夏洛蒂。"

我的心开始怦怦直跳。我想要告诉他,他看起来有多棒,可我激动得说不出话来。我只能回报了他的笑,一边手牵着手和他一起匆匆走进教堂。

像我希望的那样,教堂里几乎是空的,前面座位上坐着的唯一人员是格兰特夫妇。斯诺登牧师身穿白色法衣在圣坛上等着,旁边站着另外三个男人:教区司事约翰·布朗、一个名叫约翰·罗伯逊的年轻学生

（阿瑟耳语说他在最后一刻成功地叫上了老教区职员）、以及那位职员本人约瑟夫·雷德曼。我遗憾地注意到，唯一一个没有出席的重要人物是我父亲，可我几乎没有时间去考虑这个问题，因为阿瑟紧紧握住我的手，低声说："你准备好了吗？"

我点了点头。

"那我们开始吧。"他离开我身边，把胳臂伸给爱伦，她挽住了它。他立即护送她走向圣坛。我等待着，在耳朵里听到的心跳声是那么大，以至于我肯定地感觉到，伍勒小姐走到我身边的位置上时一定能够听见。然后，我们一起跋涉教堂那漫长的走廊。当我们走近圣坛时，阿瑟带着喜气洋溢的面容凝视着我。

斯诺登先生问道："由谁来把这个新娘交给新郎？"伍勒小姐回答，"我来。"我挽住阿瑟的胳膊，我们走到祭坛栏杆边的位置上。

按照设计，仪式很简短。斯诺登牧师一开始就习惯性地解释婚姻的目的，我试图听，可在激动中，思绪集中不了。整个程序对我来说不是真实的，我仿佛在梦境中。我好像才刚刚吸了三口气，斯诺登先生就开始说出那句太熟悉的话："我要求和责令你们俩——因为在可怕的审判日，当心灵的所有秘密都将被揭开时，你们终归要回答的——如果你们当中有哪一个知道存在某些障碍，使你们不能合法地结为夫妻，务必现在就说出来……"

听到这句话，我情不自禁地想起我自己笔下的简·爱，以及在她嫁给罗彻斯特先生的婚礼上继这一声明之后所发生的可怕情况。侧眼看了一下尼科尔斯先生——他闪闪发光的眼神与我的相碰——暗示他也想到了这一点，我们会意地默默笑了。

谢天谢地没有多事的梅森先生到现场来宣布有合法婚姻的障碍。突然间，我被要求脱下手套，接受尼科尔斯先生戴到我手指上的那枚薄薄的婚戒，与我的珍珠戒指作伴。接着，斯诺登先生大声宣布："我现在宣布你们为夫妻。你可以吻新娘了。"

尼科尔斯先生先生掀起我的面纱，低下头来，温柔地在我的唇上吻了一下。我听见朋友们爆发出的掌声。我的丈夫抓起我的手，催我走进小礼拜室，在爱伦和伍勒小姐的见证下，签署了教堂的登记簿。（把我的名字写成夏洛蒂·尼科尔斯是多么奇妙啊！）接着，格兰特先生打开门，哈哈小笑了一声说："做好准备：好像你的秘密泄露出去了哦。"

的确，当我们这一小群人走进教堂小巷时，我们遇见相当大一群谦卑的老朋友和邻居列在过道两旁。我们匆匆经过时，他们微笑、鞠躬和行屈膝礼。爱伦飞快地跑到前面去了，神秘地坚持说她有一些事情要做。阿瑟衷心地与几个祝福者握手，我点着头，微笑着，仍然包裹在难以置信的迷乱中。在所有的担心、思考和计划后——加上一条白色衣服和牧师在教堂里说的几句话——我就结婚了！

爸爸穿着他最好的礼拜日服装在牧师住宅的前门迎接了我们。他的身体和精神都得到了那么充分的恢复，所以微笑着和每一个人握手，并把大家引进餐厅享用摆放好的婚礼早餐：各式各样美味可口的新鲜面包和蛋糕、奶酪、鸡蛋、冷火腿、黄油、夏果及各种果酱。令我吃惊的是，壁炉架上装饰着一束美丽的花，餐桌上也撒着颜色鲜艳的花朵。

"谢谢你，玛莎。"我说，"一切看上去是那么棒，花儿也很美。"

"是爱伦小姐几分钟前装饰的，"玛莎秘密地回答，"不过是我自己采的花。我黎明前就起了床，并且偷袭了村里的每一个花园。"

我们全部在桌边落座后，玛莎上了茶和咖啡。爸爸成了聚会的生命和灵魂，讲了那么多关于婚姻状态的笑话，以至于一群人大半个小时一直不停地笑得肚子生疼。

吃完饭后，格兰特站起身来，说："我提议为我的好朋友阿瑟及其新娘敬酒。"每个人都举起了杯子。"我们都知道你盼望和期待这一天有多久了，阿瑟。你只配得到最好的——而最好的你已经在夏洛蒂·勃朗特身上找到了——或者我应该说：夏洛蒂·尼科尔斯。这个女人是不容易得到的，可现在你已经得到了她，我希望，你会保持理智，永远不让她离开你。"

笑声漫过房间，接着格兰特先生继续说："阿瑟为大海那边的家乡感到非常骄傲，为了向他表示敬意，我学会了一句用于这种场合的爱尔兰祝福语，现在我想和你们分享。阿瑟和夏洛蒂：愿你们白头偕老、身体健康、事业兴旺，而且愿你们在一切来去途中，永远会得到路遇人的亲切问候。"

"说得好！"在座的全喊道。

爱伦站起身来，祝我们幸福多多后，说："我希望提出我自己的一个爱尔兰祝酒词：愿你们俩都学会热爱和欣赏彼此的优点，原谅对方的缺点，愿你们想活多久就活多久，而永远不是活多久就想要多久。"

掌声紧随其后。接着，伍勒小姐站起来，举起了杯子。"为了用爱尔兰语继续这个主题：愿今天的欢乐成为明天的欢乐，愿怒气与太阳一起降落再也不要升起。"

接下来是斯诺登先生："愿你们的烦恼更少，福佑更多，登门的只有幸福。"

我以为祝酒肯定到达了终点，突然爸爸站起身来，两眼闪闪发光，说："提到爱尔兰祝福语，任何日子我都可以打败你们所有人。不过，我只说一条我最喜欢的祝福语：致我最亲爱的女儿及其新郎，我的朋友和尊敬的同事阿瑟·贝尔·尼科尔斯。我想说：

愿你们的早晨带来欢乐，夜晚带来平安；
愿你们的烦恼减少，福气增多。
你们的生活是非常特别的，上帝在很多方面眷顾了你们，
愿他的福佑与你们同在，充满你们未来的日子。

热烈的掌声中爆发出衷心的欢呼声。这时，阿瑟站起身来。"谢谢各位，为这些令我的同胞骄傲的可爱情感。"他两眼含情脉脉地低头望着我，举着杯子说："致我最亲爱的夏洛蒂：你使我成了地球上最幸福的人，我发誓要为使你像我今天这样幸福而奉献我的一生。"

我站起身来，承认自己多么高兴成为他的妻子，拥有这么忠实的好朋友我们是多么幸福。在喝完酒和紧接着的掌声后，阿瑟宣布我们不得不启程了，因为要去赶火车。爱伦和我急匆匆地上了楼，在那里她帮我

换上出发度蜜月的新衣服：一件薄雾蒙蒙的长袖红紫色丝绸连衣裙，带着细细的条纹，根据我自己的设计，简单地裁剪成打着横褶的上部和长裙。

然后，我们的箱子被装进等待着的出租马车里，在一阵闹哄哄的拥抱、亲吻和祝福中，我们向参加婚礼的客人道别，爬上马车匆匆驶往凯格利站。

当我身体往后靠坐在通往凯格利的马车座位上时，新丈夫的手摸索过来握住我的手。我抬起头来，看见他眼里含着泪水。

"阿瑟，怎么了？出什么事了？"

他的呼吸再次哽噎在喉咙里，他擦了擦眼睛，挣扎着说："没什么。我只是高兴：高兴，因为此时此刻你正坐在我的身边；高兴，因为上帝认为应当回答我的祈祷；高兴，因为我们终于结成了夫妻。"他疼爱地紧握住我的手，双眼充满感情。"我爱你。"

我想以同样的话回应——说出我知道他多么想要听到的那三个字——可是不知怎么那句话还出不来。"阿瑟，"我刚想说些什么，他已经把一只手指放到我的唇边。

"别说话。我非常清楚我们之间的现状，夏洛蒂，可我也知道，这只是我们余下生活的第一天。你在这儿，这就足够了。"

我们坐火车旅行了整整一天来到威尔士，一个我完全陌生的地方。阿瑟激动得像个孩子似的，从车窗指出一路上许多有趣和有特殊价值的地面建筑，这一路他以前在来往于爱尔兰的途中曾游历过那么多次呢。那天的天气总体来说是不错的，有几缕阳光。不过，等我们到达康威的时候，天气变得潮湿和疯狂起来。我们很快就躲进一家舒适的客栈，在那里——害怕在这个场合爱伦可能会感到一点失落——我立即草草地写了一封短信，告知她我们已经平安抵达。

旅馆的职员接到信后说："很好，尼科尔斯太太。我会负责把它寄出去的，夫人。"

这是第一次被陌生人称作"尼科尔斯太太",这一称呼对我的感官是一个小小的震撼。晚饭时,阿瑟担心我的感冒会加重,就确保我们坐在最靠近壁炉的桌子。听着呼啸的风声和敲打在屋顶和窗户上的雨声时,我们笑着说这些声音使我们愉快地想起了家。

"明天,天气允许的话,我们将沿着海岸去班戈,"阿瑟说,"我在那个地区待的时间从来就不长,不足以看那里的景色。听说它很美。"

"我盼望和你一起去看呢。"

他极为高兴地笑了。很快,我们的烧鸡饭就上来了。食物质量很好,炉火温暖舒适,侍从殷勤周到,我们的谈话亲切愉快。然而,我情不自禁地在丈夫身上注意到一个小小的变化,一到客栈就开始了。尽管他试图掩饰,但那淡淡的尴尬样子又回来了,他在求婚前几个月和我们求爱期间的最初几天就是这个样子。

至于他举止变化的原因,我不能肯定,但我感觉它可能是由心里的忐忑不安和紧张担忧导致的,与此同时,同样的情况开始侵扰我自己的安宁——引起这一切的是想到摆在我们面前的那个夜晚:我们的新婚之夜。

在过去的三个月里,阿瑟和我有过几次纯洁的接吻,握过手,但仅此而已。而且我知道,这种情况即将改变。我估计阿瑟对这些事情比我知道的多,他毕竟是一个男人,而且是爱尔兰人。我不害怕,可正如我对爱伦承认的那样,我担心、期待、有点害羞(这一点爱伦的母亲严厉警告不能有!),而且不止一点点激动。

晚饭后我们默默地上了楼,走到房间门口时,我的心开始充满期待地怦怦跳。接下来会发生什么呢?阿瑟会把我抱起来,抱过门口吗?他会催我进去,砰地关上门,然后立即把我搂进他热烈的怀抱吗?

不。

阿瑟静静地打开门锁,停顿了一会儿。眼睛避开,声音温和地悄声说道:"要我和你一起进去吗?或者……也许,你更愿意一个人做上床的准备?"

我犹豫了,震惊和失望得哑口无言。我没料到这一结果,怎样回答才合适呢?

我的丈夫——显然察觉到我的惊愕——迅速补充道："别苦恼自己了，我下楼去几分钟，回来时我会敲门的。"

不！我想叫。别走！可羞怯中，那几个字我说不出口。

"一定要把门锁上哦。"他把钥匙递给我，说完就走了。

带着一阵混乱和后悔，我走进房间，按照他的吩咐锁好门。羞愧的泪水涌上我的眼睛。不错，我一直紧张，吃晚饭时没有胃口，可那都是源于激动和期待。被留下来一个人脱衣服肯定不是我所期待的新婚之夜的开始方式。

假如说老实话，我原本（有点）希望我的新丈夫，不管迄今为止多有绅士风度，在举行了婚礼和两人独处后，会变成一个浪荡公子一样的人。在我的想象中，我看见他激情洋溢、急不可耐地脱去——或剥去——我的衣服，或者至少，会在场亲自帮我脱去衣服，每次一件。那位充满激情的罗彻斯特先生——一个在解开女子背心和胸衣带子方面经验如此丰富的男人——肯定会这样夺去他的简的贞操！

然而，很明显——我叹了口气意识到——我的命运不会是那样。阿瑟·贝尔·尼科尔斯是一个太有礼、太规矩的男人，不会带给我——正如爱伦所说的那样——任何销魂。

我扫视了一眼房间，第一次真正看清了它。它简单，但干净、有品位：一张样子舒适的四柱床靠在一面墙壁，另一面墙壁前摆着一张红木衣柜，有一把椅子和两张小桌子，其中一张放着一只大口水罐和一只脸盘，另一张摆着一支蜡烛和一面小镜子。窗帘放了下来，一炉火在壁炉里明亮地燃烧着，用它闪闪烁烁的光照亮了房间。

我听见一座钟，从大厅下面某个地方，敲响了九点。我点燃蜡烛，接着开始急匆匆地脱衣服，以便不让丈夫回来时看见我处于邋遢的状态。我把衣服挂在衣柜里，把内衣裤装进箱子，飞快地洗了洗，穿上白色的长袖棉布睡衣：我在颈部配了一条式样简洁的丝带结子，领子和袖口上装饰着一条薄薄的花边。

我刚系上喉咙口的丝带，就听见大厅里传来脚步声和一声轻柔的敲门声。全身颤抖，心跳加速，我走到门前打开了门。

阿瑟进来时瞥了我一眼，脸腾地一下红了。他点头打了一个招呼，眼睛望向别处。他静静地飞快地脱去上衣，把口袋里的东西掏空放在桌上，接着坐在床上脱鞋子。噢！望着他，我的恼怒呈螺旋形穿透进我的身体。我想道：这就是我能够期待的极致吗？难道这个男人的身体里没有一丝浪漫吗？我是他的妻子！我正站在他面前，睡衣下面全裸着！然而，他就在我的正对面，在房子的中间，解着鞋带。难道他看不见我在等待、纳闷、希望——我渴望一个接触——一个吻——一个拥抱——或者至少，某个小小的爱的口头表示？

屋里寂静得难以忍受，我觉得应该打破它。

"这个……房间不错。"我脱口而出。话一出口，我就感到血涌上脸颊，我在心里退缩了。这是我能做的最好的事情吗？此时此刻，我真的希望讨论我们住处的优点吗？

"是的，"他回答，一边脱着袜子。"我特别要了一个大点的房间，我想要你觉得它不错。"

"是不错，谢谢你。"我回答，又一次尴尬地意识到，我们这时已经在一分钟之内第三次称这个房间"不错"了。

（恼火地）抓过梳子，我在那张小桌子上的镜子前坐了下来，有条不紊地开始取头发上的发卡。我一开始就知道丈夫不是一个有诗意的男人，我讨厌地想，估计我是太天真了，竟然指望得到几分浪漫。

当我解下最后一只发卡，厚重的长发像瀑布一样垂落到我肩膀周围时，我听见阿瑟的脚步声走近。在眼前的小镜子里，我看见了他的影像：他这时就站在我身后，赤膊到腰部，露出他健壮有力的胸脯，在我心里引起一阵突如其来和意想不到的波动。

当他开口说话时，他的声音，和我一会儿前听到的相比，要更加柔和和深沉。"我可以荣幸地为你梳头吗？"

这个问题完全出乎我的意料，阿瑟不可能知道，可梳头发向来是我最喜欢的乐事，妹妹安妮去世后这五年里我极其怀念的一个珍贵的夜间仪式。"你知道……知道怎么梳吗？"我不知所措地问——一个可笑的问题。

"我知道。"

我把梳子递给了他。

"你到床上来好吗?"他说,"如果我们俩都能够坐下来的话,那会更容易一些。"

我站起身来,握住他伸出的手,允许他把我领到床边,并在他身边坐下来,背转向他。他开始梳理我长长的鬈发,一下又一下,慎重而平稳。在过去的岁月里,安妮提供这项服务时一直是专注得可爱,爱伦也一样。可她们的服务——正如我很快发现的——只是例行公事,当与此时正履行这一任务的人的温存和熟练相比较时。

随着梳子的鬈毛轻轻擦过我的头皮,我的头皮兴奋起来,一次又一次,我感觉丈夫的手指尖温柔地爱抚着我的颈部,当他从那里提起我的鬈发,将梳子一次次奢侈地长长拖过我的头发时。他的手指头每一次碰到我的皮肤,都使我全身漫过一道突如其来的触电般的悸动。

"我相信你以前梳过头发吧?"我气喘吁吁地说。

"小时候,我母亲以及后来我舅妈都曾经允许我行使过这一职责。我承认,当时我只是有着最为纯洁和尽职的动机。"用低沉和嘶哑的语气,他在我耳边补充道:"我无法告诉你,我曾经成百上千次在脑海里播放着和你在一起的这一时刻,夏洛蒂,自从我们见面的那一天起。"

突然,我耳朵里听到脉搏如此怦然作响,以至于再也说不出话来。就好像,在手指和梳子那光滑和有节奏的运动中,他在亲密地接触我的每一寸身体。我的眼睛合上了,头微微后仰,所有紧张慢慢渗透出去,像一个美妙和流动的喜悦穿过一个筛子倾泻而出。记得我当时想(当我总算能够思想时),鸦片吸食者一定就是这种感觉。

我感觉他再一次将我的头发从脖子上梳起,一个停顿,接着是他的嘴唇那来得正好的按压,温暖而爱抚,印在我脖子的一侧。一阵愉悦颤过我全身,现在他的嘴唇又印下一个吻,再一个吻,慢慢前移到我的喉咙根部。

我大声喘了一口气。现在,他的手伸到前面,解开我领口的丝带,拉开我喉咙处的睡衣,手指沿着我的锁骨轻柔地抚摸我裸露的皮肤,先是一侧，然后另一侧。这时，他大胆向下前进了几英寸，伸到我的睡衣下面，来抚摸我乳房的上部，以及把它们分隔开来的乳沟。我再一次喘了一口气。

抓住我的肩膀，他把我转过去面向着床上的他。此时他低下头来，温柔地将嘴唇贴在先前用手指触摸过的每一点。随着每一个吻印在我赤裸的皮肤上，我听见自己发出一声小小的呻吟。我的脉搏怦怦直跳，身体燃烧起来。这样的感觉我从来没有体验过，我从来，即使在我最疯狂的梦里，也没有想象过这样的触摸，或这样的情感。突然之间，我渴望，一辈子未曾有过这样强烈的渴望。忽然，他的嘴唇压住了我的嘴唇。它在那儿：他的嘴唇压在我的唇上，在长长的爱吻中寻找、分享、交流。

吻完后，我睁开眼睛，发现他的眼睛离我只有一英寸远，带着和我一样激烈的燃烧和渴望凝视着我。

"噢！"我叫道，一把抱住我的丈夫，将他的嘴唇再次拉到我的唇上。

黎明的第一道曙光降临时，我醒了，发现自己躺在熟睡的爱人怀里，脸颊温暖地依偎着他的胸膛。记忆唤起，当我回想起前一夜的事情，一阵喜悦征服了我，我情不自禁地笑了。

"早上好。"一个深沉的声音对着我的头发吟诵道，同时强壮的手臂抱住了我。

"早上好。"是我喃喃的回答。

"你睡得好吗？"

"睡得好，当我睡着的时候。"

我听见和感觉到他的哈哈大笑。他挪动了一下，我们重新面对面躺好，微笑着四目相对，头枕在同一个枕头上。他的手指尖顺着我的脸颊摸过去。"你在想什么呢？"他温柔地询问道。

"我在想，比起昨天来，今天早上世界在我看来完全不一样了呢。"

他吻了吻我，笑了。

"阿瑟。"我羞涩地说。

"嗳，我的爱人？"

"昨晚，我是……我曾经……？"我实在无法说完我的想法。

他脸红了。"你曾经可爱，现在也可爱。总之，我相信在这种事情上没有什么对或错。"

"你相信……？"

他在枕头那边打量着我。"我可以看出你有事情希望问我。问吧，老婆。说出来。"

这时，我感觉血液涌上我的脸颊。"好吧，我估计我想知道——你是否曾经做过——曾经有过——"

"我一生中只有过另外一个女人，在你所指的那个意义上——或者关于那种事情，即使以任何方式。那是很久以前了，当然事情从来没有发展到这么远。你希望知道的是这个吗？"

我点了点头，一个小小的激动飞快漫过我全身。想到我是阿瑟的第一个，正如他是我的第一个一样，我很高兴。"我可以问她是谁吗？"

他吻了吻我，眼睛着迷地一闪。"你真的希望讨论那个吗——现在？"

"我只是好奇。"

他的手上下抚摸着我的手臂，使得我的皮肤兴奋不已。"她是一个学校教师的女儿，我当时十七岁。有六个月，我昏了头，失了魂——直到她简单地打断了它，和一个小贩跑了。"

"小贩？"

"他贩卖家庭用品，我记得，从一辆马车上。不知是因为那些盆盆罐罐吸引了她，还是因为她希望旅行和冒险，我从来没弄明白。可有一天，我抬头望去，她已经走了。"

他说话时眼神里流露出那样的幽默，以至于我忍俊不住。"你当时爱她吗？"

"当时，我以为我爱她。可一个人十七岁的时候懂得什么？这事肯定使我更加谨慎，从那一天开始，关于我愿意把心交给谁。"他把我的手握在手心里，举到唇边吻了吻。"现在，当我回顾那件事情时，我只能战战兢兢，意识到我和她是多么不合适。感激我的幸运之星断绝了这事，不然我永远不会离开巴纳格，或上大学，或去英国。"

"我也感激呢，"我说，惊叹地补充道："她真的是唯——个吗，阿瑟，在这么多年中？"

"是的。"

"以及你来霍沃斯以来……"

他把我拉过去，随着我们的身体紧锁在他温暖的怀抱里，我意识到他又想要我了。"自从我们遇见的那一天起，"他说，语气低沉和嘶哑，眼睛紧盯着我。"除了你，我眼里没有别的女人，我的爱人。"接着，他的嘴合上我的嘴，结束了一切谈话。

那天上午晚些时候，我们沿着北威尔士海岸前往班戈，在那里我们待了四个晚上。尽管天气不是十分好，可我们决心尽量利用这个机会，并且租了一辆轻便二轮马车和一个司机，千方百计想去看一些壮丽的景点。从里昂贝里斯到贝德格勒特的一趟旅行，是沿着一个边缘陡峭的河谷，经过湖泊和引人入胜的瀑布，比我记忆中的任何一个英国湖泊都要美。我惋惜一个事实，那就是，由于空气寒冷以及不停的小雨（或要下雨），阿瑟不考虑坐敞篷车出去。

"你仍然在对抗感冒，"他说，"我不会冒险让你暴露在恶劣的天气中而使得病情加重的。"

不过，困在车厢里的头两个钟头后，我们都是那么充满冲动想爬下车来，沿着壮丽的山边和山谷步行，以至于我们经常请求司机停车放我们出来。就这样，随着白昼的展开，我们在乡村里做着令人兴奋的简短漫游，其中不时交替着的是透过车窗的敬畏的观看。老实说，即使是这些安静的时刻也有着其自身的魅力，因为坐在新丈夫旁边是非常愉快的，而且他的手总是急切地握住我的手。

每天晚上，我们寒冷但却振奋地回到客栈时，会在火边一边暖和自己一边安静地吃晚饭，并且热情扼要地重述我们见过和经历过的一切。

夜里，回房休息时，我毫不犹豫和心甘情愿地投入丈夫的怀抱。我发现自己被包裹在我从来未知的幸福和欢乐的茧壳内。每一夜都将我们拉得更近。我们笑话自己的第一夜，当阿瑟消失在楼梯末端，留下我自己独自脱衣服时。如今，他坚持亲自履行那些服务中最为亲密的事情。

羞怯阻止我继续写下去，我只能说我的丈夫证明了，在解开胸衣带子方面，他比任何神职人员可能更加灵活和得当，而且没有哪一个丈夫会比我的丈夫更加温存、更加敏感、或者更加忠实于他的妻子。

哎呀！紧跟着所有这些幸福的后面，发生了一件事件，它摧毁了我俩在逐渐亲密的第一周里建立起来的温情关系，并且威胁着在我婚姻本身的结构中撕开一个永久的口子。

23

我们前往爱尔兰。

我们在威尔士的逗留只是蜜月旅行途中的一站，主要目的地之前的开胃菜。阿瑟急于带我去他的家乡，与我分享他最喜欢的常去之地，把我介绍给他的家人，以及养育他成长的家。不过，对于这些话题他还只透露过很少信息。当我再次询问他的家人及其住所时，他耸了耸肩，望向别处，平静地回答："他们是很好的爱尔兰乡下人，充满善意、心地善良。贝尔舅妈和我未婚的表弟表妹们仍然住在我长大的那所房子里。我深爱着他们所有人，可我宁愿你见着他们后自己判断。"

当时，我下定决心，无论他亲戚的住所多么可怜——也无论他们的性格多么粗野——我都会为了他的缘故爱慕和热爱他们所有人。

七月四日，星期二，我们乘火车横跨安格尔西来到荷利赫德，在那里（谢天谢地）没有刮风，航行顺利。不过，我的胃从来就不适合航海。在旅行的前一段，阿瑟试图通过在甲板上长时间的漫步来分散我的注意力。我们一边吸入那清新的海洋空气，一边悄悄议论着船上形形色色的乘客。

"他们看上去非常幸福。"我评论着一对年轻人，他们手牵着手，面对面忙于说悄悄话。

"也许他们也是新婚。"阿瑟说，笑着抓住我的手。

"那位绅士是谁？"我悄声说，朝避开风坐在一张露营凳上的胖男人点了点头。

"一位律师，毫无疑问。为了他的缘故，我的确希望那张凳子做工结实。"

我们一起静静地笑了起来。我看见另外两个人朝我们走过来，一位是四十出头留着山羊胡子的绅士，上衣和帽子裁剪得很好，看得出是一个有钱、有地位的男人，另一位是两眼忧伤、年轻漂亮的女子，年龄有他的一半（我估计是他女儿），精致的玫瑰色丝绸连衣裙上套着一件天鹅绒的轻便女大衣，手拿一把相称的太阳伞，头戴一顶绝妙的帽子，帽子下面撒漏出大量浅褐色的发卷。

"要不是因为她优雅的服饰，难道——在脸部和身材上——她不让你想起我的妹妹安妮吗？"我说道。

"是的，有一点。"

那个女孩与我的眼神相遇，短促地笑了一下，然后望向了别处。"我纳闷她为什么看上去那么伤心呢？"我细心地说。丈夫还没能回答，午餐铃就响了。我知道阿瑟一定饿了，而且他没有像我一样不舒服。"阿瑟：我一点也不想吃饭，但请你自己去吃吧！"

"你肯定吗？我不愿意把你一个人留下。你干什么呢？"

"我再在甲板上走一圈，如果我感觉非常不好的话，我就下到船舱里去躺下。假如没有，你将在那个栏杆边找到我——就在那儿。"

"好吧，要是你肯定自己不介意的话。"阿瑟回答，确信我已经包裹好并且没有受寒的危险后，他就离开我去吃午饭了。

我按照自己的承诺度过了那段时光，继续在船甲板上漫游。终于，我回到栏杆边我们约定的地点等待阿瑟回来。我一动不动地站了几分钟，欣然享受着那凉爽的海风轻抚脸颊的感觉，陶醉于眼前的景色：那波光粼粼的深蓝色波浪、浪尖上的海鸟、笼罩着一切的苍白和朦胧了的天空。凝视着那道地平线时，我认为自己瞥见远处的一处海岸开始透过浓密的白雾渐渐出现。

"那是爱尔兰吗？"身后一个女子的声音问道。

我的沉思被打断了，先前见到过的那个衣着华贵、身穿玫瑰色丝绸连衣裙的年轻女子站在了我身边的栏杆边。我觉得她提出的问题有点好笑，根据船只的行程和航线，远处的那片陆地还有可能是什么别的地方吗？"是的，是爱尔兰。这也是你的第一次横渡吗？"

她点了点头。"我多么希望这艘船会掉头，我也可以回家啊！"她漂亮的脸上掠过那么弥漫的忧伤，以至于我心里很是同情她。

"你为什么去爱尔兰呀？"

"去见我从未见过的家人。噢！我一边说话，一边心儿在碎呢。"泪水夺眶而出。"你瞧，我恋爱了。我相爱的年轻人是一个准男爵的大儿子，而且非常富有，可对于我父亲而言还不够富有。爸爸说我必须嫁给一个公爵或伯爵——任何低于这个的他都不接受——而且为了不让我们在一起，他正带我去爱尔兰待六个月，他希望在那里我会'恢复理智'。六个月啊！那是半年哦！我无法想象，爸爸怎么会以为这样的分别会减轻我对爱德华的爱呢！"

"也许事情最后会好起来的，只要你有耐心的话。"

"耐心会有什么用？假如不能嫁给爱德华，我会死的，可是爸爸不准我再和他见面。"

"假如六个月后，你和你的爱人证明还和今天这样钟爱不变的话，而且假如你相爱的年轻人有机会证明自己值得的话，也许你父亲会改变主意的。"

"他永远不会改变主意的。"

"这一点你不能肯定的，我在这方面有过一些经历，我曾经发现自己处于和你一样的处境。"

"是吗？"

"是的。我父亲强烈反对我的追求者，并且有一年多不同意这一结合。不过，到了一定时候，他渐渐明白自己错了——我们现在结婚了。"

"真的吗？"年轻女子用手帕轻轻擦了擦眼睛。"我先前看到的和你在一起的那个高个子先生——他是你丈夫吗？"

"是的。"

"他看上去很不错哦。"

"他的确是不错。"

"我估计你们现在已经结婚很多年了吧？"

"事实上，还不到一个星期呢。我们在度蜜月。"

"度蜜月？什么？在你们这个年龄？唔，谁会想得到呢！你们疯狂地深深相爱吗？"

这个问题问得我措手不及，我脸红了。我想，这关她什么事，竟然问这样的个人问题？与此同时，我不禁自问：我对我的新丈夫到底感觉如何呢？我回答，在思想上，我感到一个势不可挡的热爱、爱慕和感激之情，这份感觉随着我们新建立的亲密关系绽放开来，并且随着每一天渐渐成长为非常甜蜜和深切感受到的某样东西。爱是什么？噢！我突然带着一阵突如其来的喜悦意识到——是的，这就是爱！这种温存的感觉，和我曾经与感情划上等号的那种吞噬一切、坐立不安的激情相比，要牢固得多，真挚得多，真实得多。这是真正的爱！我的确爱我的丈夫！我爱他！

我还没来得及回答，那位年轻女子又说："你回答要的时间真久啊！我并不是有意要使你这么不舒服。你的丈夫——从他的衣着看，我估计他是一个牧师吧？"

"他是一个副牧师。"

"只是一个副牧师？他看上去那么老了，不应该是副牧师吧。"

我毛发倒竖。"他并不是那么老。"

"我甚至无法想象你嫁给一个副牧师，他一定很穷。"她带着同情的神情碰了一下我的胳膊。"我现在明白了，难怪你不急于表白你对他的爱。在你这个年龄，你一定感到相当绝望，嫁给任何人都行，可是没有别的选择只能嫁给一个穷副牧师——我是那么遗憾啊！那对任何人来说都会是极大的潦倒啊！"

我瞪大眼睛看着她，被她的话震惊了，拼命提醒自己年轻、美丽和有钱的人很少是得体的。"我与他的前途当然不会很辉煌，"我稳稳地回答，"但我相信……"

那位年轻女士抬起头来时眼睛突然惊讶地睁得老大，她的注意力被我右肩上方的某个东西吸引住了。

我飞快转过身去——只是发现阿瑟站在我们身后几英尺远的地方。从他脸上那深受伤害和羞辱的表情中，我意识到他起码听到了我们谈话的最后一部分。"阿瑟！"我开口道，可他一言不发，转身故意大踏步地走了。

我感觉脸上的颜色褪尽，随着开始时的寒意，接着是羞愧的热浪漫过我全身。"对不起。"我对那位年轻女士说，急匆匆地去追我的丈夫。然而，他的步子比我大得多，过了几分钟我才在船的另一边赶上他，他站在船栏边忧伤地凝视着大海。"阿瑟，我非常抱歉。不管你听到了什么……"

"夏洛蒂，我不是傻瓜。我了解你太久和太深，不会保留任何幻想的，我知道你不爱我。"

"阿瑟！"

"我看过《维莱特》，我记得你弟弟和妹妹说过的事，我知道你的心属于谁——而且将永远属于谁。"

想到丈夫怀着这样的误解，我透不过气来，震惊和痛苦。"不……等一等……"

"我明白你梦想嫁的那种男人，而且那个梦与现实相比是多么不相称。那个女孩说得对：你下嫁了。我估计你的确感到绝望了，上帝知道你花了足够长的时间来打定主意。现在，关于这事没有多少我能够说或做的了，只能希望有一天你也许会有不同的感觉，可使人伤心的是——真正使人心痛的是——你居然认为应当与一个彻头彻尾的陌生人讨论这些牢骚。"

我的脸烧得通红。"我不是在发牢骚，阿瑟，我没有牢骚。那位年轻女士为她自己的处境烦乱，我只是说……"

"你说你'和我的未来不会辉煌'——而且关于这一点你说得没错。"

"我错了！我不应该这样说，或这样想，对不起，我从来没有意要伤害你。可是，阿瑟……"

他举起一只手来叫我别再说了。"够了，让我们不要破坏了这趟航程吧，我们再也不用说这事了。"先前标志着他所有话语的欢乐语气不见了，那温暖的爱的火光从他眼里消逝了，剩下一个空洞、决然的表情，像刀子一样猛击我的心脏。"我现在要自己去散一会儿步，如果你不介意的话。"他转身大踏步地走了。

噢！我做了什么呀？当那个年轻女子说那些可怕的事情时，我为什么没有坚定和立即地捍卫我的丈夫呢？用几个措辞不当的词语，我刚刚摧毁了我和丈夫在过去几周和几月里共同建立起来的每一丝亲善和爱。我怎样才能修复我所造成的创伤呢？

横渡的最后一段我是在下面的船舱里度过的，感觉越来越糟——晕船或焦虑，哪一个因素更大，我说不上。阿瑟没来陪我。船就在午夜前停靠到金斯敦的码头。当我们聚集在甲板上时，寒冷、潮湿的空气和夜晚黑色的愁容只是加剧了我的痛苦。异乡港口的灯光看起来不像是闪闪烁烁的珠宝，而是像无数威胁人的眼睛。现在，在阿瑟和我之间存在着一种生硬的拘谨——而且我只能责怪自己。

* * *

下船后，我们发现阿瑟的哥哥艾伦在等我们，兄弟俩一见到对方就高兴地大喊大叫，热烈拥抱。艾伦·尼科尔斯比阿瑟大将近三岁，和他长得极为相似，同样的黑发、同样闪闪发光的美丽眼睛、同样身体健壮。

"艾伦：请允许我介绍我的妻子，夏洛蒂。"阿瑟说，手放在我背上，轻轻地把我推到前面。他的五官完全是一副面具，我知道他内心遭受的混乱，可他外表没有流露出一丝痕迹。说实话，听到那随后进行的对话，没有谁会察觉到一点细微的迹象，表明仅仅在几小时之前我们两人之间曾发生过非常严重的不和。

"好啊，好啊！这就是你心爱的夏洛蒂吧！我们终于见面了。"

艾伦叫道，带着热情和赞赏的微笑，转身上上下下地打量了我一下。他深沉的声音和活泼的爱尔兰口音与我丈夫的是那么相似，因此要是闭上眼睛，我可能无法分辨出是谁在说话。"阿瑟这么多年来一直这么长久和大声地为你发狂，所以我们都开始怀疑你是不是完全真实。见到真实的你，我就放心了。"说着，他握住我的手吻了吻，然后大胆地身子向前一倾，稳稳地在我脸颊上印上一个吻。"欢迎加入这个家，弟妹。"

　　"谢谢你。"

　　找到行李并将它们装上一辆出租马车后，我们轰隆隆地出发，穿过鹅卵石，进入都柏林。

　　"我下两周休假。"艾伦说。我知道他没有注册入学就早早离开了圣三一学院，现在是一个运输代理人，管理着从都柏林到巴纳格的大运河。令我高兴的是，我发现他是一个精明能干、消息灵通、彬彬有礼的人。"有一班家庭成员在巴纳格等待见你呢，夏洛蒂——急于认识偷走阿瑟的心的女人。"

　　"我也盼望见到他们呢。"

　　"那将是几天后的事了，"阿瑟插嘴道，"我想先带夏洛蒂在都柏林转一转。"

　　"当然，"艾伦说，"我们的家就是你们的家，你们愿意去哪里，我都会高兴地陪你们去。"

　　艾伦的两层小楼房超出了我的预料。它虽然不大，但却舒适并且坐落在一条非常好的街道上。由于时间太晚，他的家人全都睡了，我们一到就上床安歇了。爬进床上躺在阿瑟身边时，我再次为船上发生的事情道歉，并且再次试图解释——以及表达我的情感——可他只是把背冲着我，睡了。我是那么伤心以至于忽睡忽醒，这是因为前几天的压力和激动、航海途中的寒冷空气、或是我情绪的压抑，我说不上——也许是所有这些事情混合在一起而导致的——第二天早上醒来时，我发现自己的感冒重多了，而且深深地咳起嗽来。更糟糕的是，我身边的床上是冷冰冰和空荡荡的。

我出门来到楼下，发现阿瑟和他哥哥在客厅里埋头欢快地聊着天，等着吃早餐。我脸上挂着微笑，决心不让我们个人的烦恼影响我们的做客逗留。我立即被介绍给艾伦的家人。他的妻子——一个高雅迷人的女人——向我表示欢迎，并且表达了她不能和我们一起去观光旅行的遗憾，她认为自己最好是和两个活泼可爱的孩子留在家中。每一个人都对我的身体表示了关注，可是我让他们放心我会胜任白天的计划的。

"我刚刚知道我的两个老表会来陪我们。"阿瑟说。

他刚刚说完，提到的第一个老表——约瑟夫·贝尔，英俊、黑发、二十三岁——从前门跳了进来，带着迷人的微笑和厚重的爱尔兰土腔介绍了他自己。"各位，早。阿瑟！你好吗，老伙计？"

表兄弟们热烈拥抱。目睹男人之间展示这种身体上的爱在我是一种独特的乐趣。"夏洛蒂，"两个男人转向我，阿瑟说道："请允许我介绍我的表弟约瑟夫。"

"欢迎，夏洛蒂表嫂。"约瑟夫说道，带着漂亮的戏剧性动作深鞠一躬。"见到你既荣幸又高兴啊。"

"我也一样，先生。"我回答，对他优雅的英国行为方式印象深刻。

"你的名声已先你而至哦，"约瑟夫热情高涨地继续说，"我爱《简·爱》，一本真正出色的书。"

"谢谢，"我回答，脸有点红。"可那真的只是一个简单的故事。"

"一个简单的故事？"他笑着对阿瑟说，"我看出你的妻子既聪明又谦虚哦，你逮着一条大鱼啦，表哥。"这时他又向我转回身来，压低声音说："还有你，尼科尔斯太太，你自己也做得不赖啊。你永远找不到比我表哥阿瑟更好的人呢——即使他有时有一丁点太严肃、太怪癖。"

"约瑟夫是圣三一学院最出色的学生。"阿瑟自豪地解释说，"艾伦告诉我，他刚刚获得了三项奖学金。"

"对于这一竞争的性质，那你就应该略知一二了。"约瑟夫又笑着补充道。

受爸爸和爱伦的误导，我相信阿瑟的家人是生活在贫困中的没文化、没受过教育的野蛮的爱尔兰蛮子，受阿瑟自己的误导，我期待的只是"乡下人"，所以我从来没料到会在他们中间发现一个圣三一学院的学生——更不用说一位这么迷人和获得高度荣誉的人。我简直还没有时间来消化这个令人震惊的新人物，就有另一位同样迷人的老表出现在楼梯口，走进了房间。她二十四岁，和她弟弟一样模样漂亮、举止得当，外表看上去是真正的凯尔特人，黑色的鬈发收拾得简单而又时尚。

"你一定是夏洛蒂吧。"她声音甜美但却充满活力地叫道，一边在我面前停下来，行了一个屈膝礼。"我是玛丽·安娜。"她走路微微有点跛，我了解到那是小时候一次骑马事故导致的，可由于她和其他所有人似乎都完全没意识到这一点——而且它一点也没妨碍她东奔西走的精力或能力——我很快也彻底忘记了这件事。

玛丽·安娜飞快地爱慕地看了一眼阿瑟，然后挨着我在沙发上坐了下来，把我的一只手握在手中。"阿瑟是我从小就最喜欢的老表，当他写信给我说他要结婚了，并且要把新娘带过来时，我说：'我无法熬整整两天等他们抵达巴纳格！我必须亲自去都柏林！'我想有机会在其他家人之前认识你，因为有那么多的贝尔们，我害怕你用不了多久就会厌倦得要死，并且盼着逃跑呢。"

"我肯定那是不会发生的。"我微笑着说，"可是我非常高兴你来了，玛丽·安娜，并且感激有了女伴。从目前的情况来看，这个蜜月旅行中完全是有太多的男人呢。"

听到这句话，每个人都哈哈大笑起来。这种亲善的感觉持续在那一天余下的时间里——说老实话，在接下来的两天里——在这期间我们一行五人骑马走过了大半个市区，参观了许多主要街道。经过进一步交往，阿瑟的哥哥和老表们的言行证明了他们是如此的心地善良、彬彬有礼、学识渊博、聪明智慧，因此我立即感觉自己深受欢迎、宾至如归。

阿瑟对我继续表现出一如既往的体贴和关心，坚持不看太多地方，以免我太疲劳并进一步恶化我的感冒。然而，我们之间有着说不出的距离——他那一方的冷淡，我相信，只有我知道——以及完全不再有任何类型的身体上的亲密接触。这给我带来很多痛苦。表面上，他保持着热情的外表，似乎渴望与我分享他上大学时常去的地方。

使我印象尤为深刻的是那个华丽的威尼斯式的哥德式博物馆和圣三一学院图书馆——一幢古典风格的宏伟建筑。离开时，我充满渴望地说："如果这些神圣的知识殿堂能够对女性开放那该多好啊！有那么多东西可学，能够上这样一所大学那会是多么激动人心啊！"

"要是你被允许上了大学的话，夏洛蒂，"阿瑟把手臂伸给我说，"我相信，在你喜欢的任何职业中，你都会成功。即使在梦里你也比多数男人在醒着的最佳时候还要有文化、有天赋和有智慧，而且你已经取得的成就超过多数男人一辈子的成就。"

说这话时，他又有了一丝以前那种眼里带着火花和爱慕的迹象，一时间我的心充满希望地跳动起来。也许，我想，他受伤的傲气正在恢复，我们可以重新获得那份亲密和温暖的爱——在船上那个可怕时刻之前我俩分享的那种爱。可是，当我平静地向他致谢时，他望向了别处，微笑消失了，轮廓鲜明的面具重新回到原处。

七月七日，星期五，我们与艾伦·尼科尔斯太太及其孩子们道别，艾伦陪同我们一行人坐火车前往巴纳格的贝尔家屋。到这时，疲惫、激动和感冒已经造成损害，我感觉一点也不好，咳嗽变得非常严重。

在比尔车站（我发现比尔是一个迷人的老市场小镇和以前的要塞，据说可以追溯到十七世纪二十年代），一部马车迎接了我们，我估计是为了这个场合而租来的。当阿瑟自豪地把我介绍给司机时，这一想法被打消了。司机是一位受雇于贝尔家三十多年的老人，而且就这样从阿瑟还是个小男孩时起便认识了他。老人（阿瑟对他怀有一种毫不掩饰的尊敬和热爱）态度自若地鞠了一躬，脱掉帽子，皱巴巴的脸喜笑颜开。"欢迎，夫人。见到亲爱的阿瑟的妻子是一个巨大的荣幸。"

发现贝尔家备有一辆马车且雇用一位马车司机三十多年，我的确惊讶——这是我们家从来就负担不起的奢侈事情——可是我想，这样的事情在爱尔兰也许比在英国便宜吧。我们驾驶了七英里路程，穿过富有田园风光的绿树繁茂的乡村，后半晌的时候到达了巴纳格——国王郡最西边的一个小镇，坐落在美丽的香农河畔。

马车轱辘轱辘地跑上从香农桥到教堂仅有的那条倾斜的街道，在两边密集的十八世纪的石头房屋间穿过时，我惊叫道："哎呀！这个村子非常像霍沃斯啊！"

"的确如此，"阿瑟回答，"我经常做这种比较，也许这就是之所以我刚一搬到霍沃斯便立即感觉像回到了家里一样。"

我们沿着那高高的道路又前进了四分之一英里，经过教堂，穿过一块可爱的林地，玛丽·安娜突然说："再过几分钟，你就能够看到古巴屋了。"

"古巴屋？"我说，"那是什么呀？"

"哎呀，我们的家屋啊。"玛丽·安娜回答。

"一个多么奇怪的名字啊，为什么叫做古巴屋呢？"

"一个叫作乔治·弗雷泽的本地人，一百多年前是古巴的总督，"艾伦解释说，"在那个岛上种蔗糖发了财，回来建了这幢房子。现在那条林荫道和皇家学校也叫做古巴，以此纪念他。"

"皇家学校？"我重复道，"那是什么呀？"

"那所学校是由查尔斯一世颁发皇家特许证在一六三八年建成的，"约瑟夫回答，"我们的父亲做了多年的校长，他去世以后我哥哥詹姆斯接了他的班。当然，现在它将是美好和宁静的了，因为所有学生都度假去了。"看到我惊讶的表情，他补充道，"可是阿瑟肯定把所有这一切都告诉你了吧？"

我瞥了一眼阿瑟，他正望着窗外，一团温和的红晕掠过他的脸庞。"没有。阿瑟告诉我，你的父亲是一个牧师和老师，我以为他在一所当地的小学校里教书，而不是由皇家颁布法令创建的一所著名学校——我根本没想到他是一位校长。"

约瑟夫笑了，开玩笑地在阿瑟胳臂上打了一拳。"对你自己的妻子保密啊，表哥？或者你只是谦虚？"

"贝尔舅舅既是校长，也是一个牧师和老师呀。"阿瑟平静地坚持说。

"他还持有格拉斯哥大学的法学博士学位呢，"艾伦补充道，"他是一个相当杰出的人。"

"现在我们到了。"玛丽·安娜宣布。

马车在一扇给人印象深刻的铁门前停顿了一下。大门开了，我们驶了进去，我惊讶地第一次看到了贝尔们的家。

我料想的是一个简陋的农舍或"乡下房子"，如阿瑟那么随便说起它的那样。相反，我面前的这幢大建筑物——离马路有一段距离，中间隔着一块宽阔的草地，周围怀抱着美丽的林地，由一条种植着欧椴树的林荫大道通往它——是一位绅士的乡村邸宅的典型。房子本身是极妙的，由砖石建成，有覆斜屋顶的阁楼、人字形的柱子和带回栏的台阶。一排较矮的砖石校舍从后面成扇形伸出来，伸到右边。

"噢！"我叫道，无法控制我的惊叹和欣喜。"它是那么大、那么美啊！阿瑟：这真的是你的家吗？"

"这不是我的，"阿瑟回答，但我可以看出他骄傲得眉开眼笑。"这只是我长大的地方。"

"这真的并不是我们任何人的，"约瑟夫承认，"这幢房子是校长的住所，我们足够幸运地在这儿生活了好多个年代，首先是因为我父亲的任期，现在是因为我们的哥哥詹姆斯。"

"我家也是以类似的情况占据着霍沃斯牧师住宅的，"我说，"所以我充分理解，可是噢！那根本不像这个。一个多么富丽堂皇的家啊！"

"贝尔家也拥有自己较小的其他房子，"艾伦插嘴说，"我舅舅在附近购置了大量的土地，他们仍然出租和耕种。"

"我爸爸比我妈妈大十二岁。"玛丽·安娜补充道，"人们曾经嘲笑她为了钱而嫁给了一个老头，可那是爱——真正的爱。她崇拜他直到他去世的那一天。"

我们停靠在入口前并从马车上下来时，很多人——家人和仆人，以及四条精神极好、形状各异、大小不一的狗——从那幢大房子的前门里涌出到车道上。阿瑟和我受到欢迎，介绍在很多的叫喊、拥抱和亲吻中——进行着。

大儿子艾伦·贝尔，三十岁，是一个牧师；詹姆斯·贝尔，二十八岁，是这所学校的校长；阿瑟·贝尔，二十六岁，希望成为一名外科医生；显然全都受过大学教育，看上去是天生和后天培养的真正绅士。即使是最小的儿子威廉，只有十五岁，肯定是一个会承其兄长们衣钵的迷人少年。他们要我理解，两个已出嫁的女儿不能来陪我们，可二十岁的哈丽特·露辛达·贝尔在场——一个非常漂亮的姑娘，行为举止和她的姐姐玛丽·安娜一样和蔼可亲、讨人喜欢。这么多新人在同一时间出现在我面前，我完全不知所措了，可我立即感觉到阿瑟的老表们全都是智慧、善良和有高度文化修养的人，而且我会非常喜欢他们。

统领着这一群快乐和活泼的人的是哈丽特·贝尔——贝尔博士的遗孀，以及阿瑟和艾伦·尼科尔斯的舅妈和"养母"。

"你想象不出我是多么盼望这一时刻的到来。"贝尔太太说，一边亲切地向我伸出双手。她是一位清秀出众的女人，一头时髦的黑发，穿着一件最新式样的深蓝色丝绸连衣裙，举手投足带着有声望的英国年长妇女的惬意和优雅：一切善良和温厚的极致。令人吃惊的是，她的口音也听起来更像英国口音，而不是爱尔兰口音。"我已经把仆人们烦了好几天了，希望为你们的到来把一切安排得恰到好处。我们把你们安排在一楼的绿房子里了，阿瑟——它有一个很好的壁炉，而且有我认为是最好的景色，希望你们会觉得它合意。"

"那会十分适合我们的，谢谢你，舅妈。"进屋时，阿瑟吻了吻她说。那天花板高高的大门厅是铺着大理石的，我可以看见隔壁的餐厅，又高又宽。很快，在镶着橡木板、装饰漂亮和宽敞的大起居室里端上了高雅的英国茶，每个人都坐在各式各样的椅子和沙发上，开始高兴地边吃边喝边聊起来。

我呷着茶，凝视着那华丽的房子和我周围所有的新面孔，一切——以及每一个人——都是那么超出我哪怕是最疯狂的想象，以至于几乎难以接受。我听说了那么多关于爱尔兰人的邋遢，然而自从来到这个国家以来，我一点也没见到，我眼前所看到的是品味最高的英国式优雅和恬静。

听着听着，我了解到关于贝尔们的支离破碎的信息：贝尔太太及其女儿们都会弹钢琴，是劲头十足的缝纫女工及热衷园艺的园丁；家里的每一个人都博览群书，而且所有人都非常热爱动物。

"这些年来，在我们这个家里肯定有过至少三十条狗，"贝尔太太放下茶杯说，"可是，毫无疑问，最好的是我亲爱的小仙女。"我看见每个人的眼睛都翻了一翻，当贝尔太太继续愁闷地说，"只是一个毛茸茸的极小的球，对我忠心耿耿——当我度完蜜月回来时，它见到我是那么高兴，以至于——"

"——那个可怜的小东西死于绝对的快乐。"所有人异口同声地讲完这句话，接着是一阵异口同声的哈哈大笑。

"假如你们知道我的小仙女，"贝尔太太庄严地坚持说，"你们就不会笑了。"

接下来是一轮谈话，其间，每个人都带着爱和热情描述了自己最喜欢的宠物的特性。轮到我时，我谈起我们亲爱的毛毛。阿瑟强调他最喜欢一条品种不明的棕色大狗，那是他十岁时发现并且被允许当作自己的宠物养起来的。这一切对我来说是有极为有趣的，并且说明了我丈夫热爱动物的那一面，这向来是我所爱慕的。

"你是多么爱那条丑陋的狗啊，阿瑟。"詹姆斯笑着讲道，"可事实上，你也一样喜爱在我们的田野里漫游而过的野生动物。"詹姆斯转向我，补充道："有一次，在阿瑟大约十二三岁的时候，父亲发令要把屋旁的一片树木砍伐掉，阿瑟闹得那么不可开交，坚持说那些树为松鼠们提供了蔽身之处，以至于父亲放弃了他的计划。"

接下来是大量温厚的取笑，阿瑟的老表们嘲笑他对保护毛茸茸的大啮齿动物的热诚。我敬畏和惊叹地微笑着，一边望向房间对面的阿瑟，他好像比我见过的任何时候都要更加放松和幸福。一阵爱浪压倒了我，我突然意识到和丈夫结婚时我对他的了解是多么少啊！此时我对他的了解又深了多少啊！——因为我得以看到他与他彼此相爱的那些人互动，在他长大成人的家里。在他自己的祖国，我对他似乎有了新的认识。他显然是他家里大受喜爱的人，而且在这个富丽堂皇的地方真正是如鱼得水呢。

我也意识到，突然带着一阵强烈的羞愧，爸爸——还有我，广义来说——对于阿瑟有多少的误解啊。在那么长的时间里，爸爸断然谴责我与尼科尔斯先生结合的这一想法本身，坚持说那会是降格，说他只是来自一个"地位卑下的家庭"的穷副牧师。只要能看到这个高尚的副牧师出生于的这个上等的家及其家人，爸爸会多么快地改变他的语气啊！相比之下，勃朗特家——以及他们之前的布兰特们——比贝尔们的血统卑贱了那么多，因此即使是拿他们来做比较都是荒唐的。

阿瑟一直知道这一切，我意识到，然而他什么也没说。即使是在船上，当他偷听到那位年轻女子说我是下嫁了的残酷话语，以及我自己信心不足和措辞不当的回答时，他也没有试图告诉我这一真相。约瑟夫曾经说他谦虚，可我现在明白，那不仅仅是因为谦虚。阿瑟是希望人们以他本人来判断他，而不是基于他从哪里来，或者他的亲戚拥有什么。

噢！我多么强烈地希望能够和我的丈夫在一起，告诉他我感觉如何：我是多么感谢上帝赐给我这样一位高尚可敬、不自吹自擂的人的爱和忠诚，我是多么真爱着他，并且多么希望能努力配得上他的爱啊。

然而，当我站起身来，正准备走向他时，我突然感到晕眩，跌回到椅子里。我能做的只是不摔倒在地板上，接着便遭受一阵摧枯拉朽的长长咳嗽的袭击。

"哎呀，你身体一点也不好啊，夏洛蒂！"贝尔太太说，"你到来以后，我一直关注着那个咳嗽。阿瑟！不要告诉我，你拽着这个可怜的女人，在这样的情况下，走遍了威尔士和都柏林？"

"我的感冒只是在过去一两天才得的，"我飞快地说，"阿瑟一直非常勤快地照顾我，并且多次坚持要我休息，是我自己硬是想要继续前行的。"

"好吧！你看上去疲倦极了。"贝尔太太宣布道，穿过房间走到我面前伸出她的胳膊。"我们必须马上把你弄到床上去，并且弄一些热汤到你的肚子里。莫琳！"

一个脸颊红润的仆人出现了。"到，夫人？"

"叫厨师热一些她做的那个肉汤，并把它端到绿房间里给我们的客人。告诉阿格尼丝我们需要她。"

"是，夫人。"仆人回答着跑开了。

我还不知道是怎么回事就被前面提到的阿格尼丝脱去了衣服，她是一个五十岁上下、样子能干的仆人，并且很快就被安置在一张柔软的大床上，在一个比我们牧师住宅的客厅大两倍的房间里。一炉泥煤火在宽宽的老烟囱里明亮地燃烧着，给这个显得古老但舒适的环境增添了一点喜气。那位脸颊红润的仆人用托盘为我端来热汤，并退了出去。

我刚喝了三勺汤，阿瑟就走进房间，心神不定地来到我的床边，用焦虑的语气问我，他是否可以做些什么。

我抬头凝视着他，怦怦直跳的心充满我希望说的一切，可我正要张口说话，贝尔太太突然大踏步走了进来，从容不迫地说："阿瑟，你可以把你的新娘交给我了。"她在床边覆盖着绣花罩毯的椅子上坐了下来，接着从一个药瓶子中倒了一点什么东西到调羹里。"我在这个家里照料过上百次感冒，而且还从来没失去过一个病人。一张病床不是适合新郎官的地方，和你的老表们游览去吧。"

阿瑟不情愿地说："假如你执意要这样的话，舅妈。"他俯身在我额头上给了一个温柔的吻。"很遗憾你生病了，夏洛蒂，可我向你保证你已被托付在好手中了。在国王郡，没有一个护士比她更好的了，而且那是事实。"

"阿瑟，"我开始说，伸手去握他的手，可我被又一阵咳嗽制止了。

"现在别说话，休息一下，亲爱的，直到感觉好一点。"他说着，向门口挪去。

我不知道贝尔太太给了我什么药，可喝完肉汤后，我立即就睡着了，径直睡过了晚餐，并且毫无知觉地一直睡到第二天早上。

24

醒来时，我发现太阳从窗帘边缘窥探进来，身边凹陷的枕头和被弄乱的床单、床罩表明我丈夫的确和我同过床，然后又没打扰我就走了。

不久，门上传来轻柔的敲门声。

"进来。"我说，希望是阿瑟，可那是阿格尼丝，前一天晚上帮我就寝的那位头发灰白的仆人。

"啊！好了！你醒了。"阿格尼丝端着一只托盘走进来说。她又矮又胖，灰色的头发整齐地梳起来，卷塞在帽子下，一张皱纹满面、讨人喜欢的脸和一口浓重的当地口音。"女主人吩咐我给你送来早餐。"她放下盘子，掀开窗帘。阳光通过高高的窗户洒射进来，窗外是一片青葱绿地的可爱景色。"希望你睡得好吧，尼科尔斯太太？"

"睡得好，谢谢，阿格尼丝。"

"今天早上感觉怎么样？"

"好一点了。"我回答，可接着又一个深深的咳嗽突然袭击了我。

"唔，我看出，跟你昨天刚来的时候相比，今天早上你脸上有了一点点气色呢。这是一个好兆头，真的。我的女主人总是说，治病的最好办法莫过于美美地长睡一觉和在床上休息一天，我非常赞成。我给你端来了一些粥和茶，还有一点烤面包。你感觉想吃点什么吗？"

"我会吃几口的，谢谢你。阿格尼丝：你见到我丈夫了吗？"

"我们的阿瑟？嗳，见到了！"阿格尼丝用溺爱的语气说，一边把我周围的枕头重新整理好，扶我坐起身来。"他早早就起来了，在转来转去，为你着急得要死。你的丈夫是一个好人呢，至少我以为如此，尼科尔斯太太。从他来这儿的第一天起我就认识他了——当时还是那么可爱的一个小男孩——总是想尽办法帮助别人，总是想成为好人，做好事。从那天起一直到今天，我从来没听见他说过一句怨言，也没说过反对任何人的一个字，也没说过不是上帝的原原本本的事实，而这在一个男孩子——或男人——身上并不常见。我告诉你，夫人，你是一个极为幸运的人，因为你得到了这个国家最好的绅士。"

说到这些溢美之词时，阿格尼丝带着那么深厚的爱意和尊敬，以至于我心潮澎湃，泪水涌上眼睛。然而，我还没能发表评论，那位好仆人就把盘子放在我膝头，继续说："啊！可你问起阿瑟去哪儿了，是吗？而我，颠三倒四地唠叨个不停！唔，夫人，像我说的那样，他在转来转去，弄得女主人心烦，于是她对他说：'阿瑟，你那位亲爱的妻子今天绝对没办法离开病床了，她需要的是一整天的休息和一些适当的护理，你去吧。'嘟嘟囔囔地抱怨好一阵后，她终于说服他出了门，与老表和朋友们去河边野炊了。"

"噢！他走了？他会去很久吗，你认为？"

"唔，夫人，这些年轻人是那么喜欢出门去香农河——每个人都有一艘船，或者可以租到或借到一艘船——而且一年的这个时候天气是这么好——我想他们要到晚饭前才会回来的。"

我谢了她，极为失望。阿格尼丝又添了一些泥煤到火上，离开了房间。

我默默地吃着早餐，几乎没有食欲。托盘拿走后不久，贝尔太太进来看我。一整天，那位亲爱的女士慈祥和熟练地护理着我，中间点缀着一段段休息时间，以便使我恢复体力。后来，当我午睡醒来时，她拿着针线活，拖了一张椅子到我床边，安顿下来和我聊天。

"我答应阿瑟会密切关注你，并且确保你身体好转。你知道，你对我已经很亲了，因为你是阿瑟的妻子，而且当然，我心里对任何英国人都有亲切感。我可能出生在都柏林，可我去伦敦上过学。"

"那这事就说得过去了：您的确看起来——而且听起来——对我来说，非常英国化。"

"我在你们国家没待多久，说老实话，当时我只是一个非常小的女孩，可它在我身上留下了永久的印象。你瞧，我父亲决定让我在英国学校像一个真正的女士一样受教育，于是就把我带到了那里，意在把我留下。只过了三个星期，他就回来把我接回了家，因为他发现生活中没有我相当难以忍受。然而，在那三个星期里，我学会了高贵的英语，见到伦敦在威灵顿的滑铁卢大捷后张灯结彩的景象……"

"威灵顿的大捷之后？多么激动人心啊！"

"而且还见到了女王。"

"女王？"

"她造访学校来见一个她感兴趣的孩子，并听说'我们这儿有一个爱尔兰小女孩。'显然我被看作是一个好奇的东西，并被带下楼来觐见。她是一个小个子老人——好笑，不是吗——她的名字也叫夏洛蒂。"

我高兴地笑了，心驰神往地纳闷：这就是有妈妈本该有的样子吧？我记不起最后一次有人在我病床前服侍我是什么时候了，那是一个奇怪和很棒的感觉，仿佛自己又变成了一个小孩子。

贝尔太太和我亲切地聊了整整一下午。她问起我的童年，然后告诉我有关阿瑟的童年。"他和他哥哥顺利地适应了这个家，阿瑟爱上学就像鸭子爱戏水一样：一个好学生，在课堂上总是争夺最高荣耀，上大学后也是如此。他当了一会儿老师，你是知道的，而且是一个世人从未见过的最为体贴和敬业的老师。当他宣布有意进入牧师职业时，我自豪到了极点。艾伦·尼科尔斯也是一个好人。我爱我所有的孩子，夏洛蒂。我知道你的阿瑟和艾伦并不是我亲生的，可一个母亲不可能希望有更好的儿子了，而且我每天都感谢上帝赐予了我丈夫智慧，把他们带进了我们的生活。"

听到阿瑟被养育他的女人这么高度赞扬是多么棒啊！与此同时，它使我充满羞愧，因为它也提醒我，这么多年来，我是多么严重地错误判断和低估了他呀。

那天晚上，我听见划船那帮人兴高采烈地回来了，宣布他们胃口很好。我起身，飞快地穿上衣服，决心和他们一起吃晚饭。在餐厅里，我受到了极为热闹的欢迎，每个人都宣称我看上去好多了。

"下次你一定要和我们一起去，夏洛蒂。"玛丽·安娜坚持说，"在一年中的这个季节静静漂下香农河，没有什么有那么放松的了。"

"很高兴见你起了床并且感觉好些了，"阿瑟在我身边的桌旁坐下来说，"把你留下我感觉很不好呢。"

我收到我早先习惯的那种充满爱意的简短一瞥，可是接着，仿佛提醒自己要掩饰情感，他的微笑逃跑了，望向别处。噢！在一房子的人中间，没有机会说话，是多么令人发狂啊！我正准备凑过去，在阿瑟的耳边低声请求退下去单独说一句话，就在这时，贝尔太太突然叫道："哎呀！夏洛蒂已经到这儿两天了，我想我们都完全忘记了——我们面前是一位著名的女作家呢！"

令我懊恼的是，所有人都急忙抓住这个话题，仿佛这是一个最为有趣的话题，迫使我放弃了离开桌子的任何想法。当第一道菜很快上来时，玛丽·安娜激动地说："我们记得的，夫人，可我们全都非常艰难地试图在这个话题上保持沉默——不想要夏洛蒂以为我们爱她只是因为她的文学天赋。"

"我喜爱《简·爱》，"她的妹妹哈丽特眉飞色舞地说，"它真的是我读过的最好的书。"

"那三卷书在爱尔兰是单独出现的，"贝尔太太说，"那本小说使我们如此兴奋，以至于简直无法忍受各部分之间的悬念！我们驾车去比尔，意在最早的时刻得到每一个新版本。"

"别以为你的爱慕者只局限于家里的女人们，"艾伦·贝尔补充道，"我们都看过《简·爱》和《维莱特》，并且喜爱着它们。我也欣赏《雪莉》，尤其是你的那一群副牧师们。我记不起什么时候这么开心地笑过了。结尾处关于麦卡锡先生那一点点，真的像——我们的阿瑟如此骄傲陈述的那样——是以他为基础的吗？"

我笑了，疼爱地瞥了一眼阿瑟（希望他在我眼里看到我还没有机会大声说出的话），可他没有在看我。"是真的，先生。当然，那是几年前了，在我像现在这样渐渐了解阿瑟之前。"

"我认为他相当体面，"约瑟夫说，"如我记得的那样，你把他描写得谦恭、勤奋和慈善——即使有一点太容易被教友会教徒和不信奉国教者弄得心烦意乱。"

每个人都哈哈大笑起来。贝尔太太催促道："告诉我，夏洛蒂，我们一直都渴望知道：你的罗彻斯特先生和保罗·伊曼纽尔先生是以谁为原型的？"

我注意到身边的阿瑟僵硬了，他的脸也生硬了。其他人异口同声地说："对！对！""他们是谁？""他们是以任何真人为基础的吗？"

我急忙回答："他们是在我见过的男人——以及想象中的男人身上，我讨厌或爱慕的品质的混合物——从我长大到足以握笔以来。"

"唔，我认为罗彻斯特先生完全是小说中描写的最浪漫的人。"玛丽·安娜叹了口气承认道。

接下来是热烈的争论，关于罗彻斯特先生是否是一个悲惨的人物，还是一个被不幸境遇诱捕的好人，以及关于简本身的一场讨论，每个人似乎都认为她是最优秀的女主人公。最终，贝尔太太问起我的笔名。

"正如你能想象到的那样，我们都对'柯勒·贝尔'这个姓名的来历极感兴趣。这么好的姓！"（笑声。）"这个'贝尔'是一个巧合吗？"

"并不完全是。"我回答。我告诉他们有关这个姓名的来历的细节，这再一次引发大家的一阵狂欢。

钟正敲响九点时，艾伦·尼科尔斯提议我们移往起居室，玩一个哑剧字谜的游戏，这个主意受到了所有人的热烈欢迎。我以感冒为由请求原谅，道了晚安，随着每一个人鱼贯而出去了另一个方向。我在迷迷糊糊的兴奋和疲惫状态下回房休息，为丈夫没有至少主动提出陪我回房而伤心。

我们房间的窗帘是敞开的，那是一个温和的夏夜，太阳一时还不会降落，一样东西把我吸引到了窗前。令我吃惊的是，我看见阿瑟从屋里出来，在两条狗的陪伴下，穿过大草坪，好像是朝地产旁边的树林走去。

我抓起头巾，急忙跑出去，心怦怦直跳。

"阿瑟！"我叫道，可他在我前面太远，听不到。我继续往前赶，穿过宽阔的草坪，走进树林，无果地叫着他的名字。我尾随着狗的吠叫声穿过树林，终于来到一个小小的开阔地，在那里我发现阿瑟在扔一对棍子给他兴高采烈、蹦蹦跳跳的伙伴们。

"阿瑟！"我又叫道，一边走了过去。

他转身，大踏步走回来迎接我，惊讶与自制交织在一起。"我以为你上床了呢，"他说，停在几英尺外。"你不应该出来受夜气的。"

"这是一个温和的夜晚，可我连暴风雪都会不顾的！噢，阿瑟！我是多么想和你说话啊！这么长时间了我们没有单独相处过一会儿呢。"

"夏洛蒂……"他皱着眉头开始说。

"求你了，阿瑟，你听我说。我必须说！首先，关于《维莱特》——在那本书里，我的确写了我曾经认识的一个男人，可那只是一个故事。"

他的眼睛与我的相遇了。"你爱他吗？"

"爱——很久以前，可我不再爱他了，就像你对十七岁时曾经吸引过你的那个女孩仍然怀有感情一样。"

他沉默了，在领会我的意思。狗蹦蹦跳跳地跑回来，阿瑟从他们嘴里抓过棍子，扔向远处。当狗儿们再次飞跑开去时，我继续说道："在我们渡海的那一天，我只是试图安慰一位年轻女士，她父亲不同意她选择的丈夫。我把我们作为事情能够好转的一个例子，告诉她只要她能够等待，而且她的爱人能够证明自己。可是她被宠坏了，既富有又有偏见，她把一切事情掉转头来批评你，对你一点也不了解，而我——令我永远羞愧的是——没有像我应该做的那样站起来为你辩护。我现在才明白我只是像她一样盲目和偏见。我不知道你有一个这样有文化教养的家庭，或者住在这样一个好地方！可是即使你来自最贫穷的家庭，阿瑟，那也不会有问题。重要的是你：今天的这个你——你在每个方面都比我强多了。嫁给你我很自豪，阿瑟。我爱你！我没有意识到我有多么爱你，直到在船上的那一刻，当她问起我感觉如何时，那就是我为什么花了那么久的时间才回答的原因。我爱你，阿瑟，并且为说了和做了引起你痛苦的任何事情抱歉，你能原谅我吗？"

泪水涌上他的眼睛，他跨上前来，握住我的手。"你想象不出我希望和梦想听到你说这几个字有多久了。你是这个意思吗，夏洛蒂？你真的爱我吗？"

"爱，全心全意地爱。"

随着狗儿们跑上前来，在我们脚边转悠，丈夫把我拉进怀里，一次又一次地吻着我。

我们在古巴屋待了一个星期——我一生中最开心的一个星期。我们在香农河上悠闲地划船，在乡村远足；我们享受着可口的野餐和充满欢乐、音乐和舞蹈的夜晚。在此期间，我充分恢复了健康；在这个时候，我感觉舒服和完全被接受；我们带着极大的遗憾和下一年再回来的由衷的许诺，告别了贝尔一家。

我们把蜜月剩下的两周用来参观西爱尔兰，包括在基尔基的停留———一个风景极为壮丽的海滨小镇，坐落在深弯着的海湾之上。这是到达爱尔兰以来我和新丈夫第一次单独相处，我们享受着这个在一起的时光，以及它提供的恢复我们亲密关系和增进我们彼此了解的机会。在基尔基的第一个上午，当我们来到悬崖顶上并看见大西洋在下面涌入时，沿着风景如画的海岸线一片白色泡沫，我被那壮观的景色感动万分，以至于渴望坐下来默默观看，而不愿走动和说话。阿瑟不仅愉快地依从了我的愿望，而且承认他也有着同样的想法。

当我们参观爱尔兰的所有著名美景，饱览沿途的壮丽景色时，我享受着丈夫善良和无止境的照料和保护，这使得旅行变成一个与以往不同且开心得多的事情。然而，最为愉快的是深深的满足将我包裹在阿瑟作伴下的纯粹快乐中。很多次，他会把我拉进怀里，出乎意料地爱抚一番，带着深切的诚意宣布："谢谢你嫁给我，你使我非常幸福。"我确定无疑、心满意足地回报着这份情感。

在蜜月途中，我感激丈夫不仅因为这一全新的幸福，而且还因为他救了我的命。

在向导的引领下，我们骑马作了一次旅行。在基拉尼附近的顿乐峡谷顶上穿过那狭窄、蜿蜒的山峡时，我的母马滑了一下，变得难以驾驭。阿瑟迅速从他的马驹上跳下来，抓住了我的马缰，来引领它。突然，母马后脚站立起来，我被摔了下来，落在它下面的石头上。我感觉它在我周围又踢又跳，我以为末日到了，会被踩碎在它脚下。阿瑟，大惊失色，放开了那匹牲畜，她从我身上跳了过去。

"夏洛蒂！"阿瑟惊恐地叫道，把我抱了起来。"你受伤了吗？"

我被自己的意外事故惊呆了，但却让他放心，母马的蹄子一下也没碰到我。当向导去找回马匹时，阿瑟把我放下来，紧紧地抱在胸前，我感觉到他的心脏对着我的脸颊怦怦直跳。"一时间，我以为失去了你呢。"他对着我的头发喃喃说道。

我扬起脸来，掂着脚尖，在他嘴唇上印上了一个吻。"你永远不会失去我的，我太爱你了，不会放手让你走的。"

八月十一日，离家一个多月后回到家里时，来自教区各个部分的来访者络绎不绝地来看望我和我丈夫，有些来自相当远的地方。教区居民们表现出由衷的欢迎和善意。为了对此表示感谢，阿瑟和我决定举行一个小小的乡村宴会。我们邀请了日校和主日学校的所有师生，以及敲钟人和唱诗人，在校舍里喝茶和吃晚饭。

为这一事件做准备费了好一番工夫。当约定的时刻到来时——在那个温暖的八月夜晚，桌子全部好好摆放在校舍和院子中间，围着长凳，覆盖着白布，装饰着花儿，还有食物（很多人手准备的）最终准备就绪——令我们吃惊的是，来了将近五百人！阿瑟，高兴得满面春风，用简短但亲切的讲话欢迎了客人们，教区居民们轮流为阿瑟返回教区及我们的新婚幸福敬酒。

"为阿瑟和夏洛蒂，"一个男人——一个和蔼的农民——举着杯子，带着爽朗的微笑宣布道，"教区里两个最好的人，终于明智地结婚了。祝你们在一起的生活长长久久、繁荣富强、儿孙满堂。"随后的由衷掌声使得我满脸通红。

依我看，安利先生作了最动人的祝酒词——考虑到它的简短和更好的效果。他用低沉而有回响的清晰声音，简单地说："为阿瑟·贝尔·尼科尔斯：一位坚定的基督徒和善良的绅士。祝你健康，先生。"

随着人群赞成的喊声，我抓起阿瑟的手，紧紧地握了握，两眼放光地抬头凝视着他。我想：要赢得和配得上这样的人物——一个坚定的基督徒和善良的绅士——远远好过赢得财富、名望或权力。拥有这样一个男人的爱，我是多么幸运啊！

我立即发现，我的生活极大地改变了。时间——我曾经手头上有大量存货的东西——现在似乎是非常短缺了。作为一位妻子，我简直没有一刻空闲时间。我曾经阅读的法语报纸现在懒散地堆成一堆。丈夫不停地需要我，不断召唤我，不断占用我。起初，这是一件奇怪的事情，不过我发现它也是一件奇妙的好事情。

被人需要这一简单的事实，对于我，在近年来的完全孤独后是一件令人愉快的幸事。阿瑟好像是那么高兴我陪他履行他的许多职责，所以我简直无法拒绝，而且我也在前往和行动中找到极大的乐趣。招待来访的牧师、看望穷人、组织教区茶话会以及在主日学校教书——作为牧师女儿我曾经不得不履行的同样职责——面目一新，充满乐趣和重要性，因为我现在是副牧师的妻子了。我发现，婚姻正以其可能的最佳方式，将我从自己的束缚中解放出来。

与此同时，尽管非常高兴，我承认我有时也怀念自己的创造性生活，因为我几乎没有机会写任何类型的东西。我不得不断断续续地胡乱写下这几页日记，每当有一点空闲时刻出现时，或更为经常的是深夜，当阿瑟睡着了时。

阿瑟开始在我身上试讲他的布道词，在呈献给会众之前寻求我的意见。在他仁厚的新心情下，他的布道常常是甜蜜和振奋人心的，能触动人性的原动力。然而，当他拿某些水准较低的东西来烦我时，我毫不犹豫地表达我恰到好处的失望——他常常也恰到好处地加以改进。

随着我渐渐适应新生活的日常工作，夏去秋来，秋天又毫不留情地大踏步走向冬季。阿瑟和我去了布拉德福德，用叫做摄影的新方法把我们的照片纪录下来。看到那完成的影像是多么奇怪和奇妙啊。我不是太喜欢我的，可阿瑟喜欢。我认为照片上的阿瑟看上去特别英俊，目光炯炯有神地望向一边，脸上带着那个满足的微笑。

我的父亲，上帝保佑他，身体继续好转，我希望，他还会和我们生活很多年。阿瑟和爸爸之间的和解——曾经如此难以想象——仍然未受烦扰。看到这两位男人相处得那么好，常常成了我的幸福，他们之间从来没有过一丝误解或一句错话。每次我看见阿瑟穿上他的牧师服或白色法衣，并且主持一个礼拜仪式或履行一个神圣的典礼时，我就感到极大的安慰，知道我的婚姻，如我所希望的那样，会在爸爸年老时确保他有一个好助手。

随着日子一天天过去，阿瑟和我更加亲密。双方都总是有一些新的奇想或怪癖来发现、来笑话、来适应。我的丈夫并非没有缺点，人无完人，我肯定也不例外，可是我们俩都不指望对方完美。对那些不能准确满足彼此期望的习惯和性格，我们学会了忍受；对那些满足的，我们珍惜；对介于两者之间的一切，我们心情愉快地接受它。我们之间没有烦人的束缚，在一起，我们十分自在，因为我们彼此适合。

有一天，我在翻阅《简·爱》时发现了这样一段话。看着看着，泪水涌出我的眼睛，因为在创作它的时候，这些话只是表达了一种美满姻缘的理想状态——在那时——只存在于我的想象中。

我知道一心一意跟我在世上最爱的人一起生活，并为他而生活是怎么回事。我认为自己无比幸福——幸福到难以用语言来形容，因为我是我丈夫生命的全部，正像他是我生命的全部一样。没有哪个女人比我更亲近丈夫：越来越完完全全地与他血肉相连。我跟我的爱德华在一起，永远不会感到厌倦。他对我也一样，就如同我们每个人对自己胸膛中的那颗心的跳动永远不会厌倦一样。因而，我们总是厮守在一起。对我们来说，守在一起既像独处时一样自由，又像在伙伴中间一样欢乐。我想我们整天都在交谈。互相交谈只不过是一种更加生动活泼、可以听得见的思考。我把全部信赖交给了他，他把全部信赖都献给了我。我们在性情上正好相投——结果自然是完美和谐。

我在那么多年前写的那些词句，出自一个孤独和渴望的心灵深处，如今正是我和阿瑟正在过的奇妙新生活的一个完美写照。我的丈夫是那么好、那么温存、那么钟情、那么真实，我的心与他的心紧紧连在一起。

十一月下旬的一个夜晚，当阿瑟和我惬意地坐在餐厅的壁炉边，倾听着屋子周围呼啸的风声时，我的思绪开始飘往一年前一个类似的夜晚。我停下手中的编织活，意识到我的生活要彻底完整只缺失一样东西：对我的生命曾经像呼吸一样重要和主要的东西。

我扫了一眼丈夫，他英俊的黑色脑袋正专注地俯在报纸上。"阿瑟，一年前这个时候你在干什么？"

"一年前？我正坐在斯莫特基顿一间孤独的租住屋内，梦想与你一起生活。"他放下报纸，伸出手来握住我的手。"你当时在做什么呢？"

"我正坐在这个房间里，独自一人。为了驱赶孤独，我开始了一本新书。"

"一本新书？后来呢？"

"我想我写了大约二十页，接着就把它们放到一边去写一封信。某个通信者，我记得，当时非常执着，关于一个求婚。"

"那位绅士的执着得到回报了吗？"

"得到了，他发起了一场不屈不饶的持久战，使他的被追求者如此完全地相信了他确切的进取心，以至于她感觉自己在被赢得的过程中最终成了真正的胜利者。"

阿瑟哈哈大笑，紧紧握住我的手。接着，他变得认真起来，说道："假如此刻你是一个人，夏洛蒂——假如我没和你在一起——你会在写作吗？"

"我估计会的。"

"你现在希望写作吗？"

我沉默了一会儿。"假如我写的话，你会介意吗？你会觉得我在冷落你吗？"

"当然不会。我们结婚以来这几个月里，你不是一直在写作吗？一本日记，我想是。"

我的脉搏开始加快。"是的，我写了，我以为你不知道呢。你反对吗？"

"我为什么要反对呢？夏洛蒂，你是一个作家，在请求你嫁给我之前，我早就知道这一点。那是你的所爱，也是真实的你的一部分。不管你写还是不写，我都会爱你的。假如你写够了，那就别写了；假如你喜欢记日记，那就记吧；假如你有故事非常想讲述，那就拿过纸张和笔墨，讲述去吧。"

带着跳得飞快的心，我放下我在编织的东西，跑上了楼，找回我一年前放弃了的写了字的那几十页纸，把它们带下楼来。在火边重新坐下后，我说道："我和妹妹们过去经常大声朗读各自的作品并加以评论，你愿意听我迄今已经写完的部分吗？"

"开始吧。"

我大声地朗读了那二十页片段，那是一个失去母亲的年轻女孩，她上了一所英国的寄宿学校，她发现父亲谎报了他的头衔和房产，而且不打算支付女儿的费用。随后她找到了一个出乎意料的新捐助人。阿瑟饶有兴趣、聚精会神地倾听着，然后我们展开了有趣的讨论。阿瑟分享了他的意见和关注，他担心我可能会因为再次写学校而遭到批评，但却承认他非常喜欢它，而且认为它有希望。

"是吗？"一阵小小的激动迅速漫过我全身。"这么多年来我没有任何人可以讨论我的作品……可是……我怎么能找到写书的时间呢？我们的日子已经安排得那么满了。"

"我们可以每天留出几个小时来做这个事情，如果你愿意的话，而且我承诺，"他带着嘲笑的眼神补充道，"只要你有请求，我就提出我非常珍贵的意见，不然就离你远远的。"

"谢谢你，我最亲爱的。"我吻了吻他，意识到我是双倍的有福气：不仅因为我嫁给了最好的男人——一个可以分享日常生活的所有欢乐和关心的钟情伴侣——而且如今我知道，就我的写作而言，我再也不会是孤军作战了。

日记：现在是一八五四年的圣诞节，自从我最先动笔写下这几十页纸以来已过了将近两年，现在我感觉自己能够写完这个故事了，因为我已经终于把它带到了一个满意的结尾——和我所有的书一样——甚至还更好，因为这个故事是真实的。

为准备过节，玛莎和我连续两天埋头烘烤蛋糕和肉派，以及其他五花八门的烹饪习俗，这些是我们明天的圣诞晚宴上所需要的——晚宴后，为纪念我的弟弟妹妹，我们打算大声朗读《呼啸山庄》、《阿格尼丝·格雷》和布兰韦尔最喜欢的两首发表了的诗。我们把房子从房间到地窖都彻底清洁了一遍，用蜂蜡、油和无数的布擦得每一个角落都闪闪发亮。我用数学般的精密度摆放了每一张桌子、椅子、书桌和地毯，叫人搬进足够的煤炭和草炭，以确保有足够的火来温暖和照亮每一个房间。

现在，当我坐在餐厅桌子旁，审视着我们闪闪发光的努力的成果时，我听见爸爸和阿瑟在大厅那一面的书房里亲切交谈。他们深沉的爱尔兰嗓门，忙于友好逗乐的声音总是使我微笑。

我的思绪漫游起来，我禁不住为另一个记忆微笑起来：昨晚准备上床时，阿瑟和我自己之间进行了一场谈话。

我刚把发卡从我头发上取下来，阿瑟就来到我身后。他眼里闪着黑色的光芒，音色深沉地说道："我可以为你梳头吗？"

在我们结婚以来的这六个月里，我一直有幸接受着丈夫的梳头服务，次数多得数也数不清——这些时段总是带来如此令人愉快的一个结果，以至于我经常调皮地把梳子遗留在床上，满怀期待地等待它被发现并派上用场。现在，在他的请求下，我的心开始怦怦直跳。一言未发，我在他身边的床上坐了下来，将梳子交付于他的手心。

他肯定而熟练地一下又一下梳着我长长的鬈发，手指温柔地从脖子上把我的头发往后梳，那种接触总是使我兴奋不已。当我放松下来，享受他奢侈的关注时，他低声说："尼科尔斯太太，现在你是一个已婚的老女人了，我可以问你一个很久以前就想问的问题吗？"

"你可以问我任何问题，我亲爱的男孩。"

"那么多年前，当我初次来这儿喝茶时——你以为我说了什么，使你那么生气？"

"你真的想知道吗？"

"是的。"

"你会认为那全是虚荣和废话。"

"即使如此。"

我叹了口气，为那段记忆脸红。"我以为你把我叫做一个丑陋的老姑娘呢。"

"什么？"（梳头发的动作全停了下来。）"丑陋？不！我从来没说过那个！我说的是愤怒，而且你是愤怒，像一个泼妇，喷着火和硫黄，可是丑陋？我永远连这个想法都不会有。"

"你不会？即使在那个时侯，你也真的没有，最亲爱的？"

"从来没有过。"阿瑟放下梳子，把我转向他。"你现在对我的了解难道还不足以知道我对你的感情吗，亲爱的？在将近十年前的那个阴沉、凄惨和下雨的四月天里，我认为你是美丽的，当我第一次见到你时——当你衣服、脸蛋和头发上全都是面粉时。你的美随着日子的一天天过去而增长，随着我渐渐认识和理解你真实的内在。对于我，你是世界上最美丽的女人，夏洛蒂·尼科尔斯。你将永远如此。我爱你。"

我的心翱翔起来。在丈夫爱慕的凝视反射出来的光芒中，有生以来我第一次真的感到自己是美丽的。

"我也爱你。"我喃喃地回答，一边融入他的怀抱。

后记

一八五四年末，当夏洛蒂写完这些日记时，她看上去是一生中最幸福和最健康的时候。在信中，她温柔地谈及她的丈夫，承认"每一天都使我对他的依恋有所增强。"来访的朋友们评论说夏洛蒂看上去如何如何好，这对新人如何如何心满意足。爱伦坦言："在她结婚后———一个幸福的光环似乎包围了她———一个神圣的充满宁静的她，即使在她激动的时刻也如此。"

然而，可悲的是，这些身体健康和家庭欢乐的美满月份非常短暂。

到了一八五五年一月底，夏洛蒂病了。阿瑟不相信霍沃斯的医疗水平，希望得到更好的医学建议，从布拉德福德请来了一位医生，著称为本地区最好的医生。他证实夏洛蒂怀孕了，在患妊娠呕吐症，并且———对她的病情并不惊慌———建议卧床休息。

夏洛蒂的身体继续恶化。令她丈夫和父亲极度沮丧的是，在接下来的六个星期里，夏洛蒂因为恶心、高烧和呕吐而虚弱得如此严重，吃不下饭，最终几乎连话也说不出来了。她的仆人玛莎·布朗说，像夏洛蒂那样吃那么少的东西，一只鸟儿也不可能活下去。在这期间，夏洛蒂在病床上虚弱地用铅笔写给朋友的很少几封简短信中，每一封里她都挚爱地赞美着她的丈夫。二月十七日，她起草了遗嘱，推翻她婚前所做的谨慎安排，如今把她的全部财产留给了她心爱的阿瑟，而不是父亲。

三月份，夏洛蒂的病情短暂改善，恶心感突然停止，她渴望食物并且急于进食，可是已经太晚了。随着生命的逝去，她陷入恍恍惚惚的昏迷中。快到月底时，她从这种昏迷中醒来了一会儿，看见丈夫因悲伤而憔悴的脸庞，听见他祈求放开她的喃喃祈祷，她低声说："噢！我不是要死了吧，是吗？他不会把我们分开的，我们是那么幸福啊。"

　　一八五五年四月三十一日，星期六清晨——离她三十九岁生日仅有三周——夏洛蒂·勃朗特去世了。阿瑟把她抱在怀里，痛苦地抽搐着。夏洛蒂的死亡证书没有提及她怀孕的事，声明她死于"肺结核"，她的弟弟和妹妹们也死于这同一种摧残人的渐进性疾病。不过，现代医学观点引证妊娠剧吐（孕妇中的极度恶心呕吐）为其病因，或者至少是病因之一。霍沃斯恶劣的水质是否是促成她死亡的另一个原因将永远不得而知。（那水携带有斑疹伤寒病毒，一个月前杀死了家里最忠实的仆人苔比。）

　　帕特里克·勃朗特为女儿的死心神错乱，公众就这位隐居但著名的柯勒·贝尔的身份，提出的很多指控和问题尤其使他心烦意乱。他要求盖斯凯尔太太写一个夏洛蒂的生平故事，为此那位女士费尽心血进行调查并完成了作品，且由此一举成名。阿瑟——尽管强烈反对传记这一主意，尤其反对发表夏洛蒂的信件，那会把对他来说非常个人和神圣的东西公之于众——还是不情愿地屈服于帕特里克·勃朗特的愿望，尽力在各个方面协助盖斯凯尔太太。

　　夏洛蒂去世两年后，当《夏洛蒂·勃朗特的一生》由史密斯和艾尔达公司出版时，它成了一个轰动一时的事件，其影响堪与《简·爱》的最初出版相提并论。在同一年，夏洛蒂的第一本小说《教师》出版了，尽管被她自己激动人心的生平故事夺去了光辉。

　　阿瑟·贝尔·尼科尔斯兑现了他对妻子的承诺，在帕特里克·勃朗特生命残存的那最后六年里始终忠实地照顾着老人。当帕特里克去世后，他将一切留给了他"亲爱和尊敬的女婿：阿瑟·贝尔·尼科尔斯牧师"。假如，在真心实意、默默无闻地履行副牧师的职责十六年之久后，阿瑟指望在帕特里克死后得到继承霍沃斯的牧师俸禄这一奖赏的话，那他就辛酸地失望了。这一职位取决于教堂托管人的提名。此时执掌的是一帮年轻人，他们对帕特里克并不负有忠心的义务，其中有些可能被阿瑟以他刻板和固执的方式得罪过。最后是五比四的表决结果，阿瑟被无情地否绝了。

阿瑟收拾好属于他自己的东西，包括各种各样勃朗特的纪念品和许多夏洛蒂的个人和文学作品，带上帕特里克的最后一条狗柏拉图，回到了爱尔兰的巴纳格。皇家学校仍然由他的老表詹姆斯·贝尔管理，阿瑟的舅妈哈丽特住在山顶一座漂亮的小房子里，方圆有二十公顷的土地。阿瑟在那里与他的舅妈及其女儿玛丽·安娜一道，过着平静的生活。他成了一个农场主，彻底放弃了教堂。勃朗特家的仆人玛莎·布朗，曾经那么不喜欢他，却成了他的一个好朋友，并且经常长时间地在那儿做客。

玛丽·安娜一直爱着她的表哥，夏洛蒂死后九年半，她和阿瑟悄悄地结了婚。总之，这第二次婚姻，尽管没有孩子，却是一个幸福的婚姻，基于伙伴关系和相互理解而不是激情。关于感情，阿瑟对玛丽是坦率的，承认"他把心和第一任妻子一起埋葬了"。值得赞扬的是，玛丽理解。夏洛蒂的列治文画像在他们的客厅里挂了四十多年，直到阿瑟死于一九零六年的那一天，享年八十八岁。当有人谆谆劝说时，阿瑟会极为骄傲地写到或谈起他著名的第一任妻子，可在他的余生中，他避免惹人注意。

在阿瑟最后的岁月里，他与一个传记作家分享了夏洛蒂的一些青少年时代的作品、照片和其他纪念品。假如阿瑟真的一直保管着夏洛蒂的日记的话，那完全符合他的性格——以及他对隐私的极大渴望——把那些珍贵的书卷隐藏起来不让公众染指：由一直爱慕她的这个男人掩埋但却被小心翼翼、情真意切地保存在爱尔兰巴纳格的那座山顶房子的地窖里。

夏洛蒂·勃朗特作品

小说

《简·爱》，1847

《雪莉》，1849

《维莱特》，1853

《教师》，夏洛蒂去世后出版，1857

出版的诗集

《柯勒、埃利斯与阿克顿·贝尔的诗集》，1846

早期作品

（按时间顺序排列；中篇（或短篇）小说用斜体标出。大多数是一些草写小字手稿，署的是夏洛蒂的笔名查尔斯·韦尔斯利勋爵。）

《曾经有个小女孩》，约 1826 年 8 月

《那一年的历史》，1829

《两个浪漫传说》：包括《一个浪漫传说》（十二个冒险者）和

《爱尔兰历险记》，1829

《追求幸福》，1829

《爱德华·德·克拉克大人历险记》，1830

《欧内斯特·艾伦贝尔历险记》，1830

《现代名人生活轶事》，1830

《蹩脚诗人：两卷剧》，1830

《岛民传说》，1829－1830

《年轻男人杂志》（包括《布莱克伍德的年轻男人杂志》），1829－1830

《阿尔比恩和玛丽娜：一个传说》，1830

《非洲王后的挽歌》，1830？

《阿瑟轶事》，1833

《弃儿：我们自己时代的一个故事》，1833

《绿矮子》（一个完成时的故事），1833

《秘密和莉莉·哈特：两个故事》1833

《未启之卷的一页》或《一个倒霉作者的手稿》，1834

《在维多波利斯的生涯巅峰》或《为实际上只用了六章来阐明的一
部作品附上一个合适书名的难题》，1834

《角落里的美人》，1834

《符咒》（一部内容狂妄的作品），1834

《我的安格利亚和安格利亚人》，1834

《杂项集：大杂烩》，1835

《往事》，1836

《罗海德杂志》（片段），1836－1837

《茱莉亚》，1837

《米娜·劳里》，1838

《斯坦克利夫的旅馆》，1838

《亨利·哈斯廷斯》，1839

《卡罗琳·弗农》，1839

《再见安格利亚》，1839

未竟之作

《阿什沃思》，1841

《威利·埃琳》，1853

《爱玛》，1853（20 页片段。这部书后来由克莱尔·博伊兰完成，
2003 年以《爱玛·布朗》的名字发行）